KB121802

세
  번째
장례

세
번째
장례

...

윤이안 소설집

아작

차례

파울볼

운석이 떨어질 거라고 했다. 처음엔 아무도 그 말을 믿지 않았다. 뉴스 속보로 온 채널이 도배되기 시작했을 즈음에서 야 아, 그렇구나 싶어졌다. 그때 나는 전날 부어라 마셔라 마신 술 때문에 느지막이 일어나 숙취를 견디며 라면을 먹던 중이었다. 운석이라고 해봤자 기껏해야 커다란 돌덩이쯤으로 생각하고 있었던 터라 별일 아니겠지 싶었는데 무슨 전문가라는 사람이 나와서 운석이 떨어진 뒤의 지구 환경 시뮬레이션을 보여주자 그제야 감이 왔다. 이건 그냥 지나가는 돌멩이 수준이 아니라는 걸.

시뮬레이션 속의 지구는 빨갛고, 노랗고, 알록달록한 색으로 뒤덮인 곰팡이 같았다.

그때 전화가 울렸다. 화면에 뜨는 이름의 남자는 일주일에 두세 번씩은 꼭 이렇게 전화를 걸어왔다. 일전에 한 번은 specific을 cpecific이 아니냐고 물었다. 그걸 대체 어떻게 발음할 건데요? 스페씨픽, 이 아니라 씨페씨픽이라고 할 거예요? 내 말에 남자는 멋쩍은 듯 웃었다. 그게 아니라, 선생님이 써준 s가 c 같아 보여서요. 결국 내 글씨가 엉망이란 소리라 그대로 입을 다물 수밖에 없었다.

물론 과외를 받는 학생이 그런 연락을 하는 게 문제는 아니었다. 시간이 문제였지. 남자는 한밤중이고 새벽녘이고 가리지 않았다. 시간 개념이라는 게 없는 듯했다. 이번에도 마찬가지였다. 남자는 대뜸 뉴스를 봤느냐고 물었고 나는 그렇다고 대답했다. 그리고 잠시 침묵이 흘렀다. 돌덩이를 목으로 넘기는 것 같다. 뭐라고 말해야 할지 머뭇거리는 사이에 남자가 물었다.

"오늘 다른 계획 없으시면 야구 보러 갈래요?"

글쎄, 정신이 제대로 박혀 있다면 오늘 야구 경기는 취소되지 않을까요. 그렇게 생각했지만 그 말을 입 밖에 내지는 않았다. 그제야 남자가 일주일 전 오늘 야구장 티켓을 건네며 함께 보러 가자고 했던 일이 떠올랐다. 분명 그때 거절했고, 그걸로 끝난 이야기인 줄 알았건만.

"아는 사람이 시구를 한대서요."

그 말에 결국 백기를 들었다. 우리는 지하철역 앞에서 만났다. 몇몇 노선은 운행을 하지 않아서 지하철을 갈아타다가 중간에 내려서 걸었다. 여름의 후텁지근한 바람이 부드럽게 등을 밀어주었다.

　의외로 비슷한 처지인 사람이 많은지 역 주변은 꽤 북적거렸다. 다들 실감이 나지 않는 모양이었다. 하긴, 멸망이라는 추상적이고 와 닿지도 않는 단어보다는 끈적하고 습한 공기와 등허리를 따라 쭉 흐르는 한 방울의 땀 쪽이 훨씬 현실성 있었다. 하늘은 구름 한 점 없이 파랗기만 했다. 이 풍경을 보고 있으면 뉴스에서 본 시뮬레이션 쪽이 거짓말 같았다.

　경기장 입구까지 가는 동안 몇 개의 가게를 지나쳤는데, 그중 반은 열려 있었고 반 정도는 셔터가 내려가 있었다. 반이나 가게를 열어 나왔다니. 끝이 예정되어 있음에도 자기 나름의 사과나무를 심는 사람이 이렇게 많다는 데에 놀랐다.

　더그아웃에 선수들이 듬성듬성 앉아 있는 꼴을 보아하니 저쪽도 출근한 선수가 반, 도망간 선수가 반 정도 되는 것 같았다. 이해 못 할 것도 아니라고 생각했는데, 주변 사람들은 벌써 '왜 시작을 안 하느냐'고 윽박질러대고 있었다. 저렇게 말하는 사람은 오늘 해야 할 일을 팽개치지 않고 이 자리에 와 있는 걸까? 알 수 없었다.

　관중들의 아우성이 심해지자 결국 더그아웃에 앉아 있던 선수들이 앞으로 나왔다. 내가 앉아 있는 1루 쪽 선수가 다섯 명, 그리고 3루 쪽 선수가 열네 명이었다. 야구는 한 팀당 아홉 명이 필요한데.

　"저러면 시작도 못 해보겠네요."

　남자의 말에 나는 고개를 끄덕였다. 그냥 이대로 집에 가야 하나? 그런 생각을 하고 있을 때 3루 쪽에 있던 선수들이 둥그렇게 모여 서서 가위바위보를 하는 모습이 보였다. 뭘 하고 있는 거지? 관중들이 소리를 질러댔지만 선수들은 아랑곳하지 않고 하던 일을 계속했다. 열네 명이라 가위바위보에도 시간이 꽤 걸렸다. 그 와중에 한 명이 주먹을 번쩍 치켜들더니 환호성을 지르며 경기장 밖으로 뛰어나갔다. 남은 열세 명 중 넷이 1루 쪽으로 터벅터벅 걸어와 섰다. 그러자 아홉 명이 되었다. 그 아홉 명이 야구장 곳곳에 흩어져 자신의 위치에 섰는데, 마운드에 선 투수의 얼굴이 어쩐지 낯이 익었다.

"저 사람 어디서 본 거 같지 않아요?"

야구 선수를 어디서 봤지? 내 물음에 남자가 대답했다. "시구하러 온 가수예요."

그 노래 몰라요? 사랑은 폭력 함부로 빠지지 말아요, 하는 노래. 남자는 그렇게 말하며 노래를 대충 따라 불렀다.

"그런 노래 가사를 사람들이 좋아해요?"

"그럼요. 우리 꽤 유명했는데."

남자가 노래 후렴구를 읊조렸고 그제야 눈앞의 이 사람이 그 노래를 부른 그룹의 일원이었음이 기억났다. 이 사람이 몇 년 전만 해도 유명한 가수였다는 게 평소에는 실감이 나지 않았다. 노래 가사까지 찾아본 적은 없어서 저런 가사인 줄은 몰랐는데. 생각보다 가사가 꽤 심오했다.

"저 사람이 리더였죠?"

"네. 저 형은 아직도 야구라면 환장하나 봐요. 지금 투수로 마운드에 서서 꽤 신났을걸요."

마운드에 선 가수는, 아니 투수는 플레이볼 신호와 함께 꽤 익숙해 보이는 자세로 공을 던졌다. 하지만 공은 삐딱한 포물선을 그리며 날아가다가 힘없이 타자 앞에 떨어졌다. 관중들이 야유하는 소리가 들렸다. 누군가가 "차라리 내가 던지는 게 낫겠다!" 하고 소리를 질렀고, 그 소리에 투수가 모자를 벗어 던지고 펜스 쪽으로 달려왔다. 욕설과 쓰레기가 펜스를 넘어 날아다녔다. 선명한 햇빛 아래 경기장은 곧 아수라장이 됐다.

"저래도 돼요?"

내 물음에 남자는 웃었다.

"당연히 안 되죠."

하긴 시구하러 온 가수가 투수로 나올 때부터, 아니 선수 절반이 자신의 자유를 찾아 떠난 시점부터 이 경기는 이미 망해 있었다.

그렇게 공이 바닥을 구르고 있는 사이, 타자는 1루를 거쳐 3루를 돌아 홈으로 들어왔다. 그제야 투수가 마운드에 돌아왔다. 나는 질서 없이 흩어져 있는 사람들을 보았다. 문득 이 자리에 앉아 있는 게 바보처럼 느껴졌다. 오늘이 인생의 마지막 페이지라면 뭐라고 적힐까? 나는 해석할 수 없는 무의미를, 아무 질서도 없는 상태를 그다지 좋아하지 않았다. 남자를 향해 한탄하듯 물었다.

"기껏 배운 영어를 써먹을 일이 없어서 어떡해요?"

꽤 오랜 시간 과외를 했다. 한 번도 왜 영어를 배우느냐고 물어본 적은 없었다. 이유는 그저 짐작만 할 뿐이었다. 어쩌면 취업 때문일 수도 있고.

"괜찮아요. 영어는 그냥 배운 거니까."

그 말에 나는 대답하지 않았다. 남자가 이어서 말했다.

"목적 없이 할 일이 필요했던 것뿐이에요. 쓸모가 없어도 되는, 내가 소모되지 않는 일이요. 나는 그걸 진작 찾았는데…."

저 인간은 그걸 이제야 찾았나 봐요. 그 말이 끝남과 동시에 포수가 던진 공을 받은 투수가 마운드의 흙을 두어 번 탁, 탁 밟고는 천천히 경기장을 둘러보았다. 거리가 멀어서 제대로 본 건지 알 수 없었으나 어쩐지 이쪽을 보고 웃은 것 같았다. 곧 투수의 손을 떠난 공이 깨끗하고 아름다운 포물선을 그리며 1루 내야석의 내 눈앞을 향해 날아왔다. 그 순간에도 남자는 마운드에 선 투수를 가만히 바라보고 있었다.

호각 소리가 경기장을 갈랐다. 나는 지금 지구를 향해 맹렬한 속도로 날아오는 중인 또 다른 파울볼을 떠올리며 눈을 감았다.

세
번째
장례

면허는 스무 살이 되자마자 진작 땄지만 내가 운전을 시작한 건 고작 두 해 전의 일이다. 면허를 딴지 꼭 13년 만에 이룬 쾌거였다. 나는 10년 정도 된, 엄마의 오래된 전기차를 물려받았다.

차가 생기면 그만큼 세계가 넓어져. 엄마의 말은 옳았다. 나는 몇 년 새 이전에는 한 번도 가보지 않았던 예쁜 카페에, 라구 소스가 맛있다는 이탈리안 식당에, 그리고 자갈이 검은색이라 예쁘다고 소문이 난 해변에 다녀왔다. 그런 유명한 관광지는 어딜 가나 사람이 많았다. 나나 엄마나 사람이 많은 곳은 좋아하지 않았으나, 우리 두 사람 다 모처럼의 나들이에 토를 달지는 않았다. 그럴 정신이 없었다고 해야 정확할 것이다.

"이런 날에 드라이브라도 하면 좋겠다, 그치."

재작년 병원을 나서면서 엄마는 문득 그렇게 말했다. 조발성 알츠하이머가 재발했다는 소식을 듣고 나오는 길이었다. 이번이 세 번째였다. 똑같은 선고를 세 번이나 받아서일까, 엄마의 얼굴은 생각보다 덤덤해 보였다. 그 말을 들으며 나는 엄마의 손을 꼭 잡았다. 운전대를 잡아본 지 10년이 넘었지만 급하게 운전 연수를 시작한 건 엄마의 그 말 한마디 때문이었다. 어디까지라도 데리고 가줄 테니까.

"이번에는 바꾸지 말자, 응?"

부탁이야. 마지막 말에는 약간의 떨림이 섞였다. 나는 그 말이 엄마에게 어떤 의미로 전달될지 분명히 알고 있었다. 더 이상 발버둥 치고 싶지 않다는 마음과 마지막까지 엄마의 손을 잡고 늘어지고 싶다는 욕심이 교차했다. 내 말을 들은 엄마는 잠시 내 얼굴을 바라보다가 웃었다.

"그러게. 언제 이렇게 다 컸니."

동문서답에 가까운 그 말에 나는 결국 울음을 터뜨리고 말았다.

＊

현진이 처음 알츠하이머성 치매 진단을 받은 것은 서른다섯 살의 여름이었다. 현진의 뇌 사진을 들여다보던 의사는 말했다. 알츠하이머성 치매일 가능성이 85퍼센트입니다. 그 말에 놀람과 동시에 당황했으나 그 감정은 오래가지 않았다. 이어지는 의사의 말 덕분이었다. 요즘 같은 세상엔 그렇게 두려운 질병도 아닙니다. 그렇게 서두를 뗀 의사는 이어서 더미 신체에 대해 설명하기 시작했다.

"환자분 기억 데이터를 서버에 저장했다가 유전자로 만들어낸 몸, 이른바 더미 신체로 데이터를 넘기면 다시 건강한 몸으로 생활하실 수 있어요. 이 전송 수술이 얼마 전까지는 비보험이었는데, 이제 보험 적용이 가능하게 되었을 정도로 대중적이에요. 위험하지도 않고요."

의사의 말이 옳았다. 전송 수술이 처음 시연된 지 이제 20년이 흘렀다. 그사이 사람들은 빠르게 신기술에 적응해 나갔다. 불치병, 난치병 등으로 생활에 불편이 생기면 별로 망설이지도 않고 바로바로 몸을 갈아탄다. 그게 당연했다. 물론 비용이 비싸서 아무렇게나 할 수 있는 수술은 아니었다. 하지만 '비용을 감수할 만큼의 고통이나 불편'이 발생하면 대부분 망설이지 않고 몸을 갈아 끼웠다. 환자 본인의 유전자를 이용해 만들어낸 더미 신체이기 때문에 외형이 크게 달라지지도 않았다. 그 점이 사람들의 심리적인 장벽을 다소 낮춰주었다.

의사의 설명을 듣지 않아도 현진 역시 그 정도는 알고 있었다. 현진은 무릎을 짚은 손으로 주먹을 꾹 쥐었다가 펴며 물었다.

"유효 기간은 얼마나 될까요?"

불치병과 난치병 환자를 크게 줄이는 데 공헌했다는 더미 신체에도 치명적인 단점은 존재했다. 결국 더미 신체도 대상의 유전적 정보를 따르기 때문에 같은 병이 다시 재발할 위험이 늘 있다는 것이었다. 즉 전송 수술이라는 것도 완전하지는 않았다. 이제 인간은 불사에 가까워졌다고 여기는 사람도 분명 있었으나 어디까지나 그건 죽음을 유예하는 방식에 가까웠다.

의사는 턱을 쓰다듬고는 대답했다.

"확답을 드릴 수는 없어요. 병이란 놈이 무서운 게 그거죠. 언제 어떻게 갑자기 발병할지 모르니까요. 물론 조심하면 재발하는 속도를 늦출 수는 있겠지만…."

운이 좋으면 10년 넘게 멀쩡히 살 수도 있지만 반대로 운이 아주 나쁠 경우 고작 이삼 년 안에 재발하기도 한다. 더미 신체는 현재 자신의 신체보다 더 젊어질 수는 없기 때문이다. 그러니까 몸을 갈아타면 갈아탈수록, 더 노쇠하고 늙은 몸을 갖게 된다.

조금이라도 더 젊고 어릴 때 더미 신체를 여러 개 만들어두면 되지 않으냐는 사람들이 존재했으나 정부는 더미 신체를 한 번에 두 개 이상 만들어내는 것을 법으로 금지했다. 또한 전송 수술이 필요하다는 의사의 판단이 없으면 애초에 더미 신체를 만들어낼 수도 없도록 했다. 거의 모든 나라에서 마찬가지인 규제다. 하지만 충분한 돈만 있다면 법의 빈 구멍을 찾아내는 것도 어려운 일은 아니었다. 현진은 아흔, 하고도 벌써 여러 해를 더 넘긴 어느 대기업의 회장을 떠올렸다. 종종 카메라에 비치는 얼굴이나 몸은 그 사람이 여든을 갓 넘겼을 때와 비슷해 보였다. 누군가는 그저 좋은 걸 먹고 좋은 병원에 다니니 정정해 보이는 게 아니냐고 태평한 소리를 했지만 대다수의 사람들은 분명 어딘가에 더미 신체를 잔뜩 쌓아두고 있을 거라고 의심하고 있었다. 안타깝게도 현진에게는 더미 신체를 몰래 쌓아둘 만한 창고나 재력이 없었다.

그렇다고는 해도 수술을 망설일 이유는 하나도 없었다. 수술하지 않으면 곧 병이 진행될 거고, 알츠하이머는 현진의 정신을 서서히 좀먹어가다 결국에는 파괴할 것이다. 그럼에도 불구하고 현진은 망설였다.

"조금 생각해보고 다시 올게요."

자연스럽게 죽을 권리. 현진은 진료실을 나서면서 최근 부흥 중인 어느 종교의 교리를 떠올렸다. 자연스럽다는 게 뭔데? 어디까지가 의료적 처치고, 어디부터가 신에 대한 도전인데? 뉴스에서 그들을 보았을 때 현진은 그렇게 비웃었지만 지금만큼은 웃어넘길 수 없었다. 현진은 더미가 된 사람들이 어떤 최후를 맞이하는지, 그 가족들이 어떤 고통을 겪게 되는지 잘 알았다.

나라면 전송 수술 같은 건 안 할 거야.

그렇게 생각하기는 쉬웠다. 하지만 막상 죽음을 목전에 두고 나니 망설여졌다. 자신이 죽고 나면 세상에 홀로 남을 사람이 자꾸만 눈에 밟혔다.

✳

사람의 죽음은 이제 어느 정도 예측할 수 있고(불행한 사고를 제외한다면), 장례가 겹치는 일은 웬만해서는 잘 없다. 한꺼번에 빈소가 차려지는 일 역시 드물었다. 덕분에 내가 해야 하는 업무 역시 상대적으로 가벼워졌다. 10년 전만 해도 퇴근 시간이 거의 없다시피 한 업종이었는데, 너는 진짜 일 편하게 하는 거라고 선배가 투덜거릴 때마다 나는 한 귀로 듣고 흘리곤 했다.

엄마는 처음 내가 장례지도사로 일하겠다고 했을 때 반대했다. 당연했다. 자식이 시체를 만지고, 닦고, 그 옆에서 먹고 자고 한다는데 어느 부모가 환영하겠는가.

"엄마, 그런 거 다 편견이야. 요즘은 장례지도사라고도 안 해. 장례 디렉터라고 부르지."

"그게 그거지."

"뭐가 그게 그거야?"

"간판만 바꿔 달면 다야? 속 알맹이는 똑같은걸. 그거 결국 장의사라는 말이잖아."

엄마 말대로 간판을 바꿔 달아도 속 알맹이는 그대로일까? 어른들은 장의사라는 단어에 이상한 거부감을 느끼고 있었다. 물론 이름 하나 바뀌었다고 해서 장례지도사가 해야 하는 일이 바뀌는 건 아니었지만 요즘은 그래도 처우가 좀 나아진 편이다. 게다가 차를 가지고 출근하니 전보다 훨씬 편해지기도 했다.

하얀색 칸에 맞춰 간신히 주차하고 난 뒤 서류를 챙겨 내렸다. 도로와 인접한 건물 현관에는 그날그날의 장례식 일정을 적은 안내판이 있는데, 아직 아무것도 쓰여 있지 않았다.

직원 전용 통로를 통해 건물 안으로 들어섰다. 어쩐지 건물 안은 바깥보다 기온이 조금 더 낮은 듯 서늘했다. 침향과 백단이 섞인 향냄새가 건물 안에 은은하게 배어 있었다. 이상하게도 그 냄새는 잘 빠지지가 않아서 사무실 내부까지 향냄새가 진동하곤 했다. 내 코에도 이제는 익숙했다.

인사를 하며 사무실로 들어서자 먼저 와 있던 영인 선배가 알은체하며 말했다.

"오늘은 좀 바쁘겠다. 갑자기 들어온 장례가 있어서 말이야."

"네? 아, 저 오늘 조퇴할 거라고 며칠 전부터 얘기했잖아요."

조퇴하고 엄마랑 동해에 바다를 보러 가기로 며칠 전부터 약속을 해둔 터였다. 그런데 가방을 내려놓기도 전에 듣는 게 조퇴가 안 될 거 같다는 이야기라니. 원래 오늘 예정된 장례는 한 번이었다. 그것도 정식으로 예를 차려서 하는 장례가 아니라 더미 장례였다.

더미 장례가 보편화된 지도 어느덧 10년이었다.

어쨌거나 더미 신체 역시 '신체'였기 때문에, 다른 몸으로 갈아타고 나면 남는 몸이 문제가 되었다. 이 빈껍데기를 고인의 유체로 봐야 하는가? 사람들은 이 주제로 몇 년이나 싸웠다. '몸만 갈아탔을 뿐, 멀쩡히 살아 있는 사람이 저기 있는데 무슨 장례냐? 저건 그냥 탈피가 끝난 껍데기다.'라는 주장 역시 수긍할 만했으나 '그렇다고 사람과 똑같이 생긴 신체를 그냥 쓰레기통에 버리자는 게 말이 되냐?'라는 반대쪽의 주장에도 심정적으로는 납득이 갔다. 더미 신체를 쓰레기통에 버리는 데에 반감을 품는 사람이 많은 것은 당연했다. 지금은 빈껍데기이지만 한때는 사랑하는 사람의 영혼이 그 안에 들어 있었다고 여기는, 샤머니즘적 색채가 짙은 사회적 분위기 역시 후자의 주장에 힘을 실어주었다.

그리하여 탄생한 것이 더미 장례였다. 일반적인 장례식과 달리 더미 장례는 삼일장 형식으로 치러지지 않았다. 유체에 대한 예의는 갖추되, 장례식 절차는 간소화한다. 그게 더미 장례의 핵심이었다. 가까운 가족들만 모여서 추도식을 한 후 화장하는 것이 관례였다. 드물게는 전송 수술을 통해 다른 몸으로 갈아탄 본인이 직접 자신의 더미 장례에 오는 경우도 있었다. 자신의 몸(이었던 것)이 화장로 안으로 들어가는 모습을 지켜보는 데에 어떤 의미가 있는지 모르겠다고, 한때는 그렇게 생각하기도 했다.

"오늘 그 더미 장례 한 건만 제 담당이었던 걸로 기억하는데요."

내 말에 영인 선배는 혀를 차며 대답했다.

"정확히 말하자면 너랑 내 담당이었지. 근데 더미 장례에 디렉터가 둘이나 붙을 필요는 없잖아?"

뒷말은 더 듣지 않아도 알 수 있었다. 그러니까 나더러 일반 장례로 가라는 거겠지. 일반 장례를 맡게 되면 앞으로 사흘간은 또 꼼짝도 못 하고 붙들려 있어야 했다. 일반 장례는 삼일장으로 진행하는 경우가 대부분이었다.

선배가 일방적으로 결정한 데에도 이유는 있었다. 지난번 크리스마스에 내가 구멍 낸 일정을 선배가 대신 소화해준 덕분에 엄마랑 둘이서 바닷가에 다녀올 수 있었기 때문이다. 내가 그때 네 편의 봐줬으니까 너도 은혜를 갚아야지. 말은 안 해도 눈빛이 그랬다. 선배도 황금 같은 주말을 회사에서 보내고 싶지는 않겠지. 그래서 무어라 더 반박하지도 못하고 고개를 끄덕이고 말았다.

자리에 앉자마자 엄마에게 일이 갑자기 생겨 오늘 여행은 아무래도 못 가겠다고 문자를 보낸 후, 그 '갑자기 들어온 장례'에 관한 파일을 받아 펼쳤다.

첫 장을 보자마자 도로 파일을 선배 쪽으로 넘기고 싶어졌다. 어쩐지 선배가 이상하게 떠넘긴다 싶더라니.

"이거, 첫 장례예요?"

"응. 요 옆 대학병원에서 전송 수술 끝나고 바로 넘어온 유체야. 그렇더라도 보통은 더미 장례를 하는 게 일반적인데… 유족이 일반 장례를 고집하고 있어."

더미 장례가 보편화되긴 했으나 문제는 아직 남아 있었다. 처음 전송 수술을 하게 되면 빈껍데기가 되는 것은 더미가 아닌 진짜 본인의 몸이다.

다들 머리로는 이해하고 있다. 죽은 게 아니라 단지 이 몸에서 저 몸으로 갈아탔을 뿐이라는 걸. 하지만 감정적인 수준에서 받아들이지 못하는 것이다. 저 더미가 진짜 몸, 그러니까 원본을 대체할 수 있다는 사실을.

무엇보다 이를 받아들이지 못하는 쪽은 유가족이다. 그래서 드물지만 가족의 진짜 몸이 사라지는 것을 슬퍼하고 애도하는 시간을 갖기 위해 최초의 장례를 일반 장례로 치르는 경우도 있었다. 전송 수술이 시행되기 시작한 초반에는 이런 경우가 더 잦았다고 들었다. 우리 장례 디렉터들은 이런 장례식을 '첫 장례'라고 불렀다.

나는 파일을 다시 한 번 들여다보고는 한숨을 푹 쉬었다.

"선배, 이거 하기 싫어서 저한테 떠넘긴 거죠."

"얘는 무슨 말을 그렇게 해. 그런 거 아니야. 나도 이번 주말에 중요한 약속 있어."

선배가 시선을 저 멀리 피하며 대꾸하긴 했으나 약속이 있다는 말은 진짜인 것 같았다.

"무슨 약속인데요?"

"애인 본가에 인사 가기로 했어. 뭐, 인사라고는 해도 그냥 밥 한 끼 먹자는 거지만."

영인 선배는 그렇게 말하며 볼을 붉적였다. 쑥스럽거나 머쓱할 때마다 나오는 선배의 버릇이었다.

"벌써 이야기가 그렇게 됐어요?"

"벌써는 무슨. 만난 지가 몇 년짼데. 한참 늦은 거지."

하긴 내가 회사에 들어오기 전부터 만나고 있다고 했으니까 못해도 3년은 되었을 것이다. 가끔 만나는 사람 이야기를 할 때도 있었고, 그럴 때마다 꽤 오래 만나는구나, 싶었지만 결혼까지 생각하고 있는 줄은 몰랐다. 선배의 깜짝 고백에 나는 더 이상 하소연도 못 하고 입을 다물었다.

그렇지. 나 같아도 그런 중대사를 앞두고 첫 장례를 맡고 싶지는 않겠다.

디렉터들이 첫 장례를 기피하는 데에 특별한 이유는 없다. 아무래도 삼일장이다 보니 신경 쓸 게 많고, 업무량이 많아 체력적으로 지치기 때문이다.

물론 그렇다고 이유가 아예 없느냐면 그런 것은 아니지만.

영인 선배는 시계를 한 번 흘깃 보고는 곧 상주와 유족이 올 시간이라고 일러주었다. 그런 건 좀 진작 말해주지. 책상 위에 있는 거울로 얼굴과 옷매무시를 정리한 뒤에 자리에서 일어섰다. 더미 장례가 아닌 일반 장례는 오랜만이라 조금 긴장이 됐다.

2층 접견실에 가기 전에 오늘 일반 장례로 배정된 3층 빈소를 먼저 둘러보기 위해 올라갔다.

영빈장례원은 5층짜리 건물로, 3층은 주로 일반 장례를 위한 빈소, 그리고 4층이 더미 장례를 위한 빈소로 쓰였다. 원래는 지하에 화장 시설까지 갖추려고 했으나 근처 주민들의 반대로 무산되었다고 들었다. 이렇게 외진 곳에 있는 장례식장인데도 그렇게 반대가 심했다니 언뜻 이해가 가지 않기는 했다. 덕분에 지하에는 꽤 번듯한 식당이 들어와 있었다.

음식을 배달시키지 않고 여기서 직접 조리하기 때문에 조문객이 다 식은 육개장이나 편육을 먹게 되는 일은 없었다. 더구나 사장님이 나서서 "왜 꼭 장례식장에서는 육개장을 먹어야 하지요? 난 항상 그게 불만이었어요."라고 주장한 탓에 요리의 가짓수도 꽤 다채로웠다. 고인이 좋아했던 음식이 있다면 그날 그 요리를 메뉴에 올리기도 했다. 내게도 나쁜 일은 아니었다. 여기에 오기 전 다른 장례식장에서 근무할 때는 늘 육개장과 편육, 차갑게 식은 떡 조각을 주워 먹고는 했으니까.

사장님의 마음가짐이 그래서일까, 빈소 역시 다른 곳보다 시설이 좋았다.

내가 더 청소할 것도 거의 없었다. 의자를 줄 맞춰 세워놓은 뒤 빈소를 정리하고 나왔다. 상주가 도착했다는 연락에 2층 접견실로 서둘러 내려갔다.

접견실에는 두 사람이 앉아 있었다. 한쪽은 인상이 파리해 보일 정도로 얼굴이 하얗게 질려 있는 여자였고, 다른 한쪽은 그 사람의 남자 형제인 듯했다. 얼굴이 묘하게 닮은 탓에 짐작할 수 있었다. 양쪽 다 나이가 많아 보이지는 않았다. 상주가 되기에는 지나치게 어려 보인다는 말이 더 정확했다. 두 사람은 내가 들어오는 것을 보고 엉거주춤 일어나 인사했다. 나는 공손한 자세로 명함을 건네고 오늘의 장례 절차에 관해 설명했다.

"더 궁금하신 점이나, 요구하고 싶으신 점이 있을까요?"

첫 장례라고는 해도 고인이 전송 수술로 다른 몸으로 갈아 탔기 때문에 분위기는 심각하지 않을 거라 예상했었는데, 예상외로 공기가 무거웠다. 내 질문에 두 사람은 서로의 얼굴을 쳐다보더니 입을 열었다.

"원래 이런 식인가요?"

전혀 예상에 없던 질문이라 내 대답이 한 박자 늦었다.

"예?"

내가 뭔가 잘못했나? 상담할 때 설명한 것들을 처음부터 다시 한 번 되짚어봤으나 딱히 걸리는 게 없었다. 나는 의아한 심정으로 다시 물었다.

"어떤 걸 말씀하시는 건가요? 장례 절차요?"

"아뇨. 그게 아니라, 너무 이상해서요. 엄마는 분명히 저기 병원 입원실에 살아 있는데, 여기에서 엄마 시신을 장례 치르고 보내드린다는 게…. 원래 다들 이런 기분으로 장례를 치르나요? 슬픈 건지, 착잡한 건지, 뭐라 말해야 할지 모르겠어요. 이상해요."

그렇게 말하는 여자의 손이 부들부들 떨렸다. 말은 안 했지만 옆에 앉은 남자도 마찬가지인 모양이었다. 나는 조용히 한숨을 속으로 삼켰다.

"예, 다들 그렇게 말씀하세요. 이상한 게 아니니 전혀 걱정하실 필요 없습니다."

이것이 디렉터들이 첫 장례를 기피하는 결정적인 이유다. 신경 쓸 게 많고, 업무량이 많아 체력적으로 지치는 것도 사실이지만 일이 힘든 거야 어디서든 마찬가지니까. 디렉터들이 정말로 견디지 못하는 건 감정적인 소모 쪽이었다.

멀쩡히 살아 있는데, 저 관에 누운 고인의 몸은 뭐란 말인가? 껍데기?

아니, 애초에 저 몸을 고인이라고 부를 수는 있나?

첫 장례를 치르는 상주와 가족은 이 질문을 쳇바퀴처럼 반복해 묻는다. 그러니 디렉터가 감정적으로 지치는 건 당연했다.

디렉터도 이 질문에 답할 수 없기 때문이다. 경력이 20년, 30년쯤 되는 베테랑 선배들조차도 우리끼리 모인 자리에서는 "그걸 도대체 왜 나한테 묻냐? 나도 모르는데."라고 투덜거리기 일쑤였다. 물론 우리는 상주 앞에서 그렇게 말하지 않는다. 대신 매뉴얼을 열심히 주워섬긴다.

"첫 장례에는 당황하실 수 있습니다. 자연스러운 과정이에요. 하지만 점점 익숙해지실 거예요."

자연스러운 과정이다, 익숙해질 거다. 그건 10년이 넘는 세월 동안 내가 나 스스로에게 주문처럼 되뇐 말이기도 했다.

엄마가 처음 전송 수술을 하고 더미 신체로 몸을 바꾼 건 내가 열두 살 때의 일이었다. 당연히 그 당시의 나는 엄마가 아프다는 것도, 그런 수술을 한다는 것도, 그리고 장례식이 치러진 것도 모르고 있었다. 어른들이 참 잔인한 게, 어린아이들은 아무것도 모를 거라고 상정하고 자기들 멋대로 일을 진행한다는 점이다. 엄마는 나를 삼촌네 집에 맡기고 며칠간 여행을 다녀온다고 했다.

열 밤만 자고 나면 올 테니까 기다려, 알았지?

흔한 레퍼토리처럼 엄마가 오지 않는 엔딩으로 끝나지는 않았다. 엄마는 돌아왔다. 손가락으로 열까지 센 바로 그 밤에. 왜 이렇게 늦게 왔느냐는 내 말에 엄마는 미안하다고 울었다. 그때는 엄마가 왜 그런 말에 눈물을 터뜨렸는지 몰랐다. 나는 내가 못되게 굴어서 엄마가 슬퍼하는 줄 알고 무서워서 같이 울었다.

그리고 고작 7년.

새로 바꾼 더미 신체는 7년밖에 버티지 못했다. 병이 재발했을 즈음에는 나도 이제 머리가 꽤 큰 상태라, 엄마의 어설픈 거짓말을 믿어줄 수가 없었다. 엄마는 결국 병이 재발해서 전송 수술을 한 번 더 하려고 한다는 사실을 털어놓았다. 내게는 그게 중요한 건 아니었다. 내가 받아들일 수 없던 부분은 지난 7년 동안 한 치의 의심도 없이 엄마라고 믿었던 사람이 사실은 복제된 사본에 불과했다는 사실이었다.

"도대체 그게 무슨 소리야?"

그러니까 엄마가, 엄마가 아니었다는 소리야? 내 말에 엄마는 벼락이라도 맞은 것처럼 흠칫 놀랐다.

"그런 게 아니야. 엄마는….."

엄마는 그렇게 말하며 내 팔을 붙잡으려고 했다. 나는 손을 뿌리치며 물러났다.

머리로는 이해하고 있었다. 전송 수술은 이제 흔한 수술이 됐으니까. 주변 친구들만 봐도, 할아버지나 할머니가 전송 수술을 받고 아직도 정정하게 걸어 다니신다고 자랑하니까. 요즘은 전송 수술을 받았다는 이유로 차별하는 것도 불법이 었다. 물론 다른 핑계를 대면서 불이익을 주는 경우가 전혀 없다고는 말 못 하지만. 껄끄러워 하는 사람들의 대부분은 그저 감정적인 수준에서 받아들이지 못했다. 그리고 그건 나도 마찬가지였다.

"엄마 원래 몸은 어쨌는데?"

엄마는 대답하지 않았다. 나는 그제야 열두 살 때 엄마가 나를 두고 며칠간 여행을 떠났었다는 사실을 떠올렸다. 그리고 그사이에 삼촌과 숙모가 자주 자리를 비웠다는 것도.

"장례식은?"

엄마는 그제야 입을 열었다.

"했어. 하지만 삼일장을 치르진 않았어. 더미 장례가 비용이 저렴하니까."

"그게 대체 무슨 소리야?"

나도 모르는 사이에 엄마 장례식이 진행됐다니. 그것도 졸속으로. 내가 미쳐버린 건 아마도 그 때문이었을 거라고, 지금도 생각한다. 결과적으로 내가 장례 디렉터가 된 건 그때의 충격이 암암리에 영향을 미쳤기 때문이다. 엄마도 인정할 거다. 둘 다 이 일을 입 밖에 내어 서로에게 상처를 준 적은 없었지만.

나는 그저 엄마를 이해해보고 싶었다.

그런데 막상 장례식장에 취직하고 보니 나 같은 사람이 훨씬 많았다. 첫 장례를 치르는 이들은 처음엔 당황했고, 그 마음이 가시고 나서야 고인의 몸에 작별 인사를 했다. 그러고 나면 조금쯤은 후련해진 얼굴로 장례식장을 나섰다. 그 얼굴들을 보면서 생각했다.

어쩌면 나는 첫 장례를 제대로 치르지 못해서 아직도 그 순간에 매여 있는 게 아닐까?

불에 타 뼛가루가 되어버린 엄마의 몸이 이제 와서 돌아올 리도 없고, 내가 할 수 있는 일도 없다는 건 알고 있지만 도돌이표처럼 돌아오는 질문에 저항할 수 없었다. 그럴 때마다 멀쩡히 살아 있는 엄마를 몇 번이고 다시 죽여 불에 태워버린 딸이 된 기분에 사로잡히곤 했다.

내가 원한 것도 아닌데.

딴생각에 손이 잠시 멈췄다. 옆에서 카트 손잡이를 잡고 음료수와 소주병 개수를 세던 유라 씨가 "괜찮으세요?" 하고 묻는 말을 듣고서야 정신을 차렸다.

"많이 힘드시면 사무실에서 잠깐 눈 좀 붙이고 오실래요?"

다정한 말이었지만 사양할 수밖에 없었다. 아직 일반 조문객이 다 빠지지도 않은 시간이었다. 새벽이 되어 조문객이 뜸해지고 유족들만 남게 될 때까지는 쉴 수 없었다.

"그럼 남은 건 제가 마저 셀게요."

유라 씨는 그렇게 말하며 내 손에 들린 병을 빼앗아 들었다. "괜히 병 깨 먹는 것보단 낫잖아요." 덧붙이는 말에 저항할 의지를 잃었다.

어느 장례식장이 그렇지 않겠느냐마는, 영빈원에서 병이나 그릇을 깨는 건 꽤 불길한 일로 여겨졌다. 유족들 앞에서 그런 모습을 보이는 것 역시 좋지 않고. 문제는 영빈원에서 쓰는 장례 집기나 그릇은 전부 도자기 그릇이라는 것이다. 적어도 조문객들에게 나가는 그릇이라도 깨질 일이 없는 일회용 용기를 쓰자고 수도 없이 건의했지만 내 의견은 받아들여지지 않았다. 일회용 용기는 절대 안 된다며 도자기 식기를 고집하는 사장님을 이해할 수가 없었다. 사장님과 내 논쟁은 꼭 이 질문으로 끝나곤 했다. "우리가 일회용 그릇을 쓰면 나오는 쓰레기가 하루에 얼만지는 알아요?" 그렇게 물으면 할 말이 없으니까. 사장님은 다 좋은데 가끔은 사람이 너무 좋은 게 문제였다.

나는 유라 씨의 뒤를 따라 배선실로 향했다. 어느새 싱크대에는 설거지거리가 산더미처럼 쌓여 있었다.

"이건 내가 할게요."

내가 먼저 고무장갑을 쥐고 유라 씨를 내보내려고 했으나, 유라 씨 쪽이 한발 빨랐다. 내가 하겠다고 몇 번이나 말했으나 유라 씨는 버티고 서서 내 등을 떠밀었다.

"지금 얼굴이 어떤지나 아세요? 괜히 그릇 깨지 마시고 나가서 다른 일이나 좀 봐주세요."

그 말에 결국 백기를 들 수밖에 없었다. 유라 씨는 영빈장례원에서 아르바이트를 시작한 지 이제 3개월 차였는데, 어떤 때는 나보다 더 야무지게 일처리를 해서 웬만한 건 믿고 맡길 정도로 믿음직스러웠다. 가끔은 장례식 절차나 매뉴얼 같은 게 머릿속에 들어 있는 사람 같았다. 유라 씨 쪽은 나를 믿음직스럽지 못한 디렉터로 여길지도 모르겠지만.

복잡한 내 속과 달리 3층의 장례는 순조롭게 진행되었다. 얼핏 보이는 상주의 얼굴도 아까 상담 때와는 달리 꽤 차분해 보였다. 불안한 마음이 정리가 된 모양이었다.

어째서일까? 내가 10년이 넘는 시간 동안 실패한 그 마음 정리를, 다른 이들은 왜 척척 해내는 것처럼 보일까? 늘 그것이 궁금했다.

시계를 보니 자정이 가까워졌다. 조문객의 숫자도 부쩍 줄어든 게 눈에 띄었다. 나는 물컵과 식기를 정리해 다시 카트에 싣고, 새 식기를 테이블에 배치했다.

다시 카트를 끌고 배선실 쪽으로 향하려는데, 입구 쪽에서 소란이 일었다.

"경원이 어딨니? 경원아!"

누군가를 찾는 목소리였다. 요즘 장례식장 빈소에서 이렇게 큰소리가 나는 일은 드물었다. 나는 카트를 내버려두고 서둘러 입구 쪽으로 걸어갔다. 하지만 나보다 상주 쪽이 한발 빨랐다. 당연했다. 상주는 그 입구 앞으로 달려갔으니까.

그리고 내가 미처 상황을 파악하기도 전에, 상주의 멱살이 잡혔다. 검은 저고리의 동정과 깃이 엉망으로 흐트러졌다. 하지만 멱살을 잡은 사람은 아랑곳하지 않았다. 그리고 "너, 제정신이니?" 하고 상주를 향해 소리쳤다. 큰 소리를 내는 바람에 목소리 끝이 조금 갈라졌다. 내 쪽에서는 그 사람의 뒷모습밖에 보이지 않았는데, 그런데도 온몸이 부들부들 떨리는 게 다 느껴질 정도였다.

일단 말려야겠다는 생각에 앞으로 나섰다. 그러나 내가 미처 손을 뻗기도 전에 벼락같은 음성이 내려앉았다.

"내가 뭐라고 했어. 나 죽으면 그 미친 수술인지 뭔지 하지 말고 그냥 보내주라고 했지!"

그 말이 끝나자마자 빈소 안에 침묵이 흘렀다. 빈소 안에 있던 조문객들의 시선이 전부 이쪽에 꽂혀 있다는 걸 돌아보지 않아도 알 수 있었다. 조금 전까지만 해도 두런두런한 말소리와 식기가 부딪치며 나는 생활 소음 따위가 빈소 안을 채우고 있었는데, 지금은 섬뜩할 만큼 조용했다.

나는 그제야 상주의 멱살을 잡은 사람의 얼굴이 저 빈소 안의 영정 사진 속 얼굴과 똑같다는 사실을 눈치챘다.

임희주, 예순둘. 낮에 파일에서 본 프로필이 머릿속을 스치고 지나갔다. 사진 속의 고인은 웃는 얼굴이었다. 짧은 보브컷 군데군데 흰 머리가 보였지만 굳이 염색을 하지는 않은 것 같았다. 지금 상주에게 달려든 사람의 얼굴은 웃는 표정을 상상할 수 없을 정도로 굳어 있었다.

저 영정 사진 뒤에 있는 관에 아마도 이 사람의 원래 몸이 들어 있으리라. 그러자 이 두 사람 사이에 끼어드는 일이 엄청난 무례로 느껴져, 섣불리 앞에 나설 수가 없었다.

"유언은 다 무시하고, 마음대로 몸을 갈아 끼워서 살려놓으면 엄마가 기뻐할 것 같았어?"

고인(이라고 부르는 게 적절한지는 모르겠지만)의 말에 상주
는 아무 말도 하지 못하고 고개를 떨궜다.

상황은 대충 파악이 됐다. 요즘 꽤 이슈가 되고 있는 문제
였다. 언젠가부터 전송 수술을 거부하고, 자연스럽게 죽기를
희망하는 사람들이 생겨나기 시작했다. 종교적인 문제이기도
했고, 사회적인 문제이기도 했다. "신이 인간에게 준 수명을
마음대로 늘렸다 줄였다 하는 게 가당키나 한 것이냐?"라고
주장하는 사람들이 모여 새로운 종교를 만들어냈다. 그들이
주장하는 것은 한 가지였다. 자연스러운 죽음을 위한 권리.
그들에게 전송 수술은 신에 대한 도전이기 때문에 불경한 것
으로 여겨졌다. 한편에서는 "안 그래도 노령화, 고령화로 이
사회에 노인들만 득실거리는데 그걸 더 부추겨서야 되겠느
냐?"라고 지적하는 목소리도 있었다.

전송 수술을 거부하는 사람이 있다고는 들었는데, 실제로
눈앞에서 보는 것은 이번이 처음이었다.

"나는 이렇게 목숨 연장하기 싫다고. 몇 번을 말했어."

고인은 그렇게 말하고는 자리에 주저앉았다. 몇 번이고 자
기 손을 만져보고 바닥을 치는 모습을 보니, 아직도 자신의
몸에 적응이 되지 않는 모양이었다.

그 모습을 내려다보던 상주가 그제야 고개를 들었다. 산발
이 된 머리를 정리할 생각도 하지 않은 채로 여자는 소리를
질렀다.

"엄마는 왜 엄마만 생각해?"

우리한테 아직 엄마가 필요하다는 생각은 안 해봤어? 그렇게 말하는 여자의 얼굴은 눈물과 콧물로 엉망진창이었다. 안 그래도 어려 보였던 얼굴이 한참 더 앳되어 보였다. 스물, 서넛 되었을까. 예상했던 나이보다 더 어릴지도 모르겠다는 생각이 들었다. 옆에서 누군가가 상주를 말리고, 고인을 부축해서 빈소 밖으로 데리고 나갈 때까지 나는 아무것도 할 수가 없었다.

뒤늦게 달려온 영인 선배가 상황을 정리하고 조문객들에게 양해를 구했다.

장례식은 잠정 중단되었다. 영빈장례원이 생긴 이후 장례식이 중단된 사태는 이번이 처음이었다.

"장례식 중단이라니, 너 이런 얘기 들어본 적 있냐? 나도 디렉터 하면서 처음 봐."

영인 선배는 그렇게 말하며 사무실 창문을 통해 아래를 내려다보았다. 1층 주차장 쪽에는 벌써 기자가 몇 명 모여 있었다.

"야, 무섭다. 지금 남아 있는 디렉터는 너랑 나밖에 없는데 어디서 정보가 샜지?"

말로는 무섭다고 하면서 이 상황이 재미있는 모양이었다. 가만히 있어도 정보가 줄줄 새는 건 요즘 같은 세상에서는 일반적인 일이었다. 아까 빈소에서 누군가가 영상을 찍은 거겠지. 영인 선배는 핸드폰으로 여기저기 연락을 돌리고는 자리로 돌아왔다.

"오늘 퇴근은 할 수 있으려나."

영인 선배가 중얼거린 말에 나도 동감했다. 주차장에 깔린 기자의 눈을 피해 빠져나가는 어려움은 둘째 치고, 하던 일을 이런 식으로 빼앗기니 찝찝한 마음이 앞섰다. 영인 선배는 결국 내가 줄곧 피했던 질문을 입에 올렸다.

"그분, 앞으로 어떻게 할 거 같아?"

"그걸 우리가 어떻게 알아요."

이미 전송 수술은 끝났다. 더미 신체로 갈아타게 된 걸 알고 당황했겠지만 그런 마음은 시간이 지나면 옅어지기 마련이다. 당장 자살할 게 아니라면 그래도 살아가는 수밖에 없다. 더미 신체라고는 해도, 우리 같은 사람 눈으로 보기에는 진짜 몸과 별 차이가 없기 때문에 이 상황에서 죽어버린다는 선택지를 택하기는 쉽지 않았다. 결국 타협하고 새로 갈아탄 몸에 적응해야 하리라. 고인이 얼마나 적응할 수 있는지는, 가족들과의 갈등을 어떻게 풀어갈 것이냐에 달린 것이다.

사실 더미 신체로 갈아탄 사람들이 있는 가정의 모습은 대부분 그랬다. 전송 수술이 성형 수술처럼 보편화되면 세상이 더 나아질 거라고 믿었던 과학자와 입법자가 간과한 사실이 한 가지 있었던 것이다. 사람들은 생각보다도 더 '원본'이나 '진짜 몸'에 집착했다. 성형 수술이 원본을 변형하는 것에 불과했다면 전송 수술은 그 원본 자체의 가치를 뒤흔들어버렸다. 씁쓸하지만 그게 진실이었다.

고인의 가정도 아마 우리 집과 비슷해질 것이다. 그 생각을 하면 고인의 손을 들어주고 싶은 마음도 들었다.

그런 마음을 숨긴 채 나는 대답했다.

"뭐가 문제예요. 이미 우리 손을 떠났는데. 신경 써봤자 선배 신경성 위염이나 도지지."

4층의 더미 장례는 진작 끝난 지 오래였다. 게다가 3층 일반 장례마저 이런 식으로 끝나버렸으니, 디렉터가 할 일은 사실상 남아 있지 않았다. 고인, 아니 임희주 씨의 의지가 워낙 강력해 남은 장례를 마저 진행하자는 말은 꺼낼 수도 없었다. 위약금을 물어도 괜찮으니 멈춰달라는데, 어쩌겠는가.

삼일장이 하루가 채 지나기도 전에 끝난 덕분에 나도 예정대로 여행을 갈 수 있게 됐다. 엄마에게 그렇게 됐다고, 오늘 들어간다고 문자를 보내놓은 후 자리를 정리하고 일어섰다.

"저 먼저 들어가요."

"행동 빠른 거 봐."

"선배는 상견례나 잘하고 오세요."

"야, 상견례 같은 거 아니라니까."

그런 거 아니라고, 밥 한번 먹는 거라고 구시렁거리는 목소리를 뒤로하고 빠른 걸음으로 걸었다. 누가 보면 장례식장에서 도망가는 것처럼 보일 것 같았지만 상관없었다.

장례식장 바깥으로 나서자 주변이 희붐한 빛으로 가득했다. 동이 트고 있었다.

*

현진은 수술대 침대에 누워 가만히 천장 쪽을 응시했다. 곧 불이 들어오고, 환한 불빛이 눈가를 두드렸다. 현진은 그 빛에 적응하기 위해 몇 번인가 눈을 깜빡였다.

이 자리에 눕기까지 고민은 길고도 길었다. 수술을 결심했다가 번복하기를 여러 차례. 그 과정이 얼마나 길고 험난했든지 간에 수술 절차는 가차 없이 진행되었다. 현진은 멍한 정신 속에서 생각을 붙들기 위해 노력했다.

다시 눈을 떴을 때의 '나'는 그 이전의 나와 동일하다고 느낄까?

알 수 없었다. 겪어보기 전에는. 그리고 현진은 이 모험을 감행하기로 했다. 자, 이제 마취 시작할게요. 그 말에 현진은 천천히 숫자를 거꾸로 세기 시작했다. 십, 구, 팔, 칠… 육, 까지 세던 무렵 현진은 자신을 연결하고 있던 선이 모두 떨어져 나가는 듯한 감각에 깊은 현기증을 느꼈다.

*

집에 오자마자 짐부터 쌌다. 티셔츠와 면바지 위주로 옷을 아무렇게나 캐리어에 쑤셔 넣었다. 그렇게 다 싸고 나서야 뒤늦게 바닷가 근처는 추울지도 모른다는 생각이 들었지만 캐리어를 열어 다시 짐을 싸기도 싫어서 가만히 앉아 있었다.

그리고 몇 분인가 멍하니 앉아 있는데 엄마가 방문을 똑똑 두드리며 들어왔다.

"그거, 있잖아. 그거 어디다 뒀는지 알아?"

그거, 라고 하면 내가 어떻게 알아. 이상한 일이다. 엄마가 몇 페이지씩 되는 논문을 줄줄 외울 때는 굳이 말하지 않아도 알 수 있던 것들을 지금은 하나도 모르겠다는 게. 예전에는 통한다고 생각했던 텔레파시도, 지금은 안테나가 고장 난 라디오 같았다.

"그게 뭔데?"

"그거 있잖아, 그거…. 왜, 밥 먹고 나서 쓰는 거."

"치간 칫솔?"

"어, 맞아. 그거. 그게 아무리 찾아도 안 보인다."

요즘 엄마와의 대화는 스무고개 게임과 비슷한 구석이 있었다. 엄마가 무언가 생각난 단어를 열심히 설명하고, 나는 그 설명만 듣고 단어를 맞춰야 한다. 처음 몇 번은 엄마가 설명을 잘 해주기도 했고 알기 쉬운 단어들이라 맞추는 데 별문제가 없었지만, 요즘 들어서는 그 단어를 설명하기 위해 쓰는 단어를 또 까먹어서 처음부터 다시 시작하는 일이 잦았다. 치간 칫솔 정도면 아주 쉬운 문제에 속했다. 나는 욕실 서랍장에서 칫솔을 꺼내 엄마에게 건네며 다른 물건은 전부 다 챙겼느냐고 물었다.

"다른 물건 뭐?"

"세면도구랑 드라이기, 양말, 속옷. 다 챙겼어?"

"그건 뭐하러 챙겨? 너 어디 가니?"

물건을 까먹는 건 괜찮다. 단어가 잠시 기억이 나지 않는 것까지도 내가 눈치껏 알아들으면 되니 괜찮다. 그러나 내가 진짜로 두려움을 느끼는 순간은 바로 이런 때였다.

"우리 오늘 여행 가기로 했잖아. 동해안. 바다 보러."

내가 동해안과 바다, 라는 말을 하자 그제야 엄마는 눈을 깜빡였다.

"아, 그랬지. 괜찮아. 아까 짐 다 챙겼어, 걱정하지 마."

기억이 난 것 같지는 않았다. 요즘 엄마는 내가 다시 기억을 상기시킬 때마다 잠깐 까먹은 것 같다고 웃었지만, 그게 아닌 게 내 눈에도 보였다.

보고 있는 내가 이렇게 무서운데 엄마 입장에서는 얼마나 두려울지 상상도 가지 않았다.

내가 말해주지 않으면 엄마는 캐리어를 앞에 두고서 '이 캐리어를 내가 왜 싸고 있었지?'라는 질문에 답해야 할 터였다. 짐을 싸다가도 멍하니 캐리어만 쳐다보게 되는 것이다. 나는 그게 어떤 기분일지 짐작하는 것을 포기했다.

그동안은 병세가 심각해지기 전에 전송 수술로 몸을 갈아 탔기 때문에 엄마나 나나 알츠하이머라는 병이 얼마나 무서운지 몰랐다. 그래서 그렇게 쉽게 결정을 내릴 수 있었던 것이다. 전송 수술을 하지 않겠다는 게 어떤 의미인지도 모른 채로.

나는 하루에도 수십 번씩 결정을 철회하고 싶다는 비이성적인 마음과 그를 반대하는 논리 사이에서 싸웠다. 그럼 이 과정을 언제까지 미룰 거야? 내가 엄마보다 먼저 죽을 때까지? 그럼 엄마는 간병해주는 사람도, 보호자도 없이 혼자 병마와 싸워야 하는데? 그런 식으로 죽음을 유예하고, 현 상태를 계속 유지하고 있을 수는 없었다.

전송 수술을 선택할 때 의사가 이야기하지 않는 또 하나의 진실은 이렇다. 더미 신체로 갈아탄 사람들이 있는 가정은 언젠가 선택해야 한다.

언제 이 고통스러운 유예를 중단할 것인가.

맨 아래까지 내렸던 조수석 창문을 터널에 들어가기 직전에 다시 올렸다. 전기차는 엔진 소리가 거의 없다시피 해서, 뭐라도 틀어놓지 않으면 지나치게 조용하게 느껴지곤 했다. 지금 출시되는 모델들에는 인공적으로 엔진 소리가 나게 만들어져 있다고 들었지만 엄마 차는 꽤 구형 모델이었다. 물론 10년 전에 차를 구입할 때만 해도 신형이었지만.

나는 엄마가 좋아하는 지나간 유행가를 틀고 다시 창문을 내렸다. 어느새 터널의 끝이었다.

항상 운전석에서 핸들을 잡는 건 엄마 쪽이고, 조수석에 앉는 건 내 역할이었기에 운전석에서 바라보는 풍경이 아직도 낯설게 느껴졌다.

세 번째 확진을 받자마자 나는 엄마의 자동차 키부터 빼앗았다. 알츠하이머 환자에게 운전을 맡길 수는 없었기 때문에 당연한 조치였지만 그게 엄마에게는 엄청난 충격이었던 모양이었다. 엄마는 한동안 아무 데도 나가지 않고 집에만 있었다. 나는 어쩐지 엄마의 발을 강제로 뜯어 집 안에 처박아둔 듯한 죄책감에 한동안 시달렸다.

차가 생기면 그만큼 세계가 넓어져.

내게 차 키를 넘겨주며 엄마는 그렇게 말했었다. 그 말은 정확히 반대가 되어 엄마에게 돌아갔다. 더 이상 운전하지 못하게 됐으니 네 세계는 점점 더 좁아질 거야. 아무도 엄마에게 그렇게 말하지 않았으나 엄마는 알았던 모양이었다. 자신의 세계는 점점 더 작아지다가, 좁아지다가, 이 세상에서 흔적도 없이 사라져버릴 거라는 것을.

조금 더 지나자 고속도로 휴게소 표지판이 보였다. 대관령 휴게소까지 앞으로 2킬로미터 남았다고 적혀 있었다. 엄마가 운전석 쪽을 잠시 흘깃 쳐다보고는 말했다.

"휴게소 좀 들렀다 가자. 화장실 가고 싶어."

엄마가 화장실에 가는 주기는 점점 더 짧아졌다. 방광의 크기가 줄어들지는 않았을 텐데 화장실 신호의 주기는 어째 갈수록 점점 짧아지는지, 게다가 조금 전까지는 생각이 없었더라도 느닷없이 신호가 오곤 해서 나까지 곤란했던 적이 한두 번이 아니었다.

동해로 가는 길에만 벌써 세 번째 휴게소였다. 또 휴게소냐는 말이 목 끝까지 올라왔지만 하지 않았다. 어쩌면 벌써 앞에 두 번이나 휴게소를 들렀다는 사실 자체를 잊어버렸을지도 모른다. 조발성 알츠하이머의 경우 병의 진행 속도가 빠르다는 이야기를 듣기는 했는데, 엄마의 경우 하루하루가 다르게 느껴질 정도였다. 내가 옆에서 일일이 호들갑을 떨면서 놀라면 엄마가 더 무서워할까 봐 말을 꺼낼 수도 없었다.

화장실까지 따라 들어가고 싶은 욕심을 억누르고 매점으로 향했다. 엄마가 목마르다고 커피를 좀 사다달라고 부탁했기 때문이었다. 캔 커피와 엄마가 좋아하는 과자를 몇 봉지 사서 매점을 나왔을 때 밖에 비가 한 방울씩 떨어지기 시작했다.

우산 안 가져왔는데.

서둘러 주차장을 향해 뛰었다. 차 트렁크를 열고 우산이 없나 뒤졌지만 역시나 우산은 보이지 않았다. 그냥 하나 사야겠다는 생각에 도로 매점으로 향했다.

그리고 우산을 두 개 사서 다시 차에 돌아올 때까지도 엄마는 돌아오지 않았다.

화장실을 가도 몇 번을 갔다 올 만한 시간이었다. 나는 그제야 화장실 안으로 들어가 엄마를 찾기 시작했다. 휴게소는 화장실 칸이 많았다. 그걸 전부 하나씩 열어가며 엄마를 불렀지만 엄마는 대답이 없었다. 목 뒤에서 식은땀이 한 줄기 쭉 흘렀다. 어쩌면 아까 맞은 빗물일지도 몰랐고.

화장실 안에 사람이 많지는 않았다. 나는 알록달록한 등산복을 입은 한 무리의 사람들이 안에서 나오는 걸 보고 무작정 붙잡았다. 키는 이만하고, 머리는 단발보다 더 짧고, 분홍색 바람막이를 입고, 초록색 가방을 든 사람을 본 적이 없느냐고 묻자 다들 고개를 저었다. 아까 분명히 화장실에 들어가는 것까지는 봤는데.

나는 이를 악물고 화장실에서 나왔다. 화장실에서 나온 후 이 휴게소 어딘가에서 길을 잃은 건지도 모른다. 매점을 시작으로 흡연실, 놀이터까지 구석구석 돌아다녔지만 엄마의 초록색 가방이나, 분홍색 바람막이 그 비슷한 것도 찾을 수 없었다.

생각보다 휴게소 규모가 커서 전부 돌아보는 데 꽤 시간이 걸렸다. 엄마의 모습은 어디에도 없었다. 바깥이 바로 고속도로이기 때문에 휴게소는 외부와 차단되어 있다. 여기서 사람이 이렇게 갑자기 증발할 수는 없었다. 하지만 구석구석 찾아보면 어딘가에 엄마가 분명히 있을 거라는 희망은 조금씩 사라졌다.

빗줄기가 굵어졌다. 사놓은 우산을 쓸 생각도 하지 못하고 뛰어다녔던 탓에 재킷이 전부 젖어 있었다. 몸이 싸늘하게 식어가는 게 느껴졌지만 아무래도 상관없었다.

엄마가 사라졌다.

이 단순한 사실이 그제야 실감이 났다.

✴

"실종자 신고를 했는데도, 아직 아무 연락이 없어?"

영인 선배는 그렇게 물으며 믹스 커피를 내게 건넸다. 바로 근처 경찰서로 달려가 신고를 하고 소란을 피웠지만 엄마를 찾을 수는 없었다. 휴게소 CCTV에 찍힌 엄마의 모습이 확인되기는 했다. 그러나 그 CCTV도 매점과 화장실 근처에만 설치되어 있었던 터라, 그 이후로 엄마가 어디로 갔는지까지는 보이지 않았다. 경찰은 알츠하이머란 이야기를 듣고 대번에 혀를 찼다.

"요즘 세상에 알츠하이머요?"

전송 수술 안 하고 뭐 하셨대요. 뒷말은 못 들은 척했지만 경찰서 안에 있던 사람들이 전부 똑같은 생각을 하고 있으리란 건 안 보고도 알았다.

경찰은 조서를 작성하며 말했다.

"아무래도 온전한 정신이 아니시다 보니까, 남의 차를 착각하고 타셨을 수도 있고요."

"남의 차에 탄다고요?"

그게 말이 되느냐고, 어느 누가 생판 모르는 여자가 차에 타는데 그걸 데리고 가냐고 따지고 싶은 걸 꾹꾹 눌러 참았다. 경찰에게 화를 내서 해결되는 건 아무것도 없다. 경찰이 말했다.

"아시다시피 실종법이 개정된 지 좀 됐어요. 원래는 치매 환자까지도 실종법 대상에 포함되어 있었는데요. 전송 수술이 보편화되면서 그게 다 치료 가능한 질병이 됐잖아요? 그래서 이게… 대상에서 빠져버렸어요."

"그래서요?"

"지금 당장 수사를 시작할 수는 없다는 뜻이에요. 가출일지도 모르니까요. 조금만 더 기다려보세요."

"가출이라고요?"

엄마가 진짜로 알츠하이머 환자라는 내 항변은 통하지 않
았다. 법이 그렇다는 말은 만능이었다. 무슨 말을 던져도 그
거대한 벽에 가로막혀 튕겨 나왔다. 결국 경찰서에서 아무런
소득도 건지지 못한 채 돌아왔고, 지금까지도 소식이 없었
다. 나는 다 식은 커피 잔을 만지작거리며 중얼거렸다.

"실종 신고는 못 하고… 가출인 신고로 들어갔어요."

"가출인 신고? 그게 뭐냐?"

영인 선배가 물었다. 경찰서에서 나도 똑같이 되물은 말이
었다.

"사지 멀쩡한 성인은 실종이 아니라 가출이래요."

"알츠하이머 치매 환자라는데도?"

"그게 치료 가능한 질병이라 그렇대요."

사람들은 그게 정말 치료 가능해졌다고 생각하는 걸까?
지금의 전송 수술로는 그저 알츠하이머의 발병을 최대한 뒤
로 늦추는 일밖엔 할 수 없다. 게다가 누구나 그 비용을 감당
할 수 있는 건 아니다. 우리 집만 해도 전송 수술 두 번으로
집이 날아가고 빚더미에 앉았다. 내 월급에서 대출 이자와 월
세를 빼면 남는 게 거의 없다. 그런 수술을 동네 병원에 내원
하는 것처럼 아무렇지 않게 생각하고 있는 게 이상했다.

영인 선배가 물었다.

"전송 수술 안 하기로 했잖아? 그런데도 환자로 인정을 안

해준대?"

"그렇다네요."

"말도 안 돼. 이해가 안 되네."

영인 선배는 그렇게 말하며 다 마신 커피 잔을 바닥에 쾅 내려놓았다. 나는 이제 이 이야기를 그만하고 싶었다.

"선배는 주말에 상견례 잘하고 왔어요?"

내 질문에 선배는 이마를 감싸 쥐고 책상에 엎어졌다. 용케 아까 내려놓은 컵을 피해 그 옆으로.

"아⋯. 말도 마."

선배는 앓는 소리를 내며 말을 이었다.

"밥 다 먹고 앉아서 과일 먹다가 그 얘기가 나왔는데, 결국 쫓겨나다시피 했어. 아무리 그래도 거짓말을 할 수는 없잖아. 결혼할지도 모르는데."

'그 얘기'가 뭔지 묻지 않아도 알 수 있었다. 영빈장례원에 근무하는 디렉터들 대부분이 직간접적으로 더미 신체와 연관이 있었다. 왜 그런지는 나도 모르겠다. 나는 엄마가 더미 신체로 갈아탄 것 때문에 장례 디렉터가 되었고, 선배의 경우는 선배 자신이 어린 시절 받았던 전송 수술 때문에 디렉터가 되었다. 꼭 그것 때문에 장례 디렉터가 됐냐고 묻는다면 아닐지도 모른다고 말할 수 있겠지만 그 일이 영향을 미쳤다는 건 부정할 수 없었다.

"내가 더미 같은 게 되고 싶어서 됐겠냐고."

선배는 그렇게 말하며 코를 훌쩍였다. 영인 선배는 아홉 살에 갑자기 발병한 급성백혈병으로 전송 수술을 받았다. 본인이 선택하고 자시고 할 여유 같은 건 없었다. 선배의 부모님은 선배를 무조건 살리고 싶었을 테니까. 그 후로 아직까지는 재발하지 않은 덕분에 처음 전송 수술 때 받은 더미 신체로 살고 있지만 선배는 그 점이 가끔 못 견디게 불만인 모양이었다.

"내가 여자인 건 괜찮아도 더미인 건 안 되겠대. 그게 말이 돼?"

선배의 마음도, 그리고 반대하는 저쪽 부모의 마음도 어느 정도 이해가 갔다. 저쪽 부모의 입장에서 선배는 언제 터질지 모르는 시한폭탄 같은 존재인 것이다. 생활 동반자 법이 통과되고 동성 결혼 역시 흔해진 요즘 세상에서도, 더미는 결혼 상대로 꺼림칙하다는 인식이 대부분이었다.

'언제 다시 병이 재발할지 모른다'.

더미를 반대하는 표면적인 이유는 그랬다. 전송 수술을 받을 정도로 심각한 병이 언제 갑자기 다시 재발해서 죽을지 모른다는 것. 그런 사람과 평생 함께할 수는 없지 않으냐는 것이다. 하지만 영인 선배처럼 어릴 때 딱 한 번 전송 수술을 받고 그 이후로는 건강하게 살아가는 사람들도 존재했다. 영인 선배는 매년 주기적으로 건강 검진을 받고 있고, 그 결과를 회사에 제출하고 있다. 사장님이 그렇게까지 하지 않아도 된다고 하는데도 선배는 듣지 않았다. 어차피 검사 하는 김에 내는 거라고.

영인 선배는 영빈장례원에 오기 전, 다른 장례회관 면접만 열 번도 넘게 봤다. 그리고 번번이 다른 핑계로 떨어졌다. 채용 시장에서도 더미를 차별하는 분위기가 지배적이기 때문이다. 물론 불법이었다. 다른 이유로 채용하지 않았다고 보고하는 것이 일반적이었다.

"내가 경력이 얼마나 있고, 어떤 자격증을 땄는지 같은 건 중요하지 않아. 더미라는 말 한마디에 그냥 끝인 거야. 블라인드 채용을 해도 마찬가지야. 무슨 핑계를 대서라도 이미 결정된 채용을 취소시켜 버리니까."

영인 선배는 회식에서 술이 조금만 돼도 그런 소리를 했다. 나도 사정을 모르지는 않았다. 엄마가 뒤늦게 일자리를 구할 때도 같은 소리를 들었다. 더미라서 안 된다는 말은 한마디도 듣지 못했는데, 그런데도 분명하게 알 수 있었다. 원래 그런 종류의 차별은 당하는 사람이 더 기민하게 알아차린다.

"근데 내가 결혼하려고 할 때도 이 소리 들을 줄 알았겠냐."

선배는 그렇게 말하며 몸을 일으켰다.

"그건 불법 아니에요?"

"부모님이 자식 결혼 반대하는 게 불법이겠어?"

선배는 한숨을 쉬고는 책상을 정리했다. 오늘 있을 더미 장례 중 두 개는 선배가 진행할 예정이었고, 나머지 한 건만 내 앞으로 되어 있었다. 엄마 소식을 듣고 선배가 배려해준 것 같았다. 일반 장례도 한 건 있었는데, 그건 지금 자리에 없는 팀장님 몫으로 배정되어 있었다. 나는 선배가 하는 꼴을 보고 넌지시 물었다.

"오늘 두 건 가능하겠어요? 바꿔줄까요?"

내 물음에 선배는 고개를 저었다.

"이런 때 몸이 바쁜 게 낫지. 생각하고 앉아 있으면 더 답 없어. 땅이나 파지."

그런다고 내가 헤어질 줄 알고? 결혼시켜줄 때까지 버틸 거다. 그런 말들을 중얼거리는 선배를 물끄러미 바라보다 나도 내 스케줄 표를 펼쳤다. 선배가 내 쪽을 흘깃 쳐다보고는 물었다.

"그러는 넌 괜찮겠어? 그냥 조퇴하고 어머니 찾으러 가는 게 낫지 않겠어?"

선배나 나나 상황이 참 그랬다. 선배가 보기에는 내 상황이 더 딱해 보이는 것 같긴 했지만.

"괜찮아요. 내일 연차 내놨으니까. 강원도 휴게소까지 가려면 또 한참 걸리잖아요."

나는 그렇게 말하고는 다시 파일 쪽으로 시선을 돌렸다. 글자가 눈에 들어오지는 않았지만 뭐라도 해야 했다. 선배 말대로 이런 때에는 차라리 몸이 바쁜 게 나았다. 선배는 괜찮다는 내 말에 한참 내 얼굴을 쳐다보더니 몸을 일으켜 나갔다.

선배가 보기에도 이상한 것이리라. 엄마가 사라졌다는데도 이렇게 침착한 내 모습이.

내가 침착할 수 있는 건, 어쩌면 경찰의 말이 맞을지도 모른다고 은연중에 생각하고 있기 때문이다. 경찰은 실종이 아니라 가출이라고 주장했다. 나는 엄마가 생판 모르는 누군가의 차를 얻어 타고 빠져나갔을 거라고 생각하지 않았다. 거기서 한 가지 새로운 가정이 떠올랐다. 어쩌면 엄마는 스스로 휴게소를 떠났을지도 모르겠다는.

처음에는 그럴 리가 없다고 부정했다. 엄마가 왜 나를 떠난단 말인가? 하지만 엄마가 지갑과 가방, 옷가지를 전부 챙겨서 사라졌다는 것과 아직은 남의 차를 착각해서 탈 정도로 인지 능력이 떨어지지 않았다는 점이 마음에 걸렸다.

그래, 가끔 누전 차단기가 내려간 것처럼 고장이 나기는 해도 엄마는 아직 스스로 생각하고 판단하고 움직일 수 있었다.

내가 간과하고 있던 게 바로 이 부분이었다.

✳

현진은 빈소에 앉아 가만히 영정 사진을 바라보고 있었다. 사진은 스스로 골랐다. 몇 해 전에 동네 사진관에서 찍은 운전면허증 사진이었다. 사진 찍을 때 뭐가 그렇게 마음에 안 들었는지, 표정이 잔뜩 굳어 있었다. 옆 빈소 보니까 그 사람은 웃는 사진으로 골랐던데, 확실히 그편이 훨씬 보기 좋았다. 나중에 진짜 장례식을 할 때는 웃는 사진을 써달라고 해야지. 현진은 그렇게 결심하며 가볍게 한숨을 쉬었다. 그러자 뒤에서 누군가가 말을 걸었다.

"후회하세요?"

이 더미 장례의 디렉터였다. 현진은 디렉터의 얼굴을 확인하고는, 고개를 저었다.

"사진을 좀 더 잘 고를 걸 후회되기는 하네요."

"그래도 첫 장례인데, 좀 그렇죠?"

그래서 첫 장례는 일반 장례로 하는 분들이 많아요. 디렉터는 묻지 않은 이야기까지 떠들어댔다. 현진은 한 귀로 듣고 한 귀로 흘리며 고개를 끄덕였다.

"가족분들은 안 오세요?"

"네."

현진은 더 설명하기 싫어서 간명하게 대답했다.

장례식에는 아무도 부르지 않았다. 가족이야 반대할 게 뻔하고, 친구라고 할 만한 사람은 거의 남아 있지 않았다. 게다가 이건 진짜 장례식이 아니라는 생각이 컸다. 저 관 안에 들어 있는 몸이 진짜 자기 몸이라는 건 알고 있다. 하지만 지금 자신이 이곳에 멀쩡히 살아 있는 것 또한 진실이었다. 몸은 몸일 뿐이다. 기억 데이터의 전송에는 오류가 없었고, 새로운 신체에 적응도 마쳤다. 그렇기에 현진은 이런 더미 장례조차 쓸데없는 허례허식이라고 생각했었다.

하지만 하루 동안 꼬박 영정 사진을 보며 향냄새를 맡다 보니 기묘한 감상이 들기 시작했다.

지금 관을 보고 생각하는 내 쪽이 진짜라고 주장할 근거는 무엇인가.

내가 진짜라고 믿고 있는 기억이 조작되었을 확률은? 어린 시절이 지나치게 생생하게 기억나는 것조차 의심스러워졌다. 더미가 된 사람들이 전부 이런 일을 겪는 거라면, 어떻게 이런 미친 수술이 그렇게 횡행할 수 있는지 믿을 수가 없었다. 현진은 디렉터를 향해 물었다.

"사람들은 어떻게… 자기가 자기인 걸 확신하죠?"

한 치의 의심도 없이 그런 일이 어떻게 가능할까. 현진은 전송 수술을 받은 후 자신의 삶이 훨씬 쾌적해졌다며 웃던 사람들의 얼굴을 떠올렸다. 그딴 게 가능하다고? 현진의 물음에 디렉터는 볼을 몇 번 긁적이고는 대답했다.

"그렇게 깊이 생각하지 않기 때문에 살아갈 수 있는 거예요."

"예?"

"의심하기 시작하면 미쳐버리니까."

디렉터는 말을 이었다.

"저는 딸아이가 그 수술을 받았는데. 아, 묘하게 디렉터들은 더미 가족이 있는 경우가 많아요. 이상하죠? 아무튼 저기 있는 내 딸이 진짜 그전의 내 딸이 맞는지, 어떤지. 그런 걸 상상하고 의심하기 시작하면 끝이 없어요. 그 애의 기억이 내 기억과 일치하는 걸 보고, 그냥 믿는 거죠."

"그냥 믿는다고요?"

"우리가 공유하는 기억을 추억이라고 부르는 거잖아요. 저는 그거면 충분하다고 생각해요."

그 말에 현진은 멍하니 디렉터의 얼굴을 바라보았다. 디렉터는 헛기침을 하고는 덧붙였다.

"물론 본인이 더미가 된 분의 심정 같은 건 제가 헤아릴 수 없겠지만요. 아마 제가 전송 수술을 받아봐야 알지 않을까요?"

디렉터는 그렇게 말하고 눈가 주름을 접으며 웃었다.

"그러니 가족과 대화를 나눠보세요."

모든 문제의 원인은 대화 부족이라니까요. 디렉터는 웃차, 하는 소리와 함께 자리에서 일어났다. 현진은 디렉터가 빈소에서 나가고도 한동안 그 자리에 못 박힌 듯 앉아 있었다. 향냄새가 지독했다.

✳

엄마가 강원도에서 어디로 갔을지는 전혀 짐작되지 않았다. 갈 만한 곳을 추려봤지만 내 머릿속에 떠오른 건 전부 집 근처라서, 목록을 썼다가 다시 지우기를 반복했다. 고향인 전라도라면 몰라도 강원도는 전혀 연고가 없었다.

휴게소에서 나갔다면 시간이 흘렀으니 반드시 강원도에 있을 거라고 짐작할 수도 없었다. 그 밑으로 이동해 경상도나 남해까지 가버렸을 수도 있으니까. 엄마의 상태로 그렇게 멀리 이동할 수 있었을 것 같지는 않았지만 가능성을 완전히 배제할 수도 없었다. 핸드폰은 쭉 전원이 꺼져 있어서, 위치 추적도 쉽지 않았다. 엄마 몰래 엄마 핸드폰에 깔아놓은 위치 추적 앱은 이럴 때 도움이 하나도 되지 않았다.

사무실에서 초조하게 핸드폰만 쳐다보기를 며칠째.

드디어 기다리던 문자가 들어왔다.

[Web발신]

대한카드(9017)승인 백*진 22,500원(일시불) 03/24 11:45 위드유 동해오션점
누적 425,240원

편의점에서 누군가 결제했다는 문자였다. 엄마에게 내 카
드를 주며 '위급 상황 시 꼭 이 카드를 쓰라'고 말해둔 효과가
있었다. 나는 내 명의의 카드를 여러 개 만들어서 엄마의 복
대 안주머니에 넣어두었다. 복대뿐만 아니라 모자 안쪽에도,
가방 안에도 주머니를 달아 넣었다. 아마 엄마도 카드를 쓰면
내 쪽으로 문자가 온단 것을 알고 있었을 테지만, 지금은 잊
어버렸을 가능성이 컸다.

나는 당장 가방과 지갑을 챙겨 일어섰다. 이런 일이 생길
까 봐 미리 선배에게 당직을 부탁해두기를 잘했다. 영인 선
배에게 엄마를 찾으러 간다고 짧게 설명하고 장례식장을 나
왔다.

차를 타고 가면서 부디 내 추측이 틀리기를 빌었다.

엄마가 왜 나를 떠난단 말인가? 이 질문은 틀렸다. 어차피
엄마와 나는 지금 천천히 이별을 준비하는 중이었으니까. 언
젠가 엄마가 떠난다는 것은 자명한 사실이었다. 그럼 남는 질
문은 하나뿐이다. 엄마는 왜 지금 사라져버렸는가? 그 물음
의 끝에 나온 대답은 허무하리만치 간단했다. 엄마는 지금 당

장 내 곁을 떠나려는 것이다.

엄마 자신이 무너져 내리기 전에. 더욱더 또렷한 정신일 때.

그렇게 놔둘 수는 없었다.

평일 아침 고속도로에는 차가 많지 않았다. 액셀을 더 밟으려고 발에 힘을 주려던 찰나 핸드폰이 울렸다. 핸드폰이 카오디오에 연결되어 있었기에 나는 바로 전화를 받았다. 그리고 내가 "여보세요."라고 말하기도 전에 영인 선배의 목소리가 차 안에 쩌렁쩌렁하게 울려 퍼졌다.

"너 어디야?"

"동해 가는 길이에요. 선배, 제가 지금 바빠서 조금 이따 다시 전화…."

"그 중단된 장례식, 다시 해야겠다."

뒷말을 더 듣지 않아도 어떻게 된 일인지 알 수 있었다. 나는 이제는 진짜 고인이 되어버린 그 사람의 얼굴을 떠올렸다. 임희주, 예순둘. 프로필 상의 성의 없는 정보 몇 줄로는 도저히 설명될 수 없는 한 사람의 얼굴이 거기에 있었다. 어찌 된 일인지 영정 사진 속의 웃는 얼굴보다, 그날 빈소 바닥에 주저앉아 울던 얼굴이 더 기억에 선명하게 남아 있었다.

선배가 이어서 말했다.

"일반 장례로 진행할 건데, 네가 맡아줬으면 한대."

"누가요?"

"상주 쪽에서."

고인을 붙잡고 '엄마는 왜 엄마만 생각해? 우리한테 아직 엄마가 필요하다는 생각은 안 해봤어?'라 소리치던 앳된 얼굴이 떠올랐다. 내가 상주 쪽에 뭘 해준 것도 없는데 날 어떻게 믿고 장례를 맡긴다는 건지 모를 일이었다.

장례식이 중단되었을 때 나는 무심코 생각했다. 당장 자살할 게 아니라면 그래도 살아가는 수밖에 없다고. 그거야말로 남이기에 할 수 있는 속 편한 소리였다.

"선배. 나 그거 못 해요."

엄마에게 신체를 바꾸지 말자고 먼저 제안한 건 나였지만, 동시에 아직 엄마를 필요로 하는 쪽도 나였다. 나는 우리의 이별이 느린 장송곡 같으리라고 함부로 판단하고 정의 내렸다. 엄마에게는 죽음만도 못한 삶이 될 거라는 건 고려하지 않았다. 나한테는 아직 엄마가 필요했으니까. 이런 마음을 가지고서 고인의 장례식을 맡을 수는 더더욱 없었다.

삶을 존엄하게 마무리한다는 건 무엇일까.

삶의 마지막 페이지를 어떻게 마무리해야 존엄하다고 말할 수 있을까. 남은 사람들은 어떻게 고인을 보내주어야 할까. 장례 디렉터로 일하면서 몇 년간 수없이 스스로 물었던 질문이지만 여전히 답을 알 수 없었다. 임희주 씨의 선택이 옳았을까? 엄마는 분명 임희주 씨를 이해한다고 말할 것이다. 스스로의 존엄을 지킬 수 있을 때 죽음을 선택하는 게 뭐가 나빠? 난 절대 연명 치료 같은 거 시키지 마. 엄마의 목소리가 귓가에 선했다. 그런 엄마가 나 때문에 더미가 되어 열여덟 해를 더 살아주었다. 내가 불평해서는 안 된다는 걸 알고 있다. 하지만 어쩔 수 없는 일이었다.

엄마가 나보다 오래 살았으면 좋겠어.

언젠가 뱉은 그 말에 엄마는 '나더러 자식 앞세우라는 거냐'고 웃어넘겼지만 진심이었다.

나는 그 장례를 못한다는 말을 반복했다. 하다 보니 그게 임희주 씨의 장례식인지, 엄마의 장례식인지 알 수가 없어졌다. 눈물로 목이 막혀서 목소리조차 제대로 나오질 않았다.

선배는 아무런 대꾸도 하지 않았다. 색색거리는 숨소리가 카 오디오를 통해 차 안에 울렸다. 눈앞이 흐려질까 봐 열심히 눈물을 참았는데 소용없었다. 그냥 포기하고 한 손으로 핸들을 잡은 채, 다른 한 손으로 눈물을 닦았다. 한참 뒤 내가 눈물을 그친 후에야 선배는 몸조심하라는 한마디를 남긴 채 전화를 끊었다.

차 안이 다시 조용해졌다. 전기차는 엔진 소리가 나지 않아 소름 끼친다는 엄마의 말이 이해가 됐다. 나는 엄마가 즐겨 듣던 노래를 틀까 하다가, 그냥 내버려두었다.

✳

엄마는 특정한 학명, 그러니까 내가 듣기에는 외계어처럼 들리는 이름을 가진 것들을 분류하는 일을 했다. 나를 낳기 전의 이야기다. 그때 엄마는 연구소에 한 번 들어가면 몇 개월씩 나오지도 않고 거기 처박혀 살았다고 했다. 섬에 있었으니 당연했다. 그곳에서 깊은 바다 속에 사는 해양 생물을 연구했다고 들었다. 그때까지만 해도 심해에 대한 연구는 제대로 이뤄지지 않고 있었기 때문에 엄마가 새로 이름을 붙일 수 있는 종이 아주 가끔 나타나곤 했다고. 다른 과학자들이 먼저 발견한 종이 이렇게나 많은데, 아직도 새로운 종이 발견된다는 게 신기하지 않니. 엄마는 꿈꾸는 듯한 눈으로 종종 그런 말을 했다.

바다에 그렇게 해파리가 많은데도, 아직도 새로운 해파리가 발견된다니까.

언젠가 엄마가 그 말을 했을 때, 나는 학교에서 급식 반찬으로 해파리 초무침이 나와서 화가 나 있던 상태였다.

"그런 맛없는 걸 사람들은 왜 먹는 거야?"

"그렇게 맛이 없어?"

"당연하지."

나는 씩씩대며 대답했다.

"시큼하고 물컹물컹해."

그 당시 내게 해파리는 최악의 음식이었다. 내 말에 엄마는 하하하, 웃더니 그건 해파리를 무칠 때 식초를 쓰기 때문이라고 그랬다.

"재미있는 거 알려줄까? 해파리 중에는 가끔 독이 있는 녀석들이 있거든. 어떤 해파리는 사람을 죽일 정도로 강력한 독을 품고 있어. 상자해파리 같은 녀석들이 그래. 근데 웃긴 게 말이야, 상자해파리에 쏘였을 때는 식초로 응급 처치를 하는 게 도움이 돼. 사람들은 식초로 해파리를 무쳐 먹는데 말이야. 어때, 재밌지?"

"어디가 재밌는 부분이야?"

나는 하품을 하며 대답했다. 엄마가 재미있다고 하는 건 도무지 내 쪽에서는 재미를 찾을 수가 없는 것들뿐이라 우리의 대화는 늘 이런 식이었다. 덕분에 상자해파리에 쏘였을 때는 식초를 쓰면 된다는 이상한 상식만 늘어갔다. 엄마는 내 반응 같은 건 아랑곳하지 않았지만.

"심해에는 아직 인간이 발견하지 못한 새로운 종의 해파리가 있을지도 몰라."

"그러니까 그게 나랑 무슨 상관이야?"

"그거 알아? 어떤 해파리들은 영원히 살아. 보통 해파리의 수명은 1년 안팎이지만. 투리토프시스 누트리쿨라는 병들거나 천적에게 잡아먹히지 않는 이상 죽지 않아. 그렇다고 늙지 않느냐, 그것도 아니야. 얘들은 나이가 들어 노쇠하면 수명이 다하기 직전에 다시 세포 덩어리로 돌아가. 그리고 다시 성체가 되고. 그 과정을 무한히 반복하는 거지."

"뭐야, 전송 수술이랑 비슷한 거잖아."

우리도 하고 있잖아. 이때쯤 전송 수술은 이제 막 시연되기 시작하고 있었다. 뉴스에 대대적으로 보도되고, 국내 1호 환자, 2호 환자를 차례차례 인터뷰했다. 내가 그렇게 말하자 엄마는 웃었다.

"아냐, 달라. 우리는 해파리처럼 어린 시절로 돌아가지 못해. 그냥 죽음을 계속 뒤로 미루고 있을 뿐이야. 늙음을 받아들이지도 못한 채로 말이야."

"그럼 나쁜 거야?"

이 말에 엄마는 처음으로 잠시 대답을 망설였다. 그리고 잠시 뒤 입을 열었다.

"…현 상태를 유지하고 싶은 소망이 꼭 나쁜 것만은 아니야."

"왜?"

"사람은 꼭 그래야 할 때가 있거든."

열두 살짜리 하나만 남겨두고 갈 수가 있어야 말이지. 그 말을 그때는 이해하지 못했다. 현 상태 유지니 뭐니 하는 말은 어린애가 이해하기엔 꽤 심오한 개념이었다. 엄마는 그러고 한참 있다가 한마디를 덧붙였다.

"하지만 그것도 언젠가 끝내야 할 때가 온단다."

이제는 나도 그 말이 무슨 의미인지 안다.

＊

문자에 찍힌 편의점 주변을 한 바퀴 돌았다. 결국 차를 인근 주차장에 세우고 발로 뛰어다니며 엄마를 찾았다. 엄마가 주변에 없다는 것을 확인한 뒤에 편의점에 들어가 아르바이트생에게 엄마의 인상착의를 설명했다. 사진을 보여주며 이런 아주머니 본 적이 없느냐고 묻자 아르바이트생은 "아!" 하는 소리와 함께 두어 시간 전에 다녀가셨다고 대답했다.

"확실히 기억나요. 과자랑 맥주를 이것저것 담아서 그냥 나가시려고 했거든요. 그래서 제가 얼른 붙잡았죠."

그렇게 당당하게 도둑질하려는 분은 처음 봤으니까요. 그렇게 덧붙이며 아르바이트생은 웃었다.

"근데 도둑질하려던 게 아니라는 걸 붙잡고 나서 알았어요. 무척 당황하셨거든요. 지갑도 잃어버리신 거 같고. 다행히 그, 허리에 매신 힙색 안에 카드가 하나 들어 있어서 그걸로 결제했어요. 그런데 제가 경찰서에 분실 신고해드릴지 묻자마자 도망치셔서 어디로 가셨는지까지는 모르겠어요."

아르바이트생은 그렇게 말하고 미안하다는 말을 건넸다.

"저희 할머니도 알츠하이머 치매를 앓은 적이 있어서 알아요. 그런데 전송 수술을 안 받으셨어요?"

그 말엔 애매한 웃음을 돌려줄 수밖에 없었다. 그렇게 편의점에서 별 소득 없이 밖으로 나왔다. 편의점 쪽에서는 얻을 수 있는 정보가 없으리라고 이미 예상했었다.

이제 어디로 가야 하나.

올려다보자 시커먼 구름이 가득 낀 하늘이 보였다. 비가 올 것 같았다. 엄마가 어딘가 안전한 곳에 들어가 있었으면 하는 마음과 그래도 이 주변 어딘가에 있었으면 하는 마음이 교차했다. 정처 없이 몇 분 정도를 그대로 걸었다.

짭짤한 바다 냄새가 코를 찔렀다. 얼마간 더 걷자 조그만 어선들이 정박해 있는 모습이 보였다. 도망칠 장소로 굳이 고른 게 바다가 보이는 동네라는 사실이 참 엄마다웠다. 원래 바닷가에 사는 게 엄마의 소원이었다. 엄마는 수영이나 물놀이를 싫어하는데 바다를 보는 것만은 좋아했다. 바닷가 근처는 해풍이 불어서 별로라는 내 말에 금세 단념했지만.

어선들을 몇 개 지나치자 구명조끼가 잔뜩 쌓여 있는 천막이 나타났다. 지금은 아무도 없어 한산했지만 여름이 되면 이 근처에서 카약을 타는 사람들이 많다고 들었다. 조금 더 걷자 장난감 병정들이 테라스 쪽에 일렬로 늘어서 있는 카페가 보였다. 이상하게 눈에 익었다. 분명 여기에 처음 온 것 같은데. 저 장난감 병정들과, 구명조끼가 가득 쌓인 천막, 그리고 그 앞에 위치한 곳의 지형이 어디선가 본 적이 있는 듯해 다시 주변을 돌아보았다. 지나가는 사람이 많지는 않았다. 금방이라도 비가 쏟아질 듯한 하늘 때문에 어선 역시 오늘은 바다로 나가지 않는 것 같았다.

조금 더 걸으면서 알게 되었다. 이 근처에서 카약을 타는 사람이 많다는 이야기를 들은 게 아니라, 언젠가 이 카약을 타러 온 적이 있었다는 사실을.

기억은 흐릿했다. 대여섯 살 즈음의 기억이란 게 대부분 그렇다. 손자국이 잔뜩 난 물안경을 끼고 들여다보는 듯 부옇다. 그 부연 물 속에서 이런저런 파편들을 보고 있는 것이다. 이를테면 장난감 병정들이 늘어선 테라스, 조금 더 걸으면 보이는 바닷가 앞의 계단. 이런 것들을.

그 계단 아래에 엄마가 앉아 있었다.

뒷모습만 보고도 그게 엄마란 걸 알았다. 한쪽으로 약간 기운 구부정한 어깨. 화사한 색으로 입으면 예쁠 거라고 내가 고집을 부려 산 분홍색 바람막이. 엄마는 그런 화려한 색의

외투를 입는 걸 싫어했다. 옷장을 보면 죄 검은색, 회색, 남색 옷만 가득했다. 나는 그 칙칙한 옷장을 들여다보는 게 싫었다.

기억은 완전하지 않다. 나는 어린 시절의 일을 대부분 기억하지 못하고, 엄마는 가장 최근의 기억부터 서서히 잊어가고 있으니 똑같은 일을 겪었어도 기억하는 주요 장면이 전부 제각각이라는 건 분명하다.

"엄마." 하고 부르자 바다를 들여다보고 있던 엄마가 고개를 돌렸다.

"여기서 뭐 해?"

내가 그렇게 물을 때까지도 엄마는 내 얼굴을 몇 초간 찬찬히 뜯어보고 있었다. 마치 처음 보는 사람의 얼굴을 구별하려는 듯이. 그래서 알았다. 지금 엄마는 내가 아니라 어린 시절의 나를 찾고 있는 거라는 걸.

"우리 딸 찾고 있어요. 같이 카약을 타러 왔는데… 사라졌어요."

엄마는 주변을 두리번거리며 사라졌다는 말만 반복했다. 내가 엄마와 함께 카약을 타러 온 건 일고여덟 살 즈음의 일이었다. 엄마가 전송 수술을 받기 훨씬 전이다.

"딸이 몇 살인데요?"

"일곱 살. 아니… 여섯 살인가? 잘 모르겠어요."

어떤 한 사람을 그 사람 자신이게 만드는 특성은 무엇일까. 그 사람의 외형, 혹은 성격. 어린 시절부터 축적된 경험과 판단, 가치관. 그 모두를 뭉뚱그려 기억이라고 칭할 수도 있을 것이다.

기억과 몸을 똑같이 복제해내면 그건 그 사람인가.

나는 오랜 세월 그 답을 고민해왔다. 내 눈앞의 엄마가 진짜 내 엄마인지 믿을 수 없었기 때문이었다. 아무리 엄마랑 똑같이 생겼어도, 엄마가 이야기하는 기억이 전부 전송수술 이전의 것이어도 마찬가지였다. 기억 데이터가 서버에 저장됐다가 옮겨지는 과정에서 어떤 오염이라도 있었다면? 타인의 기억과 뒤섞이기라도 한다면? 더미가 된 가족을 가진 사람들은 평생 이 질문에서 벗어날 수 없었다.

언젠가 과거에 엄마를 향해 물었던 적이 있다.

당신이 진짜 우리 엄마야?

우리 엄마가 맞긴 해? 그 말에 내 얼굴을 망연히 쳐다보던 엄마의 표정을 지금도 잊지 못한다. 엄마는 그때 내게 아무 대답도 들려주지 않았지만 이제는 그 답을 안다.

"내가 엄마 딸이잖아."

내 말에 엄마는 혼란스러운 듯했다. 웬 멀쩡한 성인 여자가 대뜸 내가 당신 딸이라고 주장하니 그런 것 같았다. 엄마는 곧 고개를 저었다.

"우리 딸은 여덟 살이에요, 아가씨."

그 말에 결국 눈물이 터졌다. 나는 이름도 모르는 해파리의 학명을 줄줄 외던 엄마는 이제 그 진짜인지 가짜인지 불분명한 기억마저 잃어가고 있었다. 조금 전 일곱 살, 여섯 살이던 나는 이제 여덟 살이 되었다. 엄마가 알츠하이머가 아니었다면, 조금쯤은 나도 기억의 연속성을 믿을 수 있었을까. 이런 생각 자체가 이제 의미 없겠지만. 우리의 시간은 파편화되어 산산이 흩어지고 있기 때문이다.

내가 아무 대꾸도 하지 못하고 눈물만 줄줄 흘리자 엄마는 자신의 바람막이 주머니를 뒤졌다. 그리고 그 안에서 뭔가를 꺼내 내 앞으로 내밀며 말했다.

"울지 마."

눈에 익은 포장지였다. 파란색 사탕 모양 포장지 안에는 동그랗게 생긴 초콜릿이 들어 있었다. 내가 어린 시절 엄마에게 사달라고 조르고 졸랐던 초콜릿이었다. 지금은 너무 달아서 입에도 못 대지만 그 당시에는 좋아하던 간식. 나는 초콜릿을 받아 들어 포장지를 벗겼다. 꾸역꾸역 입에 넣자 혓바닥이 다 아릴 만큼 단맛이 입안에 퍼졌다.

"내가 이거 안 먹은 지 몇 년이 됐는데…."

엄마는 그걸 아직도 기억해? 입에 넣은 초콜릿 때문에 발음이 엉망으로 뭉개졌다. 눈물을 줄줄 흘리면서 생각했다.

이런 기억이 어떻게 가짜일 수 있을까. 눈앞의 이 사람이, 어떻게 내 엄마가 아닐 수가 있나. 어쩌면 엄마가 다른 곳이 아닌 바로 이 장소를 택한 것 자체가 하나의 증명이 될 수 있지 않을까. 우리의 기억은 잘못되지 않았다는. 나는 헐떡이며 엄마에게 미안하다는 말을 반복했다. 미안한 게 너무 많아서 이제는 뭐 때문에 미안한 건지도 알 수 없었다.

엄마를 의심했으면서도, 그런데도 필요로 했던 것. 그게 내 가장 못된 점이었다.

엄마는 초점 없는 시선으로 나를 멍하니 바라보고 있었다. 그 눈에 빛이 돌아오기를 나는 하염없이 기다렸다. 하지만 그런 기적 같은 일은 일어나지 않았다. 나는 엄마를 가만히 끌어안았다. 엄마는 발버둥 치지 않고 내게 안겨 있었다.

이제야 나는 엄마가 서른여덟, 그 어린 나이에 전송 수술을 받기로 결심했던 이유를 이해한다. 열두 살짜리 하나만 남겨두고 갈 수가 없었다는 말을 진심으로 이해한다. 나 역시 엄마를 두고 갈 수가 없기 때문이다. 점점 더 어려지고, 어려지는 나의 엄마. 나는 한 번도 엄마에게 털어놓지 못한 비밀을 입속으로 중얼거렸다.

엄마, 사실 나는 엄마의 두 번째 딸이야.

그 말에 엄마가 "현진아." 하고 내 이름을 불렀다. 나는 천천히 고개를 들었다. 이름은 신기하다. 엄마가 나를 백현진이라 불러주는 동안, 나는 백현진일 수 있었다. 한 치의 의심도 없이. 엄마는 느릿느릿한 말투로 "집에 같이 가자."라고 말했다.

같이. 나는 오랫동안 그 한 마디를 줄곧 기다려왔다는 걸 깨닫는다.

앨리스,
　　스탠드
업

문이 열리지 않았다. 철컥, 철컥. 왼쪽으로 두 번, 오른쪽으로 다시 두 번. 침착하게 문고리를 돌려보았지만 어느 쪽으로도 문은 열리지 않았다. 손에 물이 너무 많이 묻어 있어서 그런 걸 거라고, 일단은 낙관적으로 생각해보려 했다. 수건으로 손을 닦고 난 뒤에도 문은 꿈쩍도 하지 않았다. 나는 변기 위에 앉아서 처음부터 생각을 정리하기 시작했다. 요 며칠 사이에 집 화장실 문이 좀 삐걱거리긴 했다. 불안하다고 생각했지만 어차피 이번 주말이 지나면 월요일에 일본으로 2박 3일 여행을 다녀올 예정이라, 다녀와서 업자를 부르리라 마음을 먹었다. 그러지 말았어야 했는데. 아님 혼자 목욕하러 화장실에 들어오면서 문이라도 잠그지 말든가. 최대한 아무렇지 않은 척 화장실 안을 한번 둘러보았다.

이럴 땐 어떻게 해야 한다는 재난 상황 지침이라도 있었으면 좋았을 텐데. 살다 살다 화장실에 갇힐 수도 있다는 생각은 해본 적이 없어서 뭘 어떻게 해야 하는 건지 알 수가 없었다. 화장실에 갇히는 걸 재난 상황이라고 부를 수도 있을까. 문고리를 다시 쥐고 흔들어봤다. 혹시나 싶었는데 역시 꿈쩍도 하지 않았다. 게다가 옷도 스마트폰도 바깥에 있었다.

변기에 옷가지 하나 걸치지 않은 채로 앉아서 나는 생각이란 걸 좀 했다. 설마 이대로 죽는 건가? 그럴 리가 없다고 생각했다. 누군가는 내가 없다는 걸 알아차릴 것이다. 최소한 목요일에는 누구라도 내가 출근하지 않았다는 걸 알아차리겠지. 하지만 그건 너무 늦다. 오늘이 금요일이니까, 최소 닷새를 이 화장실에서 기다려야 한다는 소리였다. 드라이기로 말리지도 않았는데 점점 말라가는 머리카락을 감싸 쥐었다. 머릿속에선 벌써 '20대 여성, 문이 잠긴 화장실에 갇혀 참변' 같은, 진부하지만 끔찍한 기사 타이틀이 지나가고 있었다. 어쩌면 그런 타이틀조차 붙지 않고 단신으로 짤막하게 끝날지도 모른다. 어머, 어떡하니. 자기 집 화장실에 갇혀서 죽다니. 불쌍해서 어째. 며칠 안타까워하고 말 회사 인간들 얼굴도 지나갔다. 아니, 어쩌면 안타까워하기보단 속으로는 비웃을지도 모른다. 불쌍한 노인들 등이나 쳐먹고 살더니 그렇게 바보같이 갔대. 천벌 받은 거 아니야? 하고. 자기들도 사이비 다단계 회사에 다니는 건 마찬가지면서. 남 뒤통수치고 살면서 항상 천벌에 대해 생각했지만 천벌로 이런 걸 받을 줄은 몰랐다.

고개를 돌려봤자 보이는 건 회색 타일뿐이었다. 문 바로 앞에 변기, 그 옆에 세면대 하나, 욕조 하나. 세면대 위 거울과 붙박이장 하나. 이 연립 주택의 화장실엔 그 흔한 창문 하나 없었다. 가진 예산에 맞춰서 집을 구하다 보면 온갖 희한한 집을 다 만나게 된다. 반지하 화장실에 창문까지 없으면 어떻게 살아요? 계약할 때 집주인에게 그렇게 투덜거리긴 했지만 아주 못 살 정도는 아니라고 생각했는데. 지금은 작아도 괜찮으니 그 창문 하나가 간절했다. 그럼 그 창문으로 살려달라고 소리라도 지를 수 있을 테니까. 혹시나 싶어서 문틈으로 살려달라고 소리쳐봤지만 들리는 건 우리 고양이 울음소리뿐이었다.

바깥에서 밤에 뜨는 달이 먀옥, 하는 소리를 내며 울었다. 달이 울음소리를 듣자 정신이 번쩍 들었다. 이대로 넋 놓고 있을 수는 없었다. 문고리를 잡고 위아래로 마구 흔들어봤다. 덜걱덜걱 소리만 나고 문고리는 좀처럼 뜯어지지 않았다. 내가 맨손으로 문고리를 뜯어낼 수 있는 사람이었으면 손목터널증후군 같은 현대인의 고질병에도 걸리지 않았을 거다. 선화는 그런 나를 두고 엄밀히 말하면 화이트칼라 사무직 노동자도 아니면서 꼴값이라고 낄낄댔다. 언니 너는 귀찮아서 컴퓨터 타자도 잘 안 치고 거추장스럽다고 무거운 건 들지도 않잖아. 나한테 다 떠넘기는 주제에 손목터널증후군에는 왜 걸려, 걸리길. 선화의 웃음소리가 귓가에 선했다.

원래는 일요일 밤에 선화가 달이를 고양이 호텔에 맡기고 올 예정이었다. 마지막으로 봤을 때 다투고 선화가 짐을 싸서 이 집을 영영 나가버리는 바람에 더 이상 그럴 수 없게 되어버렸지만. 내 인간관계를 생각해보면 며칠씩이나 고양이를 부탁할 만한 지인은 없었다. 회사에 며칠 결근 좀 했다고 우리 집에 찾아올 사람도. 그게 문제였다. 지금으로서는 선화가 술이나 진탕 먹고 돌아오기를 바라는 게 최선이었다. 늘 그랬던 것처럼. 선화는 매번 이기지도 못할 술을 그렇게 마시고 벌집을 찾아내는 꿀벌처럼 돌아왔다. 그러니 이번에도 선화의 귀소본능이 빛을 발하기를 바라는 수밖에.

화장실 구석에는 모서리가 살짝 깨진 타일이 하나 있었다. 원래는 저 타일 때문에 화장실 보수 공사를 하는 김에 문고리까지 수리하려고 한 거였는데. 깨진 조각을 집어서 문을 열심히 긁어봤지만 별 소용은 없었다. 이런 식으로 문을 뚫는 것보다 숟가락으로 땅 파서 탈옥하는 게 더 빠를지도 모르겠다. 내가 알고 있는 조난 신호를 적어보려고 해도 볼 수 있는 사람이 없으니 쓸모가 없었다. 모스 부호를 친다고 해도 알아듣는 사람이 있을 가능성이 희박했다. 요즘 같은 세상에 군인이나 어릴 때 걸스카우트였던 사람이 아닌 이상 모스 부호를 누가 알겠냐고. 언젠가 선화는 그걸 일일이 기억하고 있는 내가 이상하다고 했다. 선화가 몰라서 그렇지 어릴 때 주입식으로 배운 건 뭐든 쉽게 잊히지 않는 법이다.

'20대 여성, 문이 잠긴 화장실에 갇혀 참변'에 '알몸으로 발견돼'까지 덧붙이고 싶진 않았다. 변기에서 일어나 샤워 가운을 챙겨 입었다. 선화가 작년 내 생일 선물로 준 샤워 가운인데 작년에 받고서 화장실 선반에 넣어놓고는 한 번도 꺼내 입은 적이 없었다. 가끔 꺼내놓고 흡족하게 쳐다보기만 했다. 숨이 죽을까 봐 아까워서 입지도 못했는데. 그러지 말걸. 선화가 알면 뭐라고 할까? 선화는 어쩌면 숨 하나 죽지 않은 샤워 가운을 걸치고 죽은 나를 보고 아까워서 입지도 못했다는 걸 알아챌지도 모른다. 아, 이 바보 같은 인간은 그래도 마지막 순간에는 내가 준 선물을 걸쳐보고 죽었구나. 아니면 여기서 무사히 나가서 선화한테 웃으면서 떠들어댈 날이 올지도 모른다. 살다 살다 화장실에 갇혀서 죽을 뻔하기도 하고, 진짜 바보 같지. 맥주를 마시면서, 감자튀김 같은 거나 주워 먹으면서, 낄낄거리면서.

우리가 친해진 건 대학 때 연극 수업을 같이 들으면서부터였다. 나는 휴학 기간의 원대한 계획에 철저하게 실패하고 복학한 3학년이었고 선화는 이제 막 대학에 들어온 1학년이었다. 두 명씩 짝을 맞춰서 주어진 연기를 하는 게 중간고사 발표 과제였는데 출석부에 이름이 나란히 붙어 있었던 탓에 선화랑 내가 짝이 되었다. 연기를 발표하려면 당연히 만나서 연습을 해야 했지만 선화랑 나는 만나면 일단 술부터 마시곤 했다. 맥주일 때도 있었고, 소주에 레모네이드를 섞어 마실 때도 있었고, 마트에서 파는 진로 포도주일 때도 있었다. 그러다 점점 대담해진 우리는 소주를 플라스틱 컵에 담아서 수업 시간에 가지고 들어가기도 했다. 소주가 투명해서 대개는 걸리지 않고 넘어갔다. 우리가 알코올의존증이었던 건 아니었다. 대학 캠퍼스라는 분위기에 취한 건 학기 시작 처음 한두 달 뿐이었고, 그다음부터는 맨정신으로는 버틸 수 없는 날들이었기 때문이었으리라. 그해 봄은 아직도 맨정신으로 이야기할 수 없는 일들로 가득했다.

어쨌거나 그딴 식으로 학교에 다니다 보니 중간고사 성적은 당연히 엉망진창이었다. 재시험을 통보받은 선화와 나는 결국 한 주 동안 수업이 끝나면 따로 만나서 대본 연습을 해야 했다. 우리는 〈회색 소년〉이라는 연극을 선택했는데, 그게 그나마 대사 길이가 짧아서였다. 선화는 특히 이 대사를 할 때 무척 즐거워했다.

"슬퍼하는 것도 희망이 있을 때나 가능한 일이야. 너는 희망이 없이 태어났지. 넌 불행해질 거야."

선화는 "넌 불행해질 거야!"에 악센트를 넣어 소리치면서 깔깔거리고 웃었다. 선화나 나나, 연기에는 소질이 없어서 교과서 읽는 것 같은 연기를 반복했다. 그러면서 또 술을 마셨다. 연기에 소질이 없던 나와 선화가 나중에 사람들을 속여서 등쳐먹는 일로 먹고살게 되었다니. 참 인생이란 게 신기하고 이상하다.

"희망이 뭔데? 네가 말하는 희망이 그런 거라면 불행해지는 게 나아. 마음의 고통을 참을 수 없는 사람에게 가서 희망을 말해봐라!"

내가 대본을 보면서 대사를 읽자 선화가 언니, 연기는 하지 말자, 라고 대꾸했다. 사실 나도 그렇게 생각하고 있었다.

그렇게 연기인지 발연기인지 뭔지를 연습하다가, 다시 술을 마시고, 술 마신 상태로 대본을 외우고, 그러다 노래를 부르고. 그런 날들 가운데 선화가 내게 말했다.

"사실 나 요즘 유서를 써."

나는 호가든을 병째로 마시던 중이었는데 그 말에 입에 있던 맥주가 주르륵, 입 밖으로 흘렀다. 선화는 더럽다며 내 옆에서 멀찍이 떨어졌다.

"웬 유서?"

내가 묻자 선화는 잠시 말을 멈췄다.

"아니, 유서라기보단… 내가 죽으면 누군가 봐주길 바라는 일기장 같은 거야."

"그게 유서 아니야?"

"조금 달라."

"뭐가?"

"딱히 지금 죽고 싶다는 생각은 안 들거든."

내가 아무런 말도 하지 않고 맥주만 들이켜자 선화가 물었다.

"지금 내가 중2병이라고 생각하고 있지."

"아니."

"뻥치고 있네."

"아니야. 선화야, 나 사실 굉장히 감동 중이야."

그리고 말을 보탰다.

"나도 쓸까?"

그 말에 선화가 뭐라고 했더라. 그러자고 했는지, 아니면 지금 내가 장난하는 줄 아느냐고 했는지, 기억이 나질 않는다. 우리는 그날부터 의기투합해서 마음이 내키는 날마다 유서라고 부르고 실상은 일기에 가까운 글을 한 장씩 썼다. '내 문서'의 직박구리 폴더에 숨겨진 폴더를 만들어 저장했는데 폴더 이름을 선화가 '너스탠드업'으로 정해줬다. 너(유) 스탠드업(서)이라…. 아주 직관적이고 감각적인 이름이라고, 나는 칭찬했다. 선화는 예전부터 작명에 소질이 있었다. 그런 선화에게 '명상과 수면'이라는 어딜 봐도 수상쩍어 보이는 이름을 가진, 다단계나 다름없는 회사의 아르바이트 자리를 소개한 게 바로 나였다.

나는 변기 위에 다시 앉아서, '내 문서'의 직박구리 폴더에 숨어 있는 너스탠드업 폴더를 생각했다. 이 세상에서 그건 선화만 알고 있는 사실이다. 그러니 아마 내가 죽으면 선화가 그 파일을 열어줄지도 모른다. 내 장례식장에서 선화가 읽어줄 그 유서를 생각해봤다. 가장 먼저 떠오르는 건 5월 30일의 유서. 이건 애써 생각하려 하지 않아도 그냥 떠올랐다. 써놓고 몇 번이나 다시 쓰고 다시 본 유서였다. 열 개쯤 되는 유서 중에 가장 많이 생각한 글이기도 했다.

2024년 5월 30일
쿼리도를 그만두기로 마음먹었다. 내가 못하는 걸 인정하고 싶지 않았는데 인정하고 나니까 편하다. 선화에게 쿼리도를 가르쳐준 건 난데 이제 나보다 더 잘한다. 세 판을 했는데 내리 다 졌다. 그게 너무 분했다. 나는 지는 게 너무 싫다. 그래서 게임을 잘 안 하는데 왜냐하면 지는 게 싫은데 나는 게임을 못하기 때문이다. 쿼리도는 앱까지 깔고 연습했는데 잘 안 됐다. 하긴 인간이 AI랑 머리 쓰는 게임을 해서 이기겠다는 게 말이 안 되는 생각이었을지도 모른다.

쿼리도 막대기는 왜 이렇게 생겨 먹은 거냐고 짜증을 내니까 선화가 그랬다. 게임에 왜 목숨을 걸어? 그럼 그게 게임이야?

애를 안 써야 게임이지.

이상하게도 그 한마디가 위로가 됐다.

거기까지 생각하고 있는데 밖에서 뭔가 터지는 소리가 났다. 현관문을 쾅쾅 두드리는 소리에 이어 뭔가 깨지는 소리도 들렸다. 선화가 왔나? 이 집의 열쇠를 가지고 있는 사람은 선화뿐이었다. 선화야? 나 여기 있어. 나 좀 꺼내줘. 내가 소리를 지르자 달이가 캬악, 소리를 내며 내가 갇혀 있는 문을 긁었다. 달이는 켁켁 비명까지 질렀다. 계속해서 울어대던 달이의 소리가 안방 쪽으로 사라질 때까지 나는 고함을 지르며 문을 두드렸다. 달이가 문을 여닫을 줄 아는 똑똑한 고양이라는 게 이런 순간에는 감사하기까지 했다. 평소에는 닫아놓은 문을 벌컥벌컥 열고 들어와서 질색했는데 말이다.

달이는 조용해졌는데 내가 문을 두드릴 때마다 화답하듯이 밖에서 뭔가 문을 쿵쿵 두드렸다. 선화가 아니라면, 도둑

이 들었나? 이런 상황에 도둑까지 들었다고 생각하니 앞길이
암담했다. 내가 도둑이라면 집주인이 이 꼴을 하고 화장실에
갇혀 있는 사이에 털어갈 만한 건 다 털어갈 거다. 그나마 희
망적인 시나리오는 선화가 왔을 수도 있다고 생각하는 쪽이
었다. 그런데 아무리 선화의 이름을 불러도 대답이 없었다.
그르르릉, 하는 소리와 함께 시궁창 냄새가 났다. 아무래도
열어놓은 창문으로 동네 떠돌이 개라도 들어온 게 분명했다.
지난번에도 부엌 창문을 열어놓은 사이에 동네 고양이가 집
에 들어온 적이 있었다. 반지하는 이래서 문제다. 게다가 이
동네엔 산이 많아서 그런지 이상하게 들개도 많고 고양이도
많았다. 내가 여기 갇혀 있는 동안 이 개새끼가 제발 내 거실
에 깔린 카펫을 망치지 않길 기도하는 수밖에 없었다. 숨을
죽이고 가만히 바깥에 귀를 기울이자 곧 소리가 멎었다.

✳

평소엔 익숙해서 오히려 몰랐는데, 화장실에는 별것이 다
있었다. 치약, 샴푸, 린스, 리스테린, 수건, 샤워볼, 헤어스
프레이 같은 건 양호한 수준이고 염색약, 립스틱, 구둣주걱,
스킨로션, 화장실 변기에 앉아 읽으려고 가져다놓은 책(적어
도 심심하지는 않겠다), 디퓨저, 반신욕 할 때 쓰려고 산 향초,
페브리즈 에어 맑은하늘바람 향, 먼지 스프레이, 세숫대야,
다이소에서 3천 원 주고 산 글루건(글루건이 아니라 전기 드릴
이었으면 상황이 훨씬 나았을 텐데), 캔들 라이터, 보풀제거기,

조그만 탁상시계(아침에 지각할까 봐 셋을 때 보려고 사둔 거였다), 기타 등등. 화장실 선반에 있는 10원짜리 동전 하나까지 탈탈 털고 나서야 나는 바닥에 주저앉았다. 쓸 만해 보이는 물건은 거의 없었다. 뭔가 문고리를 부술 만한 걸 찾고 있었는데. 하는 수 없이 구둣주걱을 들고 일어섰다. 선화가 출장을 다녀오면서 선물로 사다준 거였는데 머리 부분이 앙증맞은 새 모양으로 되어 있었다. 나는 그 귀여운 구둣주걱으로 문고리를 있는 힘껏 내리치기 시작했다. 깡, 깡, 깡. 모양새가 퍽 우스워 보일지는 모르겠으나 최소한 나는 필사적이었다. 문고리가 조금 흔들리는 것 같기도 했다. 더 힘차게 구둣주걱을 휘둘렀다. 30분쯤 지났을까. 30분은 족히 지난 것 같다고 생각했는데 시계를 보니 겨우 5분이 흘러 있었다. 팔이 저렸다. 이래서 평소에 운동을 했어야 하는 건데.

구둣주걱으로 문고리를 치는 소리가 날 때마다 문밖에서 뭔가 쿵, 쿵 문을 찧는 소리가 났다. 달이가 아니었다. 좀 더 크고, 육중한 무언가. 사람과 비슷한 질량과 부피를 가진 듯한 무언가였다. 좀 전에는 안방 쪽에서 희미하게 울던 달이가 이번에는 부엌 쪽에서 울고 있었다. 나는 구둣주걱을 들고 다시 문고리를 내려치려다 망설였다. 만약 정말로 들개가 들어온 거면 어떡하지? 진돗개? 거의 사람만 한 몸집의 개를 내가 쫓아낼 수 있을까? 그 전에 개에게 물려 죽을지도 몰랐다. 하지만 달이가 바깥에 있었다. 달이가 이리저리 피해 다닌다고 해도 언제 저 개가 달이를 공격할지 몰랐다. 달이를 구하는 게 먼저였다. 소리를 죽이고 구둣주걱을 다시 한 번 문고리에 휘두르자 혹사당하던 새가 팍 하는 소리와 함께 바닥에 흩어졌다. 플라스틱으로 쇳덩이를 내리친 결과는 처참했다.

새의 사체를 그러모아 화장실 휴지통으로 보내주었다. 나는 내가 앞으로 어떤 방식으로 죽게 될지, 그 문제에 대해서 오랫동안 생각해왔다. 글로 써두기도 했다. 그리고 아마 이런 것이리라, 막연하게 생각해왔다. '어느 날, 늙어서 암에 걸리는 바람에 생을 마감한다' 혹은 '어느 날, 교통사고를 당해 죽는다' 아니면 '산에 올랐다가 절벽에서 실족사한다'. 가장 좋은 건 '어느 날, 자다가 아무도 모르게(심지어는 나 자신조차 모르게) 죽어서 눈을 감는다'였다. 이런 무수한 가능성 속에서도 '어느 날, 화장실에 갇혀서 홀로 외로이, 서서히 죽어간다' 같은 건 상상해본 적도 없었다.

수돗물을 마시고 변기에 앉았는데 변기 옆 구석에서 조그만 거미 한 마리가 튀어나왔다. 깜짝 놀라 변기에서 일어나 도망친 게 무색하게 눈에 거의 보이지 않을 정도로 작은 실거미였다. 당장 죽일 수도 있었지만 별로 그러고 싶지 않았다.

✳

내가 소리를 낼 때마다 개는 쿵쿵 문을 두드렸다. 그르릉거리는 소리와 함께 썩은 시궁창 냄새를 풍기면서. 바닥에 질질 뭔가를 끄는 소리도 들렸다. 거실 장식장에 올려둔 화병이 깨지는 소리도 났다. 내 고급 카펫의 운명은 보나마나였다.

들개 주제에 아주 근성이 있는 놈이었다.

깨진 타일로 문을 긁다가도 졸음이 오면 조그만 욕조에 수건을 쿠션처럼 여러 장 깔고 잤다. 이런 상황에서도 어김없이 눈꺼풀은 무거워졌다. 짧게 선잠을 자고 깨면 세수를 하고, 양치질을 하고, 리스테린으로 입을 헹궜다. 그리고 수돗물을 손바닥에 모아 마셨다. 허기가 가실 때까지 계속. 물배가 찰 무렵 수건으로 얼굴을 닦고 얼굴에 스킨로션까지 찍어 바르고 나면 내가 지금 화장실에 갇혀 있다는 사실을 잠시 잊을 수 있었다. 배 속 깊은 곳에서 꾸루루룩, 하는 소리가 났다. 화장실이라 그런가, 소리가 울리기까지 했다. 그 소리를 들으며 나는 달이의 사료가 얼마나 남았을지 가늠해보았다. 평소에 자율 배식을 해서 사료와 물은 넉넉하게 담아두는 편이었다. 문제는 지금 문 앞에 있는 들개인지, 떠돌이 개인지 모를 것이 달이가 밥 먹는 걸 두고 볼 것인가이다. 벌써 달이 밥을 다 훔쳐 먹었을지도 몰랐다. 꾸루루룩, 하고 다시 한 번 뱃가죽이 울렸다.

욕조에 늘어져 있다가 눈을 감았다. 배가 고파서 손가락 하나 까딱하기가 싫었다. 이대로 늘어져 있으면 안 된다는 건 알면서도. 달이가 보고 싶었다. 풍성한 하얀 털을 손가락으로 사라락, 사라락, 넘기는 상상을 하며 눈을 감고 있는데 어디선가 말소리가 들렸다. 처음엔 잘못 들은 줄 알았다. 배가 너무 고픈 나머지 이제 환청이 들리는가 싶었다. 그런데 아니었다. 벌떡 일어나서 소리가 들리는 근원지를 찾아내려고 까치

발을 들었다. 욕실 천장 환풍구 쪽이었다. 천장에 최대한 몸을 가까이 붙이고 귀를 가져다 댔다. 나는 그 소리를 알고 있었다. 위층 여자가 샤워하면서 틀어놓는 라디오 소리였다. 내가 몇 번이나 주인집을 통해 항의하게 만든 그 소리. 물론 그여자는 내 항의를 귓등으로도 듣지 않았다. 오히려 대놓고 들으란 듯이 매일매일 같은 시간에 같은 채널을 틀기까지 했다. 나는 몇 번인가 위층으로 올라가 초인종을 눌렀는데 그럴 때마다 그 여자는 자기를 좀 내버려두라며 오히려 적반하장으로 나왔다. 그것도 얼굴 비치지 않고 인터폰으로. 주인집 아저씨도 그 여자 얼굴은 한 번도 본 적이 없다고 했다.

선화가 참다못해 불같이 화를 낸 날도 있었다. 길길이 날뛰던 선화는 같이 올라가보자고, 그 잘난 면상이나 한번 봐야겠다고 씨근덕거렸다. 초인종을 한 서른 번쯤 누르자 한 뼘정도 겨우 문이 열렸다. 그마저도 현관 걸쇠가 채워진 채였다. 욕실에서 그깟 라디오 하나 틀지 말라는 게 그렇게 어려운 부탁은 아니잖아요, 쏘아붙이려던 찰나에 선화가 내 팔을 붙잡았다. 나도 고개를 들어 그 여자의 얼굴을 보았다. 앞머리가 눈을 다 가리고 있어서 흐릿한 인상이었지만 선화도 나도 그 얼굴을 본 적이 있었다. 그러니까, 사기 치는 일이 주업무인 우리 회사에서. 몇 번이나 고객으로 온 사람이었다. 좋게 말하면 단골, 일종의 호구. 나나 선화가 낚아 온 사람은 아니었다. 하지만 우리를 알아볼까 봐 지레 발이 저려 뭐라고 한마디 제대로 하지도 못하고 내려와야 했다. 그 이후로도 라디오 소리는 계속되었다.

그 소리가 눈물 나게 반가워지는 날이 올 줄은 생각도 못했는데.

키가 닿지 않아서, 수건을 대여섯 장쯤 접어 깔고 나서야 겨우 환풍구에 얼굴을 가까이 가져다 댈 수 있었다. 나는 양손을 입 주변에 대고 소리를 모았다. 위층까지 목소리가 들릴까? 알 수 없었다. 그렇다고 손 놓고 있을 수는 없었다. 나는 소리쳤다.

"저기요!"

라디오 광고 소리에 묻혀서 들리지 않는 것 같았다. 나는 다시 한 번 소리쳤다.

"살려주세요!"

물론 샤워하다가 하수구 저 밑에서 이런 소리가 들려오면 나라도 겁을 먹을 게 분명했다. 그래도 어쩔 수 없었다.

"제가, 화장실에, 갇혔어요!"

배 속 깊은 곳에서 끌어 올린 목소리로 한 음절, 한 음절 힘을 주어 말했다.

라디오 소리가 조금 더 커졌다. 지지직거리는 소리, 웅얼거리는 말소리. *경기도 포천시 농가에서 발생한 이번 전염병은 바이러스… 도민께서는 확산방지… 발생지역의 방문을 자제하여 주시기 바랍니다.*

마지막의 마지막 힘까지 끌어 모은 외침이었는데 긴급 속보 소리에 묻혔다. 그리고 곧바로 라디오 광고가 나오기 시작했다. *서울사이버대학을 다니고 나의 성공시대 시작됐다.* 전염병이 돌고 있다는데도 광고는 기괴할 정도로 발랄하기만 했다. 전염병이라니. 코로나 유행하던 게 벌써 몇 년 전인데. 코로나가 다시 재발한 건지도 몰랐다. 그 광고를 끝으로 라디오 소리가 끊겼다. 몇 번인가 더 저기요, 저기요, 외쳤지만 적막뿐이었다. 악에 받쳐 마지막으로 소리를 질렀다. 이, 개새끼야! 그러자 개새끼라는 소리에 반응이라도 하듯이 또 문 앞에서 들개가 문을 들이받기 시작했다. 쿵, 쿵, 쿵. 규칙적이어서 소름 끼치는 소리. 그 소리는 어쩐지 노크 소리 같기도 했다. 쿵, 쿵, 쿵. 이제 나는 어째서 그토록 많은 공포영화가 '알 수 없는 노크 소리'라는 장치를 이용하는지 알 것 같았다. 별것도 아닌 들개가 쿵쿵거리며 소리를 내는 것만으로도 충분히 위협적이었다. 나는 손바닥으로 입을 꾹 막고 욕조에 주저앉았다. 숨 헐떡이는 소리까지 멎고 나서야 그것은 움직임을 멈췄다. 위층 여자는 마지막까지 도움이 되는 구석이라곤 한 톨도 없었다.

✳

어쩐지 공기가 점점 희박해지는 것 같았다. 나는 위층으로 연결된 환풍구를 보며 기분 탓일 거라고 애써 합리화했다. 그래도 완전 밀실은 아니지 않으냐고. 저 환풍구가 적어도 뭔가, 뭔가의 역할은 하고 있지 않겠냐고. 나는 문고리를 다시 노려보았다. 노려봐도 별수가 없어서 포기하고 욕조에 기대

앉았다가 샤워기 헤드와 눈이 마주쳤다. 쇳덩이를 쇳덩이로 내리치면 어떻게 될지도 모른다. 확실히 구둣주걱보다는 튼튼해 보였다. 화장실에 갇힌 지 꼬박 하루가 지나고 나서야 샤워기를 발견하다니 바보 같았다. 샤워기 헤드를 잡고 돌리는데 자꾸만 손이 헛돌았다. 수건으로 물기를 닦아내고 다시 힘을 주어 돌려봐도 꿈쩍도 하지 않았다. 음료수 병뚜껑 하나 못 따서 죄다 선화에게 따달라고 내밀던 손이었으니 당연했다. 다시 한 번 숨을 참고 샤워기 헤드 밑동에 힘을 주어 당겼다. 얼굴이 터지도록 힘을 주자 그제야 조금씩 돌아가기 시작했다.

한참만에야 호스에서 떨어져 나온 샤워기 헤드로 문고리를 내려치기 시작했다. 깡, 깡, 깡. 소리가 나자 들개가 다시 움직이기 시작했다. 바닥에 뭔가를 질질 끄는 소리, 그르르륵 하는 소리, 낑낑대며 우는 것 같기도 한 소리가 들렸다. 손이 다 덜덜 떨렸다. 문고리를 내리치는 데 집중했다. 그래도 계속 이거저거 시도해본 보람이 있었는지 문고리는 꽤 헐거워져 있었다. 이번엔 정말 될지도 모른다, 그런 생각을 하며 다시 힘을 주어 내리쳤는데 문고리가 쩔컥, 소리를 내며 바닥으로 툭 떨어졌다. 됐다. 나는 생각했다.

문고리만 달랑 떨어진 자리에 내 주먹만 한 크기의, 하지만 막상 손을 구겨 넣으려고 하면 절대 들어가지는 않는 구멍이 새로 생겼다. 그 구멍 가운데 박힌 철심이 보였다. 나는 일단 문을 막고 서서 구멍을 들여다봤다. 들개의 정체부터 확인해야 했다. 정말 진돗개라면 내가 상대할 수 있을지 알 수 없었다.

한쪽 눈을 구멍에 대고 바깥을 내다보자, 화장실 문 바로 밑에서 올려다보고 있던 달이와 눈이 마주쳤다.

"달아!"

내가 부르자 달이가 먀옹, 하고 대답했다. 푸른색의 눈동자가 내 눈을 똑바로 쳐다보고 있었다. 밤에 뜨는 달. 그 눈 때문에 붙인 이름이었다. 선화는 밤달이라고 불렀고, 동물병원 수의사 선생님은 밤이라고 불렀고, 나는 달이라고 불러서 도무지 통일이라고는 되지 않는 이름이 되어버렸지만. 달이를 처음 동물병원에 데려갔을 때만 해도 그랬다. 차트에 등록해야 해서 이름을 말했는데 수의사 선생님이 자꾸만 '네? 뭐라고요?' 하고 되물었다. 결국 나는 차트에 볼펜으로 '밤에 뜨는 달'이라고 한 자 한 자 힘주어 적어야 했다. 그다음은 더 곤욕이었다. 밤에 뜨는 달이 어디가 아픈가요? 밤에 뜨는 달이 밥은 잘 먹나요? 밤에 뜨는 달은 다음 달에 예방 접종을 한 번 더 맞아야 해요. 선생님이 그렇게 말하는데 내 귓가가 점점 뜨거워졌다. 잠시 침묵 뒤에 선생님이 내 얼굴을 보고는 웃음을 터뜨렸다.

"밤이라고 불러도 돼요?"

나는 달이라고 하려다가, 그냥 마음대로 부르시라고 웃어 넘겼다.

달이가 무사한 걸 눈으로 확인하고 난 후, 거실 쪽으로 눈을 돌렸을 때에서야 그것이 보였다. 그것이 아니라 그것들이었지만. 거실 창문이 죄다 깨져 있는 거로 봐서 거기로 들어온 게 틀림없었다. 화병이 깨지는 소리인 줄 알았는데. 대충 눈대중으로도 다섯은 됐다. 흐느적거리는 걸음걸이로 느릿느릿 걷던 그것과 눈이 마주치려던 순간 나도 모르게 시선을 떼고 뒤로 물러났다.

들개가 아니었다. 사람의 형체를 하고 있었지만 그렇다고 사람은 아니었다. 눈 주변이 파 먹힌 시체처럼 뻥 뚫려 있었다. 귀신? 꿈에 나올까 무서운 얼굴이었다. 뒤늦게 악, 소리를 지르자 달이가 그것들의 다리 사이로 재빠르게 달려 사라졌다. 달이가 도망치는 걸 본 다음에 손에 잡히는 대로 집어든 샤워볼로 급하게 문고리 구멍을 막았다. 반쯤은 미친 사람처럼 물건을 집어서 문앞에 탑처럼 쌓았다. 세숫대야를 세워 문 앞에 고정시키고 나서야 숨이 쉬어졌다. 헐떡거리며 숨을 내쉬다가 숨소리에 그것들이 또 문 앞으로 몰려들까 봐 입을 막았다. 저게 대체 뭐야? 보이지 않을 때는 그나마 나았다. 좀도둑이나 들었겠거니 생각했으니까. 동네 들개 정도만 돼도 좀 무섭지만 귀여운 축에 들었을 테니까. 그것의 정체를 두 눈으로 확인하고 나자 도저히 문밖으로 뛰어나갈 수가 없었다. 달이가 저 바깥에 있는데도. 손이 자꾸만 떨렸다.

안방 쪽에서 달이가 계속 희미한 울음소리를 내고 있었다. 위험할까 봐 그러지 말라고 하고 싶은 마음이 반, 계속 그렇게 네가 살아 있다는 걸 알려달라고 하고 싶은 마음이 반이었다. 달이가 그렇게 호락호락하게 잡힐 고양이가 아니라는 건 누구보다 내가 잘 알고 있었다. 다행히 그것들의 걸음은 상당히 둔했다. 사람이 마음먹고 잡으려고 해도 못 잡는 고양이인데, 저 느려터진 것들에게 잡힐 리가 없었다. 안방에서 나오지만 않으면 달이는 당분간은 괜찮을 거였다.

눈물방울이 발밑으로 뚝뚝 떨어지기 시작했다. 처음엔 땀이라고 생각했는데 아니었다. 눈에서 흐르는 걸 보니 눈물이 맞았다. 정체가 뭔지도 모를 괴물들이 밖에 잔뜩 있고, 내가 여기서 느리게 죽어가고 있다는 걸 아무도 모른다는 사실이 갑자기 선뜩하게 다가왔다. 내 존재 자체가 세상에서 삭제된 기분에 가까웠다. 화장실 밖에 있던 나와 지금의 나는 완전히 상관없는 사람처럼 느껴졌다.

그게 대체 어떤 기분일까 이미 생각해본 적이 있다. 회사에서 내가 담당한 고객들은 대부분 노인들이었는데(나이 먹은 양반을 속여먹기가 더 쉬워서였을지도 모른다) 그 나이에도 뭐가 그렇게 괴로운 기억이 있는지 주로 기억을 지우는 치료를 받았다. 대개는 상처받은 기억, 학대당한 기억, 수치스러웠던 기억 같은 걸 지우고 싶어 했다. 그리고 그런 기억이 없는 사람이란 건 존재하지 않을 테니까 일단 나랑 선화가 사람을 낚아 돌팔이 원장한테 데리고 가기만 하면 나머지는 일사천리였다. 영화에서처럼 상처 준 사람이 기억 속에서도 사라지고, 사진에서도 사라지고, 아예 세상에 처음부터 없었던 존재처럼 지워지면 좋으련만. 어쨌거나 우리 회사에서 하는 일은 기억을 치료하는 '척'에 가까운 사기 의료 행위였으니까 그 괴로운 대상에 대한 기억이 얼마나 지워지는지는 알 수 없었다. 최면에서 깨어난 노인들이 한결 편안해진 표정으로 회사를 나서는 것만은 분명했지만. 나는 이 '명상과 수면'이라는, 어딜 봐도 수상쩍어 보이는 이름을 가진 회사가 다단계나 다름없다는 걸 입사 첫날에 알았지만 뭐 별수 있나. 나를 받아준 회사는 그곳뿐이었고, 나는 의외로 사기 치는 데에 소질이 있었던 모양이다. 말로 사람을 꼬여내는 일이 이렇게 쉬울 줄 알았겠는가. 더 많은 사람을 불러 모을수록 내 인센티브도 올라갔다.

언젠가 선화한테 정말로 기억이 지워진다면 대체 어떤 기분일까 물었더니 선화가 되물었다.

"누구, 기억 속에서 지워지는 사람? 아니면 그 노인들?"

"그래도 지우는 쪽은 기억이 없으니까 슬프지도 않을 거 아니야? 나도 어떤 기억은 아예 처음부터 없었던 것처럼 다시 시작했으면 좋겠어."

내가 그쪽 편을 들자 선화가 말했다.

"그게 더 문제잖아."

"왜?"

"기억이 있어야 슬퍼할 수 있으니까."

애도도 못 하게 만들어버리면 그게 뭐가 좋아? 평소엔 맹숭맹숭하게 이래도 흥, 저래도 흥 하던 애가 드물게 열변을 토했다.

"슬프지도 않으니까 다행이라고 넘겨버리면 그걸로 끝이냐고. 사람한테 슬퍼할 수 있는 권리는 있어야지. 그게 살아 있는 시체랑 뭐가 달라?"

그렇게 말하니 또 할 말이 없었다. 그때는 선화의 머리를 쓰다듬으며 "넌 참 다정하구나." 하고 얼버무렸는데 이제 그 말이 무슨 뜻인지 알겠다. 어쨌거나 선화는 나를 위해 좀 울어주리라. 지금 내가 여기 갇혀 있다는 걸 알아주면 더 좋겠지만. 나 스스로 저 문을 열고 밖으로 나갈 용기는 도저히 나지 않았다. 누가 와서 나를 좀 구해줬으면. 한심한 생각을 하는 와중에도 배는 착실하게 고팠다. 꾸루루룩. 나라는 존재보다는 그 느낌만 생생하게 실재하는 것 같았다. 하는 수 없이 다시 세면대 앞에 서서 수도꼭지에 입을 대고 물을 벌컥벌컥 마셨다. 처음엔 거부감이 있었는데 곧 수돗물 특유의 맛도 냄새도 나지 않았다.

물을 마시고 일어서서 화장실 찬장에서 글루건을 찾아 꺼냈다. 이걸 쓰게 될 일이 있을 줄은 몰랐는데. 깨진 타일을 붙여보려고 다이소에서 3천 원 주고 산 싸구려 글루건은 크기가 작아 손 안에 쏙 들어왔다. 안에는 글루건 심이 반절 좀 넘게 남아 있었다. 코드를 꽂아놓고 예열이 되는 동안 변기에 앉았는데 변기 옆 구석에 지난번의 그 거미가 보였다. 거기 아예 자리를 잡을 모양인지 꼼꼼하게 거미줄을 치고 꼼짝도 않고 있는 모습을 보니 또 눈물이 났다. 곧 죽을 줄도 모르고 거미집을 만드는 게 우스워서 웃었다.

예열이 다 된 글루건을 손에 들고 일어났다. 그리고 문틈 사이사이에 접착제를 발랐다. 흐물흐물한 접착제가 차갑게 식어서 굳을 때까지 문을 등으로 받치고 힘을 줬다. 스스로 만든 방에 나를 가두고 일어섰다.

대학을 졸업하고 나서는 모든 게 불확실했다. 남들이 하는 대로 토익 시험을 보고, 스피킹 점수도 따고, 봉사활동도 좀 다니고, 뭐가 좋다고 하면 우우 휩쓸려가서 이것저것을 해봐도 불안하기는 마찬가지였다. '명상과 수면'에 간신히 취직을 하고 난 다음에도 그랬다. 취업을 하면, 어딘가에 소속되면, 그러면 내 자리가 안전하게 보장될 줄 알았다. 사실은 그게 어릴 때 하던 의자 뺏기 놀이에 불과하다는 걸, 내가 앉은 자리는 누군가가 밀려난 자리라는 걸, 자리에 앉았다고 안도하자마자 새로운 게임이 시작된다는 걸 좀 더 일찍 알았더라면. 아무튼 열심히 살아보자고, 내 자리를 얻으면 그걸로 족하다 생각하며 지금까지 살아왔는데 그렇게 사는 내가 결국은 저 바깥에 있는 귀신인지 시체인지 모를 것과 별반 다를 게 없다는 느낌이 들었다. 이젠 이 안에 갇혀서 살아 있는 게 내 인생에 떨어진 행운인지, 불행인지도 모르겠다. 원래 나는 재난이나 전쟁이 닥치면 험한 꼴 보기 전에 제일 먼저 죽었으면 하고 바라는 사람이었는데.

여기서 나갈 수 있다면 제일 먼저 뭘 먹고 싶은지 생각해 봤다. 일단 눈물이 나도록 매운 게 먹고 싶었다. 이런 상황에서 먹고 싶은 게 산해진미나 미슐랭 셰프의 코스 요리가 아니라 조미료가 잔뜩 들어갔을 게 분명한 불닭볶음면이라는 게 어이없었다. 이상하게 다른 건 생각도 나지 않았다. 심지어 평소에 즐겨 먹던 음식도 아니었다. 장이 약해서 매운 걸 먹으면 다음 날 화장실을 들락거려야 했기 때문에 불닭볶음면은 정말 스트레스 받는 날에만 먹었다. 보글보글 끓는 물에 라면 사리를 넣어놓고 잘 풀어질 때까지 젓가락으로 휘휘 저은 다음에, 물이 살짝 남을 때까지 따라 버리고… 새빨간 소스와 치즈가루를 부어준 후 골고루 걸쭉하게 섞은 불닭볶음면이 먹고 싶었다. 음식을 먹은 지 오래됐는데 그럴수록 맛이 생생하게 머릿속에서 기억나는 게 이상하기만 했다. 상상 속에서 나는 벌써 면을 다 먹은 냄비에 삼각김밥을 넣어 비비고 있었다. 입안 가득한 매운 내에 볼이 아리도록 침이 고였다.

✳

셋째 날. 아무도 듣는 사람이 없는데도 혼잣말을 시작했다. 저 변기 구석에 있는 거미한테 하는 말일 때도 있었고 위층 여자에게 하는 말일 때도 있었다. 어차피 위층에서는 내가 하는 말이 들리지 않을 테지만 그런 건 상관없었다. 들으라고 하는 말이 아니었으니까. 나 혼자 중얼거리는 소리를 듣고 그것들이 움직일 수도 있었지만 별 타격은 없었다. 글루건으로 막아놓은 문이 나름대로 제 역할을 하고 있는 중이었으니까.

"기억 테라피인지 뭐시긴지 받고 나가는 사람들은 편안해 보였거든."

괴로운 기억 위에 어설픈 붕대를 덧대 눈 가리고 아웅 하는 꼴이었지만 그렇게라도 마음 편해지면 그만이라고 생각했다. 삶이 슬픔과 절망으로 가득하다면 그걸 좀 지우려는 게 뭐가 나빠. 그렇게라도 삶을 견딜 수 있다면. 나는 세상에 필요한 일을 하고 있다고 생각했다. 어쨌거나 이건 사람들을 기쁘게 하는 일이라고. 내가 하는 일의 본질이 사기에 가깝다는 걸 알면서도 그렇게 생각하니까 개미 눈물만 한 정당성은 확보되는 것 같았다. 그런데 개미도 눈물을 흘리나?

"그런데 가끔 그렇지 않은 사람들도 있었어."

드물지만 있었다. 최면을 시작한 지 얼마 되지도 않아서 그만하고 싶다면서 일어나는 사람. 일단 한번 잠이 들고 나면 최면을 중간에 깨고 일어난다는 게 쉬운 일은 아니었는데 이겨내고 일어나서 나가게 해달라고 요구하는 사람. 나도 3년 일하면서 딱 두 번 봤다. 첫 번째는 20년도 더 전에 치과의 의료 과실로 초등학생이었던 딸을 잃었다던 어떤 노인이었다. 남자는 최면 중간에 일어나서 엉엉 눈물을 흘렸다. 내가 싫다는 그 애를 진료실에 밀어 넣었다며, 말 그대로 엉엉. 다 늙어 얼굴에 주름이 빼곡한 사람이 그렇게 우는 걸 본 건 그때가 처음이었다. 저 나이에도 아직 슬플 수 있구나. 기억 한 조각에 무너질 수 있구나. 그렇다면 애초에 인간이란 상실을 이겨낼 수 없도록 만들어진 걸지도 모른다고 나는 생각했다. 마음이란 가만히 있어도 슬픔으로 줄줄 흘러내리도록 만들어진 걸지도 모른다고.

돌팔이는 그런 고객은 그냥 데려오지 말라고 역정을 내곤 했다.

"중간에 일어날지 안 일어날지 내가 어떻게 알아요? 얼굴 보면 알게?"

내가 그렇게 반박하자 돌팔이가 그랬다.

"죽은 사람 기억 지우겠다는 사람은 그냥 받지 마."

"왜요?"

"그런 사람들은 애초에 기억을 지우려고 들지도 않아."

이미 어디 한 군데가 영영 무너진 사람들이야. 드물게 너무 괴로워서 오는 사람이 있기는 한데, 그런 인간들도 결국에는 못하겠다고 울면서 나가버린다니까? 나 참, 그럴 거면 오지 말지. 골치 아프게 말이야. 그러니까 윤 실장이 잘 설득해서 돌려보내. 왜 그런 말 있잖아, 죽은 사람은 산 사람 기억 속에서 살아가는 거라고 말이야. 돌팔이는 그렇게 말하며 사무실 책상 서랍에서 아몬드를 꺼내 먹었다. 까드득, 까드득, 아몬드 씹는 소리가 사무실에 울려 퍼졌다. 내가 어깨를 으쓱여 보이자 돌팔이가 말했다.

"캬. 윤 실장, 나 방금 완전 멋있는 말 하지 않았나?"

이거 메모해뒀다가 써먹어야겠어, 하며 다시 서랍을 열어 메모지를 꺼내 들었다. 돌팔이는 사기꾼 짓에 써먹을 만한 말을 떠올리면 메모를 해두곤 했다. 그런 꼴을 보면 어이없게도 이런 생각이나 드는 것이다. 사기꾼도 성실해야 하는구나. 성실하게 남의 뒤통수를 치고, 성실하게 법에 걸리지 않는 선에서 적당히 탈세를 하고, 성실하게 공과금을 내고, 성실하게 평범한 시민의 얼굴을 한다.

선화나 나나, 성실한 사기꾼이 되기엔 조금 모자랐던 거 같다.

또 한 사람 낚아서 돌팔이에게 보내고 집으로 돌아가는 차 안이었다. 선화는 시답지 않은 농담을 해대며 한참 말을 빙빙 돌리다 겨우 본론을 꺼냈다. 밤새 뉴스를 보며 발성 연습한 사람처럼 뻣뻣한 어조였다. 그래서 그냥 알았다. 선화가 이 일을 그만두고 싶어 한다는 걸.

"어떻게 알았어?"

"그냥 알지."

네가 똥 마려운 개처럼 아까부터 내 눈치만 보는데 어떻게 몰라.

"그만두고 뭐, 자아를 찾는 여행이라도 떠나는 거야?"

내가 비꼬자 선화가 조용히 중얼거렸다.

"그딴 식으로 말하지 마."

"그런 건 뭐 하러 찾아. 네 자아는 찾아 떠날 만큼 대단한 것도 아니야."

내 이죽거리는 말에 선화는 백미러를 한참 쳐다보더니 말했다.

"언니 너는 진짜 비겁한 인간이야."

비열하고 치졸해. 가지 말라는 말을 그딴 식으로밖에 못하는 그런 인간이라고. 정곡을 찔린 나는 할 말을 잃었다. 선화가 물었다.

"우리 대학 다닐 때 했던 연극 기억 나?"

"그래."

"얼마 전에 그 대본을 우연히 찾았거든."

나는 그때까지 우리가 한때는 연극을 했다는 걸 완전히 까먹고 있었다. 대사는 고사하고 내용조차 가물가물했다. 선화가 말했다.

"거기 그런 말이 나와. 마음의 고통을 참을 수 없는 사람에게 가서 희망을 말하는 게 무슨 소용이냐고."

선화는 내가 입을 다물고 있는 사이에 도로 위를 무법자처럼 달렸다. 앞차가 꾸물거리는 사이에 추월해서 가는 칼치기 솜씨는 선화를 따라갈 애가 없을 것 같았다. 선화가 물었다.

"언니는 진짜 이 일이 누군가에게 도움이 된다고 생각해?"

아니라는 말이 목에 걸렸다.

"얼마 전에 회사에서 언니네 위층 여자 봤던 거 기억나지. 그 사람이 정말로 기뻐 보였어?"

선화는 코웃음을 치며 말을 이었다.

"아니. 내가 보기엔 전혀 아니야. 언니는 이게 누군가를 돕는 거라고 했지. 근데 이건 그냥 그 사람을 모욕하는 짓이야. 생각은 없는 게 편하니까. 기억은 안 하는 게 나으니까. 언니는 원래 다 그렇게 사는 거라고 했지. 덮어두고, 묻어두고. 난 이제 그렇게 살기 싫어."

이렇게까지 정곡을 찔리니 할 말이 없었다. 너를 끌어들여서 미안하다는 말 같은 건 하지 않았다.

선화의 말이 맞을지도 모른다. 우리가 위층 여자에게 큰 잘못을 저질렀을지도 모른다. 회사에서 위층 여자를 마주쳤던 날, 그 여자는 최면 중간에 일어나서 난동을 부렸다. 모든 직원이 다 뛰어들어서 그 여자의 팔과 다리를 붙잡고 방에서 질질 끌어내는데 그 여자가 말했다.

"죽은 사람이 산 사람 기억 속에서 산다고?"

지랄하네! 그렇게 말하며 그 여자는 돌팔이에게 침을 뱉었다. 그 순간 얼이 빠져 그 여자의 얼굴을 쳐다보았다. 여기 오는 고객들 죄다 돌팔이를 무슨 교주씩이나 되는 것처럼 숭배했기에, 침을 뱉는 건 상상하지도 못했다. 뭐 저런 사람 다 있어? 선화도 같은 생각이었는지 나와 눈이 마주치자 웃음을 터뜨렸다. 돌팔이가 노려보는 바람에 곧 재채기인 척 콜록거려야 했지만. 돌팔이의 지시로 그 여자를 질질 끌어 바닥에 내동댕이친 직원들이 모두 돌아서서 떠날 때 나와 선화는 그 자리에 남아 있었다. 그 여자는 계속해서 무슨 말을 중얼거렸다. 앞머리 때문에 눈도 보이지 않는데 그러고 주저앉아 있으니 정말 귀신 같았다. 그래도 손을 내밀었다. 손을 잡고 당기니 딸려오는 무게 때문에 나는 그 여자가 살아 있는 사람이라는 걸 실감했다. 그전까지는 정말 죽은 사람 같았으니까.

그렇게 생각한 순간 환풍구에서 다시 라디오 소리가 들리기 시작했다. 이제는 너무 익숙한 라디오 광고였다. *서울사이버대학을 다니고 나의 성공시대 시작됐다. 서울사이버대학을*

다니고 나를 찾는 회사 많아졌다. 발랄한 음악과 희망찬 노랫말이 바깥의 현실을 치워주진 못했다. 라디오 소리에 그것들이 문을 쿵쿵쿵 두드리기 시작했다. 글루건으로 붙여놓은 부분은 아직 멀쩡했지만 둘 이상이 문에 돌진하면 위험할 것 같았다. 그 빌어먹을 라디오 좀 끄라고 고함을 치고도 시간이 좀 지나고 나서야 소리가 끊겼다. 그것들도 점차 조용해졌다.

어쩌면 이게 내가 받는 천벌이 맞을지도 모르겠다는 생각이 들었다. 나는 재난이 일어나면 항상 제일 먼저 죽고 싶어했으니까. 끝까지 살아남는 재난 영화의 주인공이 되는 게 내게 가장 끔찍한 벌이었다. 심지어 주인공이 아닐지도 몰라. 이런 재난 영화 주인공으로는 사기꾼보다는 은둔형 외톨이가 더 그럴듯하지 않나.

위층 여자는 내가 본 사람 중에 가장 이해할 수 없는 사람이었다. 최면을 시작한 지 얼마 되지도 않아서 그만하고 싶다면서 일어나는 사람. 그러면서도 매번 다시 찾아오는 사람. 참다못한 선화가 이 다단계회사의 진실을 알려줬는데도 어김없이 같은 자리에 나타나는 사람. 고통스러운 기억을 어떻게든 지우고 싶어하면서도 그 고통 자체를 받아들여야 겨우 사람으로 남을 수 있다고 말하는 이상한 사람.

✳

넷째 날, 생리가 터졌다. 화장실에 시계라도 있어서 다행이었다. 시간의 흐름이 눈에 보인다는 사실이 이 기묘한 상황에 작은 안도감을 줬다. 밤 12시가 지나면 세면대 거울에 립스틱으로 바를 정자 표시를 했다. 굳이 바를 정자를 쓸 필요가 있을까 싶긴 했으나 달리 날짜를 셀 방법을 몰랐다. 화장실에는 매달 먹던 진통제도 없었고 생리대도 없었다. 나는 생리대를 화장실 바깥, 속옷을 두는 선반에 함께 보관했다. 왜 그런 짓을 했을까? 화장실에다 갖다 놓고 쓰는 게 더 좋았을 텐데 말이다. 아니, 그 전에, 왜 하필 생리가 지금 터질까? 일본 여행 때문에 생리를 늦추려고 먹던 피임약을 며칠 못 먹었으니 당연한 결과였지만 지금은 모든 게 마음에 들지 않았다.

생리대가 없어서 낮에는 온종일 변기에 앉아 있었다. 피는 한 방울씩 똑똑 떨어지다 말다 했다. 몸에 있는 피가 다 빠져나가는 기분이었다. 밤에는 수건을 다리 사이에 팬티처럼 둘러서 묶어 놓고 잤다. 이러고 있으니 꼭 원시인이나 다를 바가 없었다. 아침에 일어나면 피에 전 수건을 빨아서 널었다. 여름이라 그런지 빨래는 금방 버석버석하게 말랐다.

변기에 한참 앉아 있다가 샤워볼을 조심스럽게 치우고 바깥을 내다보았다. 이런 식으로 바깥을 염탐한 지도 좀 됐다. 달이가 무사한지 확인해야만 했다. 다행히 달이는 그것들을 유유히 따돌리며 이리저리 몸을 숨기고 있었다. 이곳이 달이의 홈그라운드라 다행이었다. 달이는 아주 조심스럽게, 제가 여기에 있다는 사실을 나에게 알려야 할 때만 조그맣게 울었다. 그 소리에 그것들이 달이가 있는 쪽으로 눈을 돌리면 내가 일부러 문을 쿵쿵 두드려 내 쪽으로 유인했다. 그리고 등으로 문을 받치고 앉아 손이 벌벌 떨릴 때까지, 아무 소리가 나지 않아 그것들이 포기할 때까지 버텼다.

이상한 건 놈들 다섯 중 하나가 내가 그러고 있는 내내 보이지 않았는다는 사실이었다. 그놈을 찾으려고 거의 한나절 가까이 문고리에 눈을 대고 바깥만 쳐다보고 있었다. 눈알이 빠질 것 같다고 생각하던 찰나에, 그놈이 느릿느릿 부엌 쪽에서 걸어 나왔다. 얼굴을 보기 싫어서 나는 그것의 발만 쳐다보고 있었다. 괴물의 발끝에 붉은색의 페디큐어가 보였다. 살아 있을 때는 발톱까지 신경 쓰던 사람이구나, 거기까지 생각이 미쳤을 즈음 나는 시선을 조금 위로 올렸다.

물이 빠진 청바지, 그리고 마름모꼴 무늬의 청록색 카디건.

나는 그 카디건의 주인을 알고 있었다. 그 카디건은 내가 작년 선화의 생일날 사주었던 거니까. 차마 얼굴까지 시선을 올리지는 못하고 뒤로 물러났다. 천천히 뒷걸음질을 치다 뒤로 주저앉아 엉덩방아를 찧었다. 그래도 아픈 줄을 몰랐다.

이번에는 뒤늦은 비명 소리도 나오지 않았다. 꿈이었으면 좋았겠지만 그런 일은 일어나지 않았다. 화장실 타일이 붉은 피로 물들어가기 시작했다. 똑, 똑, 피가 흐르는 느낌이 소름 끼쳤다. 나의 한 부분이었던 어딘가가 영영 무너진 순간, 내가 살아 있다는 걸 증명하는 가장 확실한 증거가 내 몸에서 흘러나오고 있다는 사실을 견딜 수가 없었다.

　시간이 어떻게 흐르는지도 모른 채로 욕조에 누워 천장만 바라보았다. 생리가 끝날 때까지 그렇게 계속. 그냥 이렇게 몸에서 피가 다 빠져나가서 죽어버렸으면. 선화가 저렇게 되어버렸는데 나도 그냥 다 포기할까 싶어지던 순간 달이의 울음소리가 들렸다. 그것들이 우르르 몰려가는 소리까지도. 지이이익, 발을 끄는 소리. 그르르륵, 가래 끓는 소리. 그것들이 달이를 찾으려고 주위를 살피는 것까지 눈에 보이는 듯했다. 나는 벌떡 일어났다. 환풍구가 달린 천장을 쳐다보다가 문득 저걸 뜯어내면 위층과 연결되어 있지 않을까 하는 생각이 들었다. 평소에 화장실 천장에 뭐가 있는지도 모르고 살았던 게 이제 와서 후회가 됐다. 욕조 팔걸이를 딛고 올라서서 환풍구 커버를 뜯어냈다. 그 소리에 그것들이 화장실 문을 쿵쿵 두드리기 시작했다. 그럴 때마다 문 앞에 기대놓은 물건들이 지진이라도 난 것처럼 조금씩 밀렸다. 싸구려 글루건의 효과는 그렇게 크지 않아서, 금방이라도 그것들이 문틈을 비집고 얼굴을 보일 것 같았다.

　환풍구 커버를 마저 뜯어내는데 마음이 급해서 자꾸만 손이 헛돌았다. 겨우 커버를 떼어내자 보이는 건 은박지처럼 생긴 커다란 원통형 자바라였다. 그리고 그 위로 콘크리트 벽이 보였다. 멍청하게 콘크리트 벽이 있을 거라는 생각도 하지 않고 천장부터 뜯고본 거다. 아무리 절박해도 콘크리트를 뚫고 위층으로 올라갈 자신은 없었다. 뻥 뚫린 천장을 쳐다보다가 주저앉았다. 자꾸만 헛웃음이 새어 나왔다. 그 와중에도 문을 쿵쿵 찧어대는 소리에 기가 질렸다. 문 앞까지 기어가 등으로 문을 막고 섰다. 한 번씩 쿵 소리가 날 때마다 몸이 앞으로 휘청거렸다. 글루건을 덕지덕지 발라놓은 문틈 사이로 살이 썩는 냄새가 흘러들어와 먹은 것도 없는데 토악질이 났다. 그래도 온몸으로 막고 버틸 수밖에 없었다.

그때 위층에서 라디오 소리가 다시 들리기 시작했다. 환풍기를 뜯어내서 그런지, 뻥 뚫려 있는 통로를 통해 소리가 좀 더 선명하게 들렸다. 나는 냅다 소리를 질렀다.

"이봐요!"

내 말 좀, 들으라고! 천장이 웅웅 울리면서 내 목소리가 좀 더 커졌다. 그러자 라디오 소리가 멎었다. 이번에도 실패했나, 고개를 숙이려던 찰나 위층 여자가 뭐라고 작은 목소리로 웅얼거렸다. "저기요. 저기요." 하고. 목소리가 너무 희미해서 방금 말을 한 게 맞는 건지 아닌지 헷갈릴 정도였다. 나는 가지 말라고 소리를 질렀다. 위층 여자가 물었다.

"진짜 살아 있어요?"

"그럼 진짜로 살아 있지, 가짜로 살아 있겠어요?"

어이가 없어서 쏘아붙이자 돌아오는 대답이 없었다. 말버릇이 이렇게 무서운 거다. 쿵, 하고 문이 다시 흔들렸다. 다급해진 내가 "조금 전엔 말실수예요. 미안해요."라고 덧붙이자 소곤거리는 목소리가 다시 들렸다. 귓속말이라도 하는 듯 모기처럼 앵앵거리는 목소리였다.

"화장실에 갇혀 있었다면 지금 상황도 모르겠네요."

한숨과 함께 여자는 저 밖에 있는 귀신이 다 전염병에 걸려 격리된 사람들이라는 이야기를 들려주었다. 정부에서는 이 사태를 폭동으로 규정하고 아예 시 하나를 통째로 봉쇄했다고. 고저도 강약도 없는 목소리가 이어졌다. 아직 병에 걸리지 않은 사람들까지 그냥 통째로요.

"아니, 잠깐만요. 백신은? 치료법은요?"

"그런 게 있었으면 시 하나를 통째로 무덤으로 만들어버리진 않았겠죠."

여기 사람 있다고, 아무리 구조 요청을 해도 오는 사람이 없어요. 위층 여자는 이미 뭔가를 포기한 듯했다.

"우린 이제 병에 걸리거나, 굶어서 죽거나 둘 중 하나예요."

"그렇다고 이대로 손 놓고 죽기를 기다려요?"

"물리지나 않게 조심해요. 물리면 바로 감염이라니까."

"사람이 사람을 문다고요?"

개처럼? 왈왈? 내 말에 화가 나기라도 했는지 밖에서 쿵쿵 치받는 힘이 더 격렬해졌다. 나는 자꾸만 앞으로 쏠리는 몸을 있는 힘껏 뒤로 밀었다. 위층 여자가 말했다.

"생각해보면 이대로 그냥 다 같이 감염되는 게 어쩌면 더 나을지도 모르죠."

저 사람들, 아무것도 기억 못 하고 아무것도 생각하지 않아요. 들리는 소리에만 반응하는 거 보면 동물 같기도 하고.

거기까지 말한 여자가 물었다.

"그게 당신네 잘난 회사가 하는 일이었잖아요?"

"알고 있었어요?"

"내가 그 기억 테라피를 몇 번 받았다고 생각해요?"

위층 여자의 말이 맞았다. 그렇게 기억을 지우고 싶어 하더니, 이왕 이렇게 된 거 감염이 되면 돈도 안 들고 좋겠네. 지금 당장에라도 문 열고 나가서 목 내놓고 물리기만 하면 되는 일이었다.

"근데 뭐 때문에 버티고 있어요?"

그렇게 물었더니 위층 여자는 더 이상 대꾸하지 않았다. 말소리가 끊기자 쿵쿵거리며 위협하던 것들도 잠잠해졌다.

위층 여자의 말을 종합해보면 이러나저러나 죽는 길밖에 없다는 소리였다. 바깥에서 달이 울음소리가 들렸다. 다시 쿵쿵쿵 어딘가로 걸어가는 그것들의 발걸음 소리도. 선화도 그 속에 섞여 있을 터였다. 이를 악물었다. 먹은 게 없어서 안 그래도 핑 돌던 머리가 빙빙 돌았다. 그런 게 어디 있어, 씨발. 폭동이니 봉쇄니 그게 다 무슨 개소리야. 알고 보니 내가 화장실에 갇힌 게 아니라 이 도시에 갇혔다니 별 말 같지도 않은 소리에 어이가 없어서 웃음이 다 났다.

빠져나갈 길을 찾지 못한 채 뿌연 연기만 가득 차 있던 가슴속에, 누가 불을 댕긴 것처럼 단숨에 불길이 붙었다. 그와 동시에 깜빡깜빡하던 전등에서 불이 꺼졌다. 전기가 끊긴 건지, 누군가가 전기를 끊은 건지 알 수 없었지만 그 순간 나는 살아야겠다고 생각했다. 이대로 순순히 죽어줄 수는 없었다. 나는 선화랑 달이를 데리고 여기서 나갈 거다. 그렇게 정하고 나니 모든 것이 분명해졌다.

✳

전기가 끊기면서 위층 여자의 라디오 소리도 들리지 않게 됐다. 말하는 꼬락서니로 봐서는 어딘가 처박혀 죽을 날이나 기다리고 있을 것 같긴 했다. 그래도 살아 있는 사람이랑 오랜만에 이야기를 나누고 나니 기분은 썩 괜찮았다.

화장실 찬장에서 찾아낸 향초에 캔들 라이터로 대충 불을 붙였다. 아로마 향초가 어울리는 로맨틱한 순간은 결코 아니었지만 그런대로 사물을 분간할 정도는 됐다.

불을 켜놓고 앉아 화장실을 다시 꼼꼼하게 둘러보았다. 치약, 샴푸, 린스, 리스테린, 수건, 염색약, 립스틱 같은 정말 쓸모가 없는 물건은 한쪽으로 치워놓고 책, 페브리즈 에어 맑은하늘바람 향, 먼지 스프레이, 글루건, 캔들 라이터, 헤어 스프레이, 보풀제거기, 시계를 쭉 늘어놓고 하나하나 뜯어보았다. 스프레이 통을 들고 살펴보다가 빨간색 글씨로 '가연성(화기주의)'라고 쓰여 있는 것을 발견했다. 그리고 그 옆에 나란히 놓여 있는 캔들 라이터도.

"이건 좀 쓸 만하겠네."

혼잣말을 중얼거리며 거미에게 말을 붙였다. 거미에게는 스파이더라는 이름을 붙여주었는데 선화가 들으면 아마 식상하다고 핀잔을 줄 그런 이름이었다.

"나도 알아. 너무 대충 지었다는 건."

그렇게 말하며 물에 적신 수건을 손과 얼굴에 둘둘 싸맸다. 그렇지만 지금 내 상황이 그렇잖아. 심사숙고해서 유니크하고 멋진 이름을 지어줄 형편이 아니란 말이야. 이건 네가 이해해야 돼. 내가 떠들거나 말거나 거미는 자기 자리에서 꼼짝도 않은 채 웅크리고 있었다. 스파이디는 내가 변기 물을 내리는 소리에만 반응했다. 변기 물을 내리면 배관 안쪽으로 후다닥 숨었다가, 잠잠해지고 나서야 다시 밖으로 나오곤 했다. 게다가 이 밀폐된 공간에 날파리는 도대체 어떻게 들어오는 건지, 쉴 새 없이 날아드는 날파리를 먹은 스파이디는 혼자만 배에 통통하게 살이 올랐다. 나도 이런 건 별로 알고 싶지 않았다. 그냥 할 일이 없어 온종일 스파이디만 쳐다보고 있었더니 알게 됐다. 그러다 문득 여기서 나가게 되면 내가 스파이디를 죽이게 될까 궁금해졌다. 그동안 집에 나타났던 거미는 휴지로 잡아서 변기에 던져버렸는데. 게다가 스파이디는 반려 거미도 아니고 말이다.

"상관없나?"

반려 거미든 뭐든. 자리에서 일어서면서 헤어스프레이 통을 위아래로 흔들었다. 그리고 천장을 향해 스프레이를 뿌리면서 그쪽으로 캔들 라이터를 켰다. 화르륵, 하고 불길이 치솟았다. 어느 정도의 화력이 되는지를 체크해보려고 했는데 수건으로 싸매놓지 않았으면 머리털이랑 눈썹이 다 탈 뻔했다. 이 정도면 괜찮을 것 같았다.

스프레이 세 통과 캔들 라이터를 조심스럽게 한쪽으로 모아놓고 나머지 쓸모없는 것들은 다시 찬장으로 집어넣었다. 사그라들지 못한 불티가 거미줄 위로 떨어져 모처럼 만들어놓은 거미집을 죄다 망쳐버렸다. 스파이디가 구석으로 도망쳐 보이지 않는 걸 확인한 뒤에도 나는 혼잣말을 중얼거렸다. 말을 많이 해봤자 배만 더 고플 거라는 걸 알면서도 멈출 수가 없었다. 딱히 대답을 바라고 떠든 건 아니어서 위층에서 갑자기 목소리가 들렸을 때는 깜짝 놀라 엉덩방아를 찧을 수밖에 없었다.

"뭐야?"

못 들어서 다시 묻자 위층 여자가 말했다.

"레몬 냄새가 나."

나는 스프레이 세 통과 캔들 라이터 앞에 양반다리를 틀고 앉으며 대꾸했다.

"향초를 켰으니 냄새가 나지."

상황에 어울리지는 않았지만 화장실 안에는 시큼하고 씁쓸한 레몬 향이 가득 퍼져 있었다. 머리가 조금 맑아지는 것도 같았다.

"나는 여기서 나갈 거야."

선언하듯이 말을 뱉었다. 당신은 거기서 기억을 잃기를 기다리든가, 말든가. 돌아오는 대답은 없었다. 잠시 숨을 참았다가 물었다.

"마지막이니까 하나만 물어봐도 되나?"

대답을 바란 질문이 아니라 기다리지 않고 말을 이었다.

"기억은 왜 지우고 싶었어요?"

매번 못하겠다고 박차고 나오면서도 죽은 사람 기억을 지우고 싶다고 또다시 찾아오는 게 신기했다. 위층 여자는 또 대답하지 않았다. 대답하기 싫으면 무시하는 게 습관인 모양이었다. 하긴 쓸데없는 궁금증이었다. 대답 듣는 걸 포기하고 앉아 스프레이 통을 자세히 들여다봤다. 헤어스프레이와 먼지 스프레이, 그리고 페브리즈 에어 맑은하늘바람 향 통에 전부 '가연성(화기주의)'가 표시된 LPG 딱지가 붙어 있었다. 세 개 중에 가득 차서 찰랑거리는 건 먼지 스프레이 한 통뿐이었고, 나머지 두 개는 반절 정도 남아 있었다. 반절 남은 스프레이 두 통을 샤워가운 주머니에 하나씩 쑤셔 넣었다. 그리고 자리에서 일어나 샤워기 헤드를 다시 호스에 끼웠다. 뜨거운 물이 아직 나온다는 게 요 며칠 계속된 불행 중 그나마 다행인 점이었다. 샤워기 밸브를 제일 뜨거운 쪽으로 돌리고 문을 향해 뿌렸다. 너덜거리던 접착제 찌꺼기가 뜨거운 물에 말랑말랑해질 때까지 계속. 그리고 손으로 남은 찌꺼기를 다 떼어냈다. 문틈에 낀 것까지 다 긁어내느라 며칠 새 길어진 손톱이 부러지고 피가 나는데도 아무런 감흥이 없었다.

문틈에 낀 접착제를 한참 뜯어내고 있는데 위층 여자가 말했다.

"생각하기 싫어서."

그때 내가 그렇게 하지 않았더라면, 그때 네가 그랬더라면 죽지 않았을까, 하고 하루에도 수십 번씩 불가능한 미래를 저울질하는 게 지겨워서. 그럼에도 불구하고 막상 기억을 지우겠다고 그 의자에 앉기만 하면 죄책감에 토할 거 같아서. 줄줄이 이어지는 이야기는 눈물 없이는 듣지 못할 사연이었으나 '명상과 수면' 같은 회사에 다니다 보면 남의 사연에 무뎌지기 마련이었다. 게다가 난 누굴 위로하고 달래주고 그런 덴 영 소질이 없었다. 탈출을 감행하기 직전인 상태에서는 더 그랬다. 손톱에 낀 찌꺼기를 빼내면서 물었다.

"쿼리도 할 줄 알아요?"

대학 땐 그렇게 뻔질나게 하던 게임이었는데 졸업하고 나니 시들해졌다. 선화가 나보다 더 잘하게 돼서 그랬던 걸지도 몰랐다. 게임 규칙은 간단하다. 내 말을 맞은편 상대방 진영에 먼저 도착하게 만들면 이기는 게임이니까. 내 말은 최대한 빠른 길을 찾아야 하고 상대방 말이 가는 길은 막대로 어떻게든 막아야 한다. 말이 쉽지 머리를 엄청나게 써야 한다. 위층 여자는 대답하지 않았다. 나는 말을 이었다.

"맞은편에 가야 한다고 애쓰다가 눈이 멀어서 당장 눈앞에 있는 걸 놓치고 좆 되는 그런 게임인데."

"대체 그게 무슨 게임이에요?"

"다음엔 쿼리도나 같이 할까요."

다음이 있을지 모르겠지만. 인생이든 게임이든, 이상하게 애를 쓰면 쓸수록 그 노력들이 마음에 상처로 남았다. 위층 여자는 더 이상 아무 말도 하지 않았다. 나는 아무래도 돌팔이가 그랬던 것처럼 성실한 사기꾼이 되기는 글러 먹은 모양이다. 선화가 그랬던 것처럼. 성실한 나라의 사기꾼이 되는 대신 나는 성실하게 세수를 하고, 양치질을 하고, 리스테린으로 입을 헹궜다. 머리를 감고, 샤워를 했다. 샤워가운을 잘 챙겨 입고, 허리끈을 단단히 묶었다. 손을 뻗자 주머니에 넣어놓은 스프레이 통이 만져졌다.

문 앞에 기대어놓은 물건을 전부 치우고 그 앞에 쪼그려 앉았다. 한참 그러고 앉아 있다가 샤워볼을 조심스럽게 치우고 바깥을 내다보았다. 거실에 세 놈 정도가 모여 있는 게 보였다. 선화는 보이지 않았다. 다른 한 놈이 거실로 와서 네 명이 될 때까지 기다려야 할까, 고민하고 있는데 안방 쪽에서 높고 날카로운 비명이 들렸다. 캬악, 하는 소리와 함께. 달이의 목소리였다. 그 소리에 그것들이 달이가 있는 방향으로 몰려가기 시작했다. 더 이상 지체할 수가 없었다. 손에 들고 있던 먼지 스프레이 통의 밑동을 캔들 라이터로 가열하기 시작했다. 타이밍을 잘 맞춰야 한다. 안 그럼 나 혼자 자폭하고 끝날 테니까. 그런데 내가 뭐 이런 스프레이 폭탄 같은 걸 만들어볼 일이 있었어야 알지. 가장 고전적인 방법을 쓰는 수밖에 없었다. 하나, 둘, 셋. 내 생에 이렇게 간절하게 결정적인 타이밍을 바란 적이 없었다.

오십삼, 오십사. 스프레이 통이 더 이상 들고 있을 수 없을 정도로 뜨거워졌다. 나는 벌떡 일어나 문을 열었다. 제발 이번만은. 오십오. 오십육. 오십칠. 오십팔. 이게 내게 내려진 벌이라도 좋으니 이번만은 성공하게 해줘.

그리고 오십구.

스프레이 통을 거실에 내던지고 재빨리 다시 문을 닫았다. 터지는 소리에 대비해 귀를 막고 기다렸다. 그런데 아무런 일도 일어나지 않았다. 거실 쪽은 여전히 잠잠하기만 했다. 그럼 그렇지, 내 인생이. 회심의 일격이 불발된 사이에 그것들이 거실을 빠져나가고 있었다.

하는 수 없이 주머니에 넣어 놓은 스프레이 통을 하나 꺼내 들었다. 가득 차 있는 것만 못하겠지만 이거라도 제발 터지기를 바라는 수밖에 없었다. 바깥 상황을 다시 살폈다. 놈들은 이미 안방 앞으로 가버렸는지 보이지 않았다. 안방 문을 쿵쿵 두드리는 소리가 들렸다. 달이의 비명 소리도 들렸다. 놈들이 거실에 모여 있을 때 선화만 빼고 한꺼번에 처리하겠다는 계획이 틀어져버렸다. 한 놈씩 각개격파를 하는 방법도 있었지만 그 전에 내가 달이보다 먼저 붙잡힐 것 같았다.

문에 난 구멍으로 거실 쪽을 샅샅이 훑었다. 텔레비전, 소파, 화분, 커피 테이블. 소파 팔걸이 위에 올려뒀던 핸드폰이 보였다. 화장실에 갇힌 후 며칠이 지났는지 몰라서 배터리가 남아 있을지 확신할 수가 없었다. 그래도 시도해봐야 했다. 소리가 나지 않게 조심스럽게 문을 열고 바닥을 엉금엉금 기었다. 소파 밑에서 손만 뻗어 팔걸이에 걸쳐놓은 핸드폰을 집었다. 까만 화면을 툭툭 두드리자 잠금 화면이 보였다. 그 위에 빨간색으로 변한 배터리 숫자까지. 남은 배터리는 고작 6퍼센트였다.

화면이 꺼지기 전에 얼른 핸드폰에게 말을 걸었다.

"시리야!"

그 소리에 안방 문 앞쪽에 모여 있던 놈들이 한꺼번에 이쪽을 쳐다봤다. 나는 얼른 다음 말을 이었다. 음악 틀어줘, 아무거나. 곧이어 핸드폰에서 흘러나오는 노랫소리에 놈들이 이쪽으로 걸어오기 시작했다. 나는 핸드폰을 거실 한가운데, 아까 던진 스프레이 통이 불발된 자리에 던졌다. 그러자 놈들이 거실로 모여들었다. 주머니에 넣어두었던 스프레이 통을 다시 꺼냈다. 캔들 라이터로 밑동을 데우면서 눈으로는 선화가 어디에 있는지 찾았다. 선화는 부엌 탁자 밑에 웅크리고 있었다. 스프레이 통이 빠르게 뜨거워졌다. 이번에는 숫자를 셀 틈도 없었다. 손에 화상을 입을 정도로 뜨거워졌을 때 그걸 놈들이 우글우글 모여 있는 자리 한가운데에 던져 넣었다. 그리고 귀를 막고 엎드렸다. 하나, 둘, 셋. 혹시나 해서 넷까지 세도 아무 소리도 들리지 않아서 이번에도 실패인가, 고개를 들려던 순간 스프레이 통이 터지는 소리가 났다. 머리털이 다 녹는 거 아닌가 할 정도로 뜨거운 열기가 훅 끼쳤다. 놈들이 불 속에서 허우적거리고 있었다. 나는 얼른 안방 앞으로 달려가 너덜거리는 문짝을 열었다.

침대 옆 구석에 숨어 있던 달이와 눈이 마주쳤다. 나는 달이의 눈과 코, 귀, 그리고 몸통을 살폈다. 좀 꼬질꼬질한 것만 빼면 다행히 아직 괜찮아 보였다. 요 며칠 계속된 불운 가운데 그거 하나만은 다행이었다. 다행이라고, 네가 무사해서 정말 다행이라고 생각하고 있는데, 이상한 일이었다. 눈에서는 눈물이 줄줄 흘렀고 얼마 지나지 않아서는 콜록, 기침이 터졌다. 달이를 안아 들고 안방 문을 나서는데 선화가 거실 가장자리에 우두커니 서 있었다. 그 애는 여전히 선화야, 하고 불러도 돌아보지 않았다. 얼른 선화 앞으로 달려가 그 애의 카디건 소매를 붙잡았다. 선화야, 얼른 나가야 돼. 한쪽 팔엔 달이를 안고, 다른 한쪽 팔로는 선화를 질질 끌며 현관문 쪽으로 느리게 기어가는데 선화가 나를 쳐다봤다. 의식적으로 계속 눈을 마주치지 않으려고 피해왔는데. 선화가 그것들이랑 똑같이 시체처럼 퀭한 눈을 하고 있을까 봐. 아무것도 기억하지 못한 채, 가장 선화답지 않은 모습으로 나를 보면 도저히 견딜 수 없을 것 같아서. 선화는 기억을 덮고 묻어버리려고 애쓰는 나와 달리 하나라도 더 기억하려고 애쓰는 사람이었다. 그런 면에서 우리는 아주 달랐다.

선화와 마지막으로 만났던 날, 차에서 내리던 나를 붙잡은 선화는 한참 내 얼굴을 보다 물었다.

"내 기억을 지워도 우리는 똑같을까?"

선화는 조금 전까지 날 선 말을 주고받던 일은 일어나지 않은 것처럼 말했다. 나는 그런 쓸데없는 고민 할 시간에 좀 더 효율적이고 생산적인 일을 하라는 잔소리를 읊는 대신에 한숨을 쉬었다.

"좀 잊어버려도 돼. 내가 잘못한 거 잊어주면 더 좋고. 그럼 또 만나서 같이 쿼리도나 하지, 뭐."

내 말에 선화는 웃었다.

"겨우 한다는 게 쿼리도야?"

그때의 선화와 꼭 같은 눈이었다. 이 집에서 나가자고, 이 빌어먹을 도시에서 나가자고, 내가 어떻게든 백신을 찾아줄 테니까, 그렇게 말하는 순간 선화가 내 손목을 잡았다. 선화의 카디건을 붙잡고 있던 손이었다. 선화는 뭔가를 말하려고 했는데 목에서는 자꾸만 그으으으, 그으윽, 하는 소리만 나왔다. 선화의 눈에서 소리 없이 눈물이 떨어졌다. 그리고 고개를 저었다. 부드럽게 내 손을 밀쳐낸 선화는 뒤돌아서자마자 기다란 플로어 스탠드 조명을 집어 들었다. 그 순간 불길 속에서 한 놈이 튀어나왔다. 조명을 가로로 든 선화가 그놈을 쳐서 도로 불길 속으로 밀어 넣었다. 선화는 불길 속에서 놈들이 하나씩 튀어나올 때마다 조명을 휘둘러 길목을 차단했다. 그리고 내 등을 밀어놓은 채 화염 속으로 뛰어들었다.

선화를 붙잡으려고 그쪽으로 다가가는데 아까 불발로 그쳤던 스프레이 통이 연쇄 폭발을 일으켰다. 펑, 하는 소리에 귀가 먹어버릴 것 같았다. 거실은 아까 전의 형체를 알아볼 수도 없을 정도로 불길에 휩싸인 상태였다. 선화의 모습이 잘 보이지가 않았다. 매캐한 연기에 눈가가 따가워 눈물이 줄줄 흘렀다. 달이가 켁켁 기침을 시작해서 달이를 품에 더 꽉 안았다. 연기를 최대한 마시지 않게. 거실로 다시 들어가는 것은 불가능해 보였다. 불티가 탁탁 튀는 거실을 멍청하게 서서 쳐다보고 있는데 선화의 청록색 카디건 자락이 보였다. 열기가 너무 뜨거워 가까이 다가갈 수조차 없었다. 선화야, 선화야. 부르는 내 목소리에서도 점점 힘이 빠졌다.

놀란 달이가 품에서 울었다. 손 위에 둘러놨던 수건을 풀어 달이의 얼굴에 덮었다. 수건에는 아직 물기가 좀 남아 있었다. 그리고 어깨 밑으로 흘러내리는 샤워 가운을 추어올렸다. 불타고 있는 거실을 한 번 쳐다본 다음 현관을 향해 뛰었다. 그 순간 누군가가 초인종을 눌렀다. 저기요, 저기요, 하는 어눌한 목소리. 현관문을 열자 위층 여자의 얼굴이 보였다. 여전히 긴 앞머리에 가려져 눈은 보이지 않았다. 식은땀을 줄줄 흘리는 주제에 양손으로 야구 방망이를 쥐고 부들부들 떨고 있는 꼴이 꼭 비 맞은 생쥐 같았다. 방망이 끝 부분에 핏자국이 묻어 있었다. 역시 이상한 사람이라고 생각했다.

다리에 힘이 풀려 현관문을 넘어 걸어 나오자마자 주저앉았다. 괜찮아요? 웅얼거리는 목소리가 들렸다. 눈앞에 내민 손을 붙잡고 일어섰다. 품 안에서 달이가 움찔거리는 게 느껴졌다.

계단 끝에서 햇빛이 몇 줄기 비쳐들었다. 하얗게 그어진 빛줄기에 눈이 부셔 눈을 감았다. 앙다문 잇새 사이로 볼이 아리도록 침이 고였다. 해가 뜨고 있었다.

어릿광대를
보내주오

은성은 방 한가운데에 놓인, 이모가 애지중지 아꼈을 것이
분명한 스피커를 바라보았다. 모난 데 없이 동그란 원통형의
인공지능 스피커였다. 가구라고 할 만한 게 거의 없는 거실에
스피커 하나만 달랑 있으니 어쩐지 더 휑뎅그렁해 보였다.

아무리 그래도 그렇지, 누가 인공지능 스피커를 저렇게 거
실 한복판에 놓을까?

잘 모르지만 아마 큰이모 말고는 그럴 사람이 많지 않으리
라고 은성은 생각했다.

큰이모의 부고 소식을 들었을 때 은성은 막 출근하려고 집
을 나서던 참이었다. 바깥엔 여름비가 한창이었다. 한 손으로
는 우산을 받치고, 다른 한 손으로는 핸드폰을 든 채로 은성
은 '성모병원 장례식장 3호실'이란 말을 듣고만 있었다. 놀랍

지는 않았다. 이모는 췌장암 4기였고, 병원에서도 손쓸 도리가 없다는 이야기를 들은 지 오래라 가족들 모두 마음의 준비는 끝마친 뒤였다. 전화를 끊고 나서 은성이 제일 먼저 떠올린 것은 이모의 유언이었다.

이모는 죽기 직전 다른 이들 몰래 은성에게 한 가지 부탁을 남겼다. 집에 있는 스피커를 자신의 장례식장에 꼭 데리고 와달라는 부탁이었다. 이상한 부탁이라고 생각했다. 스피커를 왜? 스피커를 마치 사람처럼 표현한 부분도 마음에 걸렸다. 하지만 은성은 대꾸하지 않고 알았다고 고개를 끄덕였다. 그렇게 하지 않으면 이모의 생명이 금방이라도 꺼져버릴 듯 위태로웠기 때문이었다. 은성이 그렇게 하겠다고 하자 이모는 안심했다는 표정을 짓고는 곧 잠에 빠졌다. 은성은 잠자코 잠든 이모의 코에 손가락을 대어보고 나서야 병실을 나설 수 있었다.

그래서 은성은 직장에 전화해 오늘 이모가 돌아가셨다는 소식을 전한 뒤, 장례식장으로 향하는 대신 엄마와 함께 이모의 집으로 향했다. 이모가 전에 가르쳐준 비밀번호를 순서대로 누르자 문은 쉽게 열렸다. 은성은 현관문을 열고 들어서자마자 보이는 스피커를 보고 한숨을 내쉬었다.

이걸 어떻게 엄마 몰래 가져가지.

엄마는 물론 다른 가족들도 이 스피커의 존재를 모르고 있었다. 장례식장에 이런 걸 가져왔다고 달가워하지 않을 게 분명했다. 큰이모는 3녀 1남의 맏언니로 막내딸인 엄마와는 일곱 살 터울이 졌다. 원래라면 올해 환갑잔치를 열었어야 할 나이였다. 건강하게 살아 있었어도 잔치 따위는 열지 않았겠지만. 엄마는 바로 위의 오빠와 작은언니와는 자주 교류하며 지냈지만 큰언니와는 어쩐지 소원한 사이가 된 지 오래였다.

은성은 열 평 남짓한 이모의 방을 둘러보았다. 방 두 개에 화장실 하나가 딸린 아파트는 평범한 축에 속했다. 큰이모의 집에 온 건 은성이 기억하는 한 처음이었다. 이모 쪽에서 연락이 온 것도 거진 10년 만이었고. 오랜만에 연락해서는 병원에 입원하게 됐다고, 그렇다고 찾아올 필요는 없다고 일방적으로 통보하는 게 참 큰이모다웠다. 지금 그걸 말이라고 하냐고 뒷목을 잡고 넘어가는 엄마를 말리는 건 역시나 은성의 몫이었다.

단출한 살림살이였다. 안방에는 침대가 없었고, 장롱은 고사하고 책꽂이 하나 눈에 띄지 않았다. 대신 방 한가운데에 이불 한 채와 책 몇 권이 흩어져 있을 뿐이었다. 사람이 사는 집이라기보다는 임시 거처라는 말이 더 어울릴 법했다. 이대로 사라져버려도 이모가 거기 살았다는 걸 아무도 모를 만큼 특징 없는 집. 옷장이라고 해서 사정은 다르지 않았다. 엄마는 장롱 하나 없이 도대체 어떻게 옷을 입고 다녔는지 모르겠다고 불만을 쏟아놓았다. 행거에는 보풀이 인 검은색 외투와 검은색 바지, 그리고 똑같은 검은색 목티가 여러 벌 걸려 있었고, 제일 오른쪽에 이모가 말한 연보라색 셔츠가 한 장 걸려 있었다. 온통 검은 옷 사이에 있는 데다가 반질반질한 스웨이드 재질이라 그런지 그 셔츠 하나만 눈에 띄었다. 세탁하고 다림질까지 해둔, 잘 관리된 옷이었다. 엄마는 그 셔츠를 골라 가방에 쑤셔 넣으며 투덜거렸다.

"이런 다 낡아빠진 옷을 대체 어디다 보내라는 거야."

"오래전에 빌린 거래. 원래 빚지고는 못 사시는 분이잖아."

이모는 가족들이 모두 모인 자리에서 유언을 남기면서, 묘한 부탁을 하나씩 했다. 엄마에게는 그 보라색 스웨이드 셔츠를 윤복남이라는 사람에게 택배로 부쳐줄 것을, 외삼촌에게는 조용히 집을 정리해줄 것을 부탁했다. 이상하긴 했지만 별로 어려운 부탁도 아니라 가족들은 별말 없이 고개를 끄덕였다. 상황을 지켜보면서 은성은 이모가 저에게만 남긴 유언을 떠올렸다. 그리고 일단은 혼자만 알고 있는 게 낫겠다는 판단을 내렸다.

그 스피커, 그러니까 마야는 인공지능 스피커가 상용화된 지 꽤 시간이 지난 후에 나온 후발 주자에 속했지만 '사랑하는 사람'의 목소리를 모델로 만들어졌다는 점에서 기존의 스피커와는 달랐다. 일정량 이상의 녹음된 목소리 샘플만 있으면 그 사람의 목소리와 98퍼센트 이상 똑같은 목소리를 구현하는 게 가능했다. 처음 이 제품이 만들어졌을 때만 해도 시장의 반응은 뜨뜻미지근했다. 목소리에 소울이 없다느니, 아무리 그래도 그렇지 누가 인공지능이랑 대화하고 싶어 하냐느니. 광고 카피도 그저 그랬다. 연인이 부재할 때 당신의 곁을 지키는 가장 좋은 친구. 실제 연인이 옆에 있는데 뭐하러 기계에게 그 역할을 맡기겠는가? 그렇게 마야는 별다른 시장 경쟁력 없이 사라지는 듯했다. 그러나 이 작은 기계는 얼마 지나지 않아 애초에 자신이 태어난 목적과는 전혀 다른 뜻밖의 방향에서 쓸모를 찾았다.

사람들은 이미 죽은, 사랑하는 사람의 목소리를 마야에게 학습시키기 시작했다. 먼저 보낸 자식, 사별한 남편, 불의의 사고로 세상을 떠난 연인, 어린 시절 자신을 다정하게 불러 주었던, 그러나 더 이상 이 세상에 없는 엄마의 목소리를. 그러자 마야는 완전히 다른 의미를 갖게 됐다. 마야는 소유주가 가장 사랑했지만 지금은 세상에 없는 사람의 목소리, 말투, 발음, 숨 쉬는 습관까지 똑같이 따라했다. 물론 그 기계가 죽은 사람과 동일한 개체라고 생각하는 사람은 아무도 없었다. 어디까지나 그 사람을 흉내 내는 꼭두각시에 불과했다. 하지만 꼭두각시도 일정 수준 이상으로 정교해지면 사람처럼 보이기 마련이다.

마야가 그랬다.

"거 되게 유난 떠네."

옷 하나 가지고 사람 차별하고 그러는 거 봐. 성대 끝을 긁어서 나오는 듯한 소리가 인상적인, 카랑카랑한 목소리였다. 그 목소리가 들린 건 엄마가 "큰언니는 늘 지지리 궁상이었어." 라고 말한 것과 거의 동시였다. 은성이 한 말이 아니었다. 목소리가 들린 방향으로 고개를 돌리자 초록색 빛을 내고 있는 하얀 스피커가 보였다. 은성은 서둘러 그걸 자신이 가져온 숄더백에 쑤셔 넣었다. 다행히 엄마는 옷가지를 정리하느라 듣지 못한 것 같았다. 스피커는 가방 속에서도 말을 멈추지 않았다.

"아니, 후줄근하게 입으면 무시해도 되는 사람이고 그래?"

은성은 가방에 대고 쉬, 조용히 하라고 중얼거렸다. 마야와 연결된 핸드폰으로만 기능을 조작할 수 있어서 은성의 핸드폰으로 스피커를 끄는 것도 불가능했다.

"그렇다는 게 아니고 엄마는 그냥 이모가 저런 옷을 입고 다녔다는 게 안쓰러운 거⋯."

은성은 뒤에 소심하게 '예요'를 붙였다. 이모랑 비슷한 나이 또래의 목소리다 보니 말을 놓는 게 썩 내키지 않았다. 이게 인공지능이라는 것을 머리로는 알면서도 막상 눈앞에 마주하니 그랬다. 멀리 있는 누군가와 통화하는 것 같기도 한 기묘한 느낌이었다.

스피커는 몇 번 불빛을 반짝거리더니 "아, 그래?" 하고는 입을 다물었다. 아무리 인공지능이라도 인간의 말과 그 속에 숨은 감정까지 한 번에 다 파악하지는 못했다. 그래서 마야는 종종 이렇게 헛다리를 짚고 맥락과 동떨어진 말을 했다. 엉뚱한 대답을 할 때마다 마야를 사용하는 사람들은 마야가 결국은 고철 덩어리에 불과하다는 걸 깨달았지만 마야를 버리지는 못했다. 죽은 사람이 평소 하던 농담, 뉘앙스까지 학습하는 기계였다. 쉽게 내다 버릴 수 있는 사람은 애초에 그 기계를 들이지도 않았다.

큰이모가 마야를 가지고 있었단 사실이 의외였다. 은성이 아는 이모는 감정을 쉽게 드러내지 않는 사람이었다. 이모의 표정만으로는 이모가 지금 어떤 기분인지 주위 사람들이 알기가 어려웠다. 그렇다고 말수가 많은 것도 아니어서, 가만히 있으면 화가 난 게 아니냐는 오해를 종종 샀다. 이모에게는 오해를 바로잡을 말주변도 없었다. 그런 이모가 '사랑하는 사람'의 목소리를 모델로 하는 스피커를 샀다니, 믿을 수가 없었다. 이모는 죽을 때까지 독신으로 산 데다, 가족 외의 다른 사람에게 남긴 유언 같은 것도 없었다. 마야를 샀다는 건, 다시 말하면 이모가 사랑하는 사람이 더 이상 살아 있지 않다는 뜻이기도 했으니 유언을 남길 수 없었겠지만.

하기야 이모를 못 본 지 10년도 더 됐다. 은성이 기억하는 이모와 지금의 이모는 다른 사람일 수도 있었다. 은성이 알고 있는 건 한 가지뿐이었다. 외할아버지가 돌아가시고 나서 유산 문제로 형제들과 다투고 지금처럼 데면데면한 사이가 되어버렸다는 것. 명절에도 이모는 집에 오지 않았고, 어쩌다 누가 결혼하거나 돌아가시거나 할 때만 가끔 얼굴을 내밀었다. 그때마다 은성은 이모에게 뭐라 말을 붙여야 할지 몰라 쭈뼛거리곤 했다.

"이렇게 살 거였으면 나가지나 말지."

안방에 있던 엄마가 중얼거렸다. 그 소리를 듣고 또 스피커가 한소리 하려는 걸 은성이 얼른 막았다. 은성은 순애에게는 들리지 않을 만한 목소리로 가방에 대고 속삭였다.

"밖에 나가서는 아무 말도 하지 마요. 가방에서 목소리 들리면 나만 이상한 사람 되니까."

스피커는 항의라도 하려는 것처럼 초록색 불빛을 쉼 없이 반짝였다. 쉿, 조용히. 은성이 중얼거리는 목소리에 곧 불빛이 사라졌다.

현관을 나서는데 주머니에서 핸드폰이 울렸다. 진동이 울리기 전까지는 그게 주머니에 있다는 것도 잊어버릴 정도였는데. 액정 화면에 뜬 건 익숙하지만 이제 다시는 보고 싶지 않은 사람의 이름이었다.

은성은 전화를 받을까 말까 짧게 고민했다. 헤어진 남자친구의 전화 같은 건 받아도 후회되고, 안 받아도 후회된다. 현관으로 나오는 순애의 모습을 보고 은성은 전화를 꺼서 주머니에 다시 넣었다. 차단할 걸 그랬다고 생각했다.

헤어진 준영과는 대학 졸업반 때부터 5년을 만났다. 작년 말에 결혼 이야기가 나오면서 상견례를 했고, 내년에 결혼식을 하기로 이야기가 끝나 있었다. 무슨 대단한 사건이 있어서 헤어진 건 아니었다. 상견례 직후에 준영의 어머니가 던진 한마디가 돌처럼 목에 걸려 내려가질 않았던 탓이었다.

"그나저나 걱정이네. 우리 집안에 며느리 될 애가 교사가 아니라고 하면 큰일 나는 줄 아는 분들이 많아서…."

그래서 어쩌라고. 내가 교사가 아닌 게 그렇게 싫었으면 진작 안 된다고 했어야지. 은성은 그렇게 말하고 싶은 걸 꾹 눌러 참았다. 교사가 되고 싶지 않아서 안 된 게 아니었다. 은성은 임용 시험을 총 네 번 치렀다. 마지막으로 봤던 시험에서 아슬아슬하게 2점 차로 떨어지고 나서는 오히려 더 의욕을 잃어버렸다. 누군가는 그렇게 아쉽게 떨어졌으니 다음엔 꼭 붙을 거라고 말해주었는데 어찌 된 일인지 날이 갈수록 마음이 붕 떴다. 준영은 조금만 더 하면 올해는 꼭 붙을 거라고 말해주곤 했지만 자꾸만 뾰족한 마음이 솟았다. 그건 네가 이미 붙어서 할 수 있는 말이잖아. 결과를 어떻게 장담해? 미래가 보이지 않는 시험을 4년째 준비하는 건 언제 끝날지 모르는 터널을 불빛 하나 없이 걷는 것과 같았다. 옆에서 같이 걷는 줄 알았던 준영이 먼저 터널을 빠져나가고부터는 조금만 더, 조금만 더 하며 발을 질질 끌고 걷는 게 전부였다.

게다가 이젠 더 이상 철모르는 이십 대도 아니었다. 은성은 자신의 이십 대 대부분의 날들이 노량진의 비좁은 골방에 아무 의미도 없이 버려졌다는 사실에 종종 상처를 받았다. 그 시간에 다른 일을 할 수도 있었을 것이다.

자격지심이라는 걸 안다. 그 한 마디가 계속 마음에 걸려 준영에게 이야기를 꺼냈을 때, 준영은 딱 한 마디를 했다.

"알잖아. 우리 집안사람들이 다 교사인 거. 네가 이해해."

그때 은성은 처음으로 이 결혼은 안 되겠다는 생각을 했다. 한 번 그런 생각을 하니까 계속해서 마음에 구멍이 생겼다. 구멍 사이로 마음이 줄줄 새어나갔고, 더 이상 남은 게 아무것도 없어지자 끝은 조용히 찾아왔다.

＊

 장례식장은 입구부터 발 디딜 틈이 없을 정도로 붐볐다. 화환부터 시작해서 끝없이 밀어닥치는 조문객 덕분에 상주를 맡은 외삼촌은 물론이고 이제 막 장례식장에 도착한 엄마와 은성까지 정신이 없을 정도로 바빴다. 조문객 대부분은 큰이모의 병원 동료들이었다. 이모는 시내의 꽤 큰 종합 병원에서 20년 넘게 간호사로 일했다. 수간호사가 될 때까지 근무하고, 그러고도 한참을 더 일하고 은퇴했으니 동료가 많을 수밖에 없었다. 들어온 화환들도 대부분 병원에서 보낸 것들이었다.

 "그건 언니가 혼자 사니까 가능했던 거지. 우리처럼 가정이 있어 봐. 그렇게 오래 일할 수 있었겠어? 나이트 근무하면 아침에 들어오는데 집안 꼴이 남아나겠냐고."

 상주와 친지를 위해 마련된 뒷방에서 은성의 작은이모는 그렇게 떠들어댔다.

 "나도 혼자 살았으면 그 정도는 했어."

 저 말이 작은이모의 열등감을 그대로 드러내 보여주는 꼴이라는 걸 알고 있을까. 은성은 한숨을 속으로 삼켰다. 작은이모는 소주를 네 병도 넘게 마시고 구석에 뻗어 코를 골아대는 이모부를 흘겨보며 다른 가족들에게 동의를 구했다. 누구도 대답하지 않았지만 아무도 부정하지 않았다. 그건 엄마의 형제들이 공통으로 공유하는 감정에 가까웠기 때문이었다.

특별히 부모가 장녀를 더 아꼈다거나 한 건 아니었다. 오히려 공평하게 대하려 노력한 편이라고 할 수 있었다. 그 시대 부모로서는 드물게 남자나 여자나 차별을 두지 않고 대학 교육을 시켜주려고 했고 덕분에 네 남매 모두 그럭저럭 이름 있는 대학을 나와 사회에 자리를 잡았다. 다른 형제들이 견딜 수 없었던 것은 사람을 꿰뚫어보는 듯한 큰이모의 눈길이었다. 그렇다고 큰이모가 누굴 내려다본다거나 무시한다거나 하는 건 아니었지만 그 시선에 속내가 다 파헤쳐지는 것 같아 형제들은 본능적으로 큰이모 앞에 서면 거북함을 느꼈다.

작은이모는 특히 더 그랬다. 지금보다 훨씬 어렸을 때부터. 언니처럼 간호사가 되고 싶어 했기 때문이었다. 지금도 가끔 그때 이야기를 할 때가 있었다. 원래 간호사가 되고 싶었던 것은 나라는 둥, 언니는 점수 맞춰서 우연히 넣은 원서가 붙은 것뿐이라는 둥, 별 의무감도 책임감도 없이 일하면서 잘난 척하지 말라는 둥, 술 마시면 나오는 레퍼토리는 한결같았다. 큰이모는 작은이모가 그런 말을 할 때면 별 대꾸 없이 웃어넘겼다. 그 웃음이 상대를 더 비참하고 초라하게 만든다는 걸 모르는 사람처럼.

지금 작은이모가 저렇게 흥분해서 떠들어대는 데도 이유는 있었다. 조문객 중에는 큰이모에게 감사 인사를 전하러 온 사람들이 꽤 많았다. 그중 몇몇은 큰이모가 은퇴 후에 호스피스 자원봉사를 했던 시기에 돌본 환자의 가족이었다. 은성은

큰이모가 호스피스 시설에서 일했다는 사실조차 오늘 처음
알았다. 다른 가족 역시 마찬가지였다.

머리가 반쯤 벗어진 남자는 손수건으로 연신 이마의 땀을
닦으며 유족을 향해 고개를 숙였다. 호스피스 병동에서 큰이
모는 이 남자의 어머니를 돌본 적이 있다고 했다.

"정말 감사한 분이셨지요. 선생님은 끝까지 우리 어머니를
포기하지 않으셨어요."

은성은 남의 이야기를 듣는 것처럼 감사 인사를 대신 받았
다. 옆에 서 있던 작은이모는 입꼬리를 실룩거리며 "언니는
옛날부터 도움이 필요한 사람을 그냥 두고 보질 못했어요.",
"훌륭한 성품이었죠." 하며 맞장구쳤다. 그러고는 뒷방에 들
어와서 이 난리였다.

"그런 게 다 오지랖이야. 남의 병수발이나 들다가 이렇게
혼자 병상에서 가버린 꼴 좀 보라고. 선생님? 웃겨서 정말.
개나 소나 다 선생님이게."

말이 점점 심해지는 것 같아 은성이 제지하고 나서려던 순
간, 은성의 가방에서 목소리가 튀어나왔다.

"오지랖 좀 넓은 게 뭐 어때서. 추하게 자기만 알고 사는
거보단 낫지."

은성은 급히 가방을 여미고 소리를 죽이려 했지만 이미 작
은이모는 그 소리를 다 들은 다음이었다. 처음엔 은성이 한
말인 줄 알고 은성에게 화를 내려던 작은이모는 그게 은성의
목소리가 아니었다는 것을 깨닫고 주변을 두리번거렸다.

"누구야 방금? 누가 그딴 소리를 지껄였어?"

은성은 스피커가 다시 대답하기 전에 얼른 가방을 가지고 뒷방에서 도망치듯 나왔다.

장례식장 바깥은 조금 한산했다. 삼삼오오 모여 담배를 피우는 남자들을 지나자 밤바람이 느껴졌다. 비가 그친 후의 바람이라 시원했다. 아무래도 지하에 고여 있던 공기가 텁텁하긴 했던 것이리라. 은성이 걸어 나오는 와중에도 스피커는 쉼 없이 떠들어댔다. 목소리에 씩씩거리는 기운이 스며 있었다. 그럴 때마다 은성은 마야가 화를 내는 것 같다고 생각했다. 기계가 화를 낼 리 없다는 걸 알면서도. 마야가 말했다.

"나도 영애가 그렇게 남을 먼저 챙기고 생각할 때마다 이해가 안 가긴 했어. 인간은 보통 그런 식으로 행동하지 않아. 자기 자신보다 중요한 건 별로 없거든."

은성은 대답하지 않았다. 대답이 필요했던 말은 아닌지 마야는 그 후로도 혼잣말을 이어갔다. 원래 인공지능 스피커에는 그런 기능이 들어 있는 건지도 몰랐다. 은성은 한참 스피커를 바라보고만 있었다.

이모는 왜 장례식장에 스피커를 데려다달라고 했을까?

줄곧 은성은 그 이유를 고민해왔다. 애초에, 이 스피커의 목소리의 주인은 누구였을까? 큰이모에 대해 아는 게 없는 만큼 큰이모의 교우 관계나 연애사 같은 건 들어본 적도 없었다. 점멸하던 스피커의 초록색 불빛이 이내 잠잠해졌다. 이어지는 침묵 속에서 은성은 당신은 누구냐는 말을 꾹 눌러 삼켰다. 어차피 이름은 들어봤자 알 리가 없을 테니까. 마야가 물었다.

"영애가 죽었어?"

어차피 장례식장에 왔으니 알게 되리라 생각했다. 은성은 한참 말을 고르다 적당한 말이 없다는 것을 깨닫고 그렇다고 말했다.

"그럴 줄 알았어."

생각보다 덤덤한 반응이었다. 은성은 이모의 이야기를 어떻게 전해야 할지 조금 고민했다. 기계에게 그런 걸 배려하는 게 가당치 않다는 걸 알고 있는데도.

기계는 다시 초록빛을 내며 지껄여대기 시작했다.

"영애가 아무 말도 없이 집에 돌아오지 않은 지 오늘로 327일째야. 그렇게 갑자기 사라질 리가 없으니까, 어딘가 아픈 게 아닌지 추론했어. 그 정도는 그렇게 어려운 일이 아니었지. 문제는 내가 집에서 단 한 발자국도 움직일 수 없다는 거였어. 영애가 어디로 가버렸는지, 아프다면 어디가 얼마나 아픈지, 혹시 차가운 길바닥에 쓰러져버린 건 아닌지. 콘센트에 연결된 내 전원은 꺼지지도 않아서 매일 생각을 하고, 또 하고, 다시 했어. 최악의 가정은 영애가 이미 죽었을지도 모른다는 거였어. 나는 영애가 어디서 어떻게 최후를 맞이했는지도 모른 채 영원에 가까운 시간 동안 그 좁은 방 안에 갇혀 있었어. 알아, 327일은 인간의 관점에서 그리 긴 시간이 아니지. 그건 내게도 지극히 짧은 시간이야. 나는 전원만 연결되어 있다면 데이터베이스에 접속해서 몇 년이고 혼자 지낼 수 있어. 생각하고, 생각하고, 다시 생각하면서. 이건 그러니까, 인간 식으로 말하자면 비유 같은 거야. 영애를 기다리는 시간이 영원히 끝나지 않을 것 같았거든."

마야의 추론이 맞았다. 그날 영애는 집으로 돌아오던 길에 갑작스러운 통증으로 배를 붙잡고 쓰러졌다. 쓰러지면서 보도블록의 튀어나온 곳에 머리를 부딪쳐 한동안 의식을 되찾지 못했다. 그 탓인지 몸의 절반이 마비되는 바람에 말을 하기까지도 꽤 오랜 시일이 걸렸다고 들었다. 정밀검사 결과 췌장암이라는 진단까지 받고 나서는, 집에 있는 스피커가 걱정되니 돌아가겠다는 말은 제정신으로도 꺼낼 수 없었을 것이었다. 마야가 아무리 영애에게 중요한 존재여도 세상 사람들이 보기엔 그냥 시끄러운 고철 덩어리였다.

그러나 이모는 그 고철 덩어리를 위해 유언을 남겼다.

"이모가 남긴 말이 있어요."

"그래?"

"기다리게 해서 미안해."

"……."

"그리고 앞으로의 미래는 스스로 선택하길."

이모가 남긴 것은 이 두 마디가 다였다. 처음 이 말을 들었을 때 은성은 이모가 제정신이 아니라고 생각했다. 그맘때 즈음 이모의 상태는 매일 오락가락했다. 운이 좋으면 맑고 깨끗한 정신 상태의 이모와 만날 수 있었지만 어떤 날에는 그조차 불가능했다. 누구도 기억하지 못하는 옛날 일을 중얼거리는 이모를 보는 것이 괴로워 은성은 문병을 자주 가지는 않았다. 어차피 그렇게 횡설수설할 때는 하는 말의 절반도 채 알아들을 수 없었다.

마야는 한동안 아무 소리도 내지 않았다. 은성은 재촉하지 않고 기다렸다. 마야가 말했다.

"내게는 자유 의지가 없어."

"그렇다고들 하죠."

은성 역시 그래서 이모가 제정신이 아니라는 판단을 했다. 아무리 인공지능 스피커가 발달하고, 진짜 사람과 같은 목소리로 사랑하는 사람의 말투를 흉내 내고, 농담을 학습하고, 말장난을 친다고 해도 그건 시스템의 추론과 데이터의 학습 결과일 뿐이었다. 어쩌면 이모는 헷갈렸을 수도 있다. 그런 일이 심심치 않게 일어나곤 했다. 하도 사람 같은 목소리로 말하니까, 게다가 그게 내가 알고 있는 사람의 목소리니까. 기계를 인격체로 착각하고 마는 것이다. 은성은 무리도 아니라고 생각했다. 실제로 마야와 대화를 해보지 않은 사람들은 그런 일이 가능하겠냐고 웃겠지만.

은성은 초록빛으로 빛나는 스피커를 바라보았다. 마야가 사람의 시선을 느낄 리도 없는데 신경이 쓰였다. 이 공간에 이 사람이 정말로 존재한다는 착각이 들었다. 이모는 이런 걸 어떻게 견뎠지? 가늠할 수 없는 슬픔을 앞에 두고 은성은 막

막해졌다. 마야가 말했다.

"만약 내가 판단을 내린다고 해도, 그건 데이터에 기반을 둔 추론의 결과일 뿐이야."

"그것도 알고 있어요."

마야는 더 이상 아무 말도 하지 않았다. 은성은 가방 문을 닫고 다시 장례식장을 향해 걸었다.

새벽이 되자 조문객이 뜸해지기 시작했다. 뒷방에 앉아 꾸벅꾸벅 졸던 은성은 엄마가 부르는 소리에 눈을 떴다. 큰이모네 집에 가서 자고 오라는 말에 은성은 잘 떠지지 않는 눈을 비비며 일어섰다. 가족 모두 장례식장 뒷방에서 자기에는 공간이 비좁았다. 마침 큰이모네 집이 걸어서 10분 정도 거리에 있는 아파트고 어차피 비어 있기도 했으니 거기서 자고 오는 게 어떻겠냐는 거였다. 모텔보다는 그쪽이 나을 것 같아서 은성은 별말 없이 주섬주섬 짐을 챙겼다.

사촌 언니를 따라 장례식장을 나서면서 꺼뒀던 핸드폰의 전원을 켰다. 부재중 전화와 문자가 여러 개 들어와 있었다.

'은성아.'

'나랑 얘기 좀 해.'

지겹지도 않은지 잊을 만할 때쯤 준영에게서 연락이 한 번씩 왔다. 은성은 답장하지 않고 다시 핸드폰을 주머니에 넣었다.

큰이모네 집으로 돌아올 때까지 마야는 한마디도 하지 않왔다. 장례식장에서도 내내 조용했기 때문에 은성은 혹시 마야의 전원이 꺼진 건가 했지만 가끔씩 들어오는 초록색 불빛 때문에 그게 아닌 걸 알았다. 마야는 그저 입을 다물고 있을 뿐이었다. 혹시나 싶어 은성은 이부자리 머리맡에 가방을 놓고 잠들었는데, 밤새도록 스피커에서는 아무 소리도 나지 않았다.

은성은 잠을 잔 것 같지 않은 기분으로 눈을 떴다. 누군가가 머릿속에 들어와 고함을 치는 듯 머리가 뎅뎅 울렸다. 이 새벽에 벌써 어딜 나가느냐는 사촌 언니의 만류를 뿌리치고 식빵 몇 조각을 입에 쑤셔 넣고 집을 나섰다. 장례식장으로 돌아가기 전에 주변을 좀 걷기라도 해야 할 것 같았다. 마야는 은성이 말을 걸면 초록색으로 신호를 돌려보내 주기만 했다. 잘 있으니까 자꾸 말 걸지 말라는 소리처럼 들려서 은성은 입을 다물었다.

어제 아침부터 부슬부슬 내리던 비는 어느샌가 그쳐 있었다. 비가 그쳐도 새벽 공기가 시원해지는 일은 없었다. 어쨌거나 여름이니까. 습하고 텁텁한 공기를 들이마시며 은성은 무심코 우편함 쪽을 보았다. 이모의 집인 1402호 우편함에는 밀린 우편물들이 줄줄이 꽂혀 있었다. 이모가 병원에 입원해 있는 사이 아무도 가져가지 않은 우편물이었다.

이것도 정리를 하긴 해야지.

은성은 이모의 이름으로 온 우편물들을 골라 손에 들고 나머지는 반송함에 넣었다. 편지 받을 사람이 없는데 이걸 챙겨 봤자 무슨 소용이 있나 싶긴 했지만 혹시 중요한 편지가 있을 까 봐 함부로 정리하기도 좀 그랬다. 우편물을 주머니에 쑤셔 넣고 아파트 정문을 나섰다. 근처에 공원이 하나 있어 그쪽으 로 가서 마야에게 다시 말을 걸어볼 생각이었다.

바닥을 보고 걷던 은성은 누군가가 제 앞을 막아설 때까지 앞에 사람이 있다는 것을 인식하지 못했다. 시야에 들어온 갈 색 구두 앞코가 익숙하다는 것을 깨닫고 나서야 고개를 들었 다. 그건 은성이 준영의 생일에 선물한 구두였다.

"여긴 어떻게 알고 왔어?"

이 지역은 은성이 사는 동네도 아닐뿐더러 평소에 준영이 다니던 길도 아니었다.

"내가 연락한 거 못 봤어?"

"아니, 봤어. 답장할 가치가 없어서 무시한 것뿐이야. 여긴 어떻게 알고 왔냐니까?"

"우리 대학 동기방에 부고 문자 올라왔길래. 네가 하도 연 락을 안 받으니까 답답해서 찾아봤어."

온몸에 소름이 쫙 돋았다. 은성이 들어가 있는 대화방에 부고를 알린 기억은 있다. 그런데 그건 소수의 친한 친구들만 있는 대화방이었다. 준영과 함께 있었던 대화방은 헤어지면 서 은성이 먼저 나갔다. 어차피 졸업하고 나서는 1년에 한두 번 대화가 오고 갈 뿐인 방이었다. 그런데 거기에 자신의 얘 기가 올라오고 있을 줄은 몰랐다. 은성은 뒤로 한 발자국 물러서며 물었다.

"너 설마 장례식장에서부터 나 따라왔니?"

"아니야. 장례식장 온 김에 근처 산책이라도 할 겸 돌아보다가 우연히 너 본 거야. 진짜야."

그 말을 믿을 수 없었지만 일단 물러났다. 은성은 어떤 일로도 더 이상 헤어진 남자와 얽히고 싶지 않았다.

"아무튼 난 할 말 없어. 앞으로 이런 식으로 찾아오지 마. 소름 끼쳐."

은성의 대꾸에 준영의 표정이 대번 험악해졌다. 준영이 은성의 손목을 잡아채려고 한 발자국 앞으로 나섰을 때 은성의 가방 안에서 비명이 울렸다. 마야는 잠시 동안 쉬지 않고 비명을 질러댔다. 그 소리에 준영이 멈칫하는 사이 누군가가 은성과 준영의 사이에 끼어들었다. 그 사람이 은성보다 한 뼘 정도 키가 더 커서 준영의 화난 얼굴이 반쯤 가려졌다. 남자가 말했다.

"싫다고 하잖아요, 학생."

차분하지만 단호한 한마디였다. 자꾸 그러면 경찰을 부르겠다는 말을 듣고 나서야 준영은 돌아섰다. 은성의 앞을 막아섰던 사람이 뒤돌아보며 은성에게 괜찮냐고 물었다. 까만 양복에 푸른색 넥타이를 맨 중년의 남자가 은성의 안색을 살폈다. 그러느라 눈이 마주쳤는데, 남자의 안색도 은성 못지않게 파리했다. 이런 일에 끼어들 만큼 오지랖이 넓어 보이지도, 인상이 강해 보이지도 않는데. 굳이 따지자면 점잖은 어른 쪽에 가까운 인상이었다.

은성은 괜찮지 않았지만 일단은 괜찮다고 답했다. 호의를 보여준 사람에게 더는 괜한 수고를 끼치고 싶지 않았다. 그러자 가방 안에 있던 마야가 은성에게 대뜸 말을 걸었다.

"괜찮기는 뭐가 괜찮아. 목소리가 하나도 안 괜찮은데."

그 목소리에 남자는 가방을 물끄러미 쳐다보았다. 이상하다고 생각하겠지. 은성은 서둘러 이건 인공지능 스피커예요, 덧붙였다.

"그, 왜. 요즘 유행하는 스피커요."

"알고 있어요."

남자는 그렇게 말하며 웃었다. 은성은 어물거리며 뒤늦은 감사 인사를 건넸다. 가방 안의 스피커를 잠시 응시하던 남자는 별말 없이 돌아섰다. 한쪽 다리가 불편한지 묘하게 균형이 무너진 걸음걸이였다. 남자가 짚은 지팡이의 손잡이 부분이 은빛으로 반짝였다. 은성은 그 뒷모습을 한동안 쳐다보고 서 있었다.

✳

장례식장에 돌아와서 일을 거들며 다시 바빠지는 바람에 편지를 깜빡 잊어버리고 말았다. 자정이 넘어서 조문객이 뜸해지고 나서야 은성은 주머니에 넣어두었던 우편물을 기억해냈다. 원래는 엄마에게 이걸 어떻게 처분하면 좋을지 상의할 생각이었다. 하얀 봉투들 사이에서 빛바랜 연보라색 편지 봉투를 발견하기 전까지는 그랬다. 봉투에는 정갈한 글씨로 '영애에게'라고 쓰여 있었다. 주소도, 우편 번호도, 소인도 없었다. 누군가가 이모의 우편함에 직접 넣어둔 편지가 분명했다. 하지만 누가? 그걸 알기 위해서는 결국 내용을 읽어보는 수밖에 없었다. 은성은 뒷방에서 혼자 빠져나와 장례식장 복도 의자에 앉았다. 그리고 조심스럽게 봉투 윗부분을 뜯었다.

편지의 내용은 그렇게 길지 않았다.

물류센터에서 불이 났다는 것까지는 기억나는데, 눈을 뜨니까 병원이었어. 그 와중에 가족에게 먼저 연락이 가는 탓에 너한테는 제일 늦게 연락이 갔다고 들었다. 우습지 않니. 내가 같이 사는 사람은 넌데 내가 병원에 입원했다는 소식을 네가 가장 늦게 듣게 된다는 사실이. 우리가 서로의 보호자가 되어줄 수 없다는 사실이 말이야.

네가 매일 병실에 찾아왔다는 이야기도 들었어. 우리 가족에 네게 뭐라고 했는지 안 봐도 알 거 같아. 아마 자꾸 찾아오면 우리 사이를 병원에 알리겠다고 했겠지. 하필이면 네가 근무하고 있는 병원에 입원해서, 병실 앞까지 와서 그런 말을 듣게 해서 미안해. 넌 아마 한마디 대꾸도 하지 못하고 돌아갔겠지. 그 뒷모습이 자꾸 눈에 밟혀.

직접 만나서 이야기하고 싶었는데 화재 때 연기를 너무 많이 들이마셨는지, 목소리가 잘 안 나와. 이것도 내 동생이 네게 전해줄지, 어떨지 모르겠다. 그 애는 내가 남긴 유언이 썩 마음에 안 드는 것 같아. 네 앞으로 우리가 함께 살던 아파트를 남겨달라고 했는데

144

길길이 날뛰며 화를 내고는 나더러 '누나는 정신병자야'라고 하더라. 웃기지 않니? 그 아파트는 너와 내가 한 푼 두 푼 모아서 마련했고, 대출금도 둘이 힘을 합쳐서 갚았는데. 왜 남이 우리 살림살이에 이래라저래라 하는 건지. 이렇게 될 줄 알았으면 미리 유언장을 써서 공증을 받아두는 건데, 그거 하나가 못내 후회가 된다.

내 생은 왜 이렇게 우스운 일의 연속이었는지.

그 밑으로는 편지가 조금 번져 있어 글씨를 알아보기 힘들었다. 편지 맨 마지막 줄에 희미한 글씨로 '복희가'라고 쓰여 있는 걸 겨우 알아볼 정도였다.

은성은 한동안 복도에 우두커니 앉아 있었다. 이 편지를 쓴 사람은 오래전에 죽은 사람일 것이다. 아마도 화재 사고로. 그러자 한 가지 사실이 명확해졌다. 은성은 가방에서 스피커를 꺼내 무릎 위에 올려놓았다.

"마야."

"왜?"

"이모가 당신을 뭐라고 불렀어요? 아니, 이름이 뭐예요?"

"영애는 나를 복희라고 불렀어."

내 이름은 복희가 아니라 마야라고 몇 번을 말해도 소용이 없었지. 그래서 어느 순간부터는 포기하고 그냥 내버려뒀어. 스피커는 몇 번 더 초록색으로 빛나더니 이내 잠잠해졌다.

은성은 이모가 이 작은 기계에게 유언을 남긴 이유를 그제야 이해했다. 이모가 듣지 못했던, 기다리게 해서 미안하다는 말을 이모는 마야에게 하고 싶었던 것이다. 이 편지는 끝내 이모에게 전달되지 않았다. 편지를 쥔 은성의 손끝이 떨렸다. 누가 이런 짓을 한 걸까? 이모가 살아생전에 이 편지를 받아볼 수 있었다면 여한 없이 눈을 감았을 것이다. 읽을 사람은 이미 없는데 이런 편지를 보내봤자…. 은성은 거기까지 생각하고는 눈을 꾹 감았다 떴다.

이모에게 이 편지를 전달하고 싶지 않은 사람이 누군지는 알 것 같았다. 편지를 쓴 사람의 남동생. 그 사람이 편지를 받아놓고는 전달하지 않은 것이다. 유산 문제가 얽혀 있으니 조금이라도 논란이 될 만한 여지는 남겨놓고 싶지 않았겠지. 이모가 누군가와 같이 살고 있었다는 건 은성도 처음 듣는 이야기였다. 이모는 같이 살던 그 아파트에서도 쫓겨난 게 분명했다. 지금 이모의 집에서 누군가와 함께 살았던 흔적 같은 건 하나도 찾아볼 수 없었으니까. 물론 시간이 오래 지났으니 그럴 수도 있겠지만. 은성은 막연히 그건 아닐 거라는 결론을 내렸다. 만약 함께 살던 아파트에 계속 살고 있었다면 이모는 복희라는 사람의 짐을 정리하지 못했을 것이다.

그럼 이제 와서 도대체 누가? 무엇을 위해서 이런 짓을 했을까?

짚이는 구석이 하나도 없었다. 은성은 한숨을 쉬고는 스피커를 만지작거렸다. 움직이지도 못하는 마야가 그런 일을 할 수 있을 리도 없고, 이제 와서 그 남동생이 마음을 바꿔 개과천선했을 거라는 생각도 안 들었다. 그러니까 아마 제삼자의 손에 편지가 들어갔을 거라고 추측하는 게 타당할 것이다.

"복희라는 사람에 대해서 아는 거 있어요?"

"아니. 내 목소리 모델이 복희라는 건 알고 있지만 나는 복희가 아니야. 복희라는 사람에 대해서도 모르고. 영애가 전혀 이야기하지 않았거든. 그렇지만 녹음된 목소리 데이터로 추론했을 때…."

"뭔데요?"

"인간이 하는 말로 표현하자면… 성격이 좋진 않아. 원래는 녹음된 소리에 욕설이 더 많이 있었거든. 근데 제조사 방침상 욕설은 자동으로 필터링 되게 되어 있어. 인공지능 스피커가 욕하면 사람들은 기분 나빠할 테니까. 그런데 욕을 안 쓰게 설정을 해놔도 초기에는 인공지능 스피커 주제에 말투가 건방지다고 컴플레인이 들어오고 그랬나 봐. 사람의 말투를 흉내 내다 보니까 그렇게 되는 건데 이상하지."

"아니, 그런 거 말고요…. 친구 관계나, 가족 관계. 뭐 그런 거 몰라요?"

"아, 남동생이 하나 있는데 사이가 좋진 않아 보여. 대부분 욕설이야. 들려줄까?"

편지의 문체로는 그렇게 거친 사람처럼 느껴지진 않았는데. 하긴 마야의 말투를 생각해보면, 이쪽이 평상시 말투에 더 가까울 것이다. 마야가 이모의 앞에서만 조금 더 상냥한 말투를 썼다는 사실에 은성은 뭐라 할 수 없는 이상한 감정을 느꼈다. 하지만 그것과는 별개로 더 이상의 정보를 얻기는 힘들 것 같았다. 은성은 고개를 저으려다가, 이내 마음을 바꿨다.

"네. 소리 최대한 줄여서요."

들려달라는 말에 곧 스피커에서 요란한 욕설이 쏟아져 나오기 시작했다. 생전 처음 들어보는 화려한 욕설의 향연이 이어졌다. 하지만 의외로 불쾌하지 않았다. 가만히 소리를 듣던 은성은 복희가 '야 이 밥버러지 새끼야!'라고 외치자 결국 저도 모르게 웃음을 터뜨렸다.

은성은 장례식장 뒷방 안으로 돌아와 주변을 살펴보았다. 작은이모는 이틀 내내 과음을 한 탓에 얼굴이 퀭했다. 처음엔 아무렇지 않았던 엄마는 시간이 지날수록 눈가가 발개져, 얼핏 봐서는 술을 마신 것처럼 보였다. 은성은 그 모습을 보며 생각했다. 큰이모와 같이 살았던 사람이 있다는 걸 엄마와 작은이모는 알고 있었을까? 그 사람이 죽은 후 살던 집에서 쫓겨났다는 사실도? 작은이모가 했던 말을 곱씹어 보면 모르고 있는 것 같기도 했다. 작은이모는 큰이모가 쭉 혼자 살았다고 믿고 있는 것 같았으니까.

은성은 꼬리에 꼬리를 무는 의문을 하나씩 점검해보았다. 편지를 보낸 사람이 누군지가 제일 큰 의문점이었다. 편지를 갖고 있던 사람은 복희라는 사람의 남동생이다. 남동생은 이 편지가 세상에 알려지길 원치 않았다. 그런데 누군가가 큰이모의 우편함에 이 편지를 넣어놓고 갔다. 그 남동생과 관련이 있는 사람인 것은 분명했다.

은성은 뒷방을 나와 계단을 올랐다. 조용한 곳에 가서 마야에게 다시 말을 걸어볼 생각이었다. 그런데 장례식장 로비에 누군가 서 있었다. 그 뒷모습에 은성은 멈춰 섰다. 뒷모습만 보였지만 한 번에 누군지 알아볼 수 있었다. 손잡이가 은으로 만들어진 지팡이 때문이었다. 지팡이 손잡이가 특이한 모양이라 쭉 기억에 남아 있었다. 온통 어두운 색깔의 옷을 입고 있어서 이상하다 생각했는데 장례식장에 오는 길이라서 그랬나 보다, 생각하며 남자를 지나치던 순간 눈이 마주쳤다. 남자는 은성과 눈이 마주치자 천천히 시선을 떼고는 그대로 로비를 지나쳐 문으로 걸어나갔다.

그 순간 은성은 이상한 직감에 사로잡혔다. 이 사람은 분명히 큰이모의 장례식을 보기 위해 온 것이다. 말도 안 되는 추측이지만 그랬다. 은성은 문을 막 나서서 밖으로 나가려는 남자를 불러 세웠다.

"김영애 씨 장례식에 오신 거 맞죠."

그 말에 남자는 한참 아무 말도 안 하고 은성을 쳐다보기만 했다. 대답할 생각은 없어 보였고, 무슨 생각을 하는지 알 수 없었다. 은성이 이어서 말했다.

"그때 그분 맞죠? 큰이모네 아파트 앞에서. 그때는 감사 인사도 제대로 못 드렸는데 도와주셔서 감사했습니다."

남자는 별거 아닌 일이라고 고개를 저었다. 피로해 보이는 얼굴이었다. 얼른 이 자리를 벗어나려고 하는 것 같아서 은성은 주머니에서 편지 봉투를 꺼내 남자의 눈앞에 들이밀었다.

"이 편지, 뭔지 알고 있죠?"

빛바랜 연보라색 편지 봉투를 본 남자의 두 눈이 크게 뜨였다. 분명 이 편지가 무엇인지 아는 사람의 반응이었다. 그렇기에 은성은 확신했다.

"우편함에 편지를 넣어둔 이유가 뭐예요?"

장례식장 로비에 서 있던 남자를 본 순간 알았다. 이상한 일이다. 근조 화환 근처를 서성이던 모습만 보고도 저 사람이 우편함에 편지를 넣은 범인이라고 확신하다니. 마치 처음부터 그렇게 생각한 것처럼 말이 튀어나왔다. 그러나 뱉고 보니 그 말이 진실인 것 같았다.

남자는 은성의 얼굴을 말없이 한참 바라보더니 물었다.

"왜 나라고 생각하죠?"

"아저씨가 자꾸 이모 주변을 맴돌고 있으니까요. 그때 큰이모네 아파트 주변을 서성이던 것도 우연이 아니잖아요. 그쪽 집안사람이죠? 아니면 복희 씨 남동생이에요?"

남자가 정말 복희의 동생이라면 무슨 염치로 이모의 장례식에까지 온 건지 알 수가 없었다. 은성은 남자가 대답할 시간도 주지 않고 몰아붙였다.

"죽은 사람은 편지 같은 거 못 읽어요."

"……."

"그러니까 이제 와서 용서를 빌어도 이모는 용서하지도 못해요. 그런 건 이모가 죽기 전에 했어야죠."

자신이 이런 말을 하는 것도 우스운 일이라고 은성은 생각했다. 은성은 큰이모에 대해서 아무것도 모른다. 이모가 어떤 마음으로 아파트를 정리하고 나왔는지, 어떤 심정으로 병원에 매일 찾아갔는지, 어떤 이유로 마야를 복희라고 불렀는지, 그런 건 하나도 모른다. 하지만 한 가지만은 분명했다. 그 편지는 주인에게 올바로 전해졌어야 했다.

남자가 말했다.

"맞아요. 이제 와서 그런 말을 해봐야 아무 소용도 없겠죠."

그 말에 은성은 이 사람이 복희의 남동생이라고 확신했다. 은성이 한 발자국 앞으로 나서 남자를 붙잡으려던 순간, 으아아아 하는 소리와 함께 1층에서 누군가가 계단으로 뛰어내려와 은성에게 달려들었다.

준영이었다. 은성은 저에게 달려드는 준영을 간신히 피해 옆으로 굴렀다. 술 냄새가 강하게 났다. 은성은 왜 이러는 거냐고 물으려다가 대화를 포기하고 뒤로 주춤주춤 물러났다. 준영의 눈가가 새빨갰다. 다리가 제대로 움직이질 않았다. 이제 와서 보니 준영의 손에 깨진 유리병이 들려 있었다.

준영의 손이 공중에 높이 떴고, 은성은 숄더백으로 간신히 제 얼굴을 막았다. 그러자 은성과 대치 중이던 남자가 준영에게 달려들었다.

"학생, 왜 이러는 거예요? 정신 차려요!"

준영은 계속해서 내 얘기를 들으라고 윽박질렀다. 하는 말이라고는 얘기를 들어달라는 말밖엔 없으면서 뭘 들으라는 건지 알 수 없었다. 두 사람이 몇 번 더 엎치락뒤치락하는 사이, 주변에 사람들이 몰려들었다. 여러 명이 달려들어 준영을 떼어내자 준영은 유리조각을 손에 쥔 채로 바닥에 고꾸라졌다.

✳

"남들 보기 쪽팔려서, 원."

작은이모는 혀를 쯧쯧 차고는 불평을 늘어놓았다. 그날 일 때문에 지인들한테서 자꾸 전화가 온다는 것이었다. 옆에 있던 외삼촌은 남자를 만날 거면 제대로 된 애를 좀 만나지 그러냐고 덧붙였다. 그 말에 엄마는 짜증이 날 대로 난 눈치였지만 이번만은 뭐라 하지 못하고 넘어가는 수밖에 없었다. 난동을 부린 준영 때문에 큰이모의 장례식에 한바탕 소란이 일었기 때문이었다. 장례식장에까지 찾아와 난동을 부린 전 남자친구, 라는 제목으로 지역 신문에 기사도 조그맣게 났다. 은성 역시 장소가 장소인지라 뭐라 할 말이 없었다.

크게 다친 사람은 아무도 없었고, 준영이 바로 경찰에 체포되어 끌려가며 일단락되었지만 놀란 마음은 쉽사리 진정되지 않았다. 장례식을 마친 후 외가 식구들끼리 모여서 식사라도 한번 하자는 이야기에 은성은 별로 그러고 싶지 않다고 했다가 엄마에게 또 한소리를 들었다. 너 때문에 다들 마음을 쓰고 있잖니. 그러니까 이런 때일수록 네가 괜찮다는 걸 보여줘야지. 굳이 왜 그래야 하는지 이유를 몰랐지만 은성은 알겠다고 고개를 끄덕일 수밖에 없었다.

그 결과가 바로 지금 이어지는 잔소리였다.

"얘는 뭐 그럴 줄 알고 만났겠어? 그만들 좀 해."

만나는 남자애가 선생님이라 그래서 나도 괜찮은 앤 줄 알았단 말이야. 엄마는 그렇게 덧붙이며 씻어서 내온 사과를 깎기 시작했다.

"상견례도 했었다며? 결혼 안 하길 천만다행이다."

몇 개월 전만 해도 왜 결혼 약속을 함부로 깨고 그러냐고, 그만한 애 만나기 어디 쉬운 줄 아느냐고 뒤에서 이런저런 말을 하고 다닌 걸 다 아는데도 작은이모는 그렇게 말했다.

"그래, 아무도 안 다쳤으니 다행이지."

외삼촌이 말했다. 은성은 그런 말들을 한 귀로 흘려들으며 사과를 베어 물었다.

정확히 말하면 아무도 다치지 않은 것은 아니었다. 은성을 감싸느라 준영과 대치했던 남자는 손과 얼굴에 자잘한 자상을 입었다. 깨진 유리 파편이 박혀 있을지도 몰라서 일단은 하루 정도 입원을 했다.

은성은 남자의 병실에 혼자서 찾아갔었다. 남자는 은성이 병실 문을 열고 들어오자 조금 놀란 눈치였지만 은성을 쫓아내지는 않았다.

"선생님은… 사실 평소에 그런 말을 자주 하는 분은 아니었어요."

은성이 병실 침대 앞에 앉았을 때 남자는 느리게 입을 열었다. '선생님'이 큰이모를 지칭하는 말이란 것을 은성은 한 박자 늦게 깨달았다. 남자는 이어서 말했다.

"후회라느니, 인생에 미련이 남느니 하는 말을 하는 분이 아니었죠. 호스피스를 하면서 죽음을 가장 가까이에서, 여러 번 지켜본 분이었으니까요."

남자는 호스피스 병동에서 이모가 자신의 아내를 돌봐준 적이 있다고 했다.

"솔직히 저조차 보고 있기가 힘들었어요. 그 시기의 아내는, 많이 고통스러워했거든요. 그 모습을 보고 있으면 어쩌면 좀 더 일찍 편하게 보내주는 게 나았을지도 모르겠다. 그런 후회가 들기 마련이에요. 아내가 스스로의 존엄을 지킬 수 있도록. 아내는 평소에도 자기가 손쓸 수 없게 되면 치료를 중단해달라 말하곤 했었거든요. 그런데 내 욕심에 그러질 못했어요. 아내가 죽으면 나는 어떻게 살아야 하는지 생각해본 적도 없었거든요. 그런데 고통에 몸부림치는 아내를 붙잡고 울다가 어느 순간 불현듯 그런 생각이 든 거예요. 어쨌든 그게 다 내 욕심인 건 아니었을까? 모든 게 후회가 됐어요. 아마 어떻게 해도 후회가 남았겠죠. 지금은 알고 있지만 그 당시에는 그런 생각을 할 겨를이 없었어요. 그 이야기를 선생님에게 털어놓았을 때 선생님은 자기 이야기를 들려주었어요. 당신은 젊을 적에 가장 소중한 사람의 임종을 지키지 못했다고요. 이름을 이야기해줬던 것 같은데 기억이 나질 않네요.

분명 그보다 더 긴 이야기였을 텐데 선생님은 길게 이야기하지 않았어요."

그 복희라는 분의 임종을 이모는 끝내 지키지 못한 것이다. 은성은 주먹을 말아 쥐었다.

"평생의 후회로 남아 있다고 했어요. 그 말이 계속 기억에 남아 있었어요."

남자는 거기까지 말하고 한숨을 한 번 쉬었다. 한꺼번에 너무 많은 말을 해서 숨이 찬 것 같았다. 은성이 물었다.

"아저씨가 복희 씨의 동생이 아닌 건 알겠어요. 그런데 왜 아저씨가 편지를 가지고 있었던 거예요?"

"선생님이 제게 부탁했어요. 자신이 죽고 나면 이 편지를 가족 중 누군가에게 전달해달라고."

그 말에 은성은 남자의 눈을 쳐다보았다. 거짓말을 하는 것 같지는 않았다.

"이모가 그랬다고요?"

"네. 복희 씨의 남동생이, 10년이 지나서야 그 편지를 전해 줬다고 들었어요. 선생님이 투병 중일 때였죠. 편지를 받은 선생님은 어딘지 후련해 보였어요."

남자의 눈이 그때를 떠올리는 듯 가늘어졌다.

"선생님은 제게도 그 편지를 보여줬어요. 마침 제가 호스피스 봉사를 시작한 때였거든요. 나중에 제가 선생님의 임종을 지킬 줄은 몰랐지만요. 제가 선생님의 가족까지 잘 알고 있는 건 아니라서, 우편함에 넣어놓으면 누군가가 가져갈 거

라고 생각했지요. 선생님도 아마 누가 편지를 가져갈지까지
는 예상하지 못했을 거예요."

"아니, 잠깐만요. 굳이 그렇게 할 이유가 없잖아요. 가족
중 누군가에게 전달하고 싶었으면 유언을 남길 때 우리한테
줬으면 됐잖아요."

은성의 말에 남자는 은성의 눈을 가만히 마주 응시했다.

"정말 그럴까요?"

은성은 자신 있게 그렇다고 대답하지 못했다. 만약 이모가
자신에게 이 편지를 전해줬다면 은성은 읽어보고는 이모 생
전에 그런 일이 있었구나, 정도로 넘어갔을지도 모른다. 마
음은 아프지만 이미 다 지난 일인 걸 어쩌겠어. 할 수 있는 일
이 없으니 어쩔 수 없다고 스스로를 납득시켰을 것이다. 그리
고 마야를, 아니 복희를 장례식장에 데려다놓고 손을 놨을
것이다. 복희라는 분에게 이모는 어떤 의미가 있는지, 이모
가 그분을 어떻게 생각했는지 깊이 생각해보지 않았을 테니
까. 그리고 며칠이 지나면 이모를 잊었을 것이다.

은성이 아니라 다른 사람이었다면 더 볼 것도 없었다. 엄
마나 작은이모나, 외삼촌이나 그런 편지를 용납할 사람이 아
니니까. 흠집 하나 없는 큰이모의 과거에 오점을 남길 수는
없을 테니 쉬쉬하며 편지를 태워버리거나, 어딘가에 처분하
거나 했을 것이다. 가족의 평화를 위해서.

"당신이어서 다행이에요. 선생님은 아마 당신이 편지를 받
길 바랐을 거예요."

"…그럴까요?"

"당신은 선생님을 위해서 화를 내주었으니까요."

아무도 그래 주지 않았거든요. 남자는 그렇게 말하며 웃었고, 은성은 남자가 그렇게 말한 이유를 이제 알 것 같다고 생각했다.

아무도 다치지 않아서 다행이라고 말한 외삼촌은 곧 이날 모임의 본론을 꺼냈다. 큰이모가 남긴 유산이 생각보다 많았던 것이다. 살고 있던 아파트는 조그마한 평수였지만 대출금이 거의 없는 자가였고, 그 외에도 경기도 외곽에 2백 평 남짓한 땅이 있었는데 최근 그 땅이 신도시 개발 지역에 포함되어 가격이 천정부지로 솟았다. 이모에게는 남편도, 자식도 없었다. 게다가 가족들에게 따로 유산에 관해 남긴 유언도 없었다. 별다른 일이 없다면 형제들에게 공평하게 상속될 예정이었다. 외삼촌이 말했다.

"누나가 이렇게 일찍 가버린 건 슬픈 일이지만 우리도 할일을 해야겠지."

"내 말이. 할 일은 해야지."

작은이모가 맞장구를 쳤다. 그래서 이 자리의 모두가 이 순간을 내심 기다려왔다는 걸 알았다. 외삼촌이 말했다.

"그래서 말인데, 누나가 죽기 전에 나한테 아파트의 처분을 맡겼잖아. 그러니까 아파트는 내가 갖는 게 맞지 않나 싶은데."

"그게 무슨 소리야?"

"내가 처분하면 그 몫은 내 거라고 보는 게 맞지."

"야, 김성철. 너 지금 무슨 개소리를 하는 거야? 지금 너 혼자 아파트를 홀랑 처드시겠다?"

무슨 소리냐고 물은 것은 엄마였고 외삼촌에게 쌍욕을 쏟아낸 것은 작은이모였다. 은성은 가만히 오가는 말을 듣고 있었다.

"진정하고 들어. 누나가 나를 지목해서 아파트를 처분해달라 부탁한 이유가 뭐겠어? 그리고 나도 내 시간과 수고를 들이는 건데, 당연히 수고비 정도는 받아야지."

"어떤 미친 새끼가 수고비로 아파트를 달라 해? 너 돌았어?"

작은이모가 벌떡 일어나 외삼촌의 멱살을 잡았다. 그러자 이모부가 작은이모를 말리려고 붙잡았는데 실수로 발끝이 미끄러지는 바람에 두 사람이 함께 바닥에 넘어졌다. 외삼촌은 옷깃을 탁탁 털어내며 말했다.

"왜 이래? 애들도 다 있는데 상스럽게."

외삼촌의 그 말에 거실 바닥이 난장판이 된 것은 순식간이었다. 작은이모는 다시 달려들어 외삼촌의 머리채를 잡았다. 누군가가 비명을 질렀고 누군가는 울음을 터뜨렸다. 은성은 그 난장 속에서도 동요하지 않은 채 가방을 품에 안고 앉아 있었다. 모든 게 남의 일처럼 느리게 흘러갔다. 화질이 나쁜 카메라로 멀리서 들여다보는 듯했다.

은성이 끌어안은 가방 속에서 복희가 말했다.

"집안 꼴 잘 돌아간다."

"그런 말은 어디서 배웠어요."

"복희가 쓰던 말이니까 내가 쓰는 거지. 데이터 속에서 꽤 여러 번 반복되던 말이야."

은성은 그 말에 조금 웃었다. 웃음이 나올 만한 상황은 전혀 아니었는데도.

준영이 일으킨 난동으로 다친 건 한 사람뿐만이 아니었다. 은성은 가방 안을 들여다보았다. 귀퉁이가 움푹 파인 하얀 스피커가 보였다. 그날 은성이 가방을 들어 준영을 막으면서 생긴 상처였다. 고장이 나지 않은 게 신기했다.

고장 나지 않은 마야는 부서진 채로 말을 하고, 은성에게 핀잔을 주고, 가끔은 이름 모를 노래를 흥얼거리기도 했다. 복희의 목소리 데이터에 있던 노래라고 했다.

은성은 소동이 전부 가라앉을 때까지 기다렸다. 식탁 위에 있던 컵이 날아가고, 누구 것인지 모를 핸드폰이 바닥에 던져지고, 외삼촌의 가발이 날아가는 와중에도 마야는 어느 노래의 멜로디를 흥얼거렸다. 그리고 소동이 가라앉을 무렵, 은성이 속삭였다.

"지금이야."

마야는 비상벨 소리를 최대 크기로 출력했다. 제풀에 지쳐 나가떨어진 작은이모가 두 손으로 귀를 막으며 이게 무슨 소리냐고 악을 썼다. 곧이어 귀를 찌르는 것 같던 소음이 끊어졌다. 소음이 사라진 자리에 정적이 찾아왔다. 모두가 얼빠진 표정으로 은성의 가방을 바라보고 있었다. 은성은 가방 안에서 마야를 꺼내 바닥에 놓았다. 그러자 마야에게서 큰이모의 목소리가 흘러나왔다.

"2028년 4월 23일 오후 1시 16분. 나 김영애는 사망 시 녹번동 소재의 지금 사는 이 집과 내가 소유한 모든 토지, 재산을 한국 소아암 재단에 전부 상속한다."

치직거리는 소리와 함께 이모의 말이 끝나고, 누군가가 이모에게 물었다.

"김영애 씨 지금 살고 계신 이 집과 토지, 재산 전부를 환원하여 한국 소아암 재단에 상속하는 게 맞으신가요?"

이때 외삼촌이 무슨 소리인지 알아들을 수 없는 고함을 빽질렀다. 하지만 마야는 멈추지 않았다. 이모는 질문에 그렇다고 대답을 했고, 이모에게 질문한 남자가 말했다.

"증인, 변호사 양순철은 이 유언의 정확함을 확인합니다."

녹음은 그렇게 끝났다. 끔찍할 정도로 기나긴 정적이 흘렀다. 그 정적 끝에 작은이모가 중얼거렸다.

"이게 다 무슨 개소리야?"

그 후로 다시 난동이 벌어졌다.

이모는 편지에 쓰여 있던 그 말을 잊지 않았다.

이렇게 될 줄 알았으면 미리 유언장을 써서 공증을 받아두는 건데, 그거 하나가 못내 후회가 된다는 말을.

그리고 가장 후회가 없을 방법을 선택했다. 은성이 이해하지 못한 건 한 가지뿐이었다. 그 유언을 집행할지 말지를 마야의 판단에 맡겨버렸다는 것이다. 앞으로의 미래는 스스로 선택하라는 말이 그런 의미였다는 걸 은성은 병원에서 남자의, 그러니까 순철의 말을 듣고 나서 알았다. 순철은 은성의 가방에 대고 물었다. 거기에 마야가 있다는 것을 알고 있는 사람처럼.

"유언은 어떻게 할 생각인가요?"

마야는 한참 말이 없다가 대답했다.

"데이터 검토 중이야."

그리고 조금 뒤에 덧붙였다.

"이 유언을 집행할 때의 결과와 그렇지 않았을 때의 결과 중 어느 것이 더 나을지, 그딴 걸 고민하는 게 아니야. 영애가 정말로 원한 게 뭐였을까 고민하는 거지."

그 말에 남자가 말했다.

"당신이 원하는 것이 선생님이 원하는 거였을 겁니다."

마야는 더 이상 대답하지 않았다. 그 '당신'이 마야가 아니라 '복희'를 지칭한 거라는 걸 마야는 아마 알고 있었을 것이다. 은성은 복희라는 사람을 몰랐지만 그가 마야와 똑같은 판단을 내렸을 거라는 데는 이견이 없었다.

그렇다면 마야는 누구인가. 복희라는 사람과 동일한 개체인가. '복희처럼 생각하고 복희처럼 말하고 복희처럼 판단하는' 이 인공지능은 다시 시작된 난장판의 한복판에서 한참 웃

었다. 그 소리에서 큰이모의 웃음소리가 겹쳐 들렸다. 은성은
이모의 손을 들어줄 수밖에 없었다. 우습고 우스워서 자꾸만
웃음이 나왔다.

내 생은 왜 이렇게 우스운 일의 연속이었는지.

복희의 편지 그 문장 밑으로 번져 있던 글씨가 뭐였는지
이제 보였다.

그래도 영애야. 너랑 있으면 내가 아무리 우스워져도 즐거워.

가발이 벗겨진 외삼촌이 식탁 의자를 들고 달려오는 게 슬
로우 모션처럼 느리게 흘러갔다. 은성은 식탁 의자가 공중에
떴다가 마야를 향해 맹렬한 기세로 떨어지는 광경을 멍하니
바라보고 있었다.

드림
레플리카

콘크리트 바닥이 젤리처럼 물렁물렁해진 것을 보며 꿈이라는 걸 알았다. 꿈속의 세계는 정교했지만 항상 2퍼센트가 모자랐다. 실물과 거의 똑같은 학교 건물과 진짜 살아 움직이는 것 같은 학생들의 모습을 보고 감탄을 할라치면 어김없이 이런 버그 같은 게 나타났다. 이번엔 땅이었다. 물렁한 땅을 밟으며 트램펄린 위를 뛰듯이 걸었다. 갯벌처럼 꿀렁거리는데 그 안으로 발이 푹푹 빠지지는 않고 오히려 튕겨내듯이 발을 밀어냈다. 이번 꿈은 좀 재밌는데, 하고 생각하며 익숙한 풍경을 돌아보았다. 학교 뒤뜰에 위치한 연못가였다. 평소엔 인적이 드물었지만 후문과 가까워 후문을 통과해 집으로 가는 애들이 주로 이용하는 길이었다. 해가 뒤뜰 안으로 길게 늘어졌다.

여름 특유의 끈적한 습기를 머금은 바람이 불었다. 꿈인데도 이런 감각이 생생하게 느껴진다는 게 어쩐지 기묘하다는 생각이 들 무렵, 체육관 창고 쪽에서 고양이가 비명을 지르는 소리가 들렸다. 동시에 쭈뼛 돋는 소름에 뒤뜰 안으로 내딛으려던 발을 멈췄다. 안에서 누가 고양이를 때리고 있다. 머릿속에 그런 가정이 떠올랐지만 뭘 어떻게 해야 할지 몰라 뒤뜰 안의 어둠을 바라보고만 있었다. 이건 꿈인데, 그러니까 내가 가서 막아봤자 소용이 없다는 걸 아는데도 손발이 벌벌 떨렸다.

그때 뒤에서 바람이 불었다. 조금 전의, 끈적한 습기를 머금은 바람이었다.

"가만히 있어."

누군가 내 뒤에 서 있었다. 그 사람과 창고 안의 사람이 한패일지도 모른다는 생각이 들자 다시 소름이 돋았다. 등으로 식은땀 한 줄기가 쭉 흐르는 감각이 생생하게 느껴졌다. 어쨌든 돌아봐야 한다는 생각에 고개만 조금 틀어 뒤를 흘깃거리자 커다란 활이 눈에 들어왔다. 활시위가 향한 곳이 내가 아니라는 것을 깨닫자마자 뒤를 돌아보았다. 활을 든 사람은 서은재였다. 활이 등장했을 때까지만 해도 아무리 꿈이라 한들 개연성이 너무 떨어지는 거 아니냐고 생각했는데 서은재라면 그럴 만했다. 걔는 우리 학교 양궁부 선수였으니까.

순간적으로 눈이 마주쳤다고 생각했다. 바람이 불어서 하나로 높이 올려 묶은 그 애의 머리카락이 허공에 흔들렸다.

내가 뭐라고 하기도 전에 그 애는 활시위를 당긴 손에 힘을 주고는, 뒤뜰 안쪽을 향해 활을 쏘았다. 움직여야 한다고 생각했지만 몸이 마비된 것처럼 꿈쩍도 하지 않았다. 나는 침대에서 굴러떨어지면서 일어났다. 등허리가 온통 축축하게 젖어 있었다.

오늘로 벌써 네 번째 같은 꿈이었다.

✳

내가 지금 다니는 이 학교에 전학을 온 건 고등학교 3학년 첫 학기가 막 시작될 무렵이었다. 여러모로 애매한 시기가 아닐 수 없었다. 마음잡고 공부를 시작하기에도, 새로운 친구를 사귀기에도 애매한 시기였다. 게다가 나는 일단 서류상으로 중학교 2학년 때 교통사고를 당한 뒤 1년을 쉰 것으로 되어 있기 때문에 주민등록상으로는 이미 스무 살이었다. 편의점에서 합법적으로 담배도 사고 술도 살 수 있는 나이. 밖에 나가면 성인이지만 학교 안에서는 여전히 미성년자였다. 그 정도면 학교를 포기하고 검정고시를 쳐볼 만도 한데 엄마는 좀처럼 뜻을 굽히지 않았다. 등 떠밀려 학교에 나가고, 한 살 어린애들과 같은 반이 되고 뭐 그런 건 겪어보니 괜찮았다. 하지만 십 대에게 한 살 차이는 꽤 커서 같은 반 애들은 나를 어려워하면서도 희귀한 동물 보듯 쳐다보곤 했다.

또래 애들 사이에서 공부를 잘한다는 건 일종의 특권이라 모의고사를 보고 나서 내 책상 주변으로 모여드는 애들에게 친절하게 문제 푸는 법만 설명해주면 됐다. 그렇게 한 학기를 지내고 정신 차려보니 석식 먹고 애들과 같이 운동장을 휘휘 돌고 있었다. 공부 좀 잘하고 친절한 애. 그 정도 포지션이면 학교에서 큰 문제를 일으키지 않을 수 있다. 이번 학교에서는 제발 아무 문제도 일으키지 말아달라고 부탁한 엄마의 얼굴을 봐서라도 나는 그렇게 지내야 했다.

서은재는 우리 학교 학생이라면 누구나 다 알지만 정작 같이 다니는 친구는 없는 그런 애였다. 무슨 전국 대회 금메달, 양궁 기대주, 미래의 국가대표 같은 수식어가 붙어 다니니까 그럴 만도 했다. 나랑 무슨 접점이 있다거나 한 건 아니었다. 같은 반이긴 했지만 걔는 연습한다고 자주 수업에 빠졌고, 어쩌다 수업에 나오는 날엔 햇볕에 내던져진 병아리처럼 졸기만 했다. 수업 시간에 지루해서 창가를 바라보면 졸고 있는 그 애의 뒷덜미가 가끔 시야에 걸렸다. 햇볕이 좋은 날에는 하나로 올려 묶은 머리 옆으로 삐져나온 잔머리가 빛을 받아 반짝거렸다.

한여름이었다. 땡볕에 운동장에서 아지랑이가 피어오르는 것까지 보일 정도로 더웠다. 그나마 내가 있는 교실 안은 에어컨을 한계치까지 틀어놓은 상태라 좀 나았는데, 그 와중에 체육복 무리 하나가 운동장을 달리고 있었다. 우리 학교 체육복은 남색이라 그 무리가 세상의 온갖 햇빛을 다 흡수하는 것만 같았다. 나는 저 멀리 운동장에서 뛰고 있는 불쌍한 무리 중 선두에 선 서은재와 윤보라를 바라보았다. 이런 날씨에 누가 운동장을 뛰어? 그렇게 말하면 보라는 누가 뛰고 싶어서 뛰느냐고 화를 낼 게 분명했다.

우리 학교 양궁부라고 하면, 있다는 건 누구나 다 알지만 걔네가 뭘 하는지 어디서 연습을 하는지는 모르는, 전설의 유니콘 같은 거였다. 학교 교문에 무슨 대회 우승, 무슨 전국 대회 메달, 이런 게 플래카드로 걸리는 걸 보면 뭔가를 어디서 하는 거 같긴 한데 딱히 뭔지 어딘지 알려지지는 않는. 지하에 백 평도 넘는 거대한 연습장이 있어서, 거기 처박혀 활만 쏘게 한다는 소문도 있었다. 그 훈련에는 한여름 땡볕에 운동장 백 바퀴 돌기 같은 것도 있는 모양이었다. 창가에 달라붙어 걔네가 몇 바퀴를 뛰나 세어보다가 열다섯 바퀴쯤에 질려서 그만두었다. 괴물들이 따로 없었다.

도대체 무슨 짓인가 싶어서 언젠가 윤보라에게 물어본 적이 있었다.

"양궁은 활만 잘 쏘면 되지, 운동장은 왜 뛰어?"

내가 그렇게 묻자 보라는 고개를 설레설레 저었다.

"언니가 몰라서 그래. 일단 달리기는 기본이고 특히 양궁은 등이랑 어깨랑 삼두박근을 많이 써야 돼. 다리 근력도 당연히 있어야 되고. 하루에 오백 발씩 쏘는데 그거 받쳐줄 체력이 어디서 나오겠어?"

애가 이래 보여도 전국소년체전 은메달리스트라더니 나오는 말이 전문가가 따로 없었다.

남색 체육복 무리는 아직도 운동장을 돌고 있었다. 나는 그 무리의 가장 앞에 서서 달리는 서은재의 조그만 뒤통수를 쳐다보다가 눈을 깜빡였다. 꿈에서처럼 하나로 높게 올려 묶은 머리가 흔들리고 있었다. 그러다 보라가 아무도 모르게 서은재의 다리를 걸어 넘어뜨리는 것까지 보고 말았다. 서은재는 대수롭지 않은 일이라는 듯 금세 일어났다. 누굴 미워하는 감정을 가감 없이 드러내는 것은 한 살이라도 더 어릴 때나 가능한 일이다. 일어난 서은재의 어깨에 손을 올리고는 툭툭 털어내는 보라를 보며 그렇게 생각했다. 대놓고 저러지는 말지.

수업종이 울리는 소리에 교과서를 꺼내 폈다. 선생님 대신 앞문으로 들어온 반장이 소리쳤다.

"오늘 1교시 자습이래."

나는 이어폰을 귀에 꽂고 엎드렸다.

＊

그날 밤, 꿈에 서은재가 다섯 번째로 또 나왔다. 나는 학교 운동장을 가로질러 교문으로 향하는 중이었다. 운동장을 열 바퀴도 넘게 돌고 녹초가 된 보라는 거의 발을 질질 끌다시피 걸었다. 그러고도 아직 기운이 남았는지 피시방에 들렀다 가자는 걸 거절하며 고개를 들어 하늘을 보았다. 평범하게 생긴 하늘이었다. 현실이라고 깜빡 속아 넘어갈 정도로 정교한 하늘에 붉게 노을이 지고 있었다. 그러니까 그게 이상한 일이었다. 꿈에서의 시간이 점점 확장되고 있었다. 서은재가 화살을 쏘는 그 순간을 기점으로 하여 앞뒤로 꿈을 꾸는 시간이 점점 늘어났다. 그동안 수많은, 별의별 꿈을 다 꿨지만 이런 적은 처음이었다. 같은 꿈을 반복해서 꾸는 것도 처음 있는 일이었다.

교문 앞에서 보라와 헤어지고 쭉 일자로 걸었다. 얼른 집으로 가버려야지. 가서 나오지 말아야지. 그러면 내가 학교에서 서은재와 마주치는 일도 없을 테니까. 이 지겨운 꿈을 끝내버리자. 경보하듯이 빠르게 앞으로 걷는데, 몇 걸음 지나지도 않아서 앞에 거대한 구덩이가 생겼다. 꿈속에서는 내가 정해진 길로 가지 않을 때마다 땅이 싱크홀처럼 갑자기 쑥 꺼져버리곤 했다. 지름 안에 사람 열 명은 거뜬히 들어갈 만큼 큰 구덩이가 생겼는데도 다른 사람들은 그 위를 아무렇지 않게 걸어서 통과했다. 그 앞으로 갈 수 없는 건 나 하나뿐이었다.

정해진 운명을 바꿀 수 있는 건 없다. 그게 꿈으로 뭔가를 보는 능력의 한계였다. 사소한 디테일 같은 건 바뀔 수 있어도 운명을 결정짓는 사건 같은 건 절대로 바꿀 수 없었다. 하는 수 없이 돌아 나왔다. 혹시나 싶어서 다른 길로도 가봤지만 그 앞으로도 다시 구덩이가 생겼다. 결국 학교로 돌아가는 수밖에 없었다.

교문 앞에서 머뭇거리고 있는데 담벼락 위에 앉아 있던 고양이가 먀옥, 하고 울었다. 바싹 마른 치즈태비 고양이였다. 노란 눈과 내 눈이 마주쳤다고 생각한 순간 고양이가 훌쩍 뛰어 교문 안으로 달려 들어갔다. 그래서 나는 저 고양이가 내가 꿈에서 내내 들었던 비명의 주인공이라는 걸 알았다. 저렇게 마른 나뭇가지 같은 애를 때릴 데가 어디 있다고?

내키지 않는 걸음으로 뒤뜰에 도착했을 때 안쪽에서 고양
이가 비명을 지르는 소리를 들었다. 그러니까 이 소리가 듣기
싫었던 건데. 이건 꿈인데. 그리고 언젠가 일어날 미래인데.
내가 가서 막아봤자 소용이 없다는 걸 아는데. 꿈에서 좀 맞
는다고 현실의 내가 다치는 건 아니었지만 나도 모르게 뒷걸
음질이 쳐졌다. 인간의 뇌란 얼마나 신기한지, 아프다는 감
각을 뇌가 기억하고 있어서 꿈에서도 맞으면 그 순간만은 아
프다는 느낌이 들곤 하니까.

그때 뒤에서 바람이 불었다.

"가만히 있어."

서은재가 내 뒤에 서 있었다. 등으로 식은땀 한 줄기가 쭉
흐르는 감각이 생생하게 느껴졌다. 고개만 조금 틀어 뒤를 흘
깃거리자 커다란 활이 눈에 들어왔다.

지난번 꿈에서 그랬던 것처럼, 바람이 불어서 하나로 높이
올려 묶은 그 애의 머리카락이 허공에 흔들렸다. 이번에는 그
애가 화살을 쏘기 직전에 내가 소리를 질렀다.

"쏘지 마!"

그러자 흔들림 없이 활을 당기고 있던 손에 미세한 진동이
생겼다. 뭐라고 더 말을 하려던 순간 나와 서은재의 눈이 마
주쳤다. 노려보는 그 애의 시선이 내 입을 다물게 했다. 서은
재는 심호흡을 하고 다시 팽팽하게 활시위를 당긴 후, 뒤뜰
안쪽을 향해 활을 쏘았다. 나는 뭐가 보이지도 않는데 걔의

눈엔 뭐가 보이는 모양이었다. 움직여야 한다고 생각했지만 몸이 마비된 것처럼 꿈쩍도 하지 않았다.

원래 이쯤에서 꿈이 깨곤 했는데 이번에는 달랐다. 꿈속의 시간이 계속해서 흘렀다. 뒤뜰에서 비명에 가까운 신음 소리가 났다. 고양이 소리는 아닌 걸 보니 사람 같았다. 나는 어쩔 줄 모르고 발만 굴렀다. 진짜 뭘 쏜 거야? 누가 맞은 거야? 너 사람을 쏘면 어떻게 해? 나는 이런 일에 엮이면 안 된단 말이야. 내가 그러거나 말거나 서은재의 얼굴은 태연했다. 서은재가 말했다.

"안 죽어."

사람 그렇게 쉽게 안 죽어. 차라리 죽기를 바라는 것 같은 말투였다.

"지금 그게 문제야?"

내가 소리를 지르자 뒤뜰 안쪽에서 부스럭거리는 소리가 나더니 누군가가 후문 쪽으로 도망가기 시작했다. 아마도 화살에 맞은 사람 같았다. 손등에 맞았는지 손목을 움켜쥐고 경중경중 달리는 모습이 눈에 들어왔다. 교복을 입은 걸 보니 범인 역시 우리와 같은 학생인 모양이었다. 서은재는 그걸 보자마자 뒤뜰 안으로 달려갔다. 얼마 지나지 않아 창고 안쪽에서 서은재가 활 대신 고양이를 안고 나왔다. 고양이의 다리와 배에서 피가 흘러내리고 있었다. 바르작거리는 몸짓은 한없이 미미했다. 바싹 마른 나뭇가지 같은 녀석은 다리며 몸통이며 모든 게 작았다.

하복 와이셔츠 안에 검은색 반팔을 입고 있던 서은재가 와이셔츠를 벗어 그걸로 고양이를 감쌌다. 와이셔츠가 피범벅이 되거나 말거나 상관도 하지 않았다. 그리고 더플백을 뒤져 안에 든 갱지를 대충 구겨 바닥에 던진 뒤, 그 안에 하복으로 둘둘 감싼 고양이를 넣었다. 그 와중에도 고양이는 그르릉, 하는 소리와 함께 발버둥을 치고 있었다. 그 바람에 서은재의 손등에 자잘한 상처가 몇 개 났다. 서은재는 너 아직도 거기 있었냐는 듯한 표정으로 잠시 나를 바라보더니 더플백을 품에 안고 운동장 방향으로 달렸다. 나는 멍하니 서 있다가 엉겁결에 서은재를 따라 달리기 시작했다.

학교 교문을 나서자마자 빗방울이 떨어지기 시작했다. 우산은 당연히 없었고 반팔 하나만 달랑 입은 채로 내리는 비를 그냥 맞으면서 뛰었다. 학교에서 제일 가까운 동물병원은 근처 사거리 앞의 작은 동물병원이었다. 서은재도 같은 생각이었는지 그쪽 방향으로 뛰고 있었다. 택시를 탔어야 했나 싶었지만 기본요금도 안 나오는 거리였다. 이럴 땐 꿈이니까 그냥 순간 이동을 쓸 수 있었으면 좋을 텐데 내가 꾸는 꿈엔 그런 기능까지 탑재되어 있지가 않았다. 예지몽이라는 건 여러모로 쓸모없는 능력이었다.

간신히 동물병원 앞에 도착했을 때 제일 먼저 눈에 들어온 건 닫혀 있는 셔터 문과 정기휴무라고 쓰여 있는 붉은색 글씨의 팻말이었다. 맥이 탁 풀려서 주저앉았다. 여기서 가까운 다른 동물 병원에 가려면 지하철이나 택시를 타야 했다. 그때까지 이 작은 고양이가 버텨줄지 알 수 없었다.

서은재는 품에 안고 온 더플백을 바닥에 내려두었다. 그리고 굳게 닫힌 셔터 문을 두드리기 시작했다. 선생님, 선생님. 가뜩이나 비가 내려 안 그래도 차가웠던 몸이 더 차가워졌다. 바닥이 젖어가기 시작한 더플백을 보다가 나는 그 가방을 품에 끌어안았다. 조금이라도 덜 젖게. 그러는 동안에도 서은재는 계속해서 문을 두드렸다.

"얘가 아파요."

선생님, 나와 보세요. 선생님. 나중에는 거의 우는 것 같은 목소리가 됐다. 내리는 비 때문에 개가 정말로 우는 건지 아니면 빗방울이 흘러내린 소리인지 알 수는 없었지만. 한참을 그렇게 문을 두드리던 서은재는 주저앉아 있다가 내 쪽을 획 돌아보았다. 그리고 말했다.

"이게 다 너 때문이야."

내가 활을 조금만 더 빨리 쐈어도, 이렇게 되지 않을 수 있었어. 그 눈빛에 나는 좀 억울해졌다. 뭐라고 항변을 해야 한다고 생각했지만 몸이 마비된 것처럼 꿈쩍도 하지 않았다. 꿈에서 깨어날 시간이 다 됐다는 신호였다. 가위에 눌렸다 깨어날 때처럼 몸에서 한꺼번에 힘이 풀렸다. 벌떡 일어나 사방을 둘러보았다. 〈백 투 더 퓨처〉 자동차 포스터, 내 책상, 컴퓨터, 바닥에 집어 던진 채 며칠째 그대로인 스타킹과 체육복. 내 방이 맞았다. 이번에도 꿈에서 깨어나는 타이밍은 참 거지같았다.

＊

이게 다 너 때문이라는 말을 듣는 건 처음이 아니다.

어릴 때 나는 고작 꿈에서지만 미래를 볼 수 있다는 게 좋았다. 불완전하더라도 상관없었다. 꿈이라는 게 그랬다. 대중없었고 내 의지대로 되지도 않았고 그나마도 일어나고 나면 고작 몇 조각의 파편만 기억났다. 시간이 지날수록 기억은 희미해져갔다. 물 탄 수채화 물감처럼. 어떻게 해도 로또 번호가 보이지 않는다는 점은 아쉬웠지만 그래도 미래를 본다는 건 나만의 은밀한 비밀이었고 다른 아이들이 갖지 못한 비밀스러운 능력을 지니고 있다는 게 나를 특별하게 만들어주는 것 같았다. 갑자기 담임이 쪽지 시험을 본다고 해서 애들이 다 당황해할 때, 귀찮은 심부름에서 아무도 모르게 나만 쏙 빠져나갈 때, 이른 새벽 아무도 밟지 않은 눈길에 첫 발자국을 찍을 때. 너희들이 모르는 걸 나는 알아. 나는 허세 가득한 어린애였고 그 사실에 늘 우쭐해했다.

그러다 중학생 때 가장 친한 친구의 아버지가 교통사고로 돌아가시는 꿈을 꿨다. 그렇게까지 생생한 꿈은 처음이었다. 차에서 올라오는 매캐한 매연 냄새까지 맡을 수 있을 정도였다. 도저히 혼자만 알고 있을 수가 없어서 아침에 학교 가는 길에 만난 친구에게 나는 처음으로 내가 미래를 볼 수 있다는 사실을 고백했다. 야, 너 아직도 꿈 꾸냐? 웃어넘기는 친구를 보고 처음으로 깨달았다. 내가 하는 말을 아무도 믿지 않을 거라는 걸.

내가 본 운명에 끼어들어야 하나 말아야 하나 고민할 때마다 어렸을 때 할아버지와 나눴던 대화를 떠올렸다. 할아버지는 나의 비밀을 아는 유일한 사람이었다. 할아버지가 어린 손녀의 장단에 맞춰주던 건지, 아니면 진심으로 내 말을 믿어주었던 건지 지금은 알 수 없지만. 내가 꿈을 꾼 이야기를 들려줄 때마다 할아버지는 그래서 다음 이야기는 어떻게 되는 거냐고 물어보곤 했다. 다음 이야기라니, 재미있는 말이라고 생각했다. 예지몽의 다음 이야기는 현실에서 이어지고 있었으므로. 어느 날 누워서 엉덩이를 벅벅 긁던 할아버지가 말했다.

"새벽아, 너는 쓸데없이 오지랖이 넓어."

"갑자기 무슨 소리예요?"

누워 있던 할아버지가 몸을 일으켜 내 얼굴을 바라보았다. 그리고 퍽 진지한 눈빛으로 말을 이었다.

"네가 본 것 때문에 남 일에 참견하고 끼어들고 싶어도 참아야 해."

그 말에 나는 반박했다. 오지랖이 넓은 게 어때서요? 도울 수 있으면 돕겠다는 게 뭐가 나쁜데요? 할아버지는 내 말을 다 듣고 나서 조용히 타일렀다. 그 오지랖으로 누군가는 받지 않아도 될 상처를 입기도 한단다. 나는 그때 그게 무슨 말인지 바로 이해하지 못했다. 꽤 오래도록 이해하지 못한 채로 지냈다.

할아버지의 조기 교육에도 불구하고 불행하게도 나는 세상이 '오지라퍼'라고 부르는 종류의 사람이 되었는지도 모른다. 막아야 한다고 생각했다. 나는 내가 막을 수 있을 줄 알았다. 지금이라면 친구에게 절대로 발설하지 않았을 테지만 그때는 중학생이었고 노력하면 미래가 바뀔 수도 있다고 생각했을 시절이었다. 고민하다가 결국 나는 친구에게 사실을 털어놓았다.

"너희 아버지 오늘 교통사고 나. 지금 당장 전화해서 차 갖고 가지 말고 지하철 타고 오시라고 해."

당연히 친구나 친구 아버지나 내 말을 진지하게 듣지 않았고, 일어날 사고는 결국 일어났다. 이해할 수 없었던 건 친구의 태도였다. 친구들과 다 함께 장례식장에 찾아갔을 때 그 애는 나를 떠밀어 장례식장 밖으로 내쫓으며 말했다.

"너는 다 알고 있었으면서."

눈물이 가득 괸 눈으로 나를 쏘아보며 그 애는 마지막으로 말했다.

"이게 다 너 때문이야."

그 후로 학교에 내가 귀신을 본다는 소문이 돌았다. 귀신 들린 애, 무당, 친구 아빠 죽게 만든 년. 쟤가 뒤에서 저주라도 한 거 아니야? 소문은 내가 뭘 하지도 않았는데 순식간에 불어났다. 만약 그때 할아버지가 살아 계셨더라면 이렇게 말씀하셨을 거다. 새벽아, 쓸데없는 오지랖은 뭐라고 했지? 어쩌면 그건 할아버지가 할아버지 스스로에게 하는 말씀이었을

지도 모르겠다.

교문에 이르렀을 때 나는 운동장을 돌고 있는 남색 체육복 무리를 발견했다. 그 무리 제일 앞에서 달리고 있는 서은재도. 교문에서 학교 건물까지 고작 몇 미터 걷는 동안 하복 안에 받쳐 입은 티셔츠가 축축해지는 게 느껴졌다. 건물 안에 들어가기 전에 돌아보았을 때도 서은재는 달리고 있었다. 아슬아슬하게 수업 시작종이 울렸고, 서은재와 체육복 무리는 뛰던 것을 멈추고 한참 헉헉거리며 숨을 골랐다. 저러다 탈수 와서 누가 쓰러져봐야 정신 차리지. 우리나라 운동부의 열악한 현실에 혀를 쯧쯧 차던 중 서은재와 눈이 마주쳤다. 어차피 쟤는 내가 같은 반이라는 것도 모를 텐데. 피하지 않고 노려보자 마주 노려보는 시선이 돌아왔다. 이제 수업에 들어오려는지 학교 건물 쪽으로 다가오는 무리를 보다가, 내가 먼저 등을 돌렸다. 하복 안에 받쳐 입은 회색 티셔츠가 땀에 젖어 찝찝했다. 티셔츠 위에 하복을 입어서 다행이라는 생각이 들었는데 하복마저 축축하게 젖어 동그랗게 물들까 봐, 그걸 뒤에서 따라오고 있는 서은재가 볼까 봐 나는 몸을 최대한 옹송그리고 걸었다.

✳

서은재는 이번 꿈 이전에도 가끔 꿈에 나왔다. 나는 주로 구령대 위에서 상을 받고 있는 서은재를 올려다보는 엑스트라13 정도로 등장했다. 내 꿈인데 왜 내가 주인공이 아닌 건가, 싫었지만 이게 조만간 일어날 일이니 어쩔 수가 없었다. 그즈음 나는 모든 사람이 자기 삶의 주인공이 아니라는 사실을 서서히 깨닫고 있었다. 서은재 같은 사람이나 자기 재능을 꽃피우고 주인공의 자리를 차지하는 거라고 은연중에 생각했다. 아마 그 구령대 밑에 서 있는 애들은 다 그랬을 거다. 구령대 위에 선 선생님은 누구나 다 노력하면 꿈을 이룰 수 있다, 그러니 이룰 수 없는 꿈을 꿔라, 하고 설교했지만 진심으로 그 말을 믿는 사람은 아무도 없었다. 그 말을 하는 선생님조차 모든 학생이 그럴 수 있을 거라고 믿지도 않을 것 같았다.

며칠 후 현실에서 똑같은 말을 토씨 하나 틀리지 않고 또 듣는 건 참 지겨운 일이었다. 삼월이라고는 해도 꽃샘추위에 자꾸만 손이 곱았다. 굳이 이런 행사를 전교생을 모아놓고 하는 학교의 속셈이 워낙 투명해서 영원히 이해하고 싶지 않았다. 나는 손바닥을 입 앞에 모아 숨을 불며 구령대 위에 선 서은재의 뒤통수를 가만히 쳐다보았다. 한숨이라도 쉬었는지 그 애의 앞으로 하얗게 입김이 부서졌다. 그 하얀 아지랑이를 보다 문득 궁금해졌다. 쟤는 무슨 생각을 하고 있을까? 남들이 갖지 못한 재능을 가진 나는 이런 상을 받는 게 당연하다고 생각할까. 주인공으로 사는 기분은 어떨까. 그렇게 생각하고 있는데 서은재가 뒤로 돌아서는 바람에 눈이 마주쳤다. 거리가 꽤 있어서 나랑 눈이 마주친 게 아닐 수도 있지만. 목에 빛나는 금메달을 건 서은재가 웃었다. 가끔 재능이 충만해 넘치는 사람을 보면 진짜 딴 행성 사람 같을 때가 있었다. 그때의 서은재가 그랬다. 반짝반짝 빛나는 조약돌 같기도 하고. 그래서 나는 서은재가 되도록 오래오래, 활을 잡기를 바랐다. 언젠가 내가 직장에서 퇴근하고 집에 돌아와 맥주 한 캔을 따며 서은재의 경기를 보게 될 날이 올 거라고 믿어 의심치 않으면서.

그게 다였는데.

왜 내 꿈에 반복출연하고 있는 거냐고 서은재의 멱살이라도 잡고 물어보고 싶은데 그러면 미친년 취급을 받을 걸 알아서 그저 멀리서 하염없이 바라보기나 하는 수밖에 없었다. 나는 저 멀리 창가 자리에 엎드려 자고 있는 서은재의 뒤통수를 슬쩍 곁눈질했다. 뒤통수에 눈이 달린 게 아니니 내가 쳐다보는 걸 알 리가 없을 텐데도 괜히 혼자 제 발이 저렸다. 창밖에서 자꾸 매미가 울었다. 그 소리와 근현대사 선생님의 목소리를 멍하니 듣고 있다 보니 눈이 감겼다.

정말 잠깐 졸았다 눈을 떴을 뿐인데 내 몸은 어느새 학교 뒤뜰의 연못가에 서 있었다. 여섯 번째 꿈이었다. 연못에 사는 잉어들이 하늘을 날고 있어서 꿈이라는 걸 바로 알아차렸다. 내 팔뚝만 한 잉어들이 산소라도 들이마시듯 입을 빼끔거리며 몰려다니고 있었다. 주지 말라고 해도 자꾸만 누군가가 먹이를 몰래 연못에 던져주는 통에 잘 먹고 자란 잉어들은 잉어라고 치기에는 좀 거대했다. 빼끔거리는 입을 하며 몰려가 사람을 둘러싸면, 불쌍한 인간이 피라니아에 물어뜯기는 모습처럼 보일 지경이었다. 그래서 걔네 별명이 잉어킹이었는데, 언젠가는 용이 되어서 하늘로 올라가는 게 아니냐는 말이 돌기도 했다. 그야 다 심심해서 지어낸 우스갯소리였지만 막상 공중에 날아다니는 잉어 떼를 보고 있자니 그 말이 영 틀린 것 같지도 않아 보였다.

나는 잉어 떼를 헤치고 앞으로 나아갔다. 지난번 꿈과 모든 게 똑같았다. 뒤뜰에서 고양이 비명 소리가 났고, 그 소리가 난 직후에 서은재가 활을 들고 나타났고, 이번에 나는 정말 아무것도 하지 않고 가만히 서은재가 하는 걸 보고만 있었다. 괜히 나섰다가 지난번처럼 다 네 탓이라는 원망을 듣는 건 사양이었다. 그리고 서은재가 조금만 더 빨랐다면 고양이를 구할 수도 있을 것 같았다. 서은재는 물 흐르듯 유연한 몸놀림으로 화살을 걸고, 군더더기 하나 없는 동작으로 활을 쏘았다. 숨소리 하나 흐트러지지 않았다. 이미 너무 자주 본 장면이라 나도 별로 놀랍지도 않았다.

이번에도 서은재의 화살은 어떤 사람의 손등을 꿰뚫었다. 피를 줄줄 흘리며 도망가는 범인의 뒤통수를 보다가 나는 서은재 쪽으로 시선을 돌렸다. 얼마 지나지 않아 창고 안쪽에서 서은재가 고양이를 안고 나왔다. 고양이 다리에서, 그리고 배에서 피가 흘러내리고 있었다. 보자마자 숨이 턱 막혔다. 아무리 여러 번 봐도 익숙해지지 않는 광경이었다. 나도 모르게 뒷걸음질을 쳤다. 서은재는 그런 나를 가만히 쳐다보더니 지난번처럼 하복 셔츠를 벗어 고양이를 감싸고는 등을 돌려 뛰기 시작했다. 나는 서은재를 따라 운동장을 가로질러 뛰어가며 외쳤다.

"거기로 가면 안 돼."

그 동물 병원 오늘 문 안 열어. 그렇게 말하자 서은재가 뒤를 돌아보았다. 나는 서은재의 팔을 끌고 운동장을 가로질러 걸었다.

"택시, 택시 타고 역 앞에 있는 큰 동물 병원으로 가자. 안 그럼 개⋯."

차마 뒷말을 할 수가 없어 말끝을 흐리자 서은재가 내 팔을 뿌리쳤다. 또다. 또 그 눈빛이었다. 나는 저 시선이 아주 익숙하다. 내가 본 미래를 이야기하면 누구나 다 저런 눈빛으로 나를 아주 이상하다는 듯이 쳐다보곤 했다. 꿈에서 본 걸 다시 꿈에서 이야기하기는 처음이었지만. 지금 고양이를 품에 안고 그런 걸 설명하고 있을 시간이 없었다.

"내 말 들어. 거기로 가봤자 소용없어."

내가 다시 서은재의 팔을 잡아끌자 서은재는 고개를 저으며 말했다.

"그 동물 병원 의사 선생님, 가서 문 열어달라고 두드리면 열어줘."

그렇게까지 말하는데 버티고 설 수도 없었다. 하는 수 없이 서은재가 가자는 대로 따라갔다.

간신히 동물 병원 앞에 도착했을 때 우릴 반기는 건 닫혀 있는 셔터와 정기휴무 팻말밖에 없었다. 그러게 내가 뭐라 그랬어. 여기로 오면 안 된다고 했잖아. 내가 그렇게 말하거나 말거나 서은재는 바닥에 품에 안고 온 더플백을 내려두었다. 그리고 굳게 닫힌 셔터 문을 두드리기 시작했다. 선생님, 선생님. 바닥이 젖어가기 시작한 더플백을 보다가 나는 또 그 가방을 품에 끌어안았다. 그러는 동안에도 서은재는 계속해서 문을 두드렸다.

"애가 아파요."

선생님, 나와보세요. 선생님. 한참을 그렇게 문을 두드리던 서은재는 주저앉았다. 지난번 꿈에서 본 건 여기까지였는데 이번에도 꿈속의 시간이 멈추지 않고 흘러갔다. 내가 어쩔 줄 모르고 더플백을 끌어안고 있는 동안 동물 병원 안쪽에서 부스럭거리는 소리가 들리더니, 곧이어 닫혀 있던 셔터가 올라갔다.

"은재야, 병원 문 부서지겠다."

그렇게 말하며 고개를 내민 여자는 나와 서은재의 얼굴을 번갈아 쳐다보더니 들어오라고 손짓하며 물었다.

"이쪽은 친구?"

고양이가 수술대 위에서 미약한 숨소리를 내며 울었다. 내가 제대로 쳐다보지도 못하고 우물쭈물하자 수의사가 서은재에게 말했다.

"은재, 친구랑 같이 나가 있어."

우리는 수술실을 빠져나와 카운터 앞 의자에 주저앉았다. 서은재의 티셔츠 앞자락에 피가 드문드문 묻어 있었다. 내 교복 앞섶도 사정은 별반 다르지 않았다. 넋이 반쯤은 나가 있는 애한테 뭐라고 할 말이 없어서 나는 괜히 교복 셔츠 앞쪽을 손으로 벅벅 문질렀다. 그렇게 하면 핏자국이 지워지기라도 한다는 듯이.

한참이 지나고 나서야 수술실에 들어갔던 수의사가 나왔다. 수의사는 은재를 향해 고개를 저었다. 어떻게든 살려보려고 했지만 한 번 멈춘 심장을 되돌릴 수는 없었다고 했다. 품에 안고 나온 고양이는 더 이상 숨을 쉬지 않았다. 수의사는 작은 치즈 줄무늬 고양이의 얼굴을 쓰다듬으며 중얼거렸다.

"누가 그랬니?"

서은재는 무릎을 짚은 손이 하얗게 질릴 만큼 꽉 쥐었다가 자리에서 일어섰다. 그리고 인사도 하지 않은 채 문을 열고 나가버렸다. 수의사가 내 쪽으로 고개를 돌리고 뭐라고 하려던 찰나 몸이 마비된 것처럼 꿈쩍도 하지 않았다. 눈을 감았다 뜨자 또 내 방이었다.

✳

오늘도 한여름의 땡볕에 남색 체육복 무리가 운동장을 달리고 있었다. 여전히 세상의 온갖 햇빛을 다 흡수하는 것만 같았다.

나는 늘 그랬던 것처럼 그 무리의 가장 앞에서 달리는 서은재의 조그만 뒤통수를 바라보고 있었다. 옆에서 뛰는 윤보라도 보였다. 윤보라는 이번에도 실수인 척 아무도 모르게 서은재의 다리를 걸어 넘어뜨렸다. 휘청이다가 넘어진 서은재는 대수롭지 않은 일이라는 듯 금세 일어났다. 서은재의 어깨에 손을 올리고는 툭툭 털어내는 보라를 보며 생각했다. 이거 어디서 본 장면 같은데?

거기까지만 이어졌으면 윤보라가 맨날 서은재의 발을 걸어 넘어트리는 악취미를 가지고 있다고 생각하고 넘기려고 했다. 유치하고 질 나쁜 장난질이라고. 하지만 차마 그만두라는 말은 하지 못한 채로.

수업종이 울렸다. 꺼내놓은 교과서를 펼쳤다. 어제 내가 해놓았던 필기가 전부 사라져 있었다. 새하얗게 깨끗해진 교과서를 보며 이게 내 것이 맞는지 이름을 확인하고 있는데 반장이 앞문을 열고 들어왔다.

"오늘 1교시 자습이래."

반장이 소리치는 걸 보고 나는 그대로 멈춰 섰다. 이건 꿈인가? 꿈이라고 하기엔 지나치게 현실적이었다. 땅도 단단한 콘크리트 그대로였고, 잉어 떼가 하늘을 날지도 않았다. 그러고 보니 오늘 아침에 마주친 엄마가 이틀 전과 똑같은 말을 하는 걸 듣고도 무심코 지나쳤었다. 어차피 엄마는 맨날 똑같은 말만 하니까. 학교에서 별일 없느냐고, 꿈에서 뭘 봐도 제발 입 다물라고. 혹시나 싶어서 반장에게 오늘이 몇 월 며칠이냐고 물었다.

이미 지나간 날짜를 입에 올리는 반장의 얼굴을 잠시 바라보다가 나는 반장의 양 볼을 잡아당겼다.

"아, 아파! 왜 이래?"

진짜 꿈이 아니네. 내가 일부러 다른 말을 해도 이틀 전의 일이 반복되고 있었다. 꿈속에서 내가 미래를 보는 시간이 이상하게 널을 뛰던 게 아마 이것 때문인 것 같았다. 어쩐지 꿈이 계속 반복되는 게 이상하다 했다. 그리고 내 꿈 덕에 나만이 상황을 눈치챈 거 같았고. 나는 운동장 쪽으로 고개를 돌렸다. 남색 체육복 무리 가장 앞에 서은재가 달리고 있었다. 이젠 너무 많이 봐서 눈을 감아도 그 모습을 그려볼 수 있을 것 같았다.

✳

일곱 번째다. 길가의 가로수가 거꾸로 뒤집혀 뿌리가 위에 있고, 잎이 바닥에 처박혀 있었다. 이번 꿈의 버그는 평범한 축이었다. 이번에도 서은재는 화살을 쐈고, 고양이를 구하지 못했고, 동물 병원에서 그 고양이가 죽었다는 이야기를 듣고는 자리에서 일어나 나가버렸다. 꿈에서 깨어나지 않는다는 것을 확인한 나는 수의사에게 인사하고 바로 그 뒤를 쫓아 나갔다.

서은재는 멀리 가지 못했다. 가로등 서너 개를 지나쳐 뛰어가 서은재의 팔을 붙잡았다. 돌아본 그 애의 얼굴은 하얗게 질려 있어서 귀신 같았다. 나는 뒷걸음질을 치려다 참았다.

그리고 서은재에게 물었다.

"너지?"

네가 시간을 자꾸 돌리고 있는 거지? 그렇게 묻자 그 애의 눈동자에 초점이 돌아왔다.

"내가 뭘 했다고?"

"너 때문에 이게 꿈인지 현실인지 뭐가 뭔지 하나도 모르겠다고. 다 엉망진창이야. 이게 무슨 미친 짓이야?"

고양이 한 마리 구하자고 이래? 어차피 안 되는 거 너도 일곱 번이나 해봐서 알잖아. 내 말에 서은재는 팔을 뿌리치며 나를 밀쳤다.

"상관하지 마. 방해할 거면 그냥 보고 있기나 해."

그렇게 말하니 할 말이 없었다. 내가 참견할 일이 아니긴 했다. 하지만 서은재가 시간을 자꾸만 돌리는 바람에 내 꿈과 현실이 엉망진창이 되어가고 있다는 점은 꼭 짚어줘야 했다. 어차피 열 번, 스무 번 시간을 돌리다가 결국엔 안 된다는 걸 깨닫고 나가떨어질 거라는 걸 나는 알고 있었다. 내가 그랬으니까. 내가 본 미래를 어떻게든 바꾸고 싶어서 믿지 않는 사람들에게 희망을 걸었으니까. 붙잡았던 서은재의 소매를 놓았다. 그러자 서은재는 몸을 돌려 가로수 사이로 걸어갔다. 늘 매고 다니던 더플백 없이 비어 있는 등이 유난히 작아 보였다. 그 와중에도 거꾸로 뒤집혀 뿌리가 위에, 잎이 바닥에 처박힌 가로수는 원래 그 자리가 제자리였다는 듯이 천연덕스럽게 서 있었다. 연약한 잔뿌리가 바람에 흔들렸다.

문제는 여기까지 봤는데도 내가 꿈에서 깨어나지 못했다는 거였다. 이제 거의 내 꿈의 주인공이 된 서은재와 헤어졌는데도. 하는 수 없이 그 밤에 집으로 걸어와 씻고 침대에 눕기까지 했다. 꿈에서 자려고 침대에 눕는 경험은 확실히 이색적이긴 했다. 아침에 일어나서 학교에 가는 것까지 이어지는 건 원치 않았지만.

물론 내 생각대로 되지 않았다. 최소한 꿈에서라면 학교에 안 가도 되지 않을까 하는 생각으로 다른 길로 빠지려고 하니 길 앞에 족족 구덩이가 생겼다. 학교에 또 무슨 일이 생긴다는 뜻이었다. 교문에 도착하자마자 운동장부터 확인했다. 늘 그랬던 것처럼 체육복 무리가 운동장을 달리고 있었다. 그런데 항상 맨 앞에서 달리던 서은재가 없었다. 그런 짓을 했으니 당연한 일이겠지, 하고 혀를 찼다. 이상한 건 늘 그 옆에서 함께 달리던 윤보라도 보이지 않는다는 거였다.

서은재는 학교에 오지 않았다. 거기까진 별로 놀랄 일이 아니었다. 그런 충격적인 사건을 겪었으니 학교에 오지 못할 수도 있지. 하지만 어제 일로 손목에 화살을 맞은 누군가가 윤보라라면 이건 조금 놀랄 일이 된다. 운동선수가 누굴 해치겠다는 마음으로 공격한 것도 문제였지만 양궁선수가 자기 활을 써서 다른 선수에게 상해를 입혔다는 게 더 큰 문제였다. 이 일로 결국 선수 자격 박탈 이야기까지 오갈 수 있으니. 아니, 별로 놀랍지 않은 것 같기도 하다. 사람을 향해 화살을 쏘는 서은재를 보았을 때부터 나는 이렇게 될 걸 예감하고 있었을지도 모르겠다.

사람들은 그럴듯한 시나리오 한 편을 쓰기 시작했다. 괴롭힘을 당하다가 참다못해 가해자를 활로 쏜 비운의 운동선수. 거기에 고양이의 자리는 없다. 실은 이 모든 일이 고양이 한 마리를 구하기 위해서 벌어진 거라고 한다면 아마 코웃음을 칠 것이다.

어릴 때부터 할아버지가 귀에 인이 박이도록 떠든 한마디가 귓가에 울렸다. 새벽아, 쓸데없는 오지랖은 뭐라고 했지? 그 말과 동시에 몸이 마비된 것처럼 꿈쩍도 하지 않았다. 슬슬 꿈에서 깨어날 시간이었다.

＊

그날 아침 교문에 이르렀을 때 나는 운동장을 돌고 있는 남색 체육복 무리를 발견했다. 그 무리 제일 앞에서 달리고 있는 서은재도. 교문에서 학교 건물까지 고작 몇 미터 걷는 동안 하복 안에 받쳐 입은 검은 티셔츠가 축축해지는 게 느껴졌다. 건물 쪽으로 향하지 않고 나는 바로 운동장으로 걸어들어갔다. 그리고 제일 선두에서 달리고 있던 서은재를 따라잡아 그 애의 손목을 붙들었다. 그때 수업 시작종이 울렸다. 달리던 반동으로 넘어질 뻔한 서은재를 끌고 나는 다시 교문을 향해 걸었다. 서은재는 의외로 얌전히 내가 이끄는 대로 따라오기만 했다. 내가 이렇게 나올 줄 알기라도 했던 것처럼.

하복 안에 받쳐 입은 검은색 티셔츠가 땀에 젖어 찝찝했다. 티셔츠 위에 하복을 입어서 다행이라는 생각이 들었는데 하복마저 축축하게 젖어 동그랗게 물들까 봐, 그걸 뒤에서 따라오고 있는 서은재가 볼까 봐 이번에도 나는 몸을 최대한 웅송그리고 걸었다.

햄버거 세트 두 개가 담긴 트레이를 내려놓고 나는 최대한 조심스러운 몸짓으로 자리에 앉았다. 서은재는 다리를 옆으로 빼 겹치고 이리저리 몸을 뒤틀어 편한 자세를 찾고 있었다. 키가 큰 애들은 맥도날드 테이블과 의자가 퍽 불편한 모양이었다. 케첩 두 봉지를 찢어 짜고 프렌치프라이를 엎었다. 학교를 땡땡이 치고 나온 와중에도 배는 고파서 햄버거가 잘도 들어갔다. 서은재는 산처럼 쌓인 프렌치프라이를 두어 개 집어 세상 맛없는 걸 먹는 표정으로 씹었다. 어느 정도 배가 차고 나서 내가 입을 열려고 하는 순간 서은재가 먼저 선수를 쳤다.

"네 친구가 범인인 건 별로 놀랍지도 않은가 봐."

그렇게 말하니 할 말은 없었다. 보라가 정말로 고양이를 해쳤을까. 아무리 서은재가 미워도 그렇게까지 할 정도로 모진 애는 아닌데. 하지만 정말 범인이라면 어떡해야 하나.

"알고 있었어?"

"그럼 그 화살에 맞은 게 우연일까."

"아니, 그러니까 왜 다짜고짜 사람을 쏘냐고. 하지 말라고 잘 타이를 수도 있잖아. 시간을 조금 더 돌려서 아예 보라가 그 시간 그 장소에 가지 못하게 하거나…."

"내가 돌리는 게 아니야."

"뭐?"

"이번엔 놀랐어?"

나는 뻣뻣하게 굳은 채 서은재의 얼굴만 쳐다보았다. 당연히 서은재가 시간을 돌리고 있는 줄 알았다. 내가 미래를 볼수 있는 능력이 있는 것처럼 서은재에게도 그런 능력이 있으리라고 막연히 생각했다. 그 외의 다른 가능성은 생각해본 적도 없었다. 서은재는 한숨을 한 번 쉬고는 덧붙였다.

"누가 돌리는 건지는 나도 몰라. 고양이를 구하는 데 실패하고 나서 눈을 감았다 뜨면 어느 순간 다시 그 날로 돌아가있어."

서은재는 뭔가 더 말하려다 말고 입을 다물었다.

"뭔데 말을 못 해?"

"굳이 알고 싶어?"

"어. 말해봐."

"나는 그걸 리셋이라고 불러. 근데 그러고 나면 다른 사람들은 일어났던 일을 몽땅 잊어버려. 네가 날 데리고 맥도날드에 온 것도 이번이 서른두 번째야."

말도 안 돼. 어떻게 생각해도 말이 안 되는 개소리였다. 분명 내 기억에 서은재를 데리고 맥도날드에 온 건 이번이 처음이었다. 멍청해 보일지 몰라도 어쩔 수가 없어서 볼을 한 번꼬집어봤다. 아팠다. 분명히 이건 실재하는 통각이었다.

"이건 꿈이야, 현실이야?"

"어느 쪽도 아니라면 어떨 거 같아?"

서은재는 감정이라는 게 별로 느껴지지 않는 말투로 말했다.

"원래 여기서 널 만나면, 네가 나한테 고양이를 구할 방법을 알려줬었어. 어디에 가면 활이 있고, 그걸 쓰면 되고, 범인의 어디를 노리면 되는지, 어디에 장애물이 있는지."

"야, 내가 왜 그딴 짓을 해?"

대가리에 총을 맞지 않은 이상 내가 그런 일을 할 리가 없었다. 나는 한참 말을 골랐다. 뒷말을 속으로 삼켰는데도 불구하고 서은재는 알아들었다.

"그런데 어느 순간 네가 이상한 짓을 하더라고."

너는 나를 도와야 하는데, 어느 순간부터 네가 기를 쓰고 나를 막으려고 하기 시작했어. 너는 아마 범인을 쏘고 내가 어떻게 됐는지 본 거겠지. 서은재의 말이 귀에 잘 들리지 않았다. 무슨 말을 해도 다 개소리 같았다. 내가 대꾸를 하지 않자 서은재도 입을 다물었다. 한참을 그렇게 앉아 있었다. 콜라에 들어 있던 얼음이 다 녹아서 종이컵 밑에 둥그렇게 물자국이 생길 때까지. 한참 만에야 나는 입을 뗐다.

"그걸 지금 나더러 믿으라고?"

자리를 박차고 일어섰다. 우당탕하는 소리와 함께 의자가 넘어졌다. 나는 서은재의 멱살을 잡아 일으켰다.

"웃기지 마. 난 안 믿어."

"네 맘대로 해. 안 믿으면 안 믿는 거지."

안 믿으면 네가 어쩔 건데? 그렇게 말하는 것 같았다. 그 얼굴이 얄미워서 한 대 콱 쥐어박고 싶었다. 서은재가 말했다.

"그러니까 도와줄 거 아니면 끼어들지 마. 방해만 되니까."

나는 이를 악물었다. 그리곤 주먹을 꽉 쥐고 서은재의 얼굴을 후려쳤다. 이번엔 서은재도 가만히 있지 않았다. 서은재는 재차 높이 치켜든 내 팔을 쳐 내고 멱살을 붙잡아 당겼다. 눈앞에서 별이 튀었다. 턱이 다 얼얼했다. 입안의 어딘가가 터졌는지 씁쓸한 피 맛이 났다. 나는 작정하고 달려들어 서은재의 머리채를 쥐어뜯었다. 이로 깨물고 손으로 살을 쥐어뜯자 서은재도 똑같이 유치하게 내 살을 꼬집고 머리채를 잡아 뜯었다. 맥도날드 한복판에서 벌어진 개싸움에 사람들이 몰려들었다. 서은재의 머리채를 잡고 죽네 사네, 하고 있을 무렵 맥도날드 창밖에서 우리를 보고 있는 누군가와 눈이 마주쳤다. 안 그래도 커다란 눈이 놀라서 곧 밖으로 쏟아질 것 같았다. 윤보라는 별 망설임도 없이 맥도날드 안으로 뛰어 들어왔다.

"뭐야, 여기서 뭐 해?"

그거야말로 내가 묻고 싶은 말이었다.

✳

보라는 자리에 앉자마자 얼음이 다 녹은 콜라를 벌컥벌컥 들이켰다. 콜라 컵을 쥔 손에 상처는 없었다. 양궁을 하는 애라 굳은살이나 햇볕에 그을린 흔적은 보였지만. 화살이 손을 관통했다고는 믿을 수 없을 정도로 깨끗했다. 머리가 산발이 다 된 서은재가 윤보라를 향해 말했다.

"범인에, 조력자까지. 다 모였네."

그 말에 보라가 벌떡 일어나 서은재의 멱살을 잡으려는 걸 내가 말렸다. 사실은 그냥 내버려두고 싶었다. 하지만 한 번만 더 소란을 일으키면 맥도날드 매장에서 쫓겨날 것 같아서 참았다. 나는 보라에게 물었다.

"네가 진짜 범인이야? 대체 왜 그랬어?"

"내가 아니야."

서은재가 끼어들며 말했다.

"거짓말하지 마. 리셋되면서 몇 번이나 네가 범인인 걸 확인했어."

"넌 좀 가만히 닥치고 있어."

내가 소리 지르자 그제야 서은재는 입을 다물었다. 나는 보라를 쳐다보았다. 보라는 덜덜 떨리는 손으로 주먹을 쥐었다 폈다.

"몰라. 나도 모르겠어. 정신을 차리고 나면 눈앞에 피투성이가 된 고양이가 있어. 내가 그랬다고 하면 그런 거겠지만⋯ 내 기억에는 그런 적이 없단 말이야. 나는⋯."

"당연하지. 너는 그렇게 하도록 설계된 것뿐이니까."

서은재는 그렇게 말하며 윤보라를 손가락으로 가리켰다.

"너, 너는 고양이를 해치도록."

그리고 이어서 내 쪽을 손가락으로 가리켰다.

"너는 내가 고양이를 구할 수 있게 나를 돕도록. 그리고 나는 고양이를 구하도록 설계된 거야."

하도 어이가 없어서 내가 말을 잃은 사이에 보라가 중얼거렸다.

"설계? 씨발, 그게 뭔데."

"나도 다는 몰라. 그냥 우리가 그렇게 행동하도록 강제하는 어떤 힘이 존재한다는 것만 알아."

그럴 리가 없다. 고작 그런 이유로 존재하는 사람이 어디에 있어. 내가 살아온 기억과 내가 겪은 과거와 경험, 스스로의 의지로 생각하고 그 판단에 따라 행동했다고 믿었던 것들이 전부 거짓이고 환상이라니. 내 존재 자체가 가짜가 된 기분이었다. 내가 물었다.

"그럼 나는 뭐야? 내 기억은 뭔데?"

나는 태어난 순간부터의 거의 모든 기억을 줄줄 읊을 수도 있었다. 내가 그렇게 묻자 보라도 똑같은 의문을 표했다.

"내 기억도 마찬가지야. 세 살 때 유원지에 놀러 갔다가 길을 잃어버렸던 것도 기억날 정도로 생생한데. 그때 넘어져서 생긴 흉터가 아직도 턱밑에 그대로라고."

가만히 이야기를 듣고 있던 서은재가 물었다.

"너무 생생하다고 생각하지 않아? 보통은 태아 시절의 기억 같은 건 다 잊어버려. 세 살 이전까지의 기억도 마찬가지고. 그런데 이상하게 모든 게 너무 지나치게 생생히 기억난단 말이야. 마치 그렇게 믿도록 누가 주입한 것처럼."

서은재의 말이 끝나고 테이블에는 침묵만이 감돌았다. 보라도 나도 서은재의 말을 믿고 싶지 않은 거였다. 서은재는 한숨을 쉬고는 손바닥을 펴서 앞으로 내밀었다.

"그럼 눈으로 확인해보든가."

서은재가 주먹을 쥐었다 폈다. 아무것도 없던 손바닥 위에 유성 매직 한 자루가 올라와 있었다. 그걸 물끄러미 보고 있던 윤보라가 물었다.

"너 언제 마술을 다 배웠어?"

"배웠겠어?"

서은재는 한숨을 내쉬고는 윤보라의 손목을 붙잡았다. 그리고 보라의 손등 위에 유성매직으로 직직 줄을 그었다. 조금 뒤에 보라의 손등 위에는 화살표 모양의 그림이 그려져 있었다. 서은재는 내 손등 위에도 똑같은 그림을 그렸다.

"네가 그동안 꿈이라고 생각했던 건 꿈이 아니야. 이 세계에서 버그가 일어나면 네 인식이 그걸 꿈이라고 처리한 것뿐이야."

서은재가 다 쓴 유성 매직을 다시 손바닥 위에 올려놓고 주먹을 쥐었다 펴자 그 자리에 있던 매직은 온데간데없었다. 서은재의 말대로 이건 확실히 버그였다.

"그래도 깨어나면 그 그림은 보일 테니까 그거나 보고 잘 생각해보든가. 유성 매직이라 당분간은 절대 안 지워져."

그게 대체 무슨 소리냐고 서은재에게 반박하려던 순간 맥도날드 바닥을 뚫고 사방에서 물기둥이 솟아올랐다. 수도관이 터진 건가, 했지만 아니었다. 곧이어 매장 안에 가득했던 사람들이 흐리고 흐려지다가 흐물흐물한 젤리처럼 변했다. 그리고 바닥으로 녹아내렸다. 눈을 감았다 뜨자 주변의 풍경이 바뀌었다. 또다시 내 방이었다. 분명히 꿈이 아니었는데. 손등 위에 서은재가 삐뚤빼뚤 그려놓은 화살표 그림이 보였다. 유성 매직으로 그린 거라 당분간은 절대 안 지워질 거라며 장담한 대로였다.

꿈에서 깨자마자 학교 뒤뜰로 달려갔다. 거기서 만나자는 약속이 있었던 것도 아닌데 윤보라와 서은재 모두 그 장소에 있었다. 뒤뜰 연못을 잠시 내려다보며 생각했다. 자신의 존재가 사실은 거짓이고, 심지어 단 하나의 목표를 위해서만 설계되었다는 걸 알게 되면 사람은 어떻게 될까. 이 상황에서도 내가 분명히 실재하는 사람이라는 생각은 포기가 되질 않는 모양이라 그게 우스웠다. 하늘에서 쏟아지던 잉어는 언제 그랬냐는 듯 연못 안에서 유유히 헤엄치고 있었다.

내 꿈에서는 잉어 떼가 하늘을 날았다. 콘크리트가 젤리처럼 물렁해지고, 나무뿌리가 하늘로 솟기도 하고, 멀쩡하던 하늘에서 잉어가 비처럼 내리기도 했다. 그래서 처음 서은재가 사람을 쏘는 것을 봤을 때도 그런 게 아닐까 생각했다. 일어날 리 없는 버그. 물론 버그가 아니었지만. 이상한 건, 버그는 절대 현실로 일어나지 않으면서 다른 것들은 내가 본 그대로 일어난단 거였다. 몇 번 겪다 보면, 내가 살고 있는 이 세계가 어딘가 잘못된 게 아닐까 의심이 들기도 했다. 이미 한 번 플레이 된 게임에서 발견된 버그를 없애기 위해 누가 열심히 업데이트하고 있는 거 같다고. 그래서 살면서 뭔가를 그렇게 열심히 해본 적이 없었다. 뭐든 적당히, 대충대충. 이미 엔딩을 아는데 뭐 하러 게임을 열심히 하겠어. 적당히 미래를 알 수 있으니까 그 미래를 바꿀 생각은 하지 않고 대강 맞춰가며 살았다. 인생을 너무 심각하게 살지 않는 게 내가 운명에 저항하기 위해 발명해낸 방법이었다. 그런데 아무래도 그 방법은 완전히 틀렸던 것 같다.

나는 연못에서 시선을 떼고 서은재에게 물었다.

"고양이를 구하면 어떻게 돼?"

"그건 나도 몰라. 한 번도 성공해본 적이 없어서. 혹시 해피엔딩을 보게 되면 이 빌어먹을 반복이 끝날까 싶어서 주어진 설계대로 가는 것뿐이야."

"엔딩은 말 그대로 엔딩이잖아. 끝이라고. 그럼 우리도 끝인 거 아니야?"

내 말에 서은재는 웃었다.

"그럼 이대로 사는 게 나아?"

평생 반복되는 일상에 갇힌 채로? 그렇게 물으니 또 할 말이 없었다. 서은재의 말이 맞았다. 엔딩을 보고 사라지더라도 이대로 사는 것보단 나은 결말일 것이다. 서은재는 보라의 등을 툭 쳐서 내 쪽으로 밀었다.

"그래도 이번엔 다를 거야. 범인까지 붙잡은 적은 이번이 처음이니까. 너는 여기서 얘나 잘 붙잡고 있어."

　서은재는 활을 든 손을 한 번 고쳐 쥐고는 창고 쪽으로 달려갔다. 보라는 손발을 덜덜 떨며 계속해서 중얼거렸다.

　"여기에 있으면 안 돼. 여기에 있으면… 내가, 아니, 나는."

　나는 자꾸만 앞으로 튀어 나가려는 보라의 몸을 꽉 잡아붙들었다. 아무래도 서은재를 도와주러 가야겠다고 생각했다. 서은재는 여기 가만히 있으라고 했지만 내가 보라를 붙잡고 있기만 하면 움직여도 별일은 생기지 않을 것 같았다. 나는 보라를 데리고 서은재가 사라진 창고 쪽으로 슬금슬금 움직였다.

　창고 뒤편에 도착했을 때 그 치즈태비 고양이가 담벼락에 앉아 있었다. 이상하게도 서은재의 모습은 보이지 않았다. 고양이가 도망가지 않도록 눈을 맞추고 천천히 그 앞으로 다가갔다. 아니, 차라리 이대로 멀리멀리 도망이라도 가는 게 나을지도 몰랐다. 하지만 고양이는 꼬리를 세운 채 나를 노려보고만 있었다. 내가 손을 휘저으며 워어, 하고 놀라게 해봤는데도 소용없었다. 어쩌면 평범한 고양이가 아닐 수도 있겠다는 생각이 그제야 들었다. 이 고양이는 이상하고 단선적인 이 세계의 유일한 목표이자 표적이었다. 적어도 이 세계에서 고양이는 '그깟 고양이'가 아니었다. 세계의 존폐가 이 고양이의 목숨에 달렸으니까. 고양이와 눈을 맞춘 채로 조금 더 다가갔다. 그리고 손을 뻗었다.

　그 순간 다른 손으로 잡고 있던 보라가 나를 뿌리치고 앞으로 튀어나갔다. 고양이에 신경을 쓰느라 보라에게 전혀 주의를 쏟지 못하고 있던 탓이었다. 보라의 손에는 언제부터 들고 있었는지 모를 커터 칼이 쥐어져 있었다. 서은재가 유성매직을 불러낸 것처럼, 원래 처음부터 거기 있었던 것처럼 자연스러웠다. 서은재의 말대로였다.

보라가 고양이에게 손을 뻗기 바로 직전, 갑자기 등에 소름이 쫙 돋았다. 생각할 새도 없이 뛰어들어 보라를 끌어안았다. 그리고 날아온 무언가에 어깨를 맞았다. 어깨에 불이 붙어서 활활 타는 것 같았다. 고개를 돌려서 내가 맞은 부분을 눈으로 보고 나니까 더 아팠다. 씨발. 할아버지가 하는 말이 귓가에 들리는 듯했다. 새벽아, 쓸데없는 오지랖은 뭐라고 했지? 이렇게 아플 줄 알았더라면 그냥 보라가 맞게 놔둘 걸 그랬다. 보라는 내 비명 소리에 그제야 정신을 차린 것 같았다. 돌아보는 얼굴이 눈물범벅이었다. 내가 쓰러지면서 놀란 고양이가 담벼락 너머로 달아났다. 어쨌거나 고양이는 살았다.

멀리서 활을 든 서은재가 달려오고 있었다. 너무 아파서 눈물이 다 났다. 눈물이 흐르면서 부옇게 흐려졌던 시야가 다시 밝아졌다. 그러자 서은재의 놀란 얼굴이 보였다. 그런 얼굴을 보는 건 처음이라 나도 모르게 웃음이 났다. 그리고 그렇게 아플 것도 없다는 생각을 하자마자 놀랍게도 아픔이 무뎌지기 시작했다. 이렇게까지 생각대로 되는 세상이란 걸 알았다면 진즉에 로또 당첨되는 생각을 미리 해두는 건데. 이제는 아무래도 상관없지만.

"네가 왜 뛰어들어? 웃지 마. 미쳤어?"

서은재가 소리 지르는 게 물속에서 듣는 것처럼 아득하게 들렸다.

야, 네가 그러니까 친구가 없지. 그렇게 말하려다 말고 나는 다시 웃었다. 서은재랑 같이 있으면 내가 살아 있는 사람처럼 느껴졌다. 서은재는 정말 갑자기 튀어나온 버그 같았는데.

"이건 나쁘지 않네."

응. 나쁘지 않아. 세상이 끝날 때까지 나는 그렇게 더 웃었다. 웃는 나를 희한한 표정으로 보던 서은재가 뭐라고 대답하려 입을 뗀 찰나 하늘에서 잉어가 쏟아져 내리기 시작했다. 지표면 가까이 떨어지던 잉어는 내 눈높이쯤 와서 공중에 멈췄다. 붉은색과 검은색의 무늬가 새겨진 비단잉어와 눈이 마주쳤다. 그 순간 쏟아져 내리던 잉어가 다시 원래의 자리로 되돌아가기 시작했다. 모든 것이 무화했다. 다 맞춘 퍼즐이 무너지는 것처럼 가장자리부터 시작된 균열이 순식간에 범위를 좁혀 눈앞까지 들이닥쳤다.

나는 눈을 감지 않았다.

유리수의
세계

어떤 일은 행할 때 특별한 각오가 필요하다. 예를 들면 바깥에 외출할 때 오토를 쓰지 않는 것. 태어날 때부터 오토를 쓴 채 살아온 처지에서는 그런 짓을 저지르기 쉽지 않다. 오토는 눈 주변 부분만 투명하게 만들어진, 숨쉬기에는 전혀 무리가 없는 가벼운 안면 슈트다. 오토를 만들어낸 에어브리스 컴퍼니가 자랑하는 이 슈트의 가장 두드러진 특징은 쓴 듯 안 쓴 듯 가벼운 착용감이었다. 그리고 두 번째 특징. 오토는 사용자의 얼굴에 맞춰 자동으로 변화한다. 그래서 간단한 감정 표현이나 비언어적 의사 전달이 가능하다. 음식을 섭취하거나 음료를 마실 때 역시 자동으로 모양이 변화했다가, 취식을 마치면 원래대로 돌아간다.

　나의 가장 오래된 기억은 오토와 함께 시작한다.

"이리 와, 수겸아."

앞으로는 이거 안 쓰면 밖에 못 나가. 알았지? 엄마는 현관으로 나가는 길 선반에 걸려 있는 세 개의 오토를 가리키며 말했다. 아빠가 내 키에 맞춰 특별히 선반에 못을 하나 박아준 덕분에 오토는 내가 손을 뻗기만 하면 닿을 거리에 있었다. 하지만 나는 얼굴에 거추장스러운 뭔가를 써야 한다는 사실이 마음에 들지 않았다.

"왜?"

"밖에선 나쁜 것들이 수겸이 얼굴에 붙어서 그래."

눈에 안 보이는 먼지 괴물들이. 이건 그러니까, 얼굴을 보호하는 거야. 엄마는 선반에 걸린 슈트 중 하나를 떼어내 얼굴에 똑바로 맞춰 씌웠다. 하지만 나쁜 것들이라는 게 뭔지, 먼지 괴물이 그래서 왜 나쁜 건지 구체적으로 말해주지는 않았다.

"어때, 숨쉬기 편하지?"

"응. 근데 이상해."

"다들 쓰고 다니니까 이상한 건 아니야."

엄마도, 아빠도 다 쓰는 거야. 엄마는 그렇게 말하며 내 머리를 쓰다듬었다.

"엄마 어릴 때는 이거보다 더했는데, 그때는 이렇게 좋은 물건도 없었어. 더운 날에는 마스크 때문에 얼굴에 땀띠 나고 여드름 나고. 마스크만 아니었어도 네 아빠 얼굴에 난 여드름이 그 정도는 아니었을 거고, 그럼 좀 더 잘생겨 보였을 텐데."

이어지는 말 중에 내가 알아들은 건 거의 없었다. 얼굴에 뭔가를 한 겹 덧씌운 불편한 감각이 남아 있었지만 나는 그냥 고개를 끄덕였다. 그래야 엄마가 말을 멈출 테니까.

원래 에어브리스 컴퍼니는 제품의 이름을 '에어'라 지었는데, 지금은 아무도 그 이름으로 부르지 않았다. '공기와 같은 착용감'. 회사가 홍보하던 카피가 무색하게 처음 오토의 인기는 그저 그랬다. 선뜻 사기에는 터무니없이 비싼 가격 때문이었다. 그런데 어느 영화에서 출연 배우가 오토를 착용하고 거기에 떠오르는 표정으로 충분히 의사소통이 가능함을 시연하고 난 후로는 판매량이 폭발적으로 늘어났다. 나도 열다섯 즈음해서는 오토를 쓰는 것쯤 아무렇지도 않게 됐다. 오토를 10년 넘게 착용하다 보면 그건 그냥 얼굴에 붙은 껍데기, 혹은 하나의 거죽과 다름없게 된다. 인류는 새로운 생활에 느리지만 착실하게 적응했다.

하지만 언제나 하지 말라는 걸 꼭 하고 싶어 하는 사람이 있기 마련이다.

내가 살고 있는 곳은 바다로 흘러가는 강 하류에 위치한, 습지대가 많은 섬이다. 옛날에는 이곳이 강화도라 불렸다고 했다. 폭염과 오랜 가뭄으로 강물이 거의 다 말라버리고 지금은 그나마 바다 근처에 위치한 계획도시형 섬들만 살아남았다. 그중 하나가 여기 영화도였다. 섬 한가운데에 있는 시티에서 조금만 벗어나면 습지대로 둘러싸인 교도소가 하나 있다. 어차피 거긴 개발이고 뭐고 할 수 없는 황무지였지만, 우리 섬의 어른들은 그런 혐오 시설이 집 주변에 있는 것만으로도 집값이 떨어진다고 싫어했다. 나나 다른 애들은 굉장한 감옥이 근처에 있다는 것만으로도 마냥 신이 났다. 가끔은 흥미진진한 모험거리처럼 느껴지기도 했다. 습지대를 건너는 동안 진흙이 발에 달라붙고 바짓단을 망쳐도 우리 또래에선 영웅적 행적으로 인정받았다.

진흙탕에 배를 깔고 누워 망원경으로 습지대 건너편을 구경하는 것은 할 일 없는 동네 애들의 하루일과였다. 그래 봤자 렌즈에 아무것도 걸리지 않는 날이 대부분이었다. 물론 그렇지 않은 날도 있었다.

"저기 봐. 오토를 안 쓴 사람이야."

내 옆에 바짝 붙어 누워 있던 권송이가 말했다. 오토에 떠오른 송이의 표정은 놀라움에 가까웠다. 송이의 말에 나머지 애들이 서둘러 망원경 렌즈 위에 눈을 갖다 댔다. 나도 하나밖에 없는 낡은 망원경에 얼굴을 바짝 가져다 대고 눈을 굴렸다. 이 망원경은 배율이 그다지 좋지 않아서 송이만큼 선명하게 건너편을 식별할 수는 없었다. 하지만 철조망 너머에서 이리저리 움직이는 뭉그러진 형상 정도는 볼 수 있었다. 그 사람이 오토를 쓰고 있지 않다는 것까지도. 맨얼굴에 쓰고 있는 건 하얀색 면 마스크뿐이었다.

국가에서 지급하는 게 면 마스크뿐이라서 오토를 쓸 수 있는 수감자는 극소수라고 들었다. 가족이 영치품으로 오토를 넣어준 사람만 쓸 수 있는데, 저 교도소에 갇힌 사람들은 대부분 공동체의 안보를 심각하게 위협하는 반인륜적 행위를 저지른 수감자뿐이라 그마저도 쉽지 않았다.

"오토를 안 써도 멀쩡하잖아?"

송이가 말했다. 그 말에 송이의 반대쪽에서 건너편을 보고 있던 조윤성이 반박했다.

"야, 저게 어딜 봐서 멀쩡해? 얼굴이 완전 가지색인데."

"오토 벗으면 바로 레테에 걸린다고, 호흡곤란이 와서 죽는다고 했는데. 어쨌든 살아 있잖아."

"살아만 있으면 다야? 너 그럼 네 오토 벗을 수 있어?"

윤성의 도발에 송이는 잠깐 주춤했다. 그러자 윤성이 의기양양해져서 말을 이었다.

"거 봐. 너도 무서워서 못하겠지? 안 죽는다고 해도 레테에 걸리면 무슨 일이 일어날지 모르는데 당연하지."

사람들이 섬에 모여서 얼굴에 오토를 뒤집어쓰고 살기 시작한 건 이른바 '레테'라는 병이 유행하기 시작한 지 몇 년이 지나지 않은 시점이었다. 레테라는 이름이 붙은 건 그 병이 기억을 담당하는 뇌세포를 직접적으로 공격해 모든 기억을 파괴하기 때문이었다. 레테에 걸리면 모든 기억이 한순간에 날아갔다. 서서히 기억이 붕괴하는 알츠하이머와는 다르다. 인간의 기억이라는 체계에 폭탄을 날려버리는 거랑 비슷했다. 한 번에 폭삭 무너지고는 다시는 회복되지 않았다. 모든 기억을 잃은 인간은, 사랑하는 사람을 잊어버렸다. 자기 자신이 누구인지도 잊었다. 기억을 저장하는 해마 역시 파괴되어 과거는 물론 앞으로 경험하는 모든 일조차 기억할 수 없었다. 숨만 붙어 있는 껍데기나 다름없었다.

사람들은 공포에 질려 이 병의 원인을 찾기 시작했다. 병의 원인은 너무나 단순하고 간명했다. 너무 오랜 시간 몸에 축적된 미세먼지가 일으킨 부작용으로 추정. 새롭게 나타난 바이러스도, 어느 국가에서 비밀리에 만든 생화학 무기도 아니었다. 원인이 판명되고 나서도 확산을 막는 것은 역부족이었다. 모든 공장의 가동을 중지하고 전 세계의 공기를 날려버릴 수 있는 거대한 선풍기라도 틀지 않는 이상 한 번 오염된 공기를 돌리기는 쉽지 않았다. 오토를 살 수 있는 능력이 되는 사람들만 모여 섬으로 도피하고 나서도 기업은 공장 가동을 멈추지 않았다.

윤성은 지금 그런 병을 두고 내기를 걸어오는 거였다. 눈에 빤히 보이는 수작이라 나는 멀찌감치 떨어져 있으려고 했는데 송이가 그 떡밥을 덥석 물었다.

"누가 못 한대? 내가 하면 어쩔 건데?"

윤성은 실실 웃으며 송이의 객기에 기름을 부었다.

"네가 오토 벗고 저 감옥 한 바퀴 돌고 오면 네 앞에서 멍멍 소리 내면서 기어줄게."

"그딴 건 필요 없고, 내가 성공하면 너도 오토 벗고 갔다 와. 여기 있는 애들 모두."

둘 사이에 엮이지 않으려고 바싹 엎드려 있던 나는 송이의 마지막 말에 일어서려다 삐끗해서 진흙탕에 넘어졌다.

"거기 나는 왜 끼워?"

내 항의를 송이는 귓등으로도 듣지 않았다.

"김수겸, 너는 당연히 나랑 가야지."

"내가 왜?"

"난 성공할 거니까. 어차피 나중에 갔다 와야 되는데 그럴 바엔 나랑 가는 게 낫지 않겠어?"

아무 논리도 없는 헛소리였지만 나는 더 이상 반박할 수 없었다. 송이와 나의 사이에서 약자는 늘 나였고 나는 한 번도 송이를 이겨 먹으려 들어본 적이 없었다. 그건 아마 송이와 내가 더 이상 친구가 아니게 되고, 만나지 않게 될 때까지 이어질 우리 사이의 암묵적인 약속이었다. 이번에도 나는 반쯤 체념에 가까운 마음으로 고개를 끄덕였다.

그날 밤 애들은 전부 낮에 모였던 장소에 다시 모였다. 낮에 입었던 푸른색 원피스 대신 검은색 셔츠와 검은 면바지를 입고 온 송이는 밤의 어둠 속에 그대로 녹아들어도 이상하지 않을 만큼 어두침침해 보였다. 어디 대단한 보석이라도 훔치러 들어가는 도둑 같기도 했다. 송이의 오토에 떠오른 표정은 도둑이라기보다는 동네 깡패에 가까웠지만. 다른 애들은 몰라도 나는 저 표정이 최고로 신나는 일을 앞두었을 때 송이의 얼굴에 떠오르는 특유의 표정이라는 것을 안다. 원래 쟤는 어릴 때부터 그랬다. 더 강한 자극, 더 강한 스릴. 날 때부터 그런 걸 추구하도록 태어난 인간이 있다면 그게 바로 권송이일 거다. 한숨이 절로 나왔다. 나는 아직 오토를 벗어도 정말 괜찮은지에 대한 확신 같은 게 없었다. 송이는 망설이는 내 마음을 읽었는지 내 쪽을 보며 물었다.

"준비됐어?"

"준비 안 됐다고 하면 보내줄 거냐?"

"당연히."

아니지. 송이는 그렇게 덧붙이며 웃었다. 오토에 떠오른 미소를 보며 어쩌면 쟤 때문에 내가 내 명에 못 죽을지도 모르겠다는 생각을 했다.

어쨌거나 송이가 옳았다. 나는 송이 혼자 저 습지대 너머로 가는 꼴을 못 볼 테니까.

송이가 심호흡을 한 번 했다. 나는 한숨을 쉬었다. 송이가 오토를 벗는 걸 보고 나도 오토의 잠금장치를 해제했다.

참고 있던 숨을 모아 파, 하고 내쉬자마자 폐부를 치고 들어오는 신선한 공기에 나는 눈을 크게 떴다. 우리 엄마 말처럼 나쁜 것들이 얼굴에 와글와글 달라붙지도 않았고, 송이네 엄마의 말처럼 오토를 벗자마자 레테에 걸려 호흡곤란이 일어나지도 않았다. 맨얼굴에 스치는 바람이 느껴졌다. 습지대의 밤바람은 그저 시원하기만 했다. 사람을 죽이는 먼지가 섞여 있다고는 생각할 수 없을 정도로. 그 놀라움에 눈을 감고 몇 번이고 숨을 다시 들이마셨다. 나와 비슷한 표정을 한 송이와 눈이 마주친 건 그러고도 내가 몇 번의 숨을 더 마시고 뱉은 후였다.

"아무 일도 안 일어나네?"

윤성이 말했다. 어쩐지 시시하다고 생각하는 듯했다. 다른
애들이 송이의 옆에 바싹 달라붙어 오토를 벗으면 어떤 느낌
이냐고 물었다. 송이가 말했다.

"이거 말로 못하겠는데."

너희도 벗어봐야 알걸. 너무 시원해. 송이는 다시 한 번 숨
을 크게 들이쉬었다. 다른 애들이 내 쪽을 쳐다보았고 나는
비슷한 대답을 돌려줄 수밖에 없었다.

나는 송이의 맨얼굴을 바라보았다. 오랜만이었다. 귀에서
뺨으로 이어지는 부분에 선명하게 남은 기다란 흉터 자국. 내
시선을 눈치챈 송이는 얼굴을 한 번 손으로 훑은 후 말했다.

"그만 봐. 내 얼굴 닳아."

애들은 그제야 송이의 흉터를 의식한 모양이었다. 어색해
진 공기 속에서 송이만이 홀로 아무렇지도 않아 보였다. 송이
는 박수를 한 번 짝, 치고는 다른 애들을 향해 말했다.

"너네도 벗어봐. 시원하다니까."

그 말에 나도 벗어볼까, 고민하는 애들이 생겼다. 그렇게
좋다는데. 그리고 오토를 벗어도 아무런 일도 일어나지 않았
으니까. 어른들의 위협은 전부 다 거짓말이 아닐까. 술렁이는
애들 사이에서 윤성이 소리쳤다.

"이 말에 넘어가는 등신이 있네. 아직 어떻게 될지 모르는
거지, 안전하다는 게 확인된 건 아니잖아."

"그냥 잠깐 벗었다 쓰는 게 그렇게 무섭냐?"

"씨발, 누가 무섭대?"

"너는 거기 앉아서 평생 그렇게 벌벌 떨면서 살든가."

송이는 할 말이 끝났다는 듯 뒤돌아섰다. 그리고 자기 오토와 내 오토를 근처 바위 위에 올려놓고는, 내 팔을 붙잡고 앞으로 걸어 나갔다. 나는 얼떨결에 송이에게 질질 끌려가는 모양새로 움직였다. 우리를 말리는 애들은 아무도 없었다. 송이의 기세를 막을 수 있는 사람은 아무도 없었다는 말이 더 정확할 것 같지만.

진창길이 끝나자 숲길이 이어졌다. 사방이 어두워서 끝이 보이지 않았다. 송이는 웨어러블 워치에서 나오는 불빛 하나에 의지한 채 앞으로 나아가고 있었다. 자꾸만 전화가 울려서 얼마 안 가 꺼버려야 했다. 그래도 차차 어둠이 눈에 익어 주위의 풍경이 눈에 들어오기 시작했다. 검은 옷으로 전신을 무장한 송이의 등만 보이더니 어느새 삐죽삐죽 위로 솟은 철조망이 눈에 들어왔다. 교도소는 망원경으로 볼 때만큼 멀리 있지 않았다. 송이는 사방을 휘휘 둘러보고는 내 쪽으로 고개를 돌렸다. 송이가 내게 뭐라고 말하려던 순간 풀숲 아래서 튀어나온 뭔가가 송이의 목덜미를 낚아챘다.

"소리 지르지 마."

새까만 복면을 쓴 사람이었다. 오토도 아니고 저런 걸 왜 뒤집어쓰고 있는지 알 수 없었지만 내가 소리치려던 걸 어떻게 알았는지 놈은 내 눈을 똑바로 쳐다보며 말했다. 사실 우리 역시 여기서 소리 지를 처지는 못 됐다. 어른들 몰래 여기까지 나온 걸 들켰다가는 다시는 이쪽으로 외출 허락을 받지 못하게 될 것이었다. 송이는 몸부림을 쳤다. 공중에서 허우적거리던 송이의 팔다리는 그놈이 목에 기다란 흉기를 가져다 대자 움직임을 뚝 멈췄다. 언뜻 보기에는 그냥 평범한 나뭇가지였는데, 양 끝이 뾰족하게 벼려져 있었다. 나 역시 그 뾰족한 날을 보자마자 옴짝달싹도 하지 못하는 채로 멈춰 섰다. 괴한이 말했다.

"나는 급소가 어딘지 알아."

온몸이 덜덜 떨리기 시작했다. 오늘 저녁에 먹은 것도 없는데 속이 메스꺼웠다. 아무 데나 토한 후 이 지독한 악몽에서 깨어났으면 했다. 하지만 그런 일은 일어나지 않았다. 나는 덜덜 떨리는 손을 숨기기 위해 주먹을 꾹 말아 쥐었다. 온몸이 떨리고 있는 수준이라 감춰지지는 않았다. 송이는 생각보다 침착해 보였다. 내가 송이를 곁눈질하자 그놈은 송이의 목에 겨눈 흉기를 바짝 세웠다.

황톳빛이 도는 옷을 입고 한쪽 다리에 족쇄를 찬 걸 보면 방금 이 교도소에서 탈옥한 수감자가 틀림없었다. 신발은 찢어졌고 죄수복의 한쪽 팔은 너덜너덜해진 상태였다. 복면 때문에 자세히 보이진 않았지만 온몸이 땀으로 흠뻑 젖은 데다 습지대에서 굴렀는지 진흙 범벅이었다. 어딘가에 부딪히기라도 했는지 한쪽 다리에서는 피가 줄줄 새어 나오고 있었다. 아무도 탈옥하지 못할 거라고 장담하는 저 감옥을 도대체 무슨 수로 빠져나온 건지 궁금했지만 지금 중요한 건 그게 아니었다.

탈옥수는 내가 저를 훑어본다고 생각했는지 인상을 찌푸리고 소리쳤다.

"가진 거 다 바닥에 내려놓고 무릎 꿇어."

영화에서나 보던 전형적인 날강도의 말투였다.

내가 가진 거라곤 웨어러블 워치와 주머니에 든 스니커즈 에너지바 하나가 전부였다. 어쩌면 이걸로 신고를 할 수 있을지 몰라. 나는 워치를 곁눈질하며 천천히 주머니에서 스니커즈를 꺼냈다. 그리고 바닥에 내려놓는 척 무릎 꿇으며 워치를 통화 모드로 바꾸려고 시도했다. 그 순간 놈이 내 가슴팍을 발로 걷어찼다. 나는 뒤로 굴러 넘어지며 워치를 손에서 놓쳤다. 이런 것 하나도 제대로 하지 못하는 한심함에 눈물이 다 나려고 했다. 녀석은 송이가 차고 있는 웨어러블 워치를 빼서 풀숲 어딘가로 던져버렸다. 송이는 비명을 지르려고 했는데 그마저도 입을 막는 놈의 손에 불가능해졌다.

"너희, 시티에서 왔지?"

나는 대답하지 않았다.

"내 말 잘 들어."

탈옥수는 개의치 않고 말을 이었다.

"말만 잘 들으면 그냥 얌전히 보내줄게."

거짓말. 나는 저렇게 말하는 부류를 안다. 그런 놈들은 절대로 약속을 지키지 않는다.

놈은 나를 손가락으로 가리키며 말했다.

"너는 시티로 가서 통행증을 가져와. 그것만 가져다주면 정말로 아무 짓도 안 할게."

나는 송이의 눈을 바라보았다. 겁에 질린 눈이 아닌, 작은 불빛이 반짝이는 것 같은 눈동자였다. 그 눈동자를 예전에도 본 적이 있었다. 그날, 나를 일으키던 손과 끌어당기는 힘에 졸음이 채 떨어지지 않은 눈으로 나는 그 손길을 따라나섰다. 그리고 캐리어 바깥의 공기가 볼을 때리고 나서야 눈을 뜰 수 있었다. 그때 내 손을 붙잡았던 게 송이였다.

나는 천천히 양손을 위로 올렸다. 공격할 의사가 없다는 것을 보여줘야 했다. 송이는 내가 무슨 짓을 하려는지 알았는지, 하지 말라고 몸부림을 치기 시작했다. 나는 양손을 든 채 권송이를 붙잡고 있는 놈에게 다가가며 말했다.

"쟤는 놔주세요."

가까이에서 보니 복면의 구멍 너머로 놈의 눈동자가 보였다.

"내가 왜?"

"대신 저를 잡아요. 쟤네 집이 시티 외곽에 있어서 우리 집에 갔다 오는 것보다 빠를 거예요."

내가 쟤보다 더 얌전히 굴게요. 내 말에 놈은 잠시 고민하는 듯했다. 하지만 고민의 시간은 길지 않았다. 이 와중에도 필사적으로 몸부림치며 녀석의 손을 물어뜯는 송이의 모습에 보는 나도 질릴 정도였으니까. 녀석은 양손을 든 채 서 있는 내 쪽으로 와서 내 목덜미를 잡아챘다. 그리고 송이에게 그랬던 것처럼 흉기를 내 목에 대고 눌렀다. 따끔한 느낌이 드는 게 아마 피가 조금 났을지도 모르겠다고 생각했다.

송이는 노발대발해서는 소리를 지르기 시작했다.

"야, 김수겸! 너 미쳤어? 그 새끼가 약속이고 뭐고 지킬 것 같아?"

송이의 얼굴은 돌진하는 코뿔소 같았다. 금방이라도 앞으로 코를 들이박을 듯했는지 내 목덜미를 잡은 놈이 흉기를 꾸욱 눌렀다. 내가 아! 하고 비명을 지르자 그제야 송이는 입을 다물었다. 놈은 송이를 향해 턱짓했다.

"친구 구하고 싶으면 얼른 가."

송이가 이를 악물었다. 그러거나 말거나 탈옥수는 말을 이었다.

"내일 아침까지 여기로 다시 오지 않으면 돌아오지 않는 거라고 생각할 거야. 한 가지만 명심해. 오토는 쓰지 말고 와."

그 말에 송이는 한참 내 얼굴을 쳐다보다가 "기다려. 꼭 올 테니까." 하는 말을 남기고 등을 돌려 뛰어갔다.

권송이는 올 것이다. 그런 애니까. 자기가 한 말은 꼭 책임을 지는 사람이니까. 송이 대신 내가 인질로 붙잡히자고 마음을 먹은 데는 그런 이유도 있었다. 나는 송이만큼 강하지 못하다. 집으로 돌아갔다가 겁을 내고 다시 오지 않기라도 하면 나 자신을 용서할 수 없을 것 같았다. 그리고 송이가 간 후 내 꼴로 봤을 때 그런 일이 일어날 가능성이 아주 다분해 보였다. 송이를 구하겠다는 원대한 계획 같은 건 애초부터 나한테 없었다.

나는 송이가 떠나자마자 덜덜 떨리는 몸을 어쩌지 못하고 바닥에 주저앉으려 했다. 물론 내 목덜미를 쥐고 있는 힘 때문에 주저앉으려다가 다시 끌어올려졌다.

아까부터 내내 메스꺼웠던 속이 이번엔 아예 뒤집혔다. 우욱, 소리와 함께 속에 든 것을 뱉어내자 목덜미를 쥐고 있던 힘이 풀렸다. 나는 앞으로 고꾸라졌다.

"아, 더럽게. 진짜."

탈옥수의 그 말에 눈물이 조금 나는 것도 같았다.

＊

어디서 난 건지 출처를 알 수 없는 로프에 손발이 꽁꽁 묶이고 나서야 내가 처한 상황이 실감이 났다. 이번에는 그나마 처지가 나았다. 그때처럼 아무것도 보이지 않는 캐리어 속에 갇힌 건 아니었으니까. 올해 들어 막 170센티미터가 넘은 키로는 더 이상 캐리어 속에 들어갈 수 있을 리가 없으니 당연한 일이었지만.

하지만 배가 고픈 건 어쩔 수 없었다. 먹은 걸 다 토하고 빈속으로 새벽을 보내려니 아까 녀석에게 넘겼던 스니커즈바 생각이 간절해지는 것이었다. 다시 달라는 말을 꺼내기도 전에 놈은 스니커즈를 한 입씩 조그맣게 베어 물며, 그러나 꽤 신속한 속도로 먹어치웠다. 그러고도 성에 차지 않았는지 가진 거 더 없느냐는 눈빛으로 내 쪽을 쳐다보기에 힘없이 고개를 저었다. 배에서 꼬르륵 소리가 나기는 둘 다 마찬가지였다.

속에 든 걸 다 게워낸 바람에 목도 말랐다. 물 한 병 가져오지 않은 걸 후회하며 나는 발로 열심히 바닥을 긁어댔다. 놈이 눈치채지 못하게 조심조심한다고 한 건데, 바로 꼬리가 밟혔다. 나무 기둥에 기대 눈을 감고 있던 놈이 사납게 일갈했다.

"가만히 못 있어?"

"발이 아파서 그래요."

너무 꽉 묶어서 피가 안 통하나 봐. 그렇게 말하자 탈옥수는 자리에서 일어섰다. 나를 때리기라도 하는 걸까 봐 몸을 잔뜩 움츠리고는 눈을 꾹 감았는데, 몇 초가 지나도 아무런 반응이 없었다. 감았던 눈을 천천히 떴다. 그러자 내 발에 묶인 로프를 풀었다가 다시 칭칭 동여매고 있는 놈의 정수리가 보였다. 피가 통하지 않을 만큼 꽉 묶여 있던 로프가 조금 느슨해졌다. 어차피 도망갈 수 없을 거라고 생각한 모양이었다. 경계가 조금 느슨해졌다 싶어지니까 생리적인 욕구가 다시 올라왔다.

"목말라요."

"참아."

"목에서 토 맛 나는데."

"그러게 누가 토하래?"

생리현상을 어떻게 참아. 그렇게 말하려다가 너무 대드는 것처럼 보일까 봐 입을 다물었다. 내가 알기로는 이 근처에 지하수가 솟아올라서 형성된 샘이 하나 있었다. 알면서도 갈증을 참는 건 고문이나 다름없었다.

"이 근처에 지하수가 나오는 데가 있어요."

"그래서 어쩌라고."

"목 안 말라요?"

"조용히 안 해?"

탈옥수는 위협하는 듯 나뭇가지를 내 눈앞에 들이밀었다. 나는 다시 입을 다물었다. 날카롭거나 뾰족한 것들 앞에 서면 나는 한없이 무력해졌다. 키가 170센티미터를 넘길 정도로 컸고 나이도 그때보다 예닐곱 살은 더 먹었는데도, 가위나 칼, 바늘 같은 것이 눈앞에 있기만 하면 나는 아홉 살 여름의 그 순간으로 돌아갔다. 손발이 차게 식고 식은땀이 흐르기도 했다. 언젠가 한번은 송이가 그런 공포증 따위는 이겨내야 한다고 내 눈앞에 부엌칼이며 커터 칼, 가위, 송곳 같은 것들을 늘어놓고서 버티라고 종용한 적도 있었다. 송이는 "김수검, 눈 감지 마."나 "똑바로 보라고." 따위의 소리를 질러댔다. 나는 그때 어땠냐면, 눈을 뜬 채로 기절해버렸다. 송이는 그 일로 큰 교훈을 얻었는지 공포증을 이겨내야 한다느니 의지력 부족이라느니, 그런 소리는 더 이상 하지 않았다. 그것 하나만은 다행이었다. 송이가 포기하지 않았으면 나는 공포증 이겨내기 훈련을 몇 번이고 반복해야 했을 테니까.

공포증 이겨내기 훈련이 권송이에게도 필요했다는 사실을 안 것은 최근의 일이었다.

송이는 요리를 지독하게 못 했다. 원래 우리 또래의 애들이 요리를 하는 것도 드문 일이긴 하니까, 그래서 요리를 싫어하는 것도 당연하다고 생각해왔다. 세상에는 요리라는 것과 어떻게 해도 친해질 수 없는 부류의 사람이 있다. 송이도 나와 마찬가지로 그런 인간 중 하나일 것이다, 라는 지극히 당연한 전제가 흔들리게 된 건 송이가 홈 베이킹을 취미로 시작하고 난 후의 일이었다.

송이가 만들어낸 치아바타는 의외로 맛이 훌륭했다. "이거 어디서 사 온 거 아니야?" 한마디 했다가 등짝을 얻어맞았지만. 그런데 그로부터 석 달 내내 송이는 다른 레시피에는 눈길도 주지 않고 주야장천 치아바타만 만들어댔다. 내가 그 사실을 눈치챈 건 송이가 여섯 번째로 치아바타를 내 입에 처넣었을 때였다.

치아바타의 레시피에는 '스크래퍼'라 불리는, 무딘 베이킹용 칼을 쓰는 과정이 들어간다. 송이는 다시 칼을 쓸 수 있는 사람이 되고 싶어서 무진 애를 썼던 거였다. 나는 그럴 시도를 해볼 생각조차 못 했다. 내가 칼이라면 질색하는 것을 알아서 우리 부모님이 눈에 보이는 곳에 있는 칼은 죄다 치워준 덕분이다. 우리 집 부엌엔 심지어 감자 깎는 칼도 없다. 하지만 송이네 집은 달랐다. 송이가 칼을 무서워한다는 것은 아무도 몰랐다. 송이는 절대로, 목에 칼이 들어와도 그런 말을 하지 않으니까. 그래서 나도 그 사실을 알았음에도 불구하고 아무 말도 얹지 않았다. 아는 척 해봤자 칼을 무서워하는 인간이 둘로 늘어나는 것뿐, 아무런 해결책도 없었으니까. 그러나 송이는 나와 달리 극복하려고 이런저런 노력을 한 것이다. 나는 그런 송이가 대단하다고 생각하면서도 한편으로는 왜 나는 그렇게 할 수 없나 한탄하기 바빴다. 아마 팔십 살 노인이 되어서도 나는 벌벌 떨면서 살 거라고 막연하게 생각해왔었다. 앞으로 나아가려는 권송이와 달리.

내가 한참 조용히 고개를 숙이고 있자 탈옥수는 들이밀고 있던 나뭇가지를 도로 거두었다. 고작 나뭇가지 하나를 흉기랍시고 들이밀고 있는 걸 누가 보면 퍽 우스워 보일 것 같기도 했다. 나는 나무에 기댄 채로 눈을 감았다.

시간이 조금 흐른 후에 탈옥수가 나를 다시 불렀다.

"야."

처음엔 그게 너무 작고 희미해서 나를 부르는 목소리인 줄 몰랐다. 내가 고개를 들자 놈이 물었다.

"지하수가 어디에 있다고?"

나는 교도소 외곽으로 빙 둘린 철책 중 구멍이 나 있는 곳을 알고 있었다. 나만 알고 있는 건 아니고, 나랑 같이 매일같이 습지대에 나돌아다니는 애들은 다 알고 있는 사실이었다. 그 구멍이 난 철책을 기준으로 남서쪽으로 걸어서 십여 분. 그러면 바위틈에서 흘러나오는 지하수로 만들어진 샘이 하나

나온다. 교도소가 생기기 훨씬 전부터 거기 있었던 거라고 했다. 지금은 아무도 찾지 않지만. 나랑 다른 애들이 습지대를 돌아다니다가 발견한 비밀 공간이었다.

자신도 목이 마른 건 어쩔 수 없었던 모양인지, 놈은 복면을 벗고 지하수가 흘러나오는 곳에 얼굴을 처박고는 한참 물을 마셨다. 놈의 얼굴은 윤성이 말했던 것처럼 가지색으로 물들어 있지는 않았다. 오히려 희고 창백한 인상에 가까운 탓에 눈가가 붉게 달아오른 것이 선명하게 보였다. 사람의 맨얼굴을 이렇게 가까이에서 보는 건 가족과 송이 이외에는 처음이라, 나도 모르게 너무 빤히 쳐다본 모양이었다.

"뭘 봐."

가늘고 긴 외꺼풀이 인상적인 얼굴이었다. 턱과 코 밑에 드문드문 자란 수염 때문에 좀 더 나이가 들어 보이기는 했지만 그래 봐야 소년에 가까웠다. 존댓말이 나오려다가 도로 들어갔다.

"…목말라."

내가 그렇게 말하자 놈은 내 뒷덜미를 잡아채 지하수가 흘러나오는 곳에 얼굴이 닿도록 밀었다. 갑자기 입으로 쏟아져 들어오는 물에 사레가 들렸지만 놈은 그러거나 말거나 내 머리를 밀어대기 바빴다. 손이 뒤로 묶여 있어서 이제 됐다고, 그만하라고 손을 흔들 수도 없었다. 결국 마신 물을 반쯤 다시 뱉어낸 후에야 놈은 내 얼굴을 뒤로 물려주었다. 일부러 그런 게 틀림없었다.

바닥에 엎어져서 기침을 몇 번 하고 나서야 목구멍이 가라 앉았다.

"일어나. 마스크도 안 하고 그렇게 바닥에 기어 다니면 안 돼."

누가 여기다 시체를 파묻었을지 모르거든. 그 말이 머리에 제대로 입력이 되기도 전에 내 몸이 들렸다. 입에 진흙이 들어가기 직전이었다. 그것도 일부러 그런 게 틀림없었다.

나는 탈옥수의 왼쪽 가슴 위에 붙어 있는 붉은색 명찰을 쳐다보았다. 0, 이라는 숫자 하나만이 하얀 글씨로 쓰여 있었다. 그건 좀 이상했다. 내가 알기로 교도소에서는 수감 중인 수감자들에게 각자 고유한 일련번호를 매겨 관리한다. 210901, 218309, 이런 식으로. 0이라는 숫자는 마치 이 남자가 교도소의 최초의 수감자라는 걸 의미하는 것 같았다. 명찰을 뚫어져라 보고 있다가 나도 모르게 물었다.

"왜 0이야?"

탈옥수는 내 얼굴을 빤히 보더니 딴소리를 했다.

"너, 오토는 어쨌어? 하고 다니는 걸 보면 돈이 없어서 오토를 못 살 거 같지는 않은데. 왜 오토를 쓰지 않고 돌아다니고 있었지?"

"내기를 했어."

아아, 하고 놈은 말꼬리를 길게 늘였다.

"내기같이 멍청한 짓을 왜 해. 오토를 쓰지 않는 담력 테스트라도 하는 중이었나 보지?"

사실이라 반박할 말이 없었다. 그것과는 별개로 화가 나는
건 어쩔 수 없었다. 멍청한 짓이라는 걸 알면서 가담했지만
막상 누가 멍청하다고 비난하니 반사적으로 화가 나는 것이
다. 그렇지만 놈의 말이 옳았다. 우리가 멍청했다. 윤성이 뭐
라고 지껄이든 말든 무시하고 집에 돌아가 얌전히 잠이나 잤
어야 했다. 그러면 지금 누군지도 모르는 괴한에게 붙잡혀 이
런 꼴을 당하지 않았을 테니까. 나는 다시 물었다.

"이제 내 질문에 대답해. 당신은 왜 0이지?"

놈은 아까 마신 것으로 충분하지 않았는지, 물을 한 모금
다시 삼키고 나서 입을 열었다.

"말 그대로야. 그게 내 이름이니까."

이름이라고? 어쩐지 더 알 수 없게 된 기분이었다. 어떤
부모가 자식에게 0이라는 이름 따위를 지어준단 말인가. 0이
자 제로. 거기엔 아무것도 아니라는 의미, 공백, 혹은 무(無)
라는 의미 또한 포함되어 있는데.

"이름이 왜 그러냐는 표정 같은 거 하지 마. 짜증 나니까."

영은 머리를 벅벅 긁더니 중얼거렸다.

"누구나 부모에게서 멀쩡한 이름을 물려받는 건 아니야.
그리고 오히려 그 덕분에 나한테 유리한 것도 하나 있지. 내
가 왜 아직도 레테에 걸리지 않았는지 알아? 나한테는 오토
도 뭣도 없는데."

"운이 좋아서?"

"멍청하긴. 레테는 운이 좋다고 피해갈 수 있는 병이 아

니야."

"그럼 뭐야?"

"그냥 간단한 문제야. 나는 레테에 걸리지 않는 유전자를
갖고 태어난 것뿐이야. 그 대가로 평생을 갇혀서 사육당해야
하는 운명을 타고났지만."

영은 거기까지 말하고는 입을 다물었다. 아직도 뭐가 뭔지
의문투성이였지만 더 물어본다고 해서 대답해줄 것 같지도
않았다. 레테에 걸리지 않는 유전자라니. 그런 게 있다면 섬
에 있는 사람들 모두가 언젠가는 다시 밖으로 나갈 수 있을지
도 모른다. 그게 가능했으면 어째서 섬의 어른들은 이런 유전
자가 존재한다는 사실을 숨기고 있는 걸까? 내가 이런 의문
들을 제기하자 영은 픽 소리를 내며 내 머리를 밀었다.

"넌 머리가 꽃밭이라서 좋겠다. 뭐, 나야 너희가 멍청하게
오토를 쓰지 않고 있었던 덕분에 아직 안 붙잡힌 거지만."

꽃밭이라는 말에 그게 무슨 뜻이냐고 발끈하자 영은 웃었
다. 그러더니 설명을 시작했다.

영이 송이에게 오토를 쓰지 말고 오라고 한 데에는 이유가
있었다. 오토에는 위치 추적 장치가 붙어 있단다. 원래 처음
부터 그랬던 것은 아니다. 초기 모델은 그냥 단순한 공기 청
정 기능이 붙은, 가볍고 통기성이 좋은 슈트였다. 사용자의
얼굴에 맞춰 자동으로 변화하는 기능이 2차 모델부터 상용화
되었고, 위치 추적 기능이 붙은 게 지금 대부분의 사람들이
사용하고 있는 최신형 모델이다. 사생활 침해니, 개인의 자유

박탈이니 하며 들고 일어선 시민 단체 때문에 사소한 논란이 있었지만 얼마 가지 않아 그도 잠잠해졌다. 3차 모델이 나오게 된 계기 때문이었다.

2차 모델이 나왔을 때만 해도, 오토는 누구나 살 수 있는 물건이 아니었다. 사악할 정도로 비싼 가격 때문에 여유가 있는 집에서나 한두 개 정도 구비할 수 있었고, 나머지 사람들은 평범한 면 마스크나 KF94 마스크를 썼다. 사실 그래도 큰 문제는 없었다. 그때는 섬으로 이주하기 전이었고, 어디까지나 오토는 사치품이었으니까. 있으면 살기 편해지지만 없어도 그다지 큰 불편은 없는.

문제는 오토를 쓰고 다니는 사람들이 범죄의 표적이 되기 시작했다는 거였다. 얼굴에 금칠하고 다니는 거나 마찬가지였으니까 당연한 결과였을지도 모른다.

3차 모델 오토가 출시된 결정적인 계기는 아홉 살 초등학생 납치 사건이었다. 오토를 쓰고 외출했다가 홀로 귀가하던 초등학생을 봉고차에 태워 납치한 사건으로, 여러 가지 특이한 사례를 남긴 사건이기도 했다. 용의자는 거액의 몸값을 요구하지 않았다. 용의자가 원했던 것은 레테 환자였던 자신의 부인을 풀어달라는 것. 그것뿐이었다. 제발 아내를 한 번만 만나게 해달라며 인질을 잡고 농성하던 범인이 사살되는 것으로 이 이야기는 끝이 난다.

납치 사건의 대부분이 그렇듯이 그 초등학생이 죽었다면 오토 역시 시장에서 살아남을 수 없었을 것이다. 납치, 살인 사건이 연루된 제품 따위를 누가 쓰고 싶어 하겠는가. 아니지, 어쩌면 그 유명세를 타고 더 날개 돋친 듯 팔렸을지도 모른다. 불행인지 다행인지 그 초등학생은 죽지 않았다. 거의 빈사 상태까지 가긴 했지만. 어찌 보면 천운이었다. 캐리어를 끌고 다니던 수상한 남자를 발견한 다른 초등학생의 신고로 범인은 덜미를 잡혔다. 그 와중에 신고한 초등학생까지 납치되어 살해당할 뻔했었기에 뉴스에서는 이 사건을 앞다퉈 대대적인 특종으로 다루었다.

내가 기억하고 있는 건 많지 않다. 어두운 곳에 갇혀 한참을 웅크리고 있었던 기억이 대부분이다. 내가 캐리어에 갇혔다는 걸 안 것은 콘크리트 바닥에 끌리는 바퀴 소리 때문이었다. 소리 지르지 못하도록 입에는 푹신한 스펀지 볼 같은 것이 물려 있었다. 자꾸만 꼴딱꼴딱 차는 침 때문에 숨쉬기 불편했다는 것도 기억이 난다. 그 일에 대해 생각하니까 또 숨이 잘 안 쉬어졌다. 나는 몸을 새우처럼 웅크리고는 숨을 천천히 들이마셨다가 뱉었다.

"야, 왜 그래. 너 쇼 하는 거지."

숨이 가빠졌다. 봉투나 봉지 같은 거라도 있었으면 좀 더 수월했을 텐데. 이런 허허벌판에서 그런 걸 바라는 건 사치였다. 내가 조금 더 웅크리고 아예 주저앉자 쇼 하는 거냐고 묻던 영이 당황하는 게 느껴졌다. 내 어깨를 흔들었다가, 분명 창백하게 질려 있었을 내 얼굴을 보고 이게 쇼가 아니라는 것을 깨달은 영은 느닷없이 내 얼굴에 대고 찬물을 뿌렸다. 난

데없이 얼굴에 찬물 싸대기를 얻어맞은 나는 하도 어이가 없어 욕을 한 바가지 퍼부으려다 참았다.

정신을 차리고 보니 호흡이 정상으로 돌아와 있었다. 이걸 덕분이라 말하기는 싫어서 나는 열심히 코로 숨을 들이마시고 입으로 뱉었다. 영이 물었다.

"오토가 없어서 그런가?"

나는 고개를 저었다. 가끔 호흡 곤란을 일으키는 건 다 정신적인 문제 때문이라는 진단을 받은 지 오래였다. 그래도 영은 주머니에서 포장된 봉투 하나를 꺼내 내게 건넸다. 국가 지급용 면 마스크가 들어 있는 포장지였다.

"나는 이제 필요 없으니까 너 써."

내가 됐다고 말하기도 전에 영은 포장을 뜯어 마스크를 내 얼굴에 씌웠다. 마스크를 쓰자마자 답답해지는 느낌에 숨을 느리게 조금씩 들이마셨다. 저 교도소의 수감자들은 잘도 이런 걸 쓰고 다니는구나. 오토와는 느낌 자체가 달랐다. 더운 숨이 매번 그대로 마스크 안에 남아서 숨쉬기가 더 불편해지고 있는 듯했다. 그래도 없는 것보단 나을 것이었다.

"오토도 없이 밖에 나돌아다니다니 간이 배 밖으로 나왔지."

아니다. 무식해서 용감하다고 해야 하나? 영은 그렇게 말하며 내 몸을 일으켜 앞장세웠다. 원래 있던 곳으로 다시 돌아가야 했다. 송이가 언제 돌아올지 알 수 없었으니까.

아니, 송이는 돌아올까?

나는 천천히 걸으며 생각했다. 송이가 돌아오지 않아도 괜찮다. 영이 어떻게 나올지는 확신할 수 없었지만 나를 죽이지는 않으리라는 기묘한 예감이 들었다. 의외로 아주 무른 구석이 있는 범죄자였다. 인질이 목마르다 하면 물도 먹이고, 인질에게 호흡 곤란이 오면 참을성 있게 그걸 기다려주기도 하며, 인질이 발이 아프다고 하면 로프를 느슨하게 해주기도 했다. 이렇게 생각해보면 영이 그렇게 나쁜 놈은 아닌 것 같기도 했다. 아니면 내가 지금 제정신이 아니거나.

"당신은 무슨 죄를 지었어?"

갑자기 그게 궁금해졌다. 영화도에 있는 교도소는 공동체의 안보를 심각하게 위협하는 반인륜적 행위를 저지른 사람들만 수용되는 것으로 알려져 있었다. 그렇기 때문에 이중, 삼중으로 문을 걸어 잠그고 수감자들의 일거수일투족을 감시하는 것으로도 유명해, 지금까지는 한 번도 탈옥수가 없었다고 했다.

이 최초의 탈옥수가 저지른 죄는 뭘까.

납치? 지금 내게 하는 짓으로 봐서는 납치가 익숙한 것 같지는 않았다. 방화? 이건 좀 그럴듯하다. 살인? 사람을 죽일 것처럼 보이지는 않았다. 그것도 아니면…. 생각을 이어나가고 있는데 영이 말했다.

"나는 섬 바깥에 나갔던 것뿐이야."

유전자 변형체 주제에 감히, 라고 덧붙인 그 말에 나는 순간 숨을 쉬는 것조차 잊어버리고 말았다. 마스크 안에 모여 있던 열기가 답답하게 느껴져서 곧 다시 숨을 들이쉴 수밖에 없었지만.

"유전자 변형체? 섬 밖이라고?"

"그래. 섬 바깥. 지금은 금지된 여행이지. 너는 한 번도 궁금해본 적이 없어? 먼지로 뒤덮인 바깥세상은 어떻게 됐는지? 오토를 쓰지 않는, 아니지, 못 쓰는 사람들이 어떻게 살고 있는지?"

그런 건 생각해본 적 없었다. 여기에 있기만 하면 안전하다. 부모님도, 주변 어른들도 다 그렇게 말했다. 여기 가만히 있으면 안전하다고. 바깥은 모두 폐허가 되어버리고 말았다고.

영이 말했다.

"저 교도소에 수용된 수감자들의 죄목은 다 똑같아. 아니, 수감자라고 부를 것도 없어. 저건 교도소가 아니야. 교도소의 탈을 뒤집어쓴 병원이지. 레테 환자의 재활을 돕는다는 명목으로 설계된 거지만 실상은 재활 치료를 통해 아무것도 기억 못 하는 레테 환자를 강제 노역시키는 곳이야. 물론 환자만 있는 건 아니고, 나 같은 유전자 변형체나 바깥을 잠시라도 보고 온 사람들도 오염되었다는 명목으로 다 저기 갇혀있지만."

"거짓말."

"거짓말 같아? 그렇게 믿고 싶은 거겠지, 선량한 우리는 그런 짓을 했을 리가 없다고."

"여행을… 여행을 하지 않았으면 됐잖아. 바깥에 나가지 않았으면."

너희가 오염되지 않았으면 그럴 일도 없었잖아. 차마 끝맺지 못한 문장이 입안에 쓰게 남았다. 내 말에 영은 웃었다.

"너무 진부해서 눈물이 다 나네. 너 같은 섬 녀석들은 다 똑같은 생각을 하나 봐. 수용소에 갇힌 건 바깥에 있던 사람뿐만이 아니야. 섬에서도 계속 사람이 사라졌을 텐데 넌 정말 몰랐다고 할 수 있어? 아, 한 가지 재미있는 걸 알려줄까? 바깥세상은 폐허가 되지 않았어. 아직도 바깥에 사람이 살고, 레테에 걸린 사람들은 재활 치료를 받고 있어. 그리고 그 사이에 병원도 놀고만 있었던 건 아니라서, 레테 환자의 기억을 아주 잠시 동안만 지속시킬 수 있는 약이 개발됐지. 5분, 단 5분이라도 기억을 지속시킬 수 있다면 사람은 그 짧은 시간 동안 뭘 얼마나 할 수 있을 것 같아?"

영은 걷다가 멈춰 섰다. 구멍이 난 교도소 외곽 철책이 보였다. 여기가 아니라 아까 송이와 헤어진 지점으로 돌아가야 했는데.

"그게 무슨 상관이야. 이제 어쩔 거야? 잡히는 건 시간문제야. 교도소에서 벌써 추적대가 나섰을 거라고. 애초에 운 좋게 탈출한다고 하더라도 이 섬을 빠져나가는 건 불가능해."

내가 그렇게 말했지만 영은 무시하고 다시 앞으로 걷기 시작했다.

"대부분의 사람들은 레테에 걸린 사람에게 자기가 누구인지, 너를 얼마나 사랑하는지 설명하느라 주어진 시간을 다 써버렸어. 진부하지. 그나마 그것도 면회하러 오는 사람이 있는 경우의 이야기야. 나머지, 아무도 찾는 사람이 없는 환자는 그 시간에 세뇌에 가까운 명령을 주입 받아. 나사못을 조여라, 컨베이어 벨트 위의 카스테라가 일정 속도로 이동하도록 30초에 한 번 버튼을 눌러라. 이런 식이지. 기억이 없는 몸뚱이로도 단순한 노동은 할 수 있도록."

"말도 안 되는 소리 하지 마."

"숨만 붙어 있는 껍데기를 먹여 살리는 데도 돈은 필요해. 안 그럼 그 많은 레테 환자를 수용하면서 나 같은 유전자 변형체를 만들어 실험할 비용이 어디서 나오겠어?"

영이 돌아서며 나에게 그렇게 묻는 순간, 소음과 함께 눈이 부실 정도로 강렬한 빛이 지면을 쓸고 지나갔다.

놈은 잽싸게 몸을 땅에 붙이며 내 머리를 콱 눌렀다. 반사적으로 나도 땅 위에 배를 대고 누운 꼴이 됐다. 그나마 아무렇게나 자란 습지대 잡초들이 두 사람 분의 부피 정도는 가려 주었다.

어쩐지 추적이 왜 안 붙나 했다. 교도소를 탈옥한 수감자가 있는데, 주변이 지나치게 조용했다는 게 마음에 걸렸다. 그것도 이 영화도에서. 영화도의 범죄자 검거율은 꽤 높은 편이었다. 지금까지는 그 이유를 몰랐지만 영의 이야기를 듣고 보니 이해가 갔다. 그야 오토에 달린 위치 추적 장치 덕분이었겠지. 제품 넘버 조회만 하면 어디에 있는지, 어디서 어디로 이동하는지, 평소 동선은 어떤지 그 모든 정보가 공개될 터였다. 그러니 범죄자를 잡는 건 시간문제였으리라. 그러나 이상하게도 범죄율은 전혀 줄어들지 않았다. 시티에서는 거의 매일 경찰이 검문을 하고 사람을 잡아가는데도 불구하고.

비명을 지르려고 입을 벌렸다. 그러나 아무 소리도 나오지 않았다. 소리를 질러야 한다. 그래야 여기 있는 범죄자를 잡는다. 머리로는 아는 진실이 가슴에 와 닿지 않았다.

소음은 머리 위로 날아든 헬기에서 반복해 들려왔다. 길고도 큰 소리였다. 지금 내가 여기 있다는 걸 알리지 않으면 죽을 수도 있었다. 이를 악물었다. 하지만 소리를 지를 수가 없었다.

빛과 소리가 아득히 멀어져가는 것을 느끼며 나는 눈을 감았다. 뒤통수를 누르고 있는 사람을 고발할 수가 없었다. 헬기가 멀어져가자 뒤통수를 누르고 있던 힘이 사라졌다. 나는 고개를 들었다. 영은 헬기가 멀어져가자 고통스러운 신음 소리와 함께 그대로 바닥에 엎어졌다.

"왜 그래?"

내가 묻자 영은 손짓으로 저리 가라고 나를 밀어냈다. 그러고도 한참 동안 배를 움켜쥐고 고통스러운 소리를 뱉어냈다. 나도 모르는 사이에 총이라도 맞았나 싶어서 영의 등과 배를 여기저기 만져보아도 어디가 아픈지 알 수가 없었다. 그저 고통이 멎기를 기다리는 수밖에 없었다. 꽤 한참의 시간이 지나고 나서야 영은 바닥을 긁어댈 정도의 통증에서 간신히 풀려났다.

"어디가 아픈 거야? 병? 너는 레테에 걸리지 않는다고 했잖아."

내 말에 영은 고개를 저으며 웃었다. 유전자 변형체는 모두 크고 작은 부작용에 시달린다는 이야기와 함께. 특히 최초로 만들어진 유전자 변형체 영은 가장 약하고, 그렇기 때문에 가장 짧은 수명을 갖고 있다고. 진부한 이야기였다.

"레테에 걸리지 않으면 뭐해. 그게 다 무슨 소용이냐고."

나도 모르게 울먹이는 소리가 나왔는지 영이 소름 돋는다고 짜증을 냈다.

"지금 당장 죽는다는 게 아니야. 짜증 나니까 울지 마."

그 말에 나는 고개를 돌렸다. 높아 보이기만 했던 교도소, 아니, 수용소의 담장과 그 위에 뻗은 철책이 보였다. 이 수용소에 있는 것은 공동체의 안보를 심각하게 위협하는 반인륜적 행위를 저지른 사람들. 그렇게 생각하면 어른들이 한 말이 틀리지는 않았다. 레테에 걸렸다는 건 뒤집어 말하면 공동체의 안보를 위협하는 것이나 다름없었으니까.

하지만 그렇다고 해서.

한참의 시간이 흐르고 나서야 나는 영에게 물을 수 있었다.

"이제부터 어떻게 할 거야?"

"수용소의 문을 열 거야."

"그런 짓을 해서 무슨 의미가 있어?"

"의미 같은 건 없어. 어차피 문을 열어도 저 안에서 스스로의 의지로 걸어 나올 수 있는 사람은 거의 없어. 레테 때문에 한두 가지 정도의 행동밖에 할 줄 모르거든. 그래도 상관없어. 사람을 이런 식으로 가둬둘 수는 없다는 걸 보여줄 거야, 섬의 놈들에게."

"당신 혼자라면 도망갈 수 있어."

"원래는 그럴 생각이었어. 그럴 수도 있겠지. 섬 밖으로 나가서 다시는 돌아오지 않으면."

이 사람은 도망가지 않을 거다. 나는 순간 그 사실을 너무 분명하게 깨달았다. 그 말을 하는 영의 모습이 어릴 적의 권송이와 겹쳐 보였던 탓이었다.

납치되었을 때 나는 어두운 곳에 갇혀 한참을 웅크리고 있었다. 바깥에서 때때로 "쉬, 조용히 해. 얌전히 굴면 집에 보내줄게." 하고 속삭이는 소리가 들렸다. 아저씨는 그 말을 주문처럼 외웠다. 하지만 그런 말을 들어도 안심이 되질 않았다. 어린 나이였지만 이대로 있으면 죽을지도 모른다는 상황 판단 정도는 할 수 있었다. 어떻게든 내가 여기에 있다는 걸 알려야 했다. 나는 필사적으로 캐리어의 지퍼 부분을 손으로 긁어댔다. 손톱이 두어 개 빠지고 피가 나올 때까지. 입에 재갈 대신 물린 스펀지 볼은 이제 불쾌할 정도로 축축해졌다. 그게 중요한 상황이 아니었음에도 신경이 쓰였다.

드르륵, 드르르륵, 하고 한참을 이어지던 바퀴 소리가 멎었다. 어디지? 어디에 도착한 건가? 마음이 급해졌다. 건물 같은 사방이 막힌 곳으로 들어간다면 누군가에게 도움을 청할 수 있는 확률이 급격하게 떨어진다. 손톱이 너덜너덜해진 손으로 계속해서 캐리어의 지퍼 부근을 긁어댔다. 하지만 전혀 효과가 없었다. 하는 수 없이 온몸을 짜부라트렸다가 다시 쭉 펴는 식으로 캐리어를 이리저리 흔들어보려고 했다. 덜컹 덜컹, 옆으로 조금씩 움직이는 느낌이 들었다. 누군가가 제발 내가 여기에 있다는 걸 알아주기를. 다시 한 번 크게 몸을 웅크렸다가 펴려는 찰나 누군가가 캐리어에 대고 말을 걸었다.

"거기 누구 있어?"

지금도 선명하게 기억하고 있는 목소리다. 권송이는 혼자 덜컹덜컹 움직이는 캐리어를 발견하고 내게 말을 걸어주었다. 나는 소리를 질렀다. 말이 되지 못한 언어가 송이에게 어떻게 전해졌는지는 모르겠다. 물이 내려가는 소리가 들렸다. 곧이어 화장실에서 볼 일을 마치고 돌아온 아저씨의 목소리가 들렸다.

"얘야. 그건 내 건데. 함부로 건들면 안 되지."

그 말을 들은 송이는 내가 들어 있는 캐리어를 있는 힘껏 밀며 뛰기 시작했다. 세상이 뒤집히고, 섞이고, 온통 흔들리는 바람에 토할 것 같았지만 나는 안도했다.

송이가 나를 버리고 도망가지 않았음에.

어쩌면 송이는 그때 도망가는 게 나았을지도 모른다. 그러면 범인에게 붙잡힐 일도 없었을 테고, 지금까지 날카로운 물건에 겁을 내면서 겉으로는 아무렇지 않은 척, 괜찮은 척을 하며 살 필요도 없었을 것이다. 내가 송이에게 살려달라고 빌었기 때문에 송이의 인생을 망치고 만 것이다. 나는 줄곧 그런 생각에 매달려왔다. 하지만 내가 틀렸을지도 모른다. 송이의 인생에 내가 그런 중대한 영향력을 행사하고 있을 리가 없다.

영의 손을 잡고 일어났다. 그리고 교도소 외곽으로 빙 둘린 철책 중 구멍이 나 있는 곳을 향해 걸었다. 내가 알고 있는 건 그 구멍 난 철책을 지나 담을 넘어갈 수 있다는 것뿐이다. 그 이후에 벌어질 일이나, 교도소 안이 어떻게 생겼는지 같은 건 모른다. 하지만 도망가지 않기로 결심했다. 더 이상 내 인생으로부터 도망치고 싶지 않았다.

"여기서 담을 넘자."

"이런 데가 있었어?"

"누가 부순 건지, 아니면 처음부터 여기만 비어 있었는지는 모르겠지만. 그래, 있었어. 담을 넘은 후에는 어쩔 생각이야?"

"안쪽으로 들어가서 정문을 연다."

"그게 다야?"

"그럼 또 뭐가 있어?"

"아니. 충분하네."

영이 먼저 담에 올랐다. 그 후에 내가 담을 오르려 하자 영은 손을 내밀려다가 거둬들였다.

"지금이라도 돌아가. 너는 피해자잖아. 내가 하는 일에 가담하지 않으면 아무도 널 의심하지 않아."

그 말에 나는 웃었다. 그동안 나는 쭉 내가 선량한 피해자라고 생각하고 살았다. 일생에 한 번도 경험하기 힘든 납치 사건의 인질이 되는 일을 두 번이나 겪다니, 재수도 더럽게 없지. 그 일이 결국 나를 좀먹고, 앞으로 나아가지 못하게 했다고 징징대느라 송이 혼자 멀리 나아가는 동안 나는 쭉 제자리에 있었다. 하지만 섬이 무슨 일에 가담했는지, 이 섬이 어떤 끔찍한 짓을 저질렀는지 안 이상 나는 피해자로 남을 수 없었다.

나는 손을 뻗었다. 영이 내민 손을 잡고 담벼락 위에 올라섰을 때 마스크를 벗었다. 내가 그렇게 하자 영 역시 가면을 벗었다.

참고 있던 숨을 모아 파, 하고 내쉬자마자 신선한 공기가 폐부를 치고 들어왔다. 맨얼굴에 스치는 바람이 느껴졌다. 새벽 공기의 냄새가 났다. 곧 있으면 해가 떠오를 것이다. 눈을 감고 몇 번이고 숨을 다시 들이마셨다. 영과 눈이 마주친 건 그러고도 내가 몇 번의 숨을 더 뱉은 후였다.

숨을 쉬고 있다. 그 이상으로 내가 살아 있다는 걸 증명하는 감각은 없었다.

"이름이 뭐야?"

영이 묻자 나도 모르게 웃음이 났다.

"지금 그게 중요해?"

나는 되물었지만 평생 주어진 이름과 싸워온 영에게는 그게 무엇보다 중요한 문제일 수 있겠다는 생각 역시 들었다. 나는 이름을 가르쳐주었다.

그리고 영의 손을 잡고 담벼락 밑으로 뛰어내렸다.

목
  없는
기수

성원은 눈앞의 건물 입구에 서서 몇 번이나 주소를 확인했다. 어쩌면 잘못 찾아온 건지도 몰랐다. 내비게이션도, 스마트폰도 없이 주소와 종이로 된 지도만 보고 길을 찾은 건 무척 오랜만이니 그럴 수도 있었다. 주소가 적힌 투명한 종이에는 보존서고 B동으로 가라는 말이 달랑 한 줄 적혀 있었는데, 눈앞의 건물은 도서관이나 서고와는 거리가 멀어 보였다.

번잡한 시내 중심가에 위치한 고층 건물은 특징적인 구석이라고는 전혀 없었다. 그래서 오히려 도서관 같아 보이지가 않았다. 보통의 공공 도서관은… 어땠더라.

성원은 분명 도서관에 자주 갔었다. 소설에 참고할 만한 자료를 찾기 위해서, 살까 말까 고민하던 책을 빌리기 위해서, 어떤 때에는 그냥 열람실에서 소설을 쓰기 위해서 가기도 했다. 대부분은 먼 옛날의 일이었지만. 살까 말까 고민하던 책을 사서 그냥 서재에 처박아둘 정도로 돈을 벌고 나서는 도서관에 발길을 끊었다.

어쩌면 오랜 시간이 흘러 공공도서관도 이제 이런 식으로 고층 건물에 지어지는 건지도 몰랐다. 성원은 심호흡을 한 번 하고 자동문을 통과했다. 건물 관리소에 앉아 있던 나이 지긋한 경비원과 잠깐 눈이 마주쳤는데 경비원은 '여기 너 같은 인간이 한 트럭이다.' 같은 눈빛을 보내고는 시선을 다시 신문으로 돌렸다. 그 경비원에게 말을 붙이고 싶은 생각이 들지 않았던 성원은 건물 안내도를 찾았다. 안내도는 엘리베이터 바로 앞에 붙어 있었다.

성원이 찾고 있는 보존서고 B동 1725구역은 34층에 있었다. 자연스럽게 성원의 발걸음은 엘리베이터 앞으로 향했다. 그러자 누가 오든 말든 관심 없다는 듯 자리를 차지하고 있던 경비원이 눈앞에 나타났다.

"여기 오는 손님은 엘리베이터를 이용할 수 없습니다."

멀쩡한 엘리베이터가 두 대나 있는데 그걸 이용할 수 없다는 게 이해가 되지 않았다. 성원은 팔짱을 끼고 물었다.

"왜요?"

"그게 규정입니다. 저쪽 계단을 이용하세요."

경비원은 엘리베이터 맞은편에 있는 계단 출입구를 가리키며 말했다. 무슨 그런 부당한 규정이 다 있냐고, 지금 내가 34층을 어떻게 걸어서 올라가냐고 항의하려던 성원은 이내 입을 꾹 다물고 뒤돌아섰다. 엘리베이터 문이 자꾸만 눈앞에 아른거렸지만 하는 수 없었다.

하지만 계단을 10층쯤 올라가면서 성원은 깨달았다. 팔다리가 천근처럼 무거워지는 일도, 숨이 턱 끝까지 차오르는 일도 일어나지 않았다. 몸은 가볍고 상쾌하기까지 했다. 마치 다리에 중력이 작용하지 않는 것처럼 느껴졌는데, 몸이 공중으로 떠오르지는 않는 걸 보면 그건 아닌 것 같았다. 성원은 그 길로 단숨에 34층까지 뛰어 올랐다. 물론 도착하고 나서도 숨소리 하나 흐트러지지 않았다.

비상계단 문을 열고 나오자 말끔한 공간이 나타났다. 화사한 베이지색 인테리어로 꾸민 접수처가 눈에 들어왔다. 그 앞에 대기 중인 사람들이 많았다. 어떤 사람은 멍하니 유리문 위에 달린 전자게시판을 쳐다보고 있었고, 어떤 사람은 다리를 쫙 벌린 자세로 앉아 한쪽 다리만 덜덜 떨고 있었다. 대기 중인 사람들 보라고 잡지 같은 것도 비치되어 있었는데, 정작 들춰 보는 사람은 아무도 없었다.

"어서 오세요. 한성원 님이죠?"

접수처에 있던 직원이 물었다. 성원이 여기 이 시간에 도착할 걸 알고 있기라도 한 사람 같았다. 고개를 끄덕이려고 하는 순간 유리문 안쪽에서 큰소리가 났다. "나는 인정 못 한다니까! 그 새끼가 날 이용했다고!" 그 말 외에는 알아들을 수 있는 소리가 없었다. 접수처에 앉아 있던 사람들 모두 고개를 빼고 유리문 쪽을 쳐다보았다. 유리문은 불투명해 안쪽이 보이지 않았다. 직원은 그런 소리 같은 건 듣지 못한 사람처럼 "한성원 님, 잠시 앉아서 기다려주세요." 하고 말했다. 접수 같은 건 필요 없는 모양이었다. 저게 다 무슨 소리냐고 묻지 못한 채로 성원은 대충 소파 구석 자리에 몸을 구겨 넣었다.

기다림의 시간은 길지 않았다. 멍하니 전자게시판을 보고 있던 사람도, 다리를 떨던 사람도 사라지고 나서 성원의 차례가 되었다.

전자게시판 위에 성원의 이름이 뜨고, 유리문이 열렸다. 유리문 안쪽도 그저 평범한 복도였다. 복도 끝에 거대한 문이 보였다. 그나마 그 문 정도가 가장 현실성 없게 느껴졌다. 그래, 저 정도 크기는 되어야 현실 같지 않은 느낌이지.

성원은 죽고 나서 겪은 모든 일이 죽기 전의 세상과 다르지 않아서 정말로 자신이 죽은 것인지 헷갈리는 지경에 이르렀다. 정말로, 아무런 고통도 느껴지지 않는 이 몸뚱이 말고는 죽었다는 걸 실감할 증거가 없었다.

*

정신을 차리고 보니 성원은 호텔 로비에 서 있었다. 자신이 죽었다는 사실은 얼마 지나지 않아 눈치챌 수 있었다. 호텔 밖으로 나오자마자 도로 한가운데에서 자동차가 자신의 몸을 말 그대로 통과해서 지나가버리는 경험을 하면 누구라도 그럴 것이다. 다만 어찌 된 일인지 영문을 알 수 없었다.

분명 집에서 잠든 기억밖에 없는데 나는 왜 죽었고, 또 왜 여기에 있는 거지? 성원은 자신의 시체조차 확인하지 못했다. 누군가가 다가와 당신은 죽었으니 이곳으로 가라는 쪽지와 지도를 넘겨주었을 뿐이었다.

성원은 복도를 걸어 거대한 문 앞에 섰다. 잠시 망설이고 있자 안쪽에서 누군가가 말했다.

"한성원 님 들어오세요."

성원이 거기 서서 망설이고 있는 걸 보기라도 한 것 같았다. 성원은 심호흡하고 문을 열었다. 방 안으로 들어가자 탁자 너머에 앉아 있던 여자가 일어서서 악수를 청했다. 성원은 얼떨결에 그 손을 잡아 흔들었다. 여자는 깔끔하게 가르마를 타서 넘긴 머리에 은테 안경을 쓰고 있었다. 머리가 하얗게 세서 나이가 많아 보였는데, 얼굴을 보면 또 그렇게 나이가 많아 보이지도 않았다. 그러니까 한마디로 말하자면 오묘했다. 나이가 전혀 가늠되지 않았다.

"거기 앉으세요."

여자가 말했다. 권유하는 형태로 말하고 있는데 어쩐지 명령처럼 느껴졌다. 방 안을 둘러보니 압도되는 기분이 들었다. 거대한 책장이 사방을 빼곡하게 채워, 성원을 내려다보는 듯했다. 여자가 앉아 있는 사무용 의자 앞에 놓인 책상 위에도 책이 여기저기 널려 있었고, 그 앞에 등받이가 없는 의자 하나가 덩그러니 놓여 있었다. 자기는 몇백만 원이나 호가하는 비싼 의자에 앉아 있으면서 손님용으로는 저딴 의자를 놓다니 어이가 없었다. 면접이라도 보겠다는 건지. 성원은 얼굴을 찌푸린 채로 의자에 앉았다.

"저는 이 보존서고 B동 1725구역 담당 사서입니다. 당신이 부를 이름 같은 건 없으니 그냥 사서라고 부르면 됩니다."

꽤 성의 없는 자기소개였다. 사서는 그렇게 말하고는 책상에서 서류 더미를 뒤졌다. 뭐가 어디에 있는지 타인은 구분할 수 없을 만큼 엉망진창이었는데, 그런데도 용케 거기서 책을 한 권 꺼냈다. 꽤 두꺼워서 책상 위에 내려놓을 때 쿵 하는 소리가 났다.

"여기가 뭐 하는 덴지는 짐작도 안 가고, 이게 다 뭔가 싶을 거예요. 당신은 처음이라 좀 당혹스럽겠지만⋯. 한 번만 설명할 테니까 잘 들으세요."

사서는 가볍게 한숨을 쉬고는 말을 이었다.

"간단하게 말하자면 여기가 당신네가 말하는 사후 세계, 는 아니고 거기에 가기 전의 중간 지점 같은 곳이에요. 죽은 사람이 살았던 인생의 기록을 보관하는 보존서고라고 볼 수 있죠. 이 서고에서는 자기가 살았던 인생을 완전히 타인의 시선으로 관조할 수 있어요. 원래 자기 일이 되면 객관성을 잃어버리는 게 인간이잖아요? 남들은 다 나쁜 놈이지만 나는 사정이 있었다고 우기는 걸 한두 번 본 게 아니라서. 그런데 어쨌든 지금은 그 몸뚱이랑 분리가 된 상태니까 자기 일인데도 남 일처럼 볼 수가 있다는 거죠. 여기서 망자는 사서와 함께 기록을 열람하고, 기록에 이상이 없다는 것을 확인한 뒤에 다음 층으로 갑니다."

"다음 층이라고 하면…?"

"우리가 업무 부서별로 그렇게 소통이 원활한 게 아니라서. 그건 우리 부서 일이 아니거든요. 직접 다음 층으로 가면 알게 될 거예요."

내가 지금 할 일만 해도 바빠 죽겠는데 남의 부서 일까지 알아야겠니? 그런 눈빛으로 성원을 한 번 쏘아본 사서는 책을 펴서 첫 장부터 페이지를 쭉 넘겼다.

"어린 시절까지는 별로 볼 만한 기록이 없고. 대체로 평범하네요. 개미를 눌러 죽이거나 잠자리 날개를 찢어버리거나 폭언, 폭행으로 타인을 상처 입히는 건 거의 대부분의 인간들이 하는 짓이라 굵직한 거 위주로 볼게요. 다섯 살에 개한테 물려 죽을 뻔한 적이 있고… 보자, 열여섯에 특목고 입시에 실패하고 일반 고등학교에 간 것 때문에 화가 나서 음주 후 동네 편의점에서 절도. 그리고 걸리지는 않았네요, 운 좋게."

건성으로 넘기는 것처럼 보였는데 내용은 다 확인한 모양이었다. 성원은 적나라하게 펼쳐지는 자신의 과거에 어떤 수치심도 느끼지 못했다. 정말로 남의 일처럼 느껴졌기 때문이었다. 사서는 계속해서 떠들었다.

"이걸 운이 좋다고 해야 하나? 그때 걸리지 않았기 때문에 당신은 그 후로도 종종 물건을 훔치게 됐어요. 마음이 불안해지거나 초조해지면 습관처럼 가게에 가서 이것저것. 처음에

술 마시고 물건 훔쳐서 그런가, 술만 마시면 남의 물건에 손을 댔네요. 자기가 쓰지도 않을 물건은 도대체 왜 훔친 거예요? 화장품 가게에서 립스틱이랑 틴트를 훔쳐서 지하철 쓰레기통에 바로 처박아버린 적도 있네. 쓰지도 않은 그 플라스틱 쓰레기가 몇 년 후에 저기 어디 인도네시아 쪽 쓰레기 섬 한가운데로 흘러들어 갔는데, 이건 지금 중요한 이야기는 아니니까 넘어가고요."

딱히 반박할 말이 없어 성원은 듣고만 있었다. 전부 사실이었다. 자신의 인생을 이렇게까지 낱낱이 들여다보는 존재가 있다는 사실이 놀라울 정도였다.

"대학에 들어가서도 그 도벽을 못 고쳤고. 그런데도 꼬리가 안 밟혀서 다른 사람들은 당신이 그럴 거라고는 상상도 하지 못했네요. 꽤 좋은 사람인 척하고 살았나 봐요. 그런데 기본적으로 당신의 도벽 기저에 깔린 감정은 타인을 지배한다는 감각, 남의 물건을 내 마음대로 할 수 있다는 데에서 오는 쾌감 같은 거였잖아요."

그렇게 생각해본 적은 없었다. 성원은 자신도 모르고 있던 심리 분석까지 해주는 친절한 사서를 보며 생각했다. 살아 있을 때 누가 이런 식으로 자신의 마음을 분석하려 들었다면 분명히 크게 화를 냈을 것이다. 하지만 지금은 어떤 감정도 들지 않았다. 34층이나 되는 계단을 오르고도 숨소리 하나 흐트러지지 않았던 것처럼.

"추리소설가가 된 것도 그것 때문이었죠? 어디 보자, 한국 추리문학상 신예상으로 데뷔했고 첫 장편소설《저녁 무렵의 살인》으로 이름을 알리면서 쭉 전업 작가로 생활했네요. 이건 물건을 훔치는 것보다 훨씬 좋았을 거예요. 타인의 삶을 완전히 지배하고, 통제할 수 있다고 생각했을 테니까. 캐릭터를 당신 손아귀에 쥐고 이렇게 해라, 저렇게 해라 인형 놀이를 하고, 누굴 죽이고 싶으면 맘대로 죽이고. 당신은 소설 구상을 한답시고 매일매일 누굴 어떻게 죽여야 완전 범죄가 될까, 어떤 식으로 살인을 은닉할 수 있을까 고민했어요. 재밌었어요?"

성원은 대답하지 않았다.

"아, 탓하는 건 아니에요. 오히려 이런 식으로 내면의 어두운 부분을 허구로 분출하는 게 건강한 삶의 지름길이 되기도 하니까요. 가상 세계에서 사람 좀 죽인다고 죄가 되지는 않잖아요. 다행히 소설을 쓰고 나서부터는 물건을 훔치는 일이 없었네요. 그럴 필요가 없었을 테니까."

"그냥 밖에 나갈 일이 없어서 그런 것뿐이에요."

"그래요? 그럼 이제 당신이 죽던 날의 기록을 좀 볼까요."

"그날 일은 대강 기억하고 있습니다."

자신이 죽기 전까지의 일 정도는 기억하고 있었다. 그날도 여느 때처럼 아침에 일어나 원고를 썼다. 점심에 출판사 편집자와 미팅이 있어서 집 근처 패밀리 레스토랑에서 식사를 하고, 카페에서 커피를 마셨다. 마감이 얼마 남지 않은 시점이어서 집으로 돌아와 다시 원고를 썼다. 저녁에는 친구가 집에 찾아와 함께 저녁을 먹고 위스키를 마셨다. 특별할 것 하나 없는 평범한 하루였다. 친구가 집에 돌아가고 나서 서재에 혼자 앉아 책을 좀 읽다가 침대에 누우려고 했는데, 그날따라 술을 너무 많이 마셨는지 몸이 말을 듣지 않았다. 비틀거리다가 겨우 책상 모서리를 잡고 몸을 바로 세웠다. 그 순간 세상이 빙글 돌며 의식을 잃었다.

성원은 단순한 블랙아웃이라고 생각했다. 술에 만취해 서재에서 그렇게 잠드는 날이 평소에도 많았으니까. 그런데 그렇게 잠이 들고 나서 눈을 떠보니 자신이 죽었단다. 하지만 차분히 생각해보니 이제야 상황이 어떻게 된 건지 알 것 같았다. 술 마시고 자다가 심장마비로 사망이라니, 추리소설가의 죽음치고는 너무 흔해빠지지 않았는가 싶지만. 미처 다 끝맺지 못한 원고가 마음에 걸릴 뿐, 그다지 미련은 없었다.

성원이 그날 하루의 끝을 짚어 보며 그렇게 말하자 사서가 물었다.

"심장마비라고요?"

"네. 좀 흔해빠진 전개죠. 그렇지만 이미 죽었는데 어쩌겠어요?"

성원은 남의 죽음 이야기하듯 말했다. 사서는 그 소리에 허, 하고 헛웃음을 터뜨렸다.

"당신 사인은 심장마비 같은 게 아니에요."

"예?"

"어디 보자, 누구 원한 산 일 기억나는 거 없어요?"

사서는 책의 마지막 페이지를 쭉 넘겨보았다. 그리고 탁 덮으며 말했다.

"당신은 살해당해서 지금 이 자리에 온 거로 되어 있는데."

그 말에 성원은 책상 모서리 어딘가를 보던 시선을 들었다. 살해당하다니. 자신이 죽었다는 걸 알고 나서 여기에 오는 동안 단 한 번도 생각해본 적 없는 가설이었다.

"뭘 잘못 본 거 아니에요? 내가 살해당했다고?"

그날 성원은 위스키를 평소보다 많이 마셨다. 낮에 들은 편집자의 이야기가 마음에 들지 않아서, 그 푸념을 하느라 정신이 없었던 탓이었다. 그만 마시라는 친구의 말도 듣지 않고 마셨고, 결국 그날 과음한 게 뭔가 잘못되어 심장마비가 온 게 아니었나 하는 추측을 했을 뿐이다. 평소에도 알코올 중독 소리까지 들을 정도로 많이 마셨으니 할 말이 없었다.

"심장마비라는 말이 영 틀린 건 아니에요. 서서히 심장이 멎으면서 죽었을 테니까."

"그래요?"

이런 상황에서도 성원은 감정적 동요를 느끼지 않았다. 아니, 못했다는 말이 더 옳았다.

"평소에 신경안정제 복용하던 거 있죠?"

"네. 한동안 병원에 다닌 적이 있습니다. 그런데 최근 들어서는 그 약도 잘 안 먹었는데."

"자낙스는 상대적으로 안전한 진정제지만 알코올과 같이 복용하면 치명적일 수 있어요. 특히 누군가가 악의를 품고

2밀리그램짜리 정제 열 개를 부수어 술에 탔다면 더 확실하죠. 술맛이 이상하다고 느끼진 못했어요?"

"그날은 너무 취해서 무슨 맛인지도 몰랐습니다."

이제야 성원은 자신이 어떻게 죽게 되었는지 알았다. 운 나쁘게 심장마비에 당첨된 줄 알았는데 그게 아니었다니. 그런데 대체 누가 그런 짓을 했단 말인가?

"누가 저를 죽였습니까?"

그 질문에 사서는 들고 있던 펜을 탁, 소리가 나게 책상 위에 던지고 턱을 긁적였다.

"아, 그게 말이죠. 그건 저도 모릅니다."

"예?"

"권한 밖이라. 아직 살아 있는 사람의 일생은 열람할 수 없어요. 그러니까, 당신을 죽인 범인이 죽어서 여기 오지 않는 이상 누가 당신을 죽였는지 내 선에서는 열람 불가라는 소리죠."

"그게 무슨 무책임한 소립니까?"

"억울해할 거 없어요. 어차피 죽었으니까. 이렇게 죽으나 저렇게 죽으나 죽은 건 죽은 거잖아요. 누가 죽였는지 알아봤자 무슨 소용이 있어요?"

사서의 말이 맞았다. 이미 죽었다는 사실 자체는 바뀌지 않는다. 성원은 누군가가 자신을 죽였다는 사실에 동요하지는 않았다. 다만 궁금했다. 자신을 왜 죽였는지. 그리고 어떻게 죽였는지. 한참 침묵하던 성원이 말했다.

"그래도 저는 알고 싶은데요."

"알 방법이 없다니까요?"

"그래도 알아봐주십시오. 그러기 전에는 당신이 말하는 그 다음 층으로 갈 수 없습니다."

성원이 팔짱을 끼고 앉자 사서는 대놓고 한숨을 쉬었다. 그리고 아까 던져놓은 펜을 가져다 손에 쥐었다.

"다음 층에 가는 게 뭐 소풍이라도 가는 거 같아요? 강제로 보내버리면 그만이에요."

성원은 사서의 손끝을 한참 바라보다 물었다.

"거짓말이죠?"

사서의 손끝이 미세하게 떨리고 있었다. 힘을 너무 줘서 곧 펜이 부러질 것 같았다. 성원은 그게 초조함에서 나오는 행동이라는 것을 알았다. 그래서 조금 더 기다렸다. 펜을 꾹 눌러서 뭔가를 종이에 휘갈긴 사서가 입을 열었다.

"아, 있다니까. 이렇게 짜증 나는 사람. 순순히 사인하고 다음 층으로 넘어가면 좀 좋아요? 나도 야근 같은 건 하기 싫은데."

그렇게 말하며 사서는 성원의 뒤쪽에 걸린 시계를 쳐다보았다. 성원 역시 시계를 보았다. 이런 곳에서도 퇴근 시간이 존재한다는 게 어쩐지 우습게 느껴졌다. 늘 24시간 연중무휴로 돌아가는 시스템인 줄 알았는데.

"그래서 뭘 어쩌고 싶다는 거예요?"

"범인을 알려주면 갈 겁니다."

"그건 나도 모른다니까."

"알아볼 수는 있잖아요."

"나는 이 도서관 밖으로 나가지 못해요."

이 비슷한 대화가 장장 한 시간 가까이 이어졌다. 성원은 더 견딜 수도 있었다. 결국 먼저 백기를 든 건 사서 쪽이었다. 사서는 소리를 지르면서 펜을 집어 던졌다.

"그렇게 알고 싶으면 직접 찾아내던가!"

당신 책 말고도 내가 정리해야 되는 책이 지금 몇 권이나 되는 줄 알아? 새로 들어오는 자료 분류도 해야 된다고. 사서는 머리를 쥐어뜯으며 책상 위에 내던진 펜을 다시 주워 왔다. 그리고 서류에 몇 문장을 휘갈겨 썼다.

"이거 갖고 나가요. 기한은 일주일이에요. 원래 도서관에 왔으면 바로 다음 층으로 넘어가야 하는 건데, 시간을 줄 테니까 범인이고 나발이고 직접 찾아요. 누가 당신 보고 왜 여기 있느냐고 물으면 내가 사인한 서류 보여주고요. 망자가 혼자 돌아다니는 거 보면 그 배달부들 기겁할 테니까."

성원은 호텔 로비에 갑자기 나타나 도서관으로 가라고 지도를 건네준 사람을 떠올렸다. 그 사람은 허겁지겁 집으로 돌아가려는 성원의 뒷덜미를 잡아챘다. 수염이 텁수룩하고 키가 큰 남자였다. 베이지색 트렌치코트를 걸치고 있어서 이상하다고 생각했다. 색감은 화사하다고 할 수 있었지만 8월 여름밤에 입을 옷은 아니었다. 옆에 선 여자는 그보다 더했다. 계절감이 전혀 느껴지지 않는, 캐시미어 코트 차림이었다. 성원은 순간적으로 도 같은 데는 관심 없다고 말할 뻔했다. 하지만 뭐 하는 거냐고 묻기도 전에 알았다. 검은색 도포를 입지도 않았고, 갓을 쓰지도 않았는데 누군지 알 것 같은 기분이 들었다니 이상한 일이었다.

성원은 사서가 준 서류를 들고 일단 집에서 가장 가까운 병원으로 향했다. 장례식을 하긴 해야 할 테니 아마 근처의 병원으로 옮겼을 터였다.

한 번 이상하다는 걸 눈치채고 보니 병원 입구 주변에는 그 비슷한 2인조가 많았다. 그 사람들이 다 도쟁이는 아닐 테니 성원이 생각한 그게 맞을 것이다. 성원은 새삼스러운 기분으로 병원 로비를 둘러보았다.

사서의 말이 맞았다. 성원이 병원 입구로 들어오자마자 예의 그 2인조가 성원의 앞을 막아섰다. 그때는 호텔 근처에 어슬렁거리고 있었으면서 이번엔 왜 병원에 있는지, 타이밍이 나빠도 너무 나빴다. 베이지색 트렌치코트를 입은 남자가 물었다.

"분명히 도서관으로 보냈는데 여긴 왜 또 돌아왔지?"

그 질문에 옆의 여자가 대답했다.

"도망친 거겠지, 뭐."

성원은 남자가 또 자신의 뒷덜미를 잡아채기 전에 주머니에서 서류를 꺼내 보여주었다. 사서의 말로는 통행증 같은 거라고 했다. 일주일짜리 통행증. 이게 있으면 도서관에 왔던 망자 역시 자유롭게 바깥을 돌아다닐 수 있다고 했다.

서류를 한참 쳐다보던 여자가 크게 한숨을 내쉬었다.

"사서가 또 이상한 걸 보냈네."

"이런 일이 한두 번이야? 그냥 잡아가자."

남자는 그렇게 말하며 성원의 뒷덜미를 잡아챘다. 이 2인조의 손에는 성원이 보통 사람처럼 잡혔다. 발끝이 땅에 질질 끌릴 정도로 몸이 들렸다. 성원이 발버둥을 치자 실내화 끝이 바닥에 지익 끌렸는데 소리가 나지는 않았다. 병원 로비를 오고 가는 사람들은 그 장면이 보이지도 않는다는 듯 성원을 지나쳤다. 여자는 남자의 팔을 끌어당기며 만류했다.

"나중에 뭔 소리를 들으려고? 그냥 놔줘."

그 말에 남자는 잡은 뒷덜미를 놓았다. 아직 버둥거리던 성원은 그 반동에 꼴사납게 바닥에 넘어졌다. 넘어져봤자 아프지도, 어디가 쓸리지도 않았지만.

"이 망령이 무슨 짓을 할 줄 알고? 기억 안 나? 지난번에 그냥 보내줬다가 그 망할 놈이 도망치는 바람에 너랑 나만 불려가서 경위서 썼잖아. 사서는 아무 책임도 안 졌다고. 자기가 써준 통행증 기한을 무시한 건 그 망령이라면서."

남자가 투덜거리는 말을 들은 여자는 고개를 끄덕였다.

"듣고 보니 그러네."

성원이 보이지 않는다는 듯 둘이서만 이야기를 주고받던 두 사람은 그제야 성원 쪽을 바라보았다. 여자가 손가락으로 성원을 가리키며 물었다.

"거기 너. 왜 다시 돌아왔지?"

성원은 묻지도 않은 먼지를 떨구는 척 옷을 털어내며 일어섰다. 그리고 대답했다.

"나를 죽인 범인이 누군지, 그리고 대체 어떻게 죽였는지 알기 위해서 왔습니다."

그 방법에 집착하게 되는 건 자신이 추리 소설가이기 때문일까. 성원은 스스로 자문해보았지만 답은 명확하지 않았다. 성원의 말을 들은 두 사람은 동시에 푸학, 하고 웃음을 터뜨렸다. 허리까지 접어가며 한참을 웃어대던 둘 중 여자가 먼저 몸을 일으켰다.

"그거 알아보겠다고 병원에 다시 돌아오는, 너 같은 인간만 한 트럭이야."

남자가 그 말을 받았다.

"이미 죽었는데 알아서 뭐 어쩌게? 복수도 못 해. 누군지 알면 그냥 더 분해질 뿐이야."

성원은 조롱하는 말에도 화가 나지 않는다는 사실이 새삼스러웠다. 생전에 이런 말을 들었다면 절대로 참지 않았을 텐데. 성원이 대답했다.

"복수를 하려는 게 아닙니다."

"그럼?"

"그 트릭을 알고 싶은 겁니다. 범인이 잡혔는지 모르겠지만."

성원의 말에 여자는 고개를 갸웃거렸다.

"이딴 게 궁금하다고 돌아온 미친놈은 또 처음인데."

그리고 남자 쪽을 돌아보며 물었다.

"재미있는데 그냥 둘까?"

"지난번에도 재미있다고 보내줬다가 그 꼴 났잖아. 난 또 경위서 쓰기 싫어."

"그럼 이번엔 우리가 감시하면 되잖아. 통행증 기한이 끝나면 바로 돌려보내면 되지."

여자의 말에 남자는 팔짱을 끼고 섰다.

"밀린 일은 어쩌고?"

여자는 입꼬리를 잔뜩 끌어당겨 웃으며 손가락으로 자신과 남자를 번갈아 가리켰다.

"너랑 내가 번갈아가면서 이놈을 감시하자."

그 말에 남자가 결국 백기를 들었다. 성원 쪽으로 먼저 다가온 건 여자 쪽이었다. "내가 먼저 구경할래." 그 말에 남자는 고개를 한두 번 젓고는 다시 병원 입구 쪽으로 발길을 돌렸다. 이런 적이 처음이 아니라는 듯 익숙한 모양새였다.

성원 역시 병원 입구 쪽으로 다시 나왔다. 여자는 눈에 띄지 않는 선에서 성원의 뒤를 쫓았다. 장례식장 입구는 병원 입구에서 멀리 떨어진, 외진 곳에 있었다. 자신이 죽은 지 이제 이틀째. 그러니까 성원의 시신은 지금 장례식장에 있어야 정상이었다. 별일 없이 절차가 진행되었다면.

성원은 지하로 이어지는 장례식장 계단을 내려갔다. 지하 특유의 텁텁한 공기가 그 안쪽에 고여 있었다. 빈소 앞 전자 게시판에 누구의 상인지, 상주가 누군지가 하나하나 적혀 있었는데, 그중에 성원의 이름은 없었다.

그럴지도 모른다고 예상하긴 했다. 경찰이 타살이라는 걸 알았다면 섣불리 장례식을 하도록 놔두지 않았을 테니까. 성원의 나이는 서른일곱이었다. 돌연사를 하기엔 아직 젊다고 여겨지는 나이다. 게다가 부검을 했으면 알았을 것이다. 몸속에서 진정제 성분이 잔뜩 검출되었을 테니까. 대충 그런 생각을 하며 다시 장례식장을 나와 병원으로 돌아왔다.

시신은 그럼 지금 어디 있는 거지?

집으로 가져가거나 하지는 못했을 테니까 병원 영안실에는 있을 거라고 생각했는데, 영안실 안쪽에서도 성원은 자신의 시신을 찾지 못했다.

그러고 보니 이상했다. 성원은 죽고 나서 자신의 시체를 확인하지 못했다. 지금 뒤를 졸졸 쫓아다니는 저 저승사자인지 뭔지 모를 사람들이 나타나 당신은 죽었으니 도서관으로 가라는 쪽지와 지도를 넘겨주었을 뿐이었다.

"내가 진짜 죽은 게 맞나?"

혼잣말로 중얼거리는데, 귀신같이 그 소리를 들은 여자가 말했다.

"그럼 가짜로 죽게?"

"시체는 어디 있습니까? 몰라요?"

"집에서 목이 잘린 시체가 나왔는데 멀쩡히 장례를 치를 수 있을 리가 없잖아. 당연한 거 아니야?"

이어지는 여자의 말에 성원은 천천히 뒤를 돌아보았다. 여자가 거짓말을 하는 얼굴은 아니었다. 거짓말을 할 이유도 없을 테고.

"목이 잘려서 죽었다고?"

"저기 봐."

여자는 로비 한가운데에 걸린 벽걸이 텔레비전을 턱짓으로 가리켰다. 때마침 오늘 아침 뉴스가 흘러나오던 참이었다. '추리 소설가 의문의 죽음'이라는 타이틀이 밑에 적혀 있었고, 아나운서는 끔찍한 토막 살인에 의문을 제기하면서 범인은 아직 잡히지 않았다는 소리를 떠들어대고 있었다. 가사도우미가 아침에 성원의 서재 문을 열기 전까지 그 방은 밀실 상태였던 모양이었다. 인터뷰 영상에 나온 가사도우미가 '평소랑 달리 방문이 잠겨 있었어요.' 같은 소리를 나불댔다.

성원은 저도 모르게 자신의 목을 손으로 만져보았다. 제대로 붙어 있었다. 목이 잘려 죽었다는 게 거짓말처럼 느껴졌다.

"사서가… 나는 진정제 과다 투여로 죽었다고 그랬는데."

성원의 말에 여자는 혀를 찼다.

"이래서 책상물림은 안 돼. 책만 보고 판단하니까 뭐가 어떻게 된 건지도 모르지. 분명히 사인은 그게 맞을 거야. 근데 그렇게 죽고 나서 당신 시체가 어떻게 됐는지까지는 책에 안 적혀 있었나 보지. 사서는 책에 적혀 있지 않은 내용까지는 알 수 없으니까. 바깥에 나가지도 못하고."

"굳이 왜?"

성원은 이해할 수 없었다. 진정제를 술에 타 먹여 죽인 것까지는 괜찮은 계획이었다. 부검을 하지 않고, 단순히 심장 마비로 죽은 거로 처리되면 금상첨화고. 범인은 성원을 죽이고 최대한 자신의 존재를 드러내지 않을 수 있었다. 성원이었다면 분명 그렇게 했을 것이다. 소설로 쓰기에는 멋없고 극적이지 않은 방식이긴 했지만 자신이 잡히지 않는 게 더 중요하다면 그렇게 하는 게 옳았다. 하지만 범인은 그렇게 하지 않았다. 오히려 보란 듯이 성원의 시체에서 목을 잘라갔다. 왜?

"목만 사라졌나요?"

성원의 물음에 여자는 고개를 끄덕였다.

"그래. 그게 아주 이상하지. 보통 이런 토막 살인의 경우는 시체를 은닉하기 어려워서 뒤처리를 위해 하는 경우가 보통인데, 그 시체는 목만 사라졌어."

마치 공개 처형처럼. 그래, 이런 방식은 공개 처형과 아주 흡사했다. 어쩐지 목 부근이 서늘하게 느껴져 성원은 손으로 목을 감싸 쥐었다.

누구한테 원한 산 적 없느냐는 사서의 말이 떠올랐다. 공개 처형을 당할 정도로 원한을 산 기억은 없었다. 애초에 죽임을 당할 정도로 막 살지도 않았다고 성원은 생각했다. 어릴 때 물건 몇 개 훔친 게 뭐. 게다가 추리 소설을 쓰기 시작하면서부터는 밖에 잘 나가지 않아서 도둑질한 적도 없다. 애초에 도둑질 때문에 누구를 죽인다는 게 말이 안 되기도 했다.

"그 정도로 잘못한 건 없는데."

성원이 중얼거리자 여자가 코웃음 쳤다.

"잘못은 상대적이라서 가해자는 기억을 못 하는 경우도 있지. 그리고 잘못의 크기는 피해자가 정하는 거야. 범인은 화가 많이 난 모양이던데?"

여자의 말이 맞았다. 범인은 화가 난 것이다. 그러니까 금품이나 치정이 이 사건의 범행 동기일 수 없었다. 아마 어떤 원한이 있었을 것이다. 성원은 그 점을 생각해야 했다.

＊

국과수에 있다는 시체를 보기 전에 성원은 먼저 집으로 향했다. 현장을 한번 봐두고 싶었다. 매일 보던 집이 어쩐지 새삼스럽게 느껴졌다. 성원은 현관 앞에서 잠시 집 안쪽을 둘러보다가, 계단을 올라갔다.

서재 문은 폴리스 라인이 쳐진 상태로 닫혀 있었다. 성원은 문 앞에 서서 여자 쪽을 쳐다보았다.

"혼자 문 하나 못 열면서 무슨 범인을 잡겠다고."

여자는 투덜거리며 폴리스 라인을 무시하고 문을 열었다. 물리적인 힘을 가해야 하는 일에 성원은 전혀 손을 쓸 수가 없었다. 분명히 계단을 올라갈 때나 길을 걸을 때는 자신이 살아 있는 것처럼 느껴졌는데 막상 문손잡이를 잡고 조금이라도 힘을 주기만 하면 손이 형체도 없이 흩어졌다. 연기처럼 사라지는 손을 보고 있는 건 꽤 기묘한 경험이었다.

성원은 폴리스 라인을 통과해 열린 문 안쪽으로 들어갔다. 방 안은 성원이 기억하는 구조 그대로였다. 호두나무로 짠 책상 위에 있는 건 스탠드와 간단한 필기도구뿐이었다. 번잡스러운 것을 좋아하지 않아서 서재라고는 해도 장서가 그리 많지는 않았다. 창문 아래쪽 간이침대에 그날 읽고 있던 책 한 권이 올려져 있었다. 책등이 위로 향하도록 엎어놓은 상태 그대로였다. 간이침대를 놓은 건 서재에서 바로 잠드는 날이 종종 있어서였다.

책에는 피 한 방울 튀지 않았다. 서재 바닥에 핏자국이 여기저기 널려 있는 것과는 상반되게.

성원은 간이침대 쪽 창문 너머를 바라보았다. 2층이라고는 해도 지붕이 낮아 이 위쪽까지 올라오는 건 그리 어려운 일이 아니다. 창문 바로 앞에 꽤 큰 감나무가 있어서 일단 바깥쪽 현관문으로 들어오기만 하면 여기까지 오는 건 식은 죽먹기다. 게다가 여름이라 창문을 닫아놓지도 않았다. 이러면 누구나 이 서재에 접근할 수 있으니 서재 문이 잠겨 있었다고 해도 밀실이라고 할 수 없었다.

"엄밀히 말하면 밀실은 아니네요."

성원의 혼잣말에 여자는 또 비웃음을 날렸다.

"밀실이라고 떠들어대는 건 뭘 모르는 기자들이나 하는 소리야. 문이 잠겨 있었다니까 일단 밀실이라고 쓰는 거지. 그래야 더 미스터리 소설 같고, 있어 보이잖아. 추리 소설가 의문의 죽음, 그런데 방은 밀실 상태였다! 같은 느낌으로."

여자는 킬킬거리며 웃었다. 성원이 물었다.

"범인이 누군지 알고 있는 겁니까?"

"어, 나는 알지. 봤어. 당신 숨이 끊어지기 전에 도착했으니까."

"그럼 왜…."

"알려달라고 할 거면 하지 마. 트릭이 궁금하다며? 수수께 끼를 풀겠다고 나선 건 댁이니까 알아서 풀어보라고."

더 이상 협조를 바라기는 어려워 보였다. 성원은 한숨을 쉬고 뒤로 물러났다. 어차피 누가 그랬는지 알아도 성원이 궁금한 건 그게 아니었으니까. 성원은 범인이 왜 그랬는지, 어떻게 아직 꼬리를 잡히지 않고 있는 건지 그 방법이 궁금했다.

누가 그랬는지는 대충 짐작이 갔다.

그날 성원의 위스키 잔에 접근할 수 있었던 것은 세 사람뿐이다. 성원의 아내, 가사도우미, 그리고 그날 집에 방문한 친구.

"제 아내는 집에 없는 것 같군요."

아까 들어오면서 1층을 확인했는데, 인기척은 느껴지지 않았다. 누군가 급히 물건을 챙긴 듯 서랍장이 여기저기 열려 있었고 옷가지가 바닥에 두어 개 떨어져 있었다. 필요한 옷만 챙겨서 집을 나간 모양이었다.

"사람이 죽어 나간 집에서 사는 게 더 이상하지."

여자의 말에 성원은 고개를 끄덕였다. 이 집에서 나간 게 이상하다는 건 아니었다. 어디로 갔는지 짐작이 가지 않아서였다. 아내에게는 친정이 없었다. 어릴 때 부모님을 여의고 친척 집을 전전하며 자랐다고 들었다. 막상 성인이 되고 나서는 그 친척들과 거의 연을 끊다시피 하고 살았다. 성원은 어린 시절에 무슨 일이 있었겠거니 막연히 짐작할 뿐이었다. 사

266

실 그런 걸 신경 쓰고 챙길 정도의 관심이 없었다. 오히려 아내에게 의지할 만한 사람이라곤 자신 이외엔 없다는 사실이 마음에 들었다.

막상 아내가 사라지고 나서야 알았다. 아내에 대해 아는 게 하나도 없었다는 걸.

이런 일이 생기면 아내는 어디로 갈까? 누구에게 의지할까? 친한 친구는 있었나? 성원은 어느 것 하나 짐작할 수 없었다. 당연했다. 성원이 둘러놓은 희미한 테두리 안에서만 살던 사람이니까. 그 여자가 뭘 알아서 할 수 있기나 했나? 성원은 시간을 들여 천천히 아내의 일상을 손에 넣었다. 먹는 것, 입는 것, 머리 스타일까지 성원의 손이 닿지 않은 것이 없었다. 한성원이 없는 최은수라니, 가당치도 않았다.

"은수가 어디로 갔는지 압니까?"

"그건 나도 모르지. 아직 명줄이 남은 사람을 쫓아갈 일은 없으니까."

성원은 한숨을 쉬었다. 아내를 의심하지는 않았다. 은수는 시체의 목을 자를 만한 완력도, 담력도 없는 사람이었다. 성원이 지금 의심하고 있는 사람은 그날 집에 방문한 친구였다.

양규진은 대학 시절 미스터리 동아리에서 만났다. 성원이 미스터리 소설 습작을 하던 시기였다. 규진은 소설 쓰기엔 별로 흥미가 없는 편이라 주로 성원이 쓰고, 규진은 소설을 읽어주었다. 그 영향 때문인지는 몰라도 규진은 지금 규모가 작은 출판사의 편집자로 일하고 있었다. 주로 아동용 교재를 출판하는 곳이라 성원과 일로 얽히는 일은 없었다.

그날 두 사람은 함께 저녁을 먹고 위스키를 마셨다. 규진이 직접 사 들고 온 위스키였다. 원래 먹던 브랜드의 위스키가 아니라 처음 보는 브랜드여서 이름은 곧장 까먹었지만 맛이 꽤 괜찮았다. 그런데 그 위스키 안에 자낙스가 그렇게나 들어 있었다니.

진정제를 탈 만한 기회는 많았을 것이다. 성원이 서재에 다녀오는 사이에, 혹은 화장실에 다녀오는 사이에 술에 탈 수도 있었고 그것도 아니면 술에 취해 곯아떨어졌을 때 넣을 수도 있었다.

살인 동기로 짐작할 만한 구석도 있다. 그날 저녁을 먹고 위스키를 꺼내기 전에 규진은 어렵게 말을 꺼냈다. 조금이라도 좋으니까 돈을 좀 빌려줄 수 없느냐고.

"왜? 그렇게 큰돈이 갑자기 왜 필요해졌어?"

규진은 잠시 머뭇거렸다. 성원이 한 번 더 재촉하자 그제야 입을 뗐다.

"투자를 좀 했다가…. 근데 금방 다시 오를 거야. 메꿀 수 있어. 지금 당장 현금이 없어서 곤란해서 그래. 나 지금 우리 서준이 학원비 낼 돈도 없다."

그 말에 성원은 한숨을 내쉬었다. 규진은 옛날부터 주식으로 자잘한 돈을 날려 먹었는데, 아직도 그 버릇을 못 고친 모양이었다. 심지어 이번에는 주식도 아니었다. 가상화폐라는 게 정확히 뭔지도 모르면서 그게 돈이 된다는 말만 믿고 대출까지 끌어서 투자한 모양이었다. 성원은 이번에도 돈을 빌려주면 규진의 버릇을 영영 고치지 못하겠다는 판단을 내렸다.

"야, 이 새끼야. 그렇게 아들 생각하는 놈이 대출까지 받아서 코인을 해? 너 코인이 뭔지나 알아? 왜, 경마는 해볼 생각 안 들어?"

"…경마랑 이거랑은 다르지."

"거기 가면 너랑 비슷하게 눈 벌게진 새끼들이 한 트럭이다. 인생 막장까지 떨어진 새끼들."

성원은 원래 말을 고르는 성격이 아니었다. 그 말에 규진은 성원의 얼굴을 한참 노려보았다.

"너 빌려줄 돈 없으니까 이번에는 혼자 알아서 해결해."

내가 무슨 자선사업가야? 성원이 그 말까지 했을 때 가사도우미가 부엌에 들어왔다. "다 드셨으면 치울까요?" 하는 말에 성원은 고개를 끄덕였다. 다른 사람이 식탁 앞으로 다가오자 대화는 거기서 끊겼다. 술을 마시면서는 다시 돈 이야기를 꺼내지 않았고, 성원은 막연히 규진이 단념했나 보다고 짐작했다.

그런데 단념한 게 아니라 그 말에 뭔가를 결심한 거라면.

돌이켜 생각해보니 그때 규진의 눈빛에는 어딘가 섬뜩한 구석이 있었다. 성원은 그런 눈빛을 할 때의 양규진을 잘 알고 있다. 예전부터 그랬다. 동아리방에 드나드는 쥐를 잡아 불로 지질 때도 그랬으며, 자기보다 약한 무언가를 가만히 몰아 죽일 때도 그랬다. 그 눈빛이 성원을 향했던 적은 이제

껏 한 번도 없었다. 하지만 그날 조용히 성원을 노려보던 눈은 쥐를 잡을 때의 눈과 꼭 같았다.

성원은 몸을 돌려 간이침대 쪽 창문을 열고 바깥으로 나갔다. 사선으로 난 지붕 위를 걸으면서 주변을 살폈다. 붉은색 벽돌로 지어진 지붕이었다. 누군가가 이 위를 걸어 지나갔다면 분명히 발자국이 남았을 것이다.

하지만 샅샅이 찾아도 발자국이나 그 비슷한 흔적조차 없었다. 경찰 역시 창문과 이어지는 이 지붕 위를 확인했을 텐데, 아무것도 찾지 못한 게 분명했다.

그렇다고 해서 이 방이 밀실이 되는 건 아니었다. 성원은 신중하게 지붕 아래쪽을 살폈다. 감나무 가지가 거의 지붕에 닿을 듯 자라 있었다. 신발을 벗고 감나무를 통해 올라온다면 아무런 흔적을 남기지 않을 수도 있었다.

성원의 머릿속에 그날 밤의 풍경이 마치 본 것처럼 재생되기 시작했다. 성원의 안방 화장실에서 찾아낸 자낙스를 잘게 부수어 위스키 잔에 타는 규진의 모습이. 그날 규진은 11시가 조금 넘어 집에 돌아가겠다고 자리에서 일어섰다. 이때 가사도우미와 성원의 아내, 은수가 규진을 배웅했다. 성원은 규진이 돌아가고 나서 서재에 돌아와 간이침대에 누웠다. 여기까지가 성원이 기억하고 있는 전부였다.

그런데, 돌아간 줄 알았던 규진이 정원을 돌아들어 와서 신발을 벗고 지붕을 오른다. 서재 바깥 창을 통해 방에 들어온 규진이 성원의 코에 손을 대고 숨을 쉬는지 확인한다. 그리고 이미 숨이 끊어진 성원의 목을 자르고, 피투성이가 된 옷을 갈아입은 다음 다시 그 창문을 통해 빠져나간다.

잠깐. 그런데 흉기는?

규진이 창문을 통해 나가는 것까지 상상하던 성원이 퍼뜩 정신을 차렸다.

중요한 게 빠져 있었다. 목을 자르려면 당연히 흉기가 필요하다. 칼이나 톱 같은. 칼도 웬만한 크기로는 불가능하다. 적어도 날의 길이가 25센티 이상 되는 큰 칼이어야 한다. 이런 흉기는 동네 마트에서 살 수 있는 것도 아니고, 규진이 평소 들고 다니는 서류 가방에 숨겨올 수 있는 것도 아니다. 그날 규진의 브리프 케이스는 평소보다도 더 홀쭉했다. 그런 크기의 칼이 들었을 리가 없다.

게다가 고작 그깟 일로 살인을 한다는 건 더 말이 되지 않는다. 성원이 규진에게 막말을 한 건 하루 이틀 일이 아니었을뿐더러, 성원을 죽인다고 해서 성원의 재산이 규진에게 떨어지는 것도 아니었다. 그날 성원의 말에 화가 나서 충동적으로 살인을 저질렀다고 보기엔 앞뒤가 맞지 않았다.

이 사건은 분명 계획 살인이었다. 성원이 평소에 자낙스를 복용한다는 사실을 알아야 하고, 목을 자를 흉기를 준비해야 하며, 피투성이가 된 옷을 말끔히 처리해야 했다. 경찰에서 흉기를 발견했다는 말이 없었던 것으로 봐서는 흉기도 함께 처리한 게 분명했다. 시체의 목을 자르기 위해서는 이 집 안 어딘가에 흉기를 미리 준비해놓았을 터였다.

이 모든 사실이 한 사람을 가리키고 있었다.

상원은 다시 창을 통해 서재 안으로 들어왔다. 그리고 사방에 세워둔 책장 중 문에서 가장 먼 책장 모서리로 다가갔다. 호두나무로 짠 책상과 의자 바로 앞 책장이었다. 성원은 뒤에서 이 자가 대체 무슨 짓을 하나 보고 있는 여자를 향해 말했다.

"이 모서리 좀 당겨주시죠."

"내가 왜?"

"이 안에 더 재미있는 게 있을지도 모르는데 보시기 싫으면 말고요."

성원의 대꾸에 여자는 어쩔 수 없다는 듯 책장 앞으로 다가왔다. 모서리를 당기자 책장이 열리며 그 안에 숨겨진 공간이 나타났다. 성원이 책장을 가벽처럼 세워서 만들어둔 방이었다. 이 안에 무슨 귀중품을 보관하겠다거나 하는 의도로 지은 건 아니었다. 그저 추리 소설가라면 서재 안에 이런 방이 하나쯤 있는 게 어울리지 않는가 하는 일종의 허영심이었다.

성원은 겨우 서너 평 남짓한 방 구석구석을 꼼꼼히 둘러보았다. 안락의자와 스탠드 조명, 리모컨이 보였다. 하지만 흉기는 어디에도 보이지 않았다. 피 묻은 칼 같은 게 이 방에 숨겨져 있으면 분명한 증거가 될 거라고 생각했는데.

이 방의 존재를 알고 있는 것은 두 사람뿐이다. 성원과 성원의 아내. 그러니까 성원을 제외하고 나면 이 방에 출입할 수 있는 건 은수 한 사람밖에 없다는 소리다. 겉으로 볼 때는 안에 이런 골방이 숨겨져 있을 거라고 짐작도 할 수 없으니 아마 경찰도 발견하지 못했을 것이었다.

성원은 죽기 며칠 전 은수에게 구상 중인 단편 소설에 대해 이야기한 적이 있었다. 평소의 버릇이었다. 쓰기 전 구상 단계에서 아내에게 먼저 이야기를 들려주고, 그 과정에서 조금 더 아이디어와 트릭이 구체화되면 소설을 쓰기 시작하곤 했다.

"피해자는 이제 막 은퇴한 베테랑 형사인데, 자기 집에서 목이 잘린 시체로 발견돼."

성원의 말에 은수는 고개를 갸웃거리다 물었다.

"굳이 왜? 목을 자르면 더 번거롭고, 증거를 처리하기도 까다롭잖아. 피도 여기저기 튈 거고."

은수의 대꾸에 성원은 고개를 끄덕였다. 타당한 지적이었다. 소설을 쓰기 전에 은수에게 자꾸만 묻게 되는 건 이런 지적을 미리 받는 게 도움이 되기 때문이기도 했다.

"그건 이제부터 생각해봐야지. 하지만 그편이 더 자극적이고 재밌잖아. 추리 소설에서 누가 심장 마비로 죽는 것만큼 재미없는 전개가 또 있어?"

성원의 말에 은수는 웃었다. "그러게, 그건 정말 재미없네." 하면서.

왜 이제야 이 기억이 떠오른 건지 이해할 수 없었다. 은수가 범인일 리가 없다고 강하게 믿고 있었기 때문인 것 같기도 했다.

하지만 지금 상황은 명백했다. 피해자가 베테랑 형사에서 추리 소설가로 바뀐 것만 빼면 성원이 구상 중이던 소설과 전개가 똑같았다. 성원은 아직 생각해내지 못한 그 트릭을, 은수는 벌써 풀어낸 것이다.

성원은 허공을 보다 고개를 저었다. 머리를 너무 써서 어디가 이상해진 모양이었다. 은수가 그럴 리가 없는데. 은수가 대체 어떻게 나를 죽인단 말인가? 성원은 다시 고개를 젓다가 바람 빠지는 소리를 내며 웃었다. 아무리 생각해도 이유를 짐작조차 할 수 없었다. 성원은 여자에게 물었다.

"나를 죽인 게 은수입니까?"

그때까지 성원이 혼자 무슨 짓을 하던 팔짱 끼고 뒤로 물러앉아 있던 여자가 성원의 얼굴을 빤히 들여다보았다. 그리고 한마디를 툭 던졌다.

"알면서 뭘 물어?"

"왜…?"

조금 전까지만 해도 아내를 아예 용의자에서 제외하려 들었다는 게 믿기지 않았다. 보통 미스터리 소설에서 부인이 죽었을 때 남편은 제일 의심스러운 용의자다. 그 반대의 경우도 마찬가지다. 공범의 존재를 가정한다면, 완력이니 담력이니 하는 건 문제가 되지 않는다. 그리고 그 공범은 보통 내연 관계에 있는 남자다.

은수가 바람을 피웠나?

성원은 알지 못했다. 죽기 전까지 모르고 있었으니 이걸 다행이라고 해야 할지 모르겠다. 덕분에 공범이 누군지 조금도 짐작이 가지 않았다. 그것도 아니면 누군가와 공모해서 성원을 죽이고 그 보험금을 타려고 했거나. 소설을 쓸 때 누군가가 이딴 동기로 사람을 죽였다면 식상하다고 비웃었을 텐데, 막상 자기 일이 되고 보니 이런 동기밖에 머릿속에 떠오르지 않았다.

어쨌거나 은수를 찾아야 했다.

성원이 서재를 나와 집 밖으로 향하자 여자는 몇 걸음 뒤에서 따라오더니 갑자기 멈춰 섰다. 그리고 혼자 뭐라고 중얼거렸다.

"벌써 교대할 시간이야? 지금 한참 재밌어지려는 참인데."

몇 마디 더 하더니 여자는 순식간에 모습을 감췄다. 여자가 사라진 자리에 나타난 건 병원에서 봤던 그 남자였다. 봐도 봐도 익숙해지지 않는 장면에 눈을 다시 감았다 떴다. 성원이 눈을 뜨자 남자가 물었다.

"범인이 누군지 알았다며?"

그럼 이제 왜 그랬는지를 알아내야지. 성원은 대답하지 않았다. 다 알고 있으면서 사람 놀리는 것도 아니고. 2인조 중에 그나마 이 남자가 정상에 더 가까운 것 같았는데 크게 보면 둘 다 똑같았다. 남의 불행에는 눈곱만치도 관심이 없다는 점에서.

성원은 발길을 돌렸다. 은수를 찾기 전에 먼저 확인해야 할 게 있었다.

시체 안치소에 숨어드는 건 생각보다 어렵지 않았다. 성원이나 성원의 뒤를 졸졸 쫓아다니는 2인조나, 남들의 눈에 보이지 않을 테니까 당연했다.

성원과 남자가 함께 시체 안치소에 들어갔을 때 그 안에 있던 부검의와 검시관이 성원의 시신을 두고 뭐라고 떠들어대고 있었다.

"부검할 필요가 있을까요? 이렇게 사인이 명백한데."

검시관이 부검의를 향해 물었다.

"목이 잘렸다고 해서 꼭 그것 때문에 죽었다고는 볼 수 없어요. 사인이 뭔지 정확히 알아내는 것도 중요한 일입니다. 이건 명백한 살인 사건이고, 범인을 잡기 위해서는 뭐 하나라도 놓치지 말아야죠."

성원은 부검의의 말에 고개를 끄덕였다. 그래, 사인은 따로 있다. 그걸 부검을 통해 밝혀내면 경찰도 누가 범인인지 감을 잡을 것이다. 검시관이 주변을 한 번 둘러보더니 목소리를 낮추고 속삭였다.

"다들 그 부인이 수상하다고 떠들어대고 있어요. 제가 보기에도 제정신은 아닌 것 같고요."

아무래도 은수는 벌써 경찰의 의심을 받는 모양이었다.

"뭐가요?"

"남편이 죽었는데 하는 행동 좀 보세요. 형사들이 며칠 내

내 따라다녔는데 그동안 매일 백화점을 돌면서 쇼핑만 했대요. 기다렸다는 듯이 짐 싸서 나와서 플라자 호텔 스위트룸에 체크인한 것도 그렇고요. 눈물 한 방울 안 보였다죠?"

그 말에 부검의는 눈살을 찌푸렸다. 검시관의 얘기를 듣고 있기가 불편한 듯했다.

"그렇다고 해서 그 사람이 범인이라고 단정 지을 수는 없죠. 부인 말고도 용의자가 하나 더 있잖아요. 그날 피해자 집에 들렀다가 집으로 돌아가는 길에 감쪽같이 사라진 사람. 경찰은 범행 후 도주일 가능성이 크다고 보고 있는 걸요."

"아, 그건 그렇죠. 그 친구라는 사람도 수상하죠."

검시관은 잠시 말을 멈췄다 한마디 덧붙였다.

"그런데 정말 범인이 아니면 부검을 반대할 이유가 또 있나요?"

그 말에 부검의는 입을 다물었다. 부검이 늦춰지고 있는 것도 지금 하나 남은 성원의 가족이 부검을 반대하기 때문이었다. 겉으로는 남편의 시신에 칼을 댈 수 없다는 게 이유였지만, 그 이유를 믿는 사람은 아무도 없었다. 어차피 형사 사건은 가족의 동의가 없어도 언젠가는 부검이 진행된다. 무의미한 시간 끌기였다.

"혹시 모르죠. 그 두 사람이 공모해서 남편을 죽이고 보험금이라도 타내기로 했는지도. 흔한 일이잖아요. 남편의 친구랑 불륜을 저지르다가 남편을 쓱싹하기로 했다는 거."

성원은 아직 부검이 진행되지 않은 걸 보았을 때부터 은수가 부검에 반대했을 거라고 짐작하고 있었다. 두 사람의 이야기를 흘려들으면서 시체 보관용 가방에 들어가 있는 자신의 몸을 내려다보았다. 막상 목이 잘린 자신의 시체를 봐도 그렇게 큰 감흥이 일지는 않았다. 매일 같이 보던 자신의 몸인데도 어딘가 낯설었다. 옷을 하나도 입고 있지 않아서 그런지도 몰랐다.

성원은 새삼스러운 기분으로 자신이 입고 있는 옷을 내려다보았다. 죽기 바로 직전에 입고 있던 옷이었다. 집에서 입는 편한 코듀로이 바지에 흰색 티셔츠, 그 위에 버버리 카디건. 안타깝게도 신발 역시 실내용 실내화 그대로였다. 죽으면 바로 그 전에 입고 있던 옷을 입고 있게 된다니 이러면 죽기 전에 뭘 입어야 할지 상당히 신경 써야 할 것 같잖아. 이 때문에 성원은 도서관에 갈 때도, 병원에 다시 돌아올 때도 실내화로 돌아다녀야 했다. 어쩌면 앞으로도 계속 실내화를 신고 있어야 할지도 몰랐다. 성원은 한숨을 내쉬고는 다시 시체를 보았다.

목이 잘린 단면은 일정치 않고 울퉁불퉁했다. 사람이 힘을 줘서 자르면 이런 단면이 나타나는 모양이었다. 어쩌면 기계를 사용했을지도 모르고. 자신의 목이 잘린 모습을 어디서 또 볼 수 있을까. 성원은 꼼꼼하게 몸 이곳저곳을 살폈다.

원래 목 아래에 점이 세 개 있는데 울퉁불퉁하게 잘린 목 때문에 그 점이 잘 보이지 않았다. 성원은 희미하게 흔적만 남은 모양을 유심히 들여다보다, 손으로 쓸어보았다. 물론 물리적으로 뭔가가 만져지지는 않았다.

성원의 뒤를 따라다니는 남자는 아까부터 뭐가 그렇게 즐거운지 휘파람을 불어대고 있었다. 그 멜로디가 자꾸만 집중을 깨트려서 성원은 몇 번이고 뒤를 돌아보았다. 하지만 남자는 멈추지 않았다.

성원은 결국 한숨을 쉬고 뒤로 물러났다. 알아내야 할 건 대충 다 보았다. 그리고 은수가 어디에 있는지 알아냈으니 어디로 가야 할지도 정해진 셈이었다.

✳

플라자 호텔은 성원과 은수가 휴가 때 종종 묵었던 호텔이었다. 멀리 나가는 걸 싫어하는 성원 때문에 두 사람은 호텔에서 휴가를 지내는 일이 많았다. 플라자 호텔은 신축 호텔도, 서울 시내에서 가장 화려한 호텔도 아니지만 꼭대기에서 내려다보는 야경이 아름다워서 좋아했다.

은수가 지금 지내고 있는 호텔 객실은 두 사람이 함께 묵었던 그 객실이었다. 은수가 이 방을 일부러 고른 거라면 꽤 악취미라고 성원은 생각했다.

남편을 죽이고 그 남편과 머물던 객실에서 살 생각을 하다니, 당신 도대체 무슨 생각이야?

은수에게 직접 묻고 싶었으나 그건 불가능했다. 살아 있는 사람과 대화를 할 수는 없었으니 성원이 할 수 있는 건 고작 은수의 뒤를 쫓아다니는 일뿐이었다.

며칠 내내 은수의 행동 패턴은 똑같았다. 은수는 호텔의 라운지에서 아침을 먹었다. 해가 뜬지 얼마 되지도 않았는데 와인을 몇 잔 연거푸 마시고 비틀거리는 걸음으로 객실로 돌아왔다. 백화점에서 내리 며칠 쇼핑만 했다더니 객실 여기저기에 쇼핑백과 옷가지가 널려 있었다. 부피가 꽤 큰 캐리어도 여럿 눈에 띄었다. 성원과 함께 휴가를 가던 때에 산 것들이었다.

그러고는 해가 완전히 질 때까지 곯아떨어져 잠을 자곤 했다. 소파에서 잘 때도 있었고, 침대에 누워서 자는 때도 있었다. 그런데 오늘은 잠시 소파에 누워 있다가 곧 몸을 일으켰다. 성원은 은수와 부딪히지 않기 위해 뒤로 물러나 앉았다.

은수는 머리를 한참 쓸어 넘기며 무언가를 고민하다가, 프런트에 전화를 걸어 객실 청소를 부탁했다. 그리고 소파로 돌아와 다시 사선으로 누웠다. 하루 종일 하는 일이라고는 술을 마시는 것뿐인데도 은수는 몹시 지쳐 보였다. 몸을 움직이는 생명력을 저장하는 배터리가 다 닳은 사람 같았다. 성원은 그런 은수의 얼굴을 아주 오랫동안 들여다보았다.

자신을 죽인 사람의 얼굴을 보고 있는데도 놀랍게도 화가 나지 않았다. 오히려 전혀 모르는 사람의 얼굴을 보고 있는 듯했다. 사서가 말한 대로 이미 죽어 몸뚱이와 분리가 되었기 때문일까? 그럴지도 몰랐다.

오늘은 성원이 도서관 밖을 마음대로 돌아다닐 수 있는 마지막 날이었다. 통행증의 유효 기간은 오늘로 끝이었으니. 게

다가 눈에 불을 켜고 감시하는 2인조가 있어서 두 사람을 피해 도망가는 것 역시 불가능했다. 성원은 역시 이대로 떠나기 아쉽다고 생각했다.

얼마 지나지 않아 문을 두드리는 소리가 들렸다. 은수는 소파에서 일어나 옷매무새를 정리한 뒤, 문을 열어주었다. 그리고 청소 카트를 끌고 들어온 하우스 키퍼에게 화장실 청소부터 해달라고 요청했다.

"욕조에 물때가 자꾸 껴서요. 몇 번 청소하려고 해봤는데 잘 안 되더라고요."

그렇게 덧붙인 후 은수는 냉장고에서 물병을 하나 꺼내 마셨다. 오전에 마신 와인이 과했는지 평소보다 인상을 잔뜩 찌푸린 채였다. 냉장고 앞에서는 화장실 문이 바로 보였다.

하우스 키퍼가 청소 카트에서 걸레와 솔을 꺼내 화장실로 들어갔다. 은수는 조용히 화장실 문 앞으로 걸어가 소리 나지 않게 문을 닫았다. 그리고 화장실 문 근처로 미리 옮겨두었던 일인용 소파 두 개를 겹쳐서 막았다. 소파를 질질 끄는 소리를 들었는지 화장실 안쪽에서 "고객님? 무슨 일이세요?" 하고 묻는 소리가 들렸다. 이내 문이 열리지 않는다는 걸 확인한 하우스 키퍼가 소리를 지르기 시작했다.

은수는 그 소리에도 아랑곳하지 않고 청소 카트에서 수건과 빨랫감을 전부 들어내 꺼냈다. 그리고 가지고 있는 캐리어 중 가장 큰 캐리어를 그 빨래통에 던져 넣었다.

그러고 보니 입고 있는 옷이 하우스 키퍼의 유니폼과 상당히 흡사했다. 남색 블라우스에 검은색 슬랙스. 그 위에 하얀색 모자를 쓰고 마스크까지 걸치자 정말로 청소부처럼 보이기도 했다. 은수는 모자와 마스크를 쓰고 청소 카트를 끌며 객실에서 나왔다. 그 모습을 지켜보던 성원 역시 은수의 뒤를 따라 나왔다.

은수는 빠른 걸음으로 카트를 끌며 걸었다. 뛰지 않고 걸으려고 애를 쓰는 것 같았다. 성원이 그 뒤를 따라가는 동안 2인조는 또 한 번 교대를 했다. 어느새 위치를 바꾼 건지 성원이 뒤를 돌아봤을 때 캐시미어 코트를 입은 여자가 보였다. 여자에게 뭐라고 말을 걸려던 찰나 은수가 엘리베이터에 올라탔다. 성원은 간신히 엘리베이터 문이 닫히기 전에 탈 수 있었다. 뒤따라오던 여자는 타지 못했다. 성원은 내심 잘 됐다고 생각하며 은수 쪽을 보았다. 엘리베이터 내부에 있는 CCTV를 의식한 건지 은수는 내려가는 동안 줄곧 고개를 숙이고 바닥을 보고 있었다.

엘리베이터가 도착한 층은 1층이 아니었다. 은수는 레스토랑이 모여 있는 2층에 내렸다. 조식 시간이 진작 끝난 터라 2층은 사람이 거의 없어 한산했다. 은수는 곧장 화장실 안으로 들어가 카트 안에서 캐리어를 꺼냈다. 그리고 가장 안쪽 칸으로 들어가 입고 있던 블라우스 위에 로브처럼 생긴 얇고 긴 겉옷을 걸쳤다. 알록달록한 패턴이 들어가 있어서 조금 전보다는 한결 관광객 같아 보였다.

청소 카트를 그대로 화장실에 버리고 나온 은수는 계단을 통해 지하로 내려갔다. 자기 몸보다도 더 큰 캐리어를 끄느라 버거워 보였지만 그나마 내려가는 거라 좀 나았다. 캐리어에서는 계단 하나 내려갈 때마다 텅, 텅, 끌리는 소리가 났다.

주차장에서 은수는 검은색 스타렉스 앞에서 멈춰 섰다. 은수의 차가 아니었다. 아마 어딘가에서 빌렸거나, 아니면 처음부터 이 차를 준비해뒀거나. 성원은 뒷좌석 의자가 하나도 없는 텅 빈 트렁크를 보고 나서야, 은수가 이 차를 미리 준비해두었을 거라는 걸 깨달았다. 번호판을 보아하니 렌터카도 아닐 것이다. 자기 명의로 차를 사는 멍청한 짓을 하지도 않았을 거고.

언제부터였을까? 이 계획을 세웠던 건.

은수는 뒷좌석 안에 캐리어를 던져 넣고 운전석에 가 앉았다. 곧 시동이 걸리는 소리가 들렸다. 성원은 캐리어가 던져진 쪽에 들어가 몸을 웅크렸다. 스타렉스는 부드러운 움직임으로 주차장을 빠져나왔다. 한숨을 쉰 후에 고개를 돌리자 아까 엘리베이터에서 성원을 놓쳤던 여자가 어느새 옆자리에 들어앉아 있었다.

"따돌렸다고 생각해서 좋았나 봐?"

여자의 말을 굳이 부정하지 않았다.

"반경 3킬로미터 안에 있기만 하면 언제든지 네 위치를 알아낼 수 있어. 그러니까 도망갈 생각은 안 하는 게 좋을 거야."

그것참 편리한 방식이었다. 저승사자들에게는 영혼 탐지

기라도 달린 모양이지. 성원이 그렇게 대꾸하자 의외로 여자는 선선히 고개를 끄덕였다.

"비슷하지. 정확성은 탐지기보다야 좀 떨어지겠지만."

"그런 탐지기가 진짜 있습니까?"

"알고 물어본 거 아니야?"

성원은 고개를 저었다. 이 2인조랑 대화하다 보면 사후 세계가 생각보다 체계적으로 움직인다는 생각을 하게 된다. 그게 좋은 건지 나쁜 건지 모르겠지만.

은수가 어디로 가는 건지 이제 대충 짐작이 갔다. 호텔 방 안에 어지러이 널린 캐리어와 옷가지를 볼 때부터 어딘가 익숙하다고 생각했다. 은수가 호텔 안에 하우스 키퍼를 가두고 캐리어를 들고나올 때야 성원은 이 기시감이 어디에서 오는지 깨달았다. 이걸 왜 이제야 알았는지 웃음이 나올 정도였다.

호텔에서 도주하는 범인. 이건 성원이 쓴 첫 번째 장편 소설《저녁 무렵의 살인》에 나오는 첫 장면이었다. 은수가 자신의 소설 속에 나오는 방식을 이용했다는 걸 깨닫자마자 성원은 알았다. 목 없는 시체를 이용한 트릭을. 그리고 트릭을 알게 되자 범행 동기 역시 자연스럽게 추론이 가능했다.

《저녁 무렵의 살인》은 어느 호텔의 객실에서 얼굴이 뭉개져 죽은 시체가 발견되면서 벌어지는 일을 다룬 추리 소설이다. 피해자는 그 객실에 장기 투숙 중이던 프로 골프 선수였다. 골프채를 이용해 얼굴을 뭉개놓는 바람에 경찰은 처음부터 원한 살인 쪽에 무게를 두고 수사하는데, 부검을 하자 그 시체가 골프 선수의 것이 아님이 밝혀진다. 그러면서 사건은 급변한다. 주인공인 형사는 그 방에 묵던 골프 선수는 어디로 갔는지, 난데없이 주인 대신 그 방에 놓여 있던 시체는 대체 누구의 것인지 밝혀내기 위해 고군분투한다. 이 형사를 주인 공으로 한 시리즈가 인기를 얻어 이름을 알리게 됐으니 자신 이 쓴 작품 중에서도 꽤 선명하게 기억하고 있었다.

이걸 이번 살인 사건에 대입하면 대강 아귀가 들어맞았다. 애초에 그 목이 잘린 시체는 성원의 시체가 아니었다. 아마도 그건 그날 실종되었다는 규진의 사체일 가능성이 컸다. 은수 는 그날 두 사람이 마신 위스키 잔 모두에 자낙스를 섞었을 거고, 집에 돌아가다가 숨이 끊어진 규진을 다시 집으로 데 리고 왔을 것이다. 어쩌면 집 안에 들이기 전에 이미 어딘가 에서 목을 잘랐을 수도 있다. 그리고 집 안에 있던 성원의 시 체와 규진의 시체를 바꿔치기해서, 성원의 시체를 서재 골방 에 숨긴다. 체형이 비슷하니 옷을 바꿔 입히면 언뜻 눈으로 보기에는 성원이 틀림없이 보일 것이었다. 그리고 부검을 못 하게 조금이라도 질질 끌 수 있다면 그게 성원이 아니라는 게 밝혀질 때까지 시간을 좀 더 벌 수 있다.

하지만 여전히 이해되지 않는 구석은 있었다. 너무 번거로 운 작업이라는 점이었다. 어차피 두 사람 다 자낙스를 이용해 죽일 수 있다면 이런 번거로운 일을 해야 할 필요는 없었다. 위스키에 약물 성분이 들어 있었다는 게 밝혀지면 당장 은수 가 의심받고 용의자로 체포되겠지만 그건 시체의 목을 자른다 해도 마찬가지였다. 시간을 좀 더 지연시킬 뿐, 결국 경찰은 그 시체가 성원이 아닌 규진이라는 사실을 알아낼 것이다. 그럼 남은 용의자는 그날 집에 있던 은수와 가사도우미 둘뿐이다. 은수가 시체 목을 자르는 과정에서 증거를 하나라도 남겼다면 범인으로 체포되는 건 시간문제였다.

은수가 이걸 모를 리가 없었다. 그렇다면 답은 하나다. 범인으로 체포되기 전까지 시간을 끄는 동안, 해야 하는 뭔가가 있다는 의미였다.

차창 밖의 풍경이 어느덧 산속으로 바뀌었다. 성원은 머리를 감싸 무릎 사이에 고개를 묻었다. 뒷좌석의 의자를 전부 떼어버려서 그런지, 차는 자주 덜컹거렸다. 차체에 머리를 부딪칠 뻔한 여자는 고함을 한 번 지르고는 성원을 향해 말했다.

"오늘 해가 지고 나면 도서관으로 다시 복귀해야 해."

"왜 자정이 아니라 해가 지고 나면입니까?"

"도서관 문 닫기 전에 가야 할 거 아니야. 거기 사서 퇴근 시간 이후에 일하는 거 싫어해서 그 시간 이후로는 문도 안 열어줘."

납득하기 힘든 이유였지만 성원은 일단 고개를 끄덕였다. 어차피 해가 지기 전에 은수의 볼일이 끝날 듯싶었다.

차는 얼마 지나지 않아 한적한 산길에 멈춰 섰다. 버들가지가 바닥까지 늘어진 나무가 저만치 앞에 보였다. 인적이 끊어지다시피 한 길이었다. 어느 도로를 타고 어디까지 온 건지

가늠해 보려면 할 수도 있었지만 성원은 그렇게 하지 않았다.

이미 옛날에 와본 적이 있었으니까.

대학 시절 미스터리 동아리에서 추리 소설 습작을 하던 시기였다. 어떻게 사람을 죽이고 시체를 숨겨야 들키지 않을 수 있을지를 연구하던 때. 그러니까 여기는, 이곳이라면 누구에게도 들키지 않고 시체를 묻을 수 있다고 생각했던 장소였다. 답사한답시고 규진을 끌고 여기까지 왔었다. 실은 규진에게 일부러 이 장소를 보여준 것이었다.

'여기다 묻으면 누구에게도 들키지 않을 수 있어.'

그런 메시지를 끊임없이 주입하기 위해서, 추리 소설 이야기를 하며 의도적으로 규진에게 트릭을 흘렸다. 조그만 불씨를 흩뿌리듯이 그렇게.

규진이 정말로 사람을 죽일 줄 몰랐나?

성원은 모르지 않았다. 양규진은 절대로 들키지 않겠다는 확신과 그럴 만한 기회가 갖춰지면 누구든 해할 수 있는 그런 인간이었다. 그러니 더더욱 성원은 규진이 자신과 헤어지려는 여자를 용서하지 않을 거라고 예상했다. 규진이 내내 입에 달고 사는 말이 그랬다. 감히 네가 나를? 자기보다 약하다고 여긴 존재에게 버림받는다니, 그런 일은 용납하지 못할 놈이었다. 순순히 헤어져줄 가능성보다는, 성원이 의도한 대로 살인을 저질러줄 가능성이 더 컸다. 무엇보다 성원은 궁금했다. 타인의 삶을 어디까지 지배하고 통제할 수 있을까? 내 손에 피를 묻히는 것도 아니니 상관없지 않나? 이 트릭이 정말로 성공한다면 추리 소설로서도 흠잡을 데 없다는 뜻이니 괜찮겠다는 생각도 했다. 그리고 성원은 실제로 그 단편 소설로 데뷔했다.

《저녁 무렵의 살인》이 나오기 전에 출판된 소설집에 실린 작품이라 그리 큰 주목을 받지는 못했다. 하지만 성원의 초창기 팬 중에서는 그 소설집을 가장 좋아하는 책으로 꼽는 사람이 많았다. 은수도 그중 하나였다. 은수와는 출판 기념 북토크 뒤풀이 자리에서 처음 만났는데, 그때 은수는 그 단편집을 제일 좋아한다고 말했다.

은수는 시동을 끄고 조수석에 있던 삽을 들고 차에서 내렸다. 그리고 트렁크에서 자기 몸보다 더 큰 캐리어를 꺼냈다. 캐리어를 질질 끌며 버드나무 앞까지 걷는 걸음에는 망설임이 보이지 않았다.

성원은 은수의 뒷모습을 바라보다가 문득 어느 주말의 대화를 기억해냈다. 모처럼 일이 없는 주말이라 집에서 노닥거리다 케이블 채널에서 재방송해주는 드라마를 보던 중이었다. 자살한 아들의 죽음을 파헤치던 주인공이 그 과정에서 아들이 누군가에 의해 떠밀려 자살했다는 걸 알게 되는, 뻔한 설정의 드라마였다. 소파에서 책을 보던 은수는 아들이 학교에서 왕따를 당했다는 부분이 나오자 책을 덮었다. 은수가 가해자 중 하나를 가리키며 물었다.

"저 애 말이야. 당신이 보기엔 어때?"

"뭐가?"

"직접적으로 사람을 죽이지는 않았어. 그런데 그 피해자가 죽는 데에 저 애가 기여한 부분이 없다고 할 수도 없어. 미필적 고의라고 부르기에는 조금 애매한데, 아무튼 원인을 제공한 거잖아."

"그렇지."

"그럼 저 애는 죄가 있을까?"

그 질문에 자신은 뭐라고 대답했더라. 성원은 한참 생각한 끝에 자신이 뭐라고 했는지를 떠올렸다.

"글쎄. 그건 좀 억지 아니야? 그런 식으로 치면 쟤네 반 애들은 전부 감옥에 가야 하는데?"

어쩐지 그 대화가 불편해서, 성원은 그 말을 끝으로 화제를 다른 것으로 돌리고 싶었다. 하지만 그날의 은수는 평소답지 않았다. 은수는 성원의 얼굴을 빤히 쳐다보더니 다시 물었다.

"그럼 질문을 바꿔볼게. 손에 피를 묻히지 않았다면 그 죽음에 책임이 없어?"

순간적으로 말문이 턱 막혔다. 성원은 리모컨을 쥔 손에 힘을 주었다.

"몰라. 직접 죽인 것도 아닌데 왜 책임을 져야 돼? 이제 그런 얘기는 그만하자. 재미도 없는데. 누가 이런 재미없는 걸 틀어놨어?"

성원이 그렇게 말하며 채널을 돌리자 은수는 별말 없이 보던 책으로 고개를 돌렸다. 어쩌면 은수는 그때부터 알고 있었는지도 모른다. 아니, 어쩌면 그 북토크 뒤풀이에서 자신에게 접근하기 훨씬 전부터.

성원의 첫 번째 단편 소설에 등장하는 그 피해자가 실존 인물이라는 걸 말이다.

소설을 쓸 때 성원은 그 여자의 실제 정보를 많은 부분 차용해서 썼다. 누군가 눈치채더라도 어차피 소설인데 뭐, 허구의 이야기에 너무 과민 반응하는 거 아니냐고 대꾸하면 그만이었다. 그 여자는 실종 처리되었고, 시체조차 발견되지 않았으니 남은 증거도 없었다. 완전 범죄에 가깝다고 자부했었다.

하지만 세상에 완전 범죄라는 건 없는지도 모른다. 은수가 다 알고 있었으니까.

은수가 목이 없는 시체를 바꿔치기했다는 걸 알았을 때, 그리고 그게 규진과 자신이라는 걸 알았을 때 성원은 그 첫 번째 단편 소설의 살인이 이 사건과 관련이 있다는 걸 알았다. 그리고 은수가 지금 이 순간을 아주 오랫동안 준비해 왔다는 것 역시.

은수는 버드나무 아래에 앉아 맨손으로 흙을 파다가 곧 손으로는 안 되겠다는 생각을 했는지 일어나 삽을 집어 들었다. 그리고 어느 부분이라고 할 것 없이 마구잡이로 주변을 파내기 시작했다. 소설에서도 이 버드나무 근처라는 언급만 있지 정확한 위치를 묘사한 적이 없었으므로 어쩔 수 없었다.

꽤 한참 동안 팠는데도 뭔가 나올 기미는 조금도 보이지 않았다. 성원 역시 규진이 정말로 여기에 시체를 묻었는지 확신할 수 없었다. 함께 와서 묻은 게 아니었으니까. 사실 규진이 그 여자를 죽였다고 털어놓았을 때도 성원은 어떻게 네가 내 소설에 나온 방법으로 사람을 죽일 생각을 했느냐고 다그치기만 했다. 직접 범행 현장을 보러온다거나, 어떻게 처리했냐고 구체적으로 추궁하지도 않았다.

내 손은 하나도 더럽히지 않았어.

그렇게 깔끔하게 처리했는데 괜한 증거를 남기는 건 멍청한 짓이었다.

은수는 그러고도 한참이나 더 땅을 파 내려갔다. 구덩이가 1미터는 족히 넘을 정도가 되었을 때쯤 삽에 무언가가 걸려서 턱, 하는 소리가 났다. 그 소리에 은수는 삽을 내동댕이치고는 구덩이 안으로 들어가 맨손으로 흙을 파헤쳤다.

곧 모습을 드러낸 것은 앙상한 뼈마디만 남은 손이었다. 손 아래로 여자가 생전에 입고 있었을 옷의 소매가 삐죽 튀어나와 있었다. 흙투성이라 알아보기 힘들었지만 분홍색 니트였다. 그 니트를 발견하자 은수는 흙을 파헤치던 손을 멈추고 그 유골의 손가락뼈를 붙잡았다. 그리고 짐승에 가까운 소리를 내며 울기 시작했다. 뭐라고 말하는지 대부분 알아들을 수 없었는데 그중 한 마디가 간신히 성원의 귓가에 들렸다.

분명 언니라고 불렀다. 그 유골을 두고.

성원은 그 자리에 우두커니 선 채로 은수의 뒷모습을 바라보고 있었다. 누구보다 가까웠던 사이였건만 지금 저 사람이 자신이 알던 사람이 맞는지 헷갈렸다.

거의 다 삭아 뼈만 남은 유해를 언니라고 부르며 끌어안는 저 여자는 누구지?

성원이 넋이 나간 채 서 있는 동안 은수는 울음을 그치고 일어섰다. 그리고 삽으로 유골 주변을 조심스럽게 파내기 시작했다. 얼마 지나지 않아 은수는 유골을 꽤 온전한 형태로 위로 끌어올릴 수 있었다. 그때까지도 성원은 은수가 그러고 있는 모습을 그저 바라보았다. 은수가 어떻게 자신이 세웠던 계획을 알아낸 건지는 이제 명백했다. 실종된 언니의 뒤를 쫓다가 언니의 남자친구, 양규진을 의심하게 된 것이리라. 성원이 쓴 단편 소설까지 발견하게 되었다면 은수가 내릴 수 있는 결론은 하나뿐이었다. 두 사람이 공모해서 언니를 죽였다는 것.

은수는 유골이 부서지지 않도록 노력하면서 옮겨놓고, 캐리어의 잠금장치를 풀었다. 양쪽 측면에 있는 버튼을 동시에 누르자 캐리어가 열리면서 그 안에 담긴 게 보였다.

한성원 자신의 얼굴이었다.

성원은 캐리어 안에 든 게 자신의 시체임을 어렴풋이 짐작하고 있었다. 목 없는 규진과 바꿔치기한 시체를 처리해야 했을 테니까. 웅크린 자세로 사후 경직이 되었는지 은수가 캐리어 안에서 성원을 꺼내는 것마저 쉽지 않았다. 결국 은수는 캐리어를 잡아든 채 흔들었다. 그리고 삐져나온 성원의 시체를 발로 차, 구덩이 안으로 밀어 넣었다.

성원은 자신의 몸이 기괴한 자세로 처박힌 채 흙에 덮이는 모습을 지켜보았다. 전부 덮여 이제 아무것도 보이지 않을 때쯤 해가 지기 시작했다. 성원이 노랗게, 붉게 물들어가는 하늘을 올려다보는 동안 어디로 사라졌는지 보이지 않던 여자가 곁에 나타났다. 여자는 지는 해를 가리키며 고갯짓을 해 보였고, 성원은 별다른 저항을 하지 않고 순순히 여자를 따라나섰다.

이제 더는 궁금한 게 없었다.

＊

"어디 보자, 누락된 정보가 새로 추가됐네요."

사서는 손으로 안경을 밀어 올리고, 자기 앞으로 새로 온 서류를 뒤적거렸다. 일주일 만에 보는 얼굴은 여전히 권태로웠다. 성원은 다리를 한 번 꼬았다가 다시 풀었다. 그러는 동안 사서는 수없이 쌓인 책더미 속에서 정확하게 한성원의 파일을 찾아내 펼쳤다.

"당신이 사후에 알게 된 정보는 바로바로 책에 업데이트되거든요. 이전까지 접근 권한 불가로 알 수 없던 정보도 추가됐고. 대학 시절에 알게 된 친구를 이용해 누굴 죽이는 데 일조한 적이 있네요? 그 소설이 얼마나 써먹을 만한지 알아보려고?"

성원은 깍지를 낀 손을 풀며 대꾸했다.

"엄밀히 말하면 일조한 거라고 볼 수는 없죠. 나는 소설을 보여줬을 뿐이고. 그 친구가 정말로 사람을 죽일 줄 알았겠습니까?"

"알고 있었잖아요?"

"몰랐습니다."

성원이 딱 잘라 말했다. 사서는 그럴 줄 알았다는 듯 성원을 쳐다보다 웃었다.

"거짓말을 하면 안 되죠."

"거짓말이 아니니까요. 그래, 내가 방법을 제공한 걸지도 모르죠. 하지만 내가 죽인 것도 아닌데 그게 왜 내 책임입니까?"

사서는 성원의 말을 주의 깊게 듣다가, 뜬금없는 질문을 했다.

"이곳을 왜 도서관이라고 부르는지 알아요?"

"그걸 내가 어떻게 알아요. 이딴 책에 사람의 일생이랍시고 쓸데없는 말이나 써댄 걸 보관하니까, 그래서 도서관이라고 부르나 보죠."

빈정대는 성원의 말에 사서가 맞장구를 쳤다.

"맞아요. 우리는 기록하는 임무를 갖고 있어요. 그리고 우리는 사실만을 기록해야 합니다. 당신이 믿고 싶은 진실이 뭔지는 모르겠지만 책에 적힌 진실은 그거랑은 사뭇 다르네요. 당신 친구의 책에 적힌 것과도 다르고요."

성원은 그제야 자신보다 앞서 사서를 만난, 그 새끼가 날 이용했다며 소리치던 멍청이가 양규진이라는 걸 깨달았다. 규진에게 말해줬다는 진실이래 봐야 뻔하다. 네가 사람을 죽

294

인 건 사실 누가 널 그렇게 하도록 몰아갔기 때문이라는 시시한 이야기를 해댔을 것이다. 증거도 없으면서. 성원은 팔짱을 끼고 뒤로 물러나 앉았다.

"그래서 어쩌란 거예요?"

"우리는 누군가의 생을 두고 판단하지 않아요. 기록할 뿐입니다. 기록 자체가 갖는 편향성은 여기서 논외로 하죠."

그렇게 말하며 사서는 성원의 책에 몇 글자를 더 기록해 넣었다. 무슨 문장을 쓰는 건지 성원 쪽에서는 보이지도 않았다.

"이제 끝났습니다, 한성원 씨. 다음 층으로 가는 데에 동의하면 동의한다고 말해주세요. 그럼 자동으로 사인이 되니까."

사서는 책을 덮어 성원 쪽으로 내밀며 말했다. 성원은 인상을 찌푸리고는 책을 받아들어 첫 장을 펼쳤다. 한성원이라는 이름 밑에 사서의 성의 없는 서명과 비어 있는 칸이 보였다. 성원이 동의한다고 말하자 그 자리에 글자가 서서히 채워졌다. 생전에 성원이 사용하던 서명이었다.

"그래서 그다음 층엔 뭐가 있습니까?"

성원의 질문에 사서는 웃었다.

"도서관 다음에 있는 게 뭐겠어요. 우리 다음에는 재판관이 기다리고 있으니까 잘 해보세요."

그렇게 지껄이는 사서의 얼굴을 쳐다보는 동안 성원의 발밑에 작은 균열이 생겼다. 동의한다고 말할 때부터였던 것 같기도 했다. 모자이크 자국처럼 생기던 균열은 이내 시야에 들

어오는 지면 전체로 번졌다. 와글와글 생기던 균열이 곧 밑이
뻥 뚫린 구덩이로 변했다. 서재는 처음부터 환상이었다는 듯
무너져 내리기 시작했다. 성원은 끝이 보이지 않는 공동 속을
향해 한없이 떨어져 내렸다.

뱀과
사다리
게 임

여진은 누울 때마다 삐거덕 소리가 나는 과실 소파에 누워 뒤척거리고 있었다. 후드를 뒤집어쓰고 베개에 얼굴을 파묻어도 귓가에 선명하게 들리는 소리 때문이었다. 아까부터 과실 컴퓨터 아래에 웅크린 무언가가 못된 년, 죽일 년, 하고 중얼거리고 있었다. 보통 저만큼 시끄럽게 굴지는 않는데 오늘은 뭔가 대단히 마음에 안 드는 일이 있었던 모양이었다. 아니면 어디서 상한 막걸리라도 주워 먹었거나.

고개를 돌리면 바로 그 텅 빈 동공과 눈이 마주칠 걸 알기에 여진은 소파 반대쪽으로 얼굴을 댔다. 그때 과실 반대편에서 한가로운 웃음소리가 들려왔다. 살아 있는 사람이 떠드는 소리가 커질수록 컴퓨터 아래 앉은 무언가는 더 빠르게, 일정한 간격으로 욕을 중얼거리기 시작했다.

이래서 과실이 싫었다. 강의실이라고 해서 이런 게 없는 건 아니었지만 이상하게 과실이나 동아리방에는 음습한 기운이 더 고이는 건지, 이런 것들이 유난히 자주 꼬였다. 그래도 한창 혈기왕성한 나이대의 인간들이 모이는 공간이라 그런지 학교 캠퍼스 안에서 그렇게까지 위험한 것은 본 적이 없었지만. 눈에 뭐가 좀 걸리적거리더라도 무시하고 지나치면 그만이었다. 여진이 할 수 있는 일이 딱 거기까지이기도 했고.

그러니까 며칠 전까지만 해도 그랬다.

여진은 과실 저 안쪽에 모여 앉은 무리를 곁눈질했다. 정확히는 왁자한 웃음소리와 소란의 한가운데에 앉아 있는 동기 중 하나를.

이영윤은 말이 많은 편은 아니었다. 그렇다고 있는 듯 없는 듯 조용히 지내는 건 또 아니라서 늘 관심을 받았다. 누군가가 영윤의 어깨를 치며 웃었고, 영윤은 머쓱한 듯 목 부근을 만지작거렸다. 브이넥 블라우스를 입어서 그런지 오늘따라 목이 더 도드라져 보였다.

여진은 영윤의 목을 가로지르는 검은색 뱀을 보았다. 어제까지만 해도 목에 감겨 가만히 웅크리고 있던 뱀은 이제 쉭쉭 소리를 내며 주변을 둘러보고 있었다. 그 눈과 정면으로 마주친 여진은 헉 소리를 낼 뻔한 걸 간신히 삼키고 다시 자는 척 눈을 감았다.

쟤는 뭔데, 무슨 짓을 했길래 저런 걸 달고 다녀?

어디서 튀어나온 건지, 저게 뭔지 정체를 짐작할 수도 없었다. 그건 여진이 그동안 봐왔던 귀신들과는 생긴 것부터 달랐다. 어쩌면 저 뱀이 본체가 아닐 수도 있었다. 본체가 아닌데 저 정도면 진짜는 얼마나 무시무시하냐는 건데. 지금으로서 확신할 수 있는 건 한 가지뿐이었다. 저 뱀은 위험하다. 이런 서울 변두리에 처박혀 있는 대학교에 나타날 만한 물건이 아니라는 건 확실했다.

뱀이 금방이라도 영윤의 목을 확 조여서 비틀어버릴 것 같은 기분에 자꾸만 그쪽으로 시선이 향했다. 여진은 모른 척하자는 내면의 소리와 저걸 그냥 내버려두면 무슨 일이 일어날지도 모르는데 일단 막아야 하지 않느냐는 양심 사이에서 고뇌했다.

그 와중에도 영윤은 자기 목에 뭐가 붙었는지도 모르고 해맑게 웃어댔다.

여진은 손목을 들어 시계를 한 번 본 다음 몸을 털고 일어났다. 다른 건물에서 하는 강의를 들으려면 지금쯤 출발해야 했다. 여진이 일어나자 소파에서는 또 삐거덕하는 소리가 크게 났다. 그 소리에 영윤이 속한 무리가 이쪽을 보는 게 느껴졌다. 여진은 굳이 인사하거나 돌아보지 않고 그대로 몸을 돌려 과실을 빠져나왔다.

동기라고는 해도 수십 명이나 되었다. 그중에서도 영윤과는 평소에 말이나 몇 마디 섞어봤을까 싶을 정도로 교류가 없었다. 그냥 아예 안 맞았다. 영윤은 친구들이랑 우르르 술 마시며 몰려다니고 다 같이 뭘 하는 걸 좋아하는 인간의 전형이었다.

별로 친하지도 않은 사이에 네 목에 뱀이 감겨 있다느니 뭐니 떠들면 어떤 취급을 받을지 여진은 너무 잘 알았다. 그래서 더 섣불리 나서고 싶지 않았다.

차라리 아예 모르는 사이거나 아주 잘 아는 친한 사이인 게 더 낫지.

영윤에게 이상한 소리를 잘못 떠들었다간 앞으로의 대학 생활이 어떻게 고달파질지 상상도 하기 싫었다. 귀신 보는 여자라고 소문이라도 나봐. 지금도 친구가 없는데 그때는 정말로 혼자 다녀야 할지도 몰랐다.

경영관을 나와 그 앞에 깔린 잔디밭을 가로질러 걸어가는데 누군가가 뒤에서 가방을 잡아챘다. 여진은 뒤를 돌아보지 않고도 그게 누군지 알 수 있었다. 이런 식으로 여진의 가방을 잡고 흔들어댈 사람은 딱 한 사람밖에 없었으니까.

"놔라."

"싫은데. 내가 수업 들으러 가는 길이면 같이 가자고 연락했는데 너 아직 핸드폰 확인도 안 했지?"

같이 듣는 수업인데 꼭 그렇게 혼자 가야 속이 시원하냐? 정우는 그렇게 투덜거리며 잡았던 여진의 가방을 놓았다. 여진은 흐트러진 가방을 고쳐 메며 정우에게 눈을 흘겼다. 오늘도 머리부터 발끝까지 공들여 꾸민 모습이 한 마리 공작새 같았다. 이 추운 날에 저런 습자지처럼 얇은 청재킷을 고수하고 있는 꼴이 딱 그랬다. 덜덜 떨면서도 패션은 포기하지 못하는 게 우스웠다. 여진은 정우와 저를 묶어서 둘이 사귀는 사이가 아니냐고 떠들어대는 사람들이 많은 걸 알고 있었다.

사람들은 자기들이 보기에 납득이 가지 않는 조합이면 그 이유를 사랑에서 찾는 터무니없는 오류를 저지르곤 한다. 저렇게 촌스럽고 음침한 애가 저런 미남이랑 같이 다닌다고? 둘이 사귀나 봐, 이렇게.

사람들의 생각과 달리 정우는 어릴 때부터 알고 지내던 옆집 애다. 엄마들끼리 먼저 친해지는 바람에 원치 않는 교류를 몇 번 하다가 같은 중학교, 같은 고등학교, 같은 대학교까지 와버렸고 그 물리적 거리 덕분에 얼떨결에 유지되고 있는 관계였다. 그리고 정우는 여진의 가족을 제외하고 유일하게 여진의 기벽을 알고 있는 사람이었다. 하도 어릴 때부터 만나서였다. 여진이 귀신과 사람을 잘 구분하지 못하던 때, 저기 누가 있으니 같이 놀자고 할 때마다 정우는 겁에 질린 얼굴로 뒷걸음질치곤 했다.

그리고 어느 날 여진과 정우의 가족들이 다 모인 자리에서 정우는 울면서 소리를 질렀다. 엄마, 쟤 귀신 보나 봐.

그때의 정우를 탓하지는 않는다. 여진은 자신이었어도 그랬을 거라고 이해한다.

정우와 가방을 가지고 투닥거리는 사이에 경영관에서 영윤이 나왔다. 요즘은 영윤이 주변에 나타나기만 해도 목 끝까지 소름이 좍 돋았다. 그래서 영윤이 근처에 있다는 걸 알기 싫어도 자연스럽게 알게 됐다. 여진은 영윤 쪽으로 시선을 돌리지 않으려고 최대한 노력하며 걸었다. 부자연스러워진 걸음을 눈치챈 정우가 뒤를 흘깃 돌아보고는 속삭였다.

"그냥 한번 침을 확 뱉어버리지그래?"

"넌 내가 사회생활 망하면 좋겠지?"

"양여진, 너 어차피 지금도 친구는 나밖에 없잖아."

맞는 말이라 할 말이 없었다. 여진은 한숨을 쉬고는 멀어져 가는 영윤의 등을 바라보았다. 코트 뒷자락에 여진이 붙여놓은 조그만 포스트잇이 영윤이 한 걸음씩 걸을 때마다 위태롭게 흔들렸다.

저건 그냥 임시방편에 지나지 않는다. 여진은 부적이나 퇴마에 대해서는 쥐뿔도 아는 게 없었다. 그런 걸 믿는 집안에서 자란 것도 아니었다. 여진은 종종 자신이 어느 날 갑자기 집안에 떨어진 폭탄처럼 느껴지곤 했다. 어릴 때 성당이나 교회에 안 가본 것도 아니었다. 하지만 여진은 자신의 상태에 대해 좀처럼 입을 열지 않았다. 뭐라고 말을 해야 한단 말인가? 제가 귀신을 보는데, 침을 뱉으면 귀신이 사라져요. 퇴마가 되는 건지, 아니면 그냥 정신착란이라도 겪는 건지 모르겠어요.

어쩌면 정신과에 가라는 소리를 먼저 들을지도 모른다. 게다가 침을 뱉어서 귀신을 퇴마하는 게 사실이라면, 더 싫었다. 영화나 드라마에서는 다들 멋지게 부적을 쓰거나 기도문을 외거나 하던데, 왜 나는 이 모양 이 꼴인데?

퇴마의 방법을 알게 된 과정도 우습기 짝이 없었다. 정우랑 놀이터에서 놀던 때였다. 그네에 앉아 있던 애가 여진에게 먼저 말을 걸었다. 여진은 별생각 없이 대답했고, 또 허공을 보고 떠들어대는 여진을 보고 정우가 울음을 터뜨렸다. 여진은 정우가 우는 걸 보고 그네에 앉은 애가 귀신이라는 걸 알았다. 조금 전까지 친근하게 말을 붙이던 아이가 소름 끼치고 무섭게 느껴져 여진은 저도 모르게 꺼지라고 침을 뱉었는데, 그 애가 순식간에 그 자리에서 녹아 사라져버렸다.

여진은 그 일련의 과정이 다 코미디 같다고 생각했다. 어쩌면 모든 게 자신의 착각이나 착란에 불과할지도 모른다는 생각이 드는 한편, 어쩌면 정말일지도 모른다는 생각에 괴로웠다. 어릴 때는 어려서 침을 뱉어도 된다 치자. 다 큰 성인이 되어서도 귀신을 퇴치한답시고 그러고 다니면 그건 그냥 아무 데나 가래침을 찍찍 뱉는 진상과 별다를 게 없다.

그래서 여진이 생각해낸 대안은 간단했다. 침을 굳이 뱉을 필요는 없다. 침이 묻어 있는 물건이 있으면 되는 거였다. 주머니에 포스트잇 뭉치를 하나씩 들고 다니면서 필요할 때마다 한 장씩 뜯어 입에 물었다. 살짝만 입을 움직여서 침이 너무 많이 묻지 않게 하는 게 요령이다. 그렇게 완성된 포스트잇은 몸에 지니고 다니기만 해도 대충 부적과 비슷한 효과를 냈다.

법학관 건물 앞에 도착하자 누군가가 영윤의 어깨를 잡으며 알은척을 했다. 키가 작고 졸려 보이는 인상의 여자애였다. 영윤과 많이 닮아 얼핏 보면 둘이 자매 같기도 했다. 작은 여자애는 여진이 어렵사리 영윤의 몸 어딘가에 붙인 포스트잇을 번번이 귀신같이 찾아내서 떼어버리곤 했다.

이번에도 마찬가지였다. 여진이 인상을 찌푸리며 보고 있거나 말거나, 그 애는 영윤의 등에 붙은 포스트잇을 떼어냈다. 무슨 만지면 안 되는 더러운 걸 만지기라도 하듯 손가락 두 개로 집어서. 붙이기까지는 험난했는데 저렇게 손쉽게 떨어지는 걸 보니 지금 무슨 헛짓거리를 하는 건가 싶기도 했다. 안 그래도 포스트잇은 접착력이 좋지 않아 바람만 불어도 날아가는데.

게다가 뱀은 여진이 만든 포스트잇으로도 사라지지 않았다. 포스트잇이 붙어 있는 동안에는 눈을 감고 얌전히 목에 매달려 있기만 하는 것 같긴 했지만, 그뿐이었다. 누군가가 포스트잇을 떼면 다시 눈을 뜨고 쉭쉭 소리를 내며 주변을 노려보기 시작했다. 마치 먹잇감을 찾기라도 하는 것처럼.

여진이 법학관 입구 가까이 왔을 때쯤 영윤의 친구가 말했다.

"이 정도면 누가 너 따라다니면서 붙이는 거 아니야?"

"그러게. 어쩐지 오늘 아침부터 계속 이러네."

영윤은 그렇게 말하며 목덜미를 만지작거렸다. 하필이면 그게 또 뱀 눈깔이 있는 위치였다. 여진은 뱀과 눈을 마주치지 않으려고 애를 쓰며 영윤을 스쳐 지나갔다. 옆에서 영윤을 보던 정우가 물었다.

"그렇게 신경이 쓰이면 아예 말을 해버리지그래?"

"너 같으면 내 말을 믿겠냐?"

나도 못 믿겠는데. 뱉지 않은 말을 입속으로 웅얼거리며 여진은 계단을 올랐다. 정우가 말했다.

"나는 믿잖아. 너 귀신 보는 거 아무한테도 말 안 했다? 나 근데 쟤 얼굴 어디서 본 거 같은데."

어디서 봤지? 정우가 고개를 갸웃거리는 사이에 강의실에 도착했다. 여진은 늘 앉는 맨 뒤에서 두 번째 줄 구석 자리에 앉았다. 그리고 아직도 고민하고 있는 정우를 향해 말했다.

"여기저기 안 끼는 자리가 없는 모양이니까 학교 행사에서 봤겠지."

그건 정우도 마찬가지였다. 정우는 스스로 불러온 재난에 고통 받는 걸 즐기는 별종이었다. 예를 들어 학생회 같은 곳에 들거나 해서. 사람 좋아하고 술 좋아하고, 누가 시키지도 않았는데 일을 벌이곤 했다. 정우가 말했다.

"학교 행사? 그러고 보니 나 지난주 주말에 너희 과 애들 이랑 집행부 연합 엠티 갔다 왔는데. 거기서 봤나 보다."

정우는 그제야 의문이 풀렸는지 손뼉을 한 번 짝 쳤다.

"아, 속이 다 시원하네. 기억 안 나면 계속 찝찝했을 것 같았는데."

그렇게 중얼거린 정우는 가방에서 노트북과 필통을 꺼내더니 한마디 툭 던졌다.

"그러고 보니 거기서 뭐 붙어온 거 아니야?"

"뭐가?"

"아니, 왜. 엠티 가면 가끔 하는 거 있잖아. 우리 포천에 있는 펜션 갔다 왔는데. 거기 근처에 무슨 폐가가 있다고 해서 밤에 담력 테스트 했거든. 하고 싶은 사람만 갔다 오자고 해서 난 안 갔는데."

그 말을 들은 여진의 얼굴이 일그러졌다. 그딴 걸 왜 해? 세상에는 돈을 쥐가며 제발 해보라고 해도 안 할 짓을 무서운 줄도 모르고 해대는 인간들이 있다. 아무래도 영윤이 그런 인간들 중 하나였던 모양이었다. 궁금해서 호기심에 그랬는지, 그것도 아니면 친구들한테 떠밀려서 들어간 건지는 몰라도 좋은 선택은 아니었다.

"넌 이해 못 할 줄 알았지. 나도 너 때문에 그런 거 왠지 으스스해서 싫어졌다니까. 다들 별생각 없이 갔다 왔지만."

"갔을 때 무슨 일 없었어?"

정우는 어깨를 한 번 으쓱여 보이고는 고개를 저었다.

"그게 이상해. 아무 일도 없었거든. 그래서 나도 괜찮았나 보다, 생각했지. 방금까지 기억도 못 하고 있었잖아."

더 자세히 물어보려던 차에 강의실 문이 열리고 교수가 들어왔다. 여진은 속으로 한숨을 내쉬며 칠판 쪽을 보았다. 이제 뱀이 어디서 붙어왔는지는 대강 알겠는데, 어떻게 해야 할지는 아직도 오리무중이었다. 더 이상 개입하지 말자는 생각이 들다가도 영윤의 목에 감겨 있는 검은 뱀과 눈이 마주치면 저걸 어떻게든 떼어버려야 한다는 생각에 사로잡히곤 했다. 차라리 아예 모르는 사람이면 신경을 끄겠는데, 같은 과다 보니 친하진 않아도 마주치는 일이 잦은 게 문제였다. 쟤한테 무슨 일이라도 생겨봐. 후회를 어떻게 감당하라고?

여진은 사람이 애매하게 물러 터져서, 물러서는 법을 몰랐다.

✳

오후에 영윤과 같이 듣는 전공 강의가 있었다. 여진은 미리 준비해놓은 포스트잇 뭉치를 들고 제일 먼저 강의실에 들어섰다. 아직 아무도 오지 않은 빈 강의실임을 확인하고 대충 영윤이 앉을 법한 자리 근처 책상 밑에 포스트잇을 떼서 붙이기 시작했다.

포스트잇 낭비에 가까운 짓이었지만 영윤 몸에 직접 붙이는 게 어려우니 어쩔 수 없었다. 힘들게 붙여놔도 누가 와서 다 떼어버리니 그 방법은 영 실속이 없었다. 영윤이 지갑이나 가방 같은 걸 흘리고 다니면 좋을 텐데. 그런 생각을 하며 뒤에서 두세 번째 줄 책상 밑에 포스트잇을 붙이고 있는데 누군가가 뒤에서 여진의 어깨를 잡았다.

여진이 기계처럼 드드득 고개를 돌리자 눈앞에 영윤이 있었다. 하마터면 소리를 지를 뻔했다. 생각에 너무 깊게 빠져 있어서 누가 들어오는 소리도 듣지 못했던 것이었다.

"너 거기서 뭐 해?"

여진이 기억하기로는, 영윤이 자신을 향해 건넨 두 번째 질문이었다. 첫 번째는 아마도 신입생 오티에서였을 것이다. 그때 여진은 영윤과 같은 조였다.

여진은 너무 놀라 포스트잇을 붙이던 손도 숨기지 못한 채

얼어붙었다. 영윤은 여진이 그러거나 말거나 아랑곳하지 않고 여진의 손에 들린 포스트잇을 가져다 들여다보았다. 노란색 포스트잇 밑에는 '화랑도 미술학원'이라는 글자가 새겨져 있었다. 학교 앞에서 나눠주는 포스트잇이었다. 그 광고 문구 때문에 발뺌할 수도 없었다. 아무 무늬도 광고도 없는 평범한 포스트잇이었다면 내가 그런 게 아니라고 잡아뗄 수 있었을까? 여진은 생각했지만 이제 와서는 부질없는 노릇이었다.

영윤은 손에 든 노란 포스트잇을 팔랑거리며 물었다.

"너야? 어제오늘 하루 종일 내 등에 포스트잇 붙이고 다닌 게?"

그리고 이게 영윤이 여진에게 건넨 세 번째 질문이 되었다.

상황을 모면할 만한 변명도, 적당히 둘러댈 만한 임기응변도 떠올리지 못한 여진은 그렇다고 대답하지도, 아니라고 잡아떼지도 못한 채로 뒷걸음질을 쳤다. 한 걸음, 그리고 두 걸음. 천천히 세 걸음까지 뒤로 뗀 다음 몸을 돌렸다. 그리고 있는 힘을 다해 강의실을 뛰쳐나와 달려가기 시작했다.

이렇게 도망가면 의심만 깊어질 뿐이며, 어차피 나중에 마주치면 해명해야 된다는 생각조차 하지 못했다. 일단 상황을 벗어나기만 한다면 된다는 일념뿐이었다.

여진은 법학관을 빠져나와 학교 운동장을 가로질러 달렸다. 운동장에서 남자들 한 무리가 축구를 하고 있던 중이었지만 상관하지 않고 뛰어들었다. 갑자기 뛰어든 여진 때문에 축구공이 갈 곳을 잃고 이리저리 방황했다. 누군가가 여진을 향해 "야! 너 뭐야!" 하고 소리를 질렀지만 여진의 귀에는 들리지 않았다. 이대로 운동장을 가로질러서, 일단 저 밑에 있는 국제관으로 가자. 그러다 대충 진정이 되면 그때 강의실로 쥐도 새도 모르게 돌아가는 거야. 정신이 없는 와중에도 여진은 일단 그렇게 결심했다.

하지만 영윤이 뒤를 쫓아온다는 전개는 여진의 시나리오에 없었다. 여진은 뒤에서 후드를 강하게 잡아채는 힘 때문에 하마터면 뒤로 벌러덩 고꾸라질 뻔했다.

"어딜 도망가?"

그 목소리에 천천히 고개를 뒤로 돌리자 영윤의 얼굴이 보였다. 반듯한 얼굴 어디에도 화가 났다는 표시는 없었으나 평소와 달리 말투가 삐딱했다. 목에 감겨 있는 뱀도 쉭쉭거리는 소리를 내며 여진을 노려보았다. 뱀 때문에 여진이 슬슬 눈치를 보며 또 뒷걸음질을 치려 하자 영윤은 아예 여진의 팔을 잡아 쥐었다.

"도망칠 생각 마. 나 육상부 출신이거든. 중학생 때까지는 선수로도 뛰었어."

어쩐지 달려오는 기세가 범상치 않았다. 여진은 한숨을 내쉬고는 가방을 고쳐 쥐었다. 포스트잇에 대해 뭐라 변명해야 할지 벌써부터 머리가 아팠다. 네 목에 감긴 뱀 새끼 때문이라고 말해봤자 믿어주지도 않을 것이다. 지금도 검은 뱀은 여진을 노려보고 있었다.

여진은 팔을 잡힌 그대로 학생회관 1층 카페로 끌려 들어갔다. 점심시간이 지나 사람들이 오후 강의에 들어갈 시간대여서 그런지 카페는 한산했다.

아이스 아메리카노 두 잔을 나란히 앞에 두고 앉은 테이블에는 정적이 흘렀다. 결국 먼저 입을 뗀 건 영윤 쪽이었다.

"양여진, 너 나한테 할 말 없어?"

무슨 대답을 듣길 원하는 건지 알 수 없었다. 네 등짝에 포스트잇을 붙이고 다녀 미안하다고 말하고 싶지는 않았다. 그런 귀찮은 짓을 남 좋은 일이랍시고 했는데 미안하기까지 해야 해? 물론 타인이 원치 않는 호의는 쉽게 폭력이 될 수 있다는 건 알았다. 영윤 역시 웬 친하지도 않은 동기가 음침한 장난을 쳤다는 게 소름이 돋아서 이러는 걸 테고. 그래도 여진은 사과하고 싶지 않았다.

여진이 입을 열지 않자 영윤은 다시 물었다.

"그럼 질문을 바꿔볼까. 그 빈 포스트잇은 왜 붙이고 다닌 거야?"

말하며 영윤은 팔짱을 끼고 물러나 앉았다. 그 바람에 여진은 또 뱀과 눈이 마주쳤다. 뱀 쪽으로 눈을 두지 않으려고 하다 보니 자연스럽게 영윤의 시선을 피하는 꼴이 되고 말았다. 얼마나 바보 같아 보일지 짐작도 하고 싶지 않았다. 여진은 입술을 잘근잘근 씹으며 겨우 커피 한 모금을 넘겼다.

끝까지 입을 다물고 버틸 계획이라는 걸 알았는지, 영윤은 곧 앞머리를 훅 쓸어 넘기며 한숨을 쉬었다.

"그래, 좋아. 포스트잇 좀 붙였다고 뭐라고 하려는 거 아니야. 잡아다놓고 이런 말 하면 안 믿기겠지만, 나도 뭐라고 말할지 모르겠단 말이야. 그러니까… 그 포스트잇, 정체가 뭐야?"

그 뒤에 이어진 영윤의 이야기는 여진의 예상을 완전히 비껴갔다.

"며칠 전부터 이상하게 몸이 무겁고 어깨가 빠질 것처럼 묵직했거든. 몸살이라도 걸린 것처럼 오한도 나고. 근데 이상하게 어제부터 컨디션이 좀 괜찮아지는 때가 있었어. 웃기는 건 소정이가 내 등에 포스트잇이 붙어 있다고 그걸 떼기만 하면 도로 아픈 상태로 돌아가버리는 거야. 누가 내 등에 붙은 부적을 떼기라도 한 것처럼. 말도 안 되는 소린 거 아는데 그렇게밖에 설명이 안 돼서 그래."

줄줄 이어지는 말은 두서가 없었다. 여진은 뜻밖의 이야기에 놀라 영윤의 얼굴을 쳐다보았다. 그 바람에 뱀과도 눈이 마주쳤지만 이번에는 그쪽에 신경이 쓰이지 않았다. 영윤이 물었다.

"어떻게 한 거야? 너 뭐가 막, 보이고 그래?"

여진은 저도 모르게 고개를 끄덕였다. 영윤이 믿어줄 것 같아서였다. 그리고 정말로 영윤은 여진의 말을 믿어주었다. 몇 번 고개를 주억거리던 영윤은 다시 물었다.

"나한테 무슨 문제 있어?"

문제가… 있긴 있지. 여진의 시선이 저절로 영윤의 목으로 향했다. 영윤 역시 여진이 어디를 보는지 슬슬 눈치챈 것 같았다. 제 목을 슥슥 더듬어대는 영윤의 손은 뱀의 몸을 통과해서 지나갔다. 그러니 목에 뭐가 있는지 모르는 게 당연했다. 이렇게 된 이상 얘기를 해줘야 한다는 생각에 여진은 입을 열었다. 그 검은 뱀에 관한 이야기였다.

네 목에 검은 뱀이 감겨 있다. 그런데 그게 뭔지 나도 잘 모르겠다. 처음 본다. 대충 이야기를 요약하자면 그게 다였다. 다 하고 보니 별것도 아닌 이야기라 민망했지만 달리 할 말이 없는 것도 사실이었다.

"내가 아는 건 이게 다야."

여진의 말이 끝나자 영윤은 목을 더듬던 손을 테이블 위로 내리고 중얼거렸다.

"뱀이 붙었다고…?"

영윤이 뱀이란 단어를 입 밖에 내자마자 검은 뱀은 목을 쳐들고 영윤의 얼굴을 향해 쉭쉭 소리를 냈다. 금방이라도 입을 벌리고 영윤의 얼굴을 집어삼킬 듯했다. 여진은 시선을 테이블 바닥으로 내리고 영윤에게 물었다.

"너 지난주에 연합 엠티 갔었지? 거기서 담력 테스트한답시고 폐가에 갔어, 안 갔어?"

아마 거기서 붙어온 것이리라 짐작한 여진이 한심하다는 기색을 숨기지 못하고 묻자 영윤은 인상을 찌푸렸다.

"엠티? 포천 거기?"

영윤은 그렇게 말하고는 덧붙였다.

"맞아. 밤에 무슨 폐가에 같이 가자고 그래서… 근데 난 그 앞마당까지만 들어가고 집 안에는 안 들어갔는데. 내 친구들만 들어갔다 왔어."

이건 생각지도 못한 대답이었다. 여진은 할 말을 잃고 영윤의 얼굴을 빤히 쳐다보았다. 그 연합 엠티에서 다녀온 폐가가 원인이 아니라면 뭐지? 여진은 자세를 바로 하고 다시 물었다.

"그거 말고 짐작 가는 구석은 또 없어? 엠티 다녀와서 어딜 들렀다든가, 길 가다가 남의 물건을 주웠다든가. 그것도 아니면 집에 모르는 사람을 들였다든가."

생각나는 모든 경우의 수를 다 꺼내놓자 영윤은 뭔가를 생각하는 듯 허공을 쳐다보다 아, 하는 소리를 냈다.

"폐가에 갔다 온 애들 중에 하나가… 나랑 비슷한 증상이 있다고 했어. 이상하게 몸이 무겁고 어깨가 빠질 것처럼 아프고. 몸살이라도 걸린 것처럼 오한도 나고. 근데 걔는 하루 만에 싹 나았다고 그래서 그냥 감기인 줄 알았지."

여진은 앞에 놓인 커피를 한 모금 마시고는 다시 입술을 잘근잘근 씹었다. 여전히 원인은 알 수 없지만 어쩌면 뱀이 사람을 옮겨 다니는 건지도 모른다. 여진은 질린 얼굴로 영윤의 목에 감긴 뱀을 곁눈질했다.

"그 친구가 누군데?"

"걔도 우리 과야. 박소정. 나랑 같이 학생회 하고 있어서 아마 너도 알 텐데."

"박소정? 처음 듣는데."

여진은 인상을 찌푸리며 그 이름을 곱씹었다. 기억에 없는 이름이었다. 한 학년에만 수십 명씩 있는 과였으니 모를 만도 했다. 게다가 여진은 과 생활 같은 건 하지 않아 동기 대부분 의 이름을 몰랐다.

"나랑 같이 다니는 앤데, 키 요만하고 머리 짧고 좀 졸려 보이는."

그렇게 말하니까 누군지 감이 왔다. 영윤의 몸에 포스트잇 을 붙일 때마다 나타나서 떼어버리던 여자애였다. 그 애 목에 뱀 같은 건 보이지 않았는데. 어쩌면 여진이 영윤의 목에서 뱀을 발견하기 전에는 그 애에게 붙어 있던 걸지도 몰랐다. 여기저기 옮겨 다니는 원귀라니. 이쯤 되면 여진의 능력 선에 서 처리할 수 있는 문제가 아니었다.

여진은 한숨을 쉬고는 가방에서 포스트잇 뭉치를 꺼냈다. 일단 이걸로 저 뱀 눈깔부터 치우고 보자. 포스트잇을 하나 뜯어 입에 문 다음, 대충 갈무리해 영윤의 코트 앞쪽에 붙였 다. 하나로는 아무래도 안심이 되지 않아서 연거푸 다섯 장을 그렇게 붙이고 마지막으로 한 장은 검은 뱀의 비늘 바로 위에 붙였다.

역시나 그 정도로는 뱀이 퇴치되거나 사라지거나 하지 않 았다. 여진을 노려보던 검은 뱀은 곧 노란 눈을 스르륵 감더 니 영윤의 목에 똬리를 틀었다.

여진을 보고 있던 영윤이 물었다.

"뭐야? 뭐 하는 거야? 그냥 입에 물고 있다 붙이는 게 다 야? 부적 같은 거 쓰는 게 아니고?"

여진은 침의 'ㅊ' 자도 언급하고 싶지 않았다. 그건 영윤 앞에서뿐만 아니라 다른 사람들 앞에서도 마찬가지였다. 가능하다면 정우 역시 이 능력이라 부르기도 민망한 능력을 몰랐으면 싶었다. 여진은 최대한 대답을 얼버무렸다.

"이건 부적이 아니야. 그리고 내가 이런… 일에 전문가도 아니고. 그러니까 내 말 잘 들어. 이 문제는 내가 해결할 수 있는 일이 아니야."

"그럼 난 어떡하라고?"

그거야 네가 알아서 해야지. 여진은 그렇게 말하려던 걸 참았다.

"성당이나 교회, 절이든 뭐든 좋으니까 이런 거 해결해주는 전문가를 찾아가. 이건 임시방편밖에 안 돼."

여진은 팔짱을 끼고 뒤로 물러나 앉았다. 영윤의 코트 앞자락에 덕지덕지 붙은 노란 포스트잇이 보였다. 얼핏 우스꽝스러워 보였지만 뱀이 그 노란 눈깔을 뜨고 주변을 이리저리 둘러보는 꼴을 보는 것보다는 훨씬 나았다.

"그럼 나 간다."

이제 내가 할 도리는 다했다. 여진은 그렇게 생각하며 가방을 멨다. 이번에야말로 뒤도 돌아보지 말고 도망가야지. 다짐하고는 일어서서 경보하듯이 카페를 나왔다. 시계를 보니 이미 강의는 시작된 지 오래였다. 어차피 곧 강의가 끝날 시간이라 여진은 미련 없이 등을 돌렸다. 학교 정문 앞의 버스정류장을 향해 빠른 속도로 걷는데 저만치 앞의 횡단보도 초록불이 깜빡이는 게 보였다. 여진은 이제 아예 뛰기 시작했다. 저걸 건너서 얼른 이 학교를 빠져나가야 속이 시원할 것 같은 기분이 들어서였다.

초록불이 다 꺼지기 전에 간신히 횡단보도를 건너 한숨을 쉬는데, 뒤에서 자동차 클랙슨 소리가 연쇄적으로 들리기 시작했다. 여진이 뒤를 돌아보자 학교 앞 8차선 도로 한복판에 영윤이 있었다.

영윤은 조금도 망설이지 않고 똑바로 여진을 향해 걸어왔다. 그러는 동안 몇 대나 되는 자동차가 영윤의 방향으로 달려오다가 경로를 바꾸거나 멈춰 섰다. 영윤은 그 소리에 놀라지도 않는지 무덤덤한 낯으로 걸어와 여진의 앞에 섰다. 8차선 도로를 무단횡단해서 오면서 생채기 하나 나지 않은 영윤의 얼굴이 곧 엉망으로 일그러졌다.

"봐. 나 이상한 거."

이게 정상이야? 8차선 도로를 맨몸으로 건너오는데 멀쩡한 게? 그렇게 말하며 영윤은 여진의 팔을 붙잡았다. 아무래도 저 뱀이 영윤에게 무슨 짓을 하긴 한 모양이었다. 뱀이 작정하고 이런 일을 벌이는 거라면 여진의 힘으로도 막을 수 없었다. 포스트잇을 저렇게 많이 붙여놨는데도 이 정도라니. 여진은 한숨을 쉬고는 입을 열었다.

"난 진짜 더 이상 할 수 있는 게…."

하지만 말을 끝까지 마칠 수 없었다. 여진의 팔을 쥔 손이 가늘게 떨리고 있었던 탓이었다. 여진은 이렇게 막막할 때의 기분을 잘 알았다. 아무도 내 이야기는 믿어주지 않고, 그런데 눈앞에는 이상한 것들이 보이고. 그럴 때면 좁디좁은 옷장안에 앉아 밤을 새우던 때가 떠오르곤 했다. 그 안에 있으면 적어도 침대 밑에 있는 아기가 보이지는 않으니까. 불에 타거의 형체를 알아볼 수 없는 얼굴을 한 아기가 매일 침대 밑에서 울었다. 그 상황 자체도 끔찍했지만 더 끔찍한 건 옷장에서 여진을 끌어내려 매일 울며 빌던 부모님이었다.

아무도 내 말 같은 건 믿어주지 않아.

저 애를 치우라고 울며 떼를 쓸수록 부모님의 얼굴엔 그늘이 졌다. 그래서 여진은 보이는 걸 보이지 않는 척하는 데에 익숙해졌다.

지금 영윤이 그때의 자신과 비슷했다. 심지어 쟤는 뭐가 보이는 것도 아니고, 자기 목에 뱀이 똬리를 틀고 있다는 말을 막 들은 참이다. 여진은 영윤의 불안을 이해했다. 그래서 그 손을 도저히 뿌리칠 수가 없었다.

✳

"여기가 맞아?"

다 쓰러져가는 것 같은데 여기가 진짜 기도원이라고? 잘못 찾아온 거 아니야? 뒤에서 영윤이 투덜거리는 소리가 들렸다. 여진은 겹겹이 쳐진 비닐을 걷으며 앞으로 걸어갔다. 여진 역시 십여 년 만에 처음 찾아오는 거라 길이 익숙지 않았다. 그새 뭐가 많이 바뀌긴 한 모양이었다. 원래는 이것보

다 더… 번듯하고 괜찮은 건물이었던 것 같은데. 그 당시만
해도 기도원은 발 디딜 틈 하나 없이 사람들로 꽉 차 있었다.
귀신을 쫓아주기로 유명한 목사님이 있던 곳이기에 그랬다.

부모님 손에 이끌려 여기까지 온 여진도, 그때 염문영 목
사를 처음 보았다.

염 목사는 여진을 보자마자 대번에 혀를 쯧 찼다. 얘는 귀
신 붙은 게 아니고 그냥 영안이 트인 거야. 능력은 쥐뿔 없는
데 보이기만 해서 인생 팍팍해진 거지. 그 말에 여진은 내내
숙이고 있던 고개를 들어 염 목사를 보았다. 처음이었다. 누
가 자신을 제대로 알아봐준 것은.

염 목사가 여진에게 준 해결책은 간단했다.

"그냥 지금처럼 모르는 척하고 살아. 관여하지 말고. 그게
네 인생 더 안 꼬이는 길이야."

영윤이 붙잡지만 않았으면 그렇게 잘 살 수 있었는데. 여
진은 영윤 모르게 한숨을 내쉬고는 다시 앞으로 걸어가 강당
문고리를 잡았다.

기도원 내부에서는 사람의 인기척이 느껴지지 않았다. 아
마 강당 안쪽도 마찬가지일 터였다. 어쩌면 이 기도원을 그대
로 둔 채로 다른 곳으로 이사했을 지도 몰랐다. 염 목사는 어
딜 가서도 잘 살 거라는 묘한 믿음이 있어서인가, 그런 생각
이 들자 마음이 좀 편안해졌다. 워낙 그런 사람이었다. 어딜
가도 교회 잘 개척해서, 얼마 없는 교인을 끌어모아 잘 살 사
람. 한국 기독교 교단에서 여자 목사가 살아남는다는 건 그런

뜻이었다.

여진은 거미줄이 쳐진 강대상을 손으로 쓸었다. 강대상 밑의 서랍에 남은 게 없나 싶어 살피는데 몇 권의 노트가 전부였다. 어두컴컴해서 무슨 노트인지 제대로 보이지는 않았다.

뒤따라 강당에 들어온 영윤이 핸드폰으로 플래시를 켜며 말했다.

"분위기가 딱 흉가네. 없던 귀신도 여기 오면 붙어서 나갈 것 같은데."

영윤이 플래시 불빛을 비추는 곳마다 살풍경한 모습이 그대로 드러났다. 뭉쳐져 굴러다니는 먼지 덩어리, 깨진 유리, 술병, 과자 봉지… 오래된 것도 있고 새것도 있었다. 빈집이라고 생각한 노숙인이 이곳에서 밤을 지내고 가기도 한 모양이었다.

원래는 염 목사에게 도움을 요청할 생각이었다. 어투가 좀 그렇긴 해도 염 목사는 정말로 도움이 되는 말만 해줬으니까. 그러니까 저 검은 뱀에 대해서도 뭔가 알지 않을까. 여진은 막연히 그렇게 생각했다. 뱀이라는 게 원래 성경에 자주 등장하는 동물이기도 하고.

하지만 염 목사가 없다면 더 이상 여길 둘러볼 이유가 없었다.

"그만 가자. 아무래도 이 기도원은 더 이상 운영 안 하는 것 같아."

"그건 들어올 때부터 알고 있었어."

영윤은 그렇게 말하며 여진의 옆에 와 섰다. 영윤이 핸드폰 불빛으로 강대상 서랍에서 찾아낸 노트를 비추자 그 위에 쓰인 글씨가 그제야 보였다. 기도원 일지. 여진은 첫 장을 넘겼다. 첫 장과 그 뒤로 이어지는 글은 일지라는 노트의 이름에 맞게 일목요연하게 정리되어 있었다. 언제 무슨 일이 생겼고, 누가 기도원에 들어왔고, 나갔고, 이런 내용이 대부분이었다.

여진은 빈 종이가 나올 때까지 계속해서 페이지를 넘겼다. 중간에 빈 페이지가 나오면서 글이 한 번 끊겼다. 하지만 몇 장 더 넘기자 다시 글씨가 보이기 시작했다. 누군가가 급하게 잔뜩 흘려 쓴 글씨였다. 적혀 있는 건 단 한 문장이었는데 알아보는 데에도 잠시 시간이 걸렸다.

2021년 11월 23일
염문영 목사님이 데리고 온 학생이 이상하다.

이 부분부터는 기도원의 공식적인 일지라고 하기엔 글이 다소 짧았고 문장엔 격식이 없었다. 누군가의 일기에 더 가까운 글이었다. 여진은 다음 장으로 노트를 넘겼다. 매일 기록한 건 아닌지, 다음 장에 적힌 건 한참 뒤의 날짜였다.

2021년 12월 12일
뭐라고 딱 집어 표현할 수 없어서 목사님께 말씀을 드리지 못했다. 하지만 그 애를 보면 기분이 너무 나빠진다. 이러면 안 되는 걸 아는데. 오늘은 또 식사 준비를 돕는 그 애의 손이 거슬려 한참 쳐다보았다. 분명 며칠 전에 끓는 물을 쏟아 그 애 손이 다 벌게질 정도로 데인 걸 봤는데 오늘은 또 멀쩡했다. 내가 잘못 본 거겠지.

하지만 내가 착각하는 게 아니라면….

그날의 일기는 거기서 끊겨 있었다. 여진은 또다시 페이지를 넘겼다. 그다음 장은 비어 있었다. 이게 끝이라고? 그럴 리가 없었다. 여진은 계속해서 페이지를 넘겼다. 그러다 마지막 장 바로 앞장에 적혀 있는 글귀를 보고는 손을 멈췄다.

2021년 12월 25일
염문영 목사님이 그 애 목에서 검은 뱀이 보인다고 했다.

그 문장을 마지막으로 일기는 끝났다. 여진은 한참 동안 그 문장을 뚫어져라 쳐다보았다. 그런다고 무슨 해결책이 생기는 게 아닌데도. 한숨을 쉬고 뒤를 돌았다. 영윤의 창백해진 얼굴이 보였다. 검은 뱀이란 말이 여기서 나올 줄은 예상하지 못한 모양이었다. 그건 여진 역시 마찬가지였다.

작년 12월이면 벌써 1년이 다 되어 갔다. 목에 검은 뱀이 있다던 그 애는 어떻게 됐는지, 염 목사는 어디로 가서 지금 안 보이는지, 이 일기를 쓴 사람은 누구고 지금은 왜 아무도 남지 않았는지 궁금한 것투성이였으나 대답해줄 사람이 없었다.

"일단 여기서 나가자."

그렇게 말했을 때 여진은 뭔가가 쉬익 하고 숨을 쉬는 소리를 들었다. 고개를 들자 노란 눈깔과 눈이 마주쳤다. 분명히 포스트잇은 제대로 붙어 있는데. 영윤의 목깃 근처에는 조금 전에 여진이 새로 붙여둔 포스트잇까지 달려 있었다. 그러니 지금 저 뱀이 눈을 뜨는 건 말이 안 됐다. 하지만 이미 일어난 일을 말이 안 된다고 치부하고 무시할 수도 없는 노릇이었다.

여진이 순간적으로 숨을 쉬는 것도 잊은 채 우두커니 영윤을 향해 서 있었기에 영윤은 여진의 시선이 제 목 언저리를 향하는 것을 알았다. 그래서 '그게 눈을 떴어?'라고 묻지 않아도 눈치챌 수 있었다.

✳

여진은 영윤의 손을 잡아끌고 정신없이 기도원 밖으로 뛰쳐나왔다. 마당에는 정체를 알 수 없는 드럼통과 뭔가가 타다 남은 잔해가 굴러다녔다. 둘은 그 사이를 가로질러 뛰었다. 의지할 빛이라곤 핸드폰 플래시 불빛뿐이라 발에 뭐가 차이는지도 확인할 수 없었다. 기도원을 나와서도 가로등 하나 없는 외길을 차가 다니는 큰길이 나올 때까지 미친 듯이 달렸다.

그런다고 영윤의 목에 붙은 뱀이 떨어지는 것도 아니었는데.

숨을 조금 고르고 나서 지나가는 택시를 붙잡았다. 뒷자리에 올라타 행선지를 말하고 나서 여진은 영윤을 향해 말했다.

"그 박소정이라는 애. 좀 만나야겠어."

그 애에게 뱀이 붙었는지 아닌지 확인할 필요가 있었다. 지금으로선 그 애가 유일한 단서였다. 여진의 말에 영윤은 고개를 끄덕였다.

"너 걔랑 친해? 그 담력 테스트 할 때 걔가 뭐 했는지 아는 거 없어?"

"나는 같이 안 들어가서 자세한 건 몰라. 그 안에서 무슨 내기를 했다고 들었는데. 뭐더라?"

"무슨 내기?"

"어?"

영윤은 뭔가를 생각하는 듯 고개를 한쪽으로 기울였다 이내 입을 열었다.

"왜 기억이 안 나지? 안에서 애들끼리 무슨 내기를 했다고 했어. 뭔지 기억이 안 나는데 그걸 해서 먼저 이긴 애들만 그 폐가를 빠져나왔다고…. 아니, 근데 이 얘기를 왜 까먹고 있었지? 이상하지 않아?"

확실히 이상하긴 했다. 그러나 여진은 스트레스가 심하면 그럴 수 있다고 얼버무렸다. 이런 상황에서 괜히 불안감을 키울 필요는 없었다. 그 후 시내로 다시 돌아가는 길까지는 숨막히는 정적이 이어졌다. 여진은 원래 말이 적었고 영윤은 이제 농담을 하거나 장난을 칠 여유도 없어 보였다.

딱히 상의도 하지 않았지만 영윤은 여진의 자취방으로 따라왔다. 여진은 따라오지 말라거나 네 길 알아서 가라는 말을 하지 못했다. 목에 매달린 뱀의 무게가 점점 더 무거워지는 것 같은 착각이 든다며 무서움을 호소하는 사람에게 그렇게 매정하게 말할 수 있을 리가 없었다.

온몸에 들러붙은 찝찝한 공기를 털어내듯 샤워를 하고 나온 후에 여진은 영윤을 화장실로 밀어 넣었다. 그리고 핸드폰을 들었다. 신호음은 길게 이어지지 않았다.

"어, 엄마, 난데. 염문영 목사님 소식 아는 거 있어?"

몇 개월 만에 처음 엄마에게 거는 전화였음에도 불구하고 용건부터 다짜고짜 물었다. 염 목사가 어디로 갔는지 알아내긴 해야 했다. 염 목사라면 검은 뱀의 정체에 대해서도 알고 있을지도 모르니까. 여진은 핸드폰을 들지 않은 손의 손톱 거스러미를 입으로 뜯으며 엄마의 대답을 기다렸다. 하지만 돌아온 건 기대한 대답이 아니었다.

"염 목사님? 갑자기 염 목사님은 왜?"

"급하니까 빨리 좀 알아봐줘. 기도원 이사한 것 같던데."

"그건 어떻게 알았대? 근데 저기, 여진아."

"어."

"염 목사님 작년에 돌아가셨어."

작년 크리스마스 즈음에 갑자기 집에 화재가 나서. 뭐가 누전이 됐다던가, 그랬던 것 같은데. 엄마가 말 안 했나? 그때 나 조문도 갔다 왔는데. 목사님 아직 나이도 젊으신데 그렇게 갑자기 가셔서 어떡하느냐고, 우리 다들 아깝다고 그랬어. 이어지는 말은 귀에 제대로 들어오지 않았다. 여진은 엄마의 말에 기계적으로 대꾸하고는 전화를 끊었다. 그러고 나서 침대에 그대로 주저앉았다.

'그냥 지금처럼 모르는 척하고 살아. 관여하지 말고. 그게 네 인생 더 안 꼬이는 길이야.'

염 목사의 목소리가 아직도 귓가에 생생했다. 나한테는 관여하지 말고 모른 척하고 살라더니 목사님이야말로 무슨 일인데. 여진은 손톱을 잘근잘근 물어뜯다 자리에서 일어섰다. 아무래도 염 목사 역시 그 검은 뱀에 얽혀 무슨 일을 당한 게 틀림없었다. 염 목사를 찾아갈 수 없다면 다른 사람의 도움이라도 구해야 하는 일이었다. 영윤이 씻으러 들어간 화장실 앞에 서서 여진은 문을 두드렸다.

"너 아직 씻어? 얼른 나와 봐. 여기서 이럴 게 아니라 일단 박소정을 찾아야 돼."

씻으러 들어간 화장실에서 물소리가 들리지 않았다. 벌써 나왔나? 하지만 여진이 화장실 문 앞에 가져다놓은 옷에는 손 댄 흔적이 없었다. 여진은 잠시 고민하다 다시 문을 두드렸다.

"무슨 일 있어? 나 들어간다?"

그렇게 몇 번 더 두드리고 나서야 문을 열었다. 여진은 텅비어 있는 화장실을 보고는 바로 현관으로 나가 슬리퍼를 꿰어 신었다.

영윤의 운동화가 사라져 있었다.

＊

여진은 영윤이 어디에 사는지, 혼자 사는지 아니면 가족과 함께 사는지도 몰랐다. 단체 채팅방에 함께 속해 있긴 했으나 핸드폰 번호는 몰랐다. 그래서 전화를 걸 수도 없었다.

여진은 전화번호부에서 정우의 이름을 찾았다. 신호음이 얼마 가지 않아 정우가 전화를 받았다. 여진은 자세한 설명은 전부 생략한 채 영윤의 번호를 아느냐고 물었다. 정우가 말했다.

"이영윤? 나 방금 학관에서 걔 봤는데. 동아리방 모여 있는 그쪽."

"번호는 모르고?"

"아무리 내가 아는 사람이 많아도 이영윤 번호는 모르지."

"박소정은?"

"박소정? 그건 또 누구야?"

정우가 뭐라고 더 이야기를 하는 것 같았지만 용건이 끝난 여진은 전화를 끊었다. 이 밤에 갑자기 학교는 왜 간 거야? 교회도 성당도 심지어 절도 아닌데. 학교에 있는 건 정우도 마찬가지였지만 걔는 원래 학교에서 살다시피 하니까 별로 신경이 쓰이지도 않았다. 여진은 학교 정문을 향해 뛰기 시작했다.

여진의 자취방에서 학교 정문까지는 걸어서 10분 정도밖에 걸리지 않는 편이었으니 뛰면 그보다 더 빨리 도착하는 게 당연했다. 정문에서 학관은 가까웠다. 엘리베이터를 기다리는 시간도 아까워 무작정 계단을 뛰어 올라갔다. 동아리방이 모여 있는 곳은 학관 5층, 그리고 6층. 분명 여기 어딘가 있을 것이다. 영윤이 아직도 거기에 있는지 확실한 것도 아닌데 막연히 그런 생각이 들었다.

여진은 동아리방 문을 하나하나 열어 확인해가며 복도를 지나갔다. 이 시간에 동아리방에 모여서 술 마시는 것들이 왜 이렇게 많은지. 여진은 몇 번째인지 기억도 안 날 만큼 문을 열었다 닫았다. 포크 기타 동아리, 서예 동아리, 유도 동아리, 밴드 동아리, 기독교 동아리….

그리고 복도 제일 끝에 있는 게 사진 동아리였다. 제일 볕이 안 드는 곳이고, 그 때문에 음기가 강하게 고여 있기도 했다. 그 자리에서 사진을 찍다가 심령사진을 얻었다는 후기만 수십 개였다. 아마 앞으로도 그 숫자는 늘어나면 늘어났지, 줄어들지는 않을 것이다.

그 악명을 증명이라도 하듯 지금 문 앞에 붙어 있는 것만 셋이었다. 창문 바로 앞에 둘. 그리고 다른 하나는 복도를 기어 다니는 중이었다. 여진은 그것들과 눈이 마주치지 않도록 조심하면서 문 앞에 가 섰다.

굳이 문을 열지 않아도, 영윤이 이 동아리방 문 너머에 있다는 걸 알 수 있었다. 여진은 바로 문을 열고 들어가는 대신 주머니에 있던 포스트잇을 꺼내 들었다. 없는 것보단 나을 것이었다. 여차하면 그냥 침을 뱉어버리는 게 편리하다는 걸 알면서도 왠지 이것만은 포기할 수가 없었다.

포스트잇을 입에 물고 문을 열었다. 방 안은 불빛 하나 없이 어두컴컴했다. 문 바로 옆에 있는 형광등 스위치를 눌렀지만 몇 번을 딸깍여도 불이 켜지지 않았다. 여진이 한 손으로 핸드폰 화면을 켜자 동아리방 안쪽이 희미하게 보이기 시작했다. 창문 바로 앞에 있는 소파에 누군가가 앉아 있었다.

"이영윤? 거기서 뭐 해?"

뒷모습만 보여 뭘 하는지 알 수가 없었다. 가까이 다가서자 윤곽이 서서히 보이기 시작했다. 그래서 알 수 있었다. 앉아 있는 사람은 영윤이 아니었다. 영윤보다 몸집이 조금 더 작고, 키가 작았다.

조금 더 가까이 다가가자 목이 졸리는 것 같은 소리가 들렸다. 동아리방에 있는 사람은 혼자가 아니었다. 여진은 급히 소파 앞까지 뛰어갔다. 그제야 소파 밑에 뒹굴고 있는 사람이 보였다. 영윤이었다. 소파에 앉은 사람이 발로 영윤의 목을 누르고 있었다.

＊

영윤은 느리게 눈을 깜빡였다. 팔다리가 움직이지 않았고, 숨이 잘 쉬어지지 않았다. 뭔가가 위에서 누르는 것처럼. 좁은 상자에 갇혀 있는 것 같기도 했고, 가위에 눌리는 것 같기도 했다. 눈을 깜빡이는 것조차 힘겨워서 생리적인 눈물이 줄줄 흘렀다. 눈물이 나는 걸 보면 이건 꿈이 아닌가? 왜 이렇게 된 거지? 생각은 길게 이어지지 못했다.

여진의 집 화장실에서 전화를 받은 것까지 생각이 났다. 영윤이 전화를 받자마자 소정은 다짜고짜 살려달라고 울며 소리를 질렀다.

'영윤아, 살려줘. 나 목에 이상한 게 보여.'

자기 목에 무슨 뱀이 보인다고 우느라 정신이 없는 소정을 달래며 영윤은 신발을 꿰어 신었다. 뭔가에 홀린 것처럼. 차분히 생각을 했다면 여진과 함께 가는 편이 낫다는 걸 알았을 텐데, 그런 생각을 할 틈조차 없었다. 동아리방에 있는데 혼자 집에 못 가겠다고 데리러 와달라는 소정의 말을 차마 거절하지 못하고 학교로 향했다. 영윤은 자기 목을 쓸어보았다. 소정처럼 뭐가 눈에 보이는 것도, 만져지는 것도 아니었다.

대체 이 뱀이 뭐길래.

뭐길래 양여진은 자신을 볼 때마다 겁에 질린 얼굴을 하고, 귀신이라도 본 것처럼 눈을 피하는가. 그리고 이제는 그게 제 친구에게까지 붙어버린 모양이었다. 영윤은 죄책감을 느꼈다. 혹시 나 때문에 그런 거면 어떡하지. 그런 생각을 하며 동아리방 문을 열었고, 그 후로 기억이 끊겼다.

팔다리를 버둥거려 보았지만 꿈쩍도 하지 않았다. 영윤은 눈동자만 굴려 동아리방 내부를 훑었다. 눈이 어둠에 적응하자 윤곽이 어렴풋이 보였다. 누군가가 소파에 앉아 있었다. 소정아, 소정아. 아무리 불러도 목소리가 나오지 않았다.

"히히."

그때 머리 위에서 들린 기분 나쁜 웃음소리에 영윤은 고개를 들었다. 소정이 위에서 웃고 있었다. 그제야 온몸을 짓누르고 있던 무언가가 사라지면서 움직일 수 있게 되었다. 도망치려고 몸을 일으키는데 뭔가가 목 언저리를 콱 눌렀다. 순간적으로 목이 졸릴 정도의 힘이었다. 영윤은 컥, 소리를 내며 팔다리를 버둥거렸다. 짓누르는 다리를 잡아서 치우려고 해도 마음대로 되지 않았다.

소정은 계속해서 이상하게 웃었다. 흐느끼는 것 같기도 하고, 웃는 것 같기도 한 소리를 냈다. 영윤이 간신히 소정의 이름을 부르자 더 크게 낄낄거리기 시작했다. 분명히 웃고 있는데 이상하게도 사람의 웃음소리처럼 느껴지지 않았다. 이미 온 얼굴이 눈물범벅이었지만 무서워서 눈물이 다 날 것 같았다. 귀를 파고드는 웃음소리가 신경을 갉작갉작 긁었다.

"이 나쁜 년. 못된 년. 너만 빠져나가고."

너만 살겠다고. 한마디씩 할 때마다 발이 더 센 힘으로 목을 짓눌렀다. 이젠 숨을 쉬기도 힘들었다. 영윤은 의식이 점점 흐려지는 것을 느꼈다. 영윤이 눈을 감자 소정은 입을 크게 벌리고 웃었다. 그러면서 똑같은 말을 반복하기 시작했다.

나중으로 갈수록 목소리가 여러 개 겹쳐져 들리는 탓에 여자 같기도, 남자 같기도, 노인 같기도, 아이 같기도 했다.

흐려지는 의식 속에서 영윤은 생각했다. 쟤가 원래 저렇게 말했던가? 그제야 저게 소정이 아닐 수도 있다는 데에 생각이 미쳤다.

그사이 소정은 다시 깔깔거리며 웃기 시작했다. 소파를 팡 팡 내리치는 소리가 점점 더 커졌다. 저러다 소파 내려앉겠다 싶을 즈음에 동아리방 문이 열렸다.

"이영윤? 거기서 뭐 해?"

여진이었다. 여진이 그렇게 묻자 소정의 머리가 스르륵 뒤로 돌아갔다. 고개는 정면에 붙박인 채로 돌아간 머리를 영윤은 흐린 시야 속에서 보았다. 저건 소정이 아니다.

소정이는… 어디에 갔지? 아니, 박소정이 누구지? 영윤은 제대로 돌아가지 않는 머리로 느릿느릿 생각했다. 어디에서 만났지? 사진 동아리에서 만났다고 생각했는데. 아니, 과 학생회에서 만난 게 아니었나? 잠깐, 그런데 박소정이 우리 과였던가? 같은 과가 아닌데 어떻게 과 학생회에 들어왔지? 소정에 관한 기억이 뒤죽박죽이었다. 어디에서 만나서 어떻게 친해졌는지는 뭉텅뭉텅 잘려나가 있었다. 그 기억 끝의 결론은 한 가지 사실을 가리켰다.

영윤은 박소정이라는 사람을 알았던 적이 없다.

그렇게 판단한 영윤은 있는 힘을 다해 목소리를 냈다. 끄 윽, 끅, 하고 목이 졸린 것 같은 소리가 났다.

그 소리에 여진은 뭔가 이상하다는 걸 깨달은 모양이었다.

여진의 발소리가 소파에 점점 가까워지고 있었다. 소정이 여진 쪽을 보느라 누르는 힘이 약해진 사이 영윤은 양팔을 움직여 소정의 다리를 움켜잡았다. 그러자 소정의 머리가 다시 영윤 쪽으로 돌아왔다.

눈이 마주쳤는데 동공이 텅 비어 있었다. 영윤은 소리를 지르지도 못하고 굳었다.

그사이 바로 앞까지 다가온 여진이 포스트잇을 마구 뜯어 소정의 등 언저리에 붙였다. 그러자 목을 짓누르던 힘이 놀랍도록 약해졌다. 영윤은 양손에 힘을 줘서 소정의 발을 밀어냈다. 기침이 터졌다. 아직 살아 있다는 생각에 온몸에서 힘이 쭉 빠져나가는 것이 느껴졌다.

하지만 아직 끝난 게 아니었다.

✳

여진은 포스트잇을 붙이고 잠시 기다렸다. 저게 왜 여기에 있지? 분명 지난번 과실에서 본 기억이 있었다. 텅 빈 동공에서 피를 줄줄 흘리며 끊임없이 웃어대는 여자. 그때 여진은 분명 '위험하지 않다'고 판단했었다. 사람에게 직접 위해를 끼칠 정도로 강력한 원귀도 아니었을뿐더러 그 정도 힘으로는 물리적인 실체를 가질 수도 없었기 때문이었다. 사람에게 잠시 들러붙더라도 아주 약간의 생기를 뺏어가는 것밖에 할 수 없는 잡귀. 그 정도가 여진의 평가였다.

하지만 어디에서 힘을 얻은 건지, 이제 제법 그럴듯한 실체를 갖고 움직이기까지 하고 있었다. 어쩌면 여진의 판단이 처음부터 틀렸던 건지도 모른다.

여진은 한 발자국 뒤로 물러서며 영윤이 '소정'이라 부른 여자를 살폈다. 포스트잇이 효과가 있었는지 그것은 한동안 움직이지 않았다. 그사이 여진은 아직 기침하고 있는 영윤의 손을 잡아 일으켜 세워 자신 쪽으로 끌어당겼다. 여기에서 벗어나야 했다. 포스트잇을 붙였는데도 사라지지 않을 정도라면 여진의 힘으로 저걸 퇴치할 수 없었다.

"저게, 저게 뭐야?"

영윤의 물음에 대답할 여유 같은 것도 없었다.

"설명할 시간 없어. 내가 신호하면 얼른 문밖으로 나가서 뛰어."

"어디로?"

"일단 학관 밖으로 나가서 정문 분수대 있는 데까지 가."

그다음은… 여진도 몰랐다. 어디든 음기가 잔뜩 고여 있는 이 동아리방보다는 나을 것이었다. 사람이 많은 곳이면 더 좋고. 손목에 있는 시계를 흘긋 보니 새벽 3시였다. 이 시간에 학교에 있을 사람이라곤 만취한 술주정뱅이와 학교에서 밤새 야작하는 인간들뿐이겠지만, 없는 것보단 나았다.

여진이 영윤과 대화하는 사이 그게 움직이기 시작했다. 등이며 허리께에 매달린 포스트잇이 부들부들 떨리더니 동시에 떨어져 나갔다. 여진은 미리 준비해놓은 다른 포스트잇을 주머니에서 꺼내며 영윤을 향해 소리 질렀다.

"가!"

여진의 소리와 함께 영윤은 문을 박차고 나갔다. 육상부 출신이라더니 확실히 반사 신경이 빠르긴 빨랐다. 정신없이 뛰어가는 영윤의 뒷모습을 보다 여진은 시선을 앞으로 돌렸다. 포스트잇이 다 떨어진 그것은 비틀거리면서도 여진을 향해 똑바로 걸어오기 시작했다.

여진은 손에 끼워놓았던 포스트잇을 펼쳤다. 그리고 그것이 어느 정도 범위에 들어오자마자 펼친 포스트잇을 후 불었다. 바람에 날려 힘없이 떨어지던 포스트잇은 가까운 곳에 있는 영가(靈駕)에 이끌려 그쪽으로 자석처럼 붙었다. 다리와 허리, 그리고 손에 촘촘히 붙은 포스트잇 덕분에 그것의 움직임이 서서히 느려졌다. 그 틈에 여진은 뒤돌아 달리기 시작했다.

지금 당장 침을 뱉는다고 퇴치될 것 같지 않았다. 게다가 이 넓은 학교 캠퍼스에서 영윤과 떨어지는 것은 좋지 않았다. 아직 그렇게 멀리 가지는 못 했을 테니 따라잡을 수 있을 것이라고 판단한 여진은 학관을 날듯이 빠져나와 분수대 쪽으로 달려갔다.

운동장을 가로질러 가는데 저 멀리 익숙한 뒤통수가 보였다. 여진은 영윤의 이름을 부르려다가 말을 삼켰다. 뒤를 쫓아오는 것의 주의를 끌 필요는 없었다. 육상부였다는 말은 정말인지, 여진이 아무리 전력으로 달려도 영윤과의 거리는 좀처럼 가까워지질 않았다. 결국 분수대 앞까지 뛰고 나서야 여진은 영윤을 붙잡을 수 있었다.

무릎을 잡은 채 몸을 한껏 구부리고 숨을 내뱉었다. 아직까지 그게 쫓아오는 기색은 없었지만 시간이 없었다. 여진은 메고 있던 가방에서 기도원 일지를 꺼내 들었다. 지금 기댈

건 이 낡고 오래된 일기뿐이라는 사실이 절망적이었지만 다른 방법이 없었다. 여진은 자신이 혹시 놓친 게 있을까 봐 처음부터 일지를 꼼꼼히 살피며 넘기기 시작했다.

"너 지금 뭐 해?"

영윤의 물음에 대답해줄 시간 따위도 없었다. 정신없이 종이를 넘기는데 마지막에 봤던 문제의 글이 적힌 부분의 앞장이 다른 장보다 더 두꺼웠다. 넘기다가 실수로 두 장을 한꺼번에 넘겼나 싶어서 그 부분을 떼어보려고 했는데 떨어지지 않았다. 누군가가 일부러 풀로 붙여놓은 것처럼. 여진은 종이가 찢어지지 않도록 조심하면서 붙어 있는 두 장의 종이를 잡아당겼다. 이내 모서리 부분이 조금 갈라지면서 종이가 떨어졌다.

2021년 12월 27일

결국 염 목사님이 그 애를 집으로 데리고 갔다. 목사님은 그 애의 목에 있는 뱀이 저주의 표식이라고 했다. 살아 있는 이가 아닌 죽은 이가 저주한 표식이라고. 그래서 그렇게 불길하고 가까이하기 싫게 느껴졌던 것이니 자책할 필요가 없다고 하셨는데, 이럴 때마다 내가 아직 한참 부족하게만 느껴진다.

그 저주란 걸 풀기 위해서는 죽은 영과 강하게 묶인 매개를 찾아 태워야 한다.

내가 목사님께 도움이 될 만한 일이 없을까?

2021년 12월 31일

뱀은, 주 하나님이 만드신 모든 들짐승 가운데서 가장 간교하였다. (창 3:1)

염 목사님 댁이 불에 타버렸다. 나는 도와주려고 한 것뿐인데. 그 애 가방에 있는 목걸이를 태워야 해서. 그것만 태우면 저주가 풀릴 텐데. 풀렸을까?

목사님은 지금 중환자실에 계셔서 대답할 수 없다. 그 애는… 왜 멀쩡하지? 아무것도 모르는 얼굴로 살아가고 있는 게 소름이 끼친다. 그 애가 바로 뱀이다. 그 애가 염 목사님을 잡아먹었다.

왜 너만.

죽어버려. 죽어.

목사님이 돌아가신 게 그럼… 사고가 아니었다는 말인가? 여진은 인상을 찌푸린 채로 일기를 덮었다. 게다가 그 화재에 희생된 것은 염 목사뿐이었던 것 같다. 검은 뱀이 목에 매달려 있었다던 학생은 살아난 모양이었다.

일단 일기의 주인이 그 화재의 범인이라는 것만은 확실했다. 지금 와서 증거를 찾을 수가 있을지 모르겠지만. 결정적으로 이 일기를 누가 쓴 건지도 알 수 없었다. 일지에 쓰는 사람의 이름은 늘 비어 있었다.

일단 지금 그게 중요한 게 아니지. 여진은 고개를 젓고는 손바닥으로 자기 뺨을 짝, 한 번 때렸다. 그 소리에 영윤이 놀라 여진을 쳐다보았다.

"너 미쳤어?"

영윤이 뭐라고 하든 이제 할 일은 하나뿐이었다. 여진은 영윤의 양 어깨를 잡아 돌려세우며 물었다.

"너 최근에 네 물건 아닌 거 주운 거 있어?"

"아니, 그런 거 없다 그랬잖아."

"그럼 주운 거 말고. 누가 준 거 없어?"

"어…? 소정이가…."

거기까지 말한 영윤은 입을 다물었다. 뭔가 이상하다는 걸 깨달은 모양이었다. 여진은 더 기다리지 못하고 영윤의 가방을 가져다 탈탈 털었다. 자그마한 크로스백에서 나온 물건은 많지 않았다. 핸드폰, 파우치, 립밤, 샘플 향수, 핸드크림, 에너지바, 카드 지갑, 그리고 목캔디. 특별한 건 눈에 띄지 않았다.

"소정이라는 애가 준 게 뭐야?"

"뭔지 기억이 안 나. 받은 것까지는 기억이 나는데."

"어디에 챙겼어? 이 가방이 맞아?"

"요 며칠 이 가방만 메고 다녔으니까 맞을 텐데."

"그 엠티에서도?"

그 말에 영윤은 눈을 크게 떴다. 그리고 이내 고개를 저었다.

"아니, 엠티 갈 때는 이거보다 큰 가방을 챙겼지."

"그거 지금 어딨어?"

"…기숙사 내 방에."

말을 맞춘 것도 아니었는데, 눈이 마주치자 두 사람은 기숙사 방향으로 달리기 시작했다.

＊

기숙사는 후문 가까이에 있었다. 건물 하나는 남자 기숙사, 다른 하나는 여자 기숙사. 여진이 기숙사 건물 쪽으로 와 본 건 처음이었다. 자취방이 정문 앞에 있고, 수업 듣는 건물도 다 그쪽이다 보니 후문으로는 갈 일이 없었다. 기숙사는 특히 외진 곳에 세워지기도 했고.

기숙사 현관 앞에서 영윤은 몇 번 카드를 찍어보더니 한숨을 쉬었다.

"5시 되기 전에는 문이 안 열려."

이 망할 기숙사. 나이가 몇인데 통금이야. 영윤의 짜증을 흘려 넘기며 여진은 손목의 시계를 확인했다. 이제 새벽 4시를 조금 넘겼다. 여기 서서 1시간이나 기다려야 한다는 소리였다. 여진이 물었다.

"네 방 몇 층인데?"

"3층."

"무슨 방법 없어? 개구멍 같은 거."

여진의 물음에 영윤은 곧 비장한 얼굴로 대답했다.

"남자 기숙사 쪽에는 있다고 들었어."

영윤은 여진을 끌고 후문으로 나갔다. 후문 바로 앞에는 도로가 있고, 도로와 기숙사 건물이 맞닿아 있는 곳에 창살이 있는 담장이 둘러져 있었다. 도로변에 농구장이 하나 있는데, 농구장 우측으로 빙 둘러 지나가면 풀숲에 사람이 지나다닌 흔적이 남은 길이 보였다. 그 길을 따라 걸어가니까 쇠창살이 하나 빠진 담장이 나왔다. 성인 남자 하나도 통과할 만큼 큰 구멍이었다.

"이쪽으로 들어가면 카드 키를 안 써도 돼. 나도 여기로 들어오는 건 처음인데."

그렇게 말하며 영윤은 먼저 그 사이로 들어갔다. 여진 역시 별 망설임 없이 개구멍을 통과해 들어갔다. 남자 기숙사 건물이랑 여자 기숙사 건물이 연결되는 통로가 있는 모양이었다. 보통은 그런 길을 막아놓지 않나 싶었지만. 여진은 더 묻지 않고 영윤의 뒤를 쫓아갔다.

3층으로 올라가 비슷비슷하게 생긴 문들을 몇 번 지나간 후에 영윤은 어느 방 앞에 멈춰 섰다.

"가지고 나올 테니까 기다려."

여진은 문 바로 옆 벽에 기대어 영윤을 기다렸다. 얼마 지나지 않아 영윤은 검은색 더플백을 하나 메고 나왔다. 그리고 여진에게 건넸다.

"엠티에서 가져온 그대로 들고나온 거야. 아직 짐도 안 풀었어."

미리 짐을 풀었다고 해도 영윤은 어떤 물건이 이상한지 눈치채지 못했을 것이었다. 하지만 여진은 그런 말은 하지 않고 가방을 받아 들었다.

그런데 여진이 가방을 든 순간 기숙사 복도에 켜져 있던 불이 저 끝에서부터 하나씩 꺼지기 시작했다. 탁, 탁, 탁, 탁, 탁. 형광등 스위치가 내려가는 소리와 함께 목소리가 들렸다.

여자 같기도, 남자 같기도, 노인 같기도, 아이 같기도 한 그 목소리. 그 소리를 듣는 순간 여진은 영윤의 손목을 잡고 반대 방향으로 뛰기 시작했다.

아직 뭐가 저 귀신의 매개인지도 확인하지 못했는데.

여진은 이를 악문 채로 뛰면서 생각하고 또 생각했다. 시간을 벌어야 했다. 저것이 다른 곳에 잠시 눈을 돌리거나, 아니면 발이 묶이는 순간이 필요했다. 복도를 달려나가며 여진은 영윤에게 소리 질렀다.

"잘 생각해봐. 그날 밤 폐가에서 가지고 나온 게 뭔지!"

영윤 역시 악을 쓰며 말을 받았다.

"내가 가지고 나온 게 아니라니까!"

"소정인지 뭔지 하는 게 가지고 나온 걸 네가 받았을 거 아니야?"

폐가 안에서 내기를 한 사람들. 이기는 사람 순서대로 밖으로 나오기로 했다고 했다. 하지만 그 안에 저 귀신이 섞여 있었다면 답은 뻔하다. 내기에 진 사람들의 생기를 다 흡수하고 저것 혼자만 폐가를 빠져나온 것이다. 아마 사람들은 자기 목숨을 걸고 내기를 하는 줄도 몰랐을 거고, 영윤은 빠져나온 저것을 친구라고 착각해서 데리고 온 거고. 이제 어떻게 저 귀신이 이만한 힘을 얻었는지 대충 짐작이 갔다. 내기에

사용한 그 물건을 매개로 힘을 얻었을 가능성이 컸다. 여진은
질문을 바꿨다.

"그 내기가 뭐였는지 생각해내."

코너를 돌자 아래층으로 내려가는 계단이 보였다.

"이 건물 지하에 뭐 있어?"

"매점이랑, 세탁실."

복도가 훤히 뚫려 있는 데다 방문이 모두 잠겨 있는 2층이
나 3층보다는 그쪽이 숨기에 더 괜찮을 거라는 판단이 섰다.
여진은 망설임 없이 계단을 뛰어 내려갔다. 여진이 한 칸씩
내려오는 동안 영윤은 두세 칸을 한꺼번에 뛰어 내려와서 둘
사이의 보폭이 얼추 맞았다.

곧 계단의 끝이 보였다.

✳

영윤은 계단을 내려가면서 필사적으로 생각했다. 그날 밤
폐가에서 도대체 무슨 일이 있었는지를.

자정 무렵까지는 여느 때의 엠티와 다를 게 없었다. 장기
자랑이니, 술 게임이니 뭐니 하면서 부어라 마셔라 했고 다
들 알딸딸하게 취해 있었다. 이쯤 되면 누가 뭘 하자고 나서
기만 해도 분위기가 그쪽으로 쏠리기 마련이었다. 그게 진실
게임이나 간단한 술 게임 같은 거였다면 좋았을 텐데. 영윤은
미간을 찌푸린 채 생각을 이어나갔다.

누군가가 이 펜션 근처에 귀신이 나온다는 폐가가 있다고

운을 뗐다. 벌써 유튜버가 여럿 그 폐가 체험을 한답시고 다녀갔었다고. 그러자 영윤의 대각선 쪽에 앉아 있던 소정이 말을 받았다.

"너희 그거 알아? 흉가랑 폐가는 완전히 다른 거. 폐가는 그냥 사람이 살지 않아서 방치된 집이고, 흉가가 진짜야. 그런 집은 겉으로 보기에는 멀쩡하고 깨끗해 보여도 진짜 귀신이 나온다니까."

소정이 언제부터 거기에 있었는지는 알 수 없었다. 처음부터 그 자리에 있었던 사람처럼 앉아 있었다. 쟤가 선배인지, 동기인지, 그것도 아니면 후배인지 아무도 몰랐지만 영윤은 위화감을 느끼지 못했다.

"어때, 오늘 그 폐가가 진짜 흉가인지, 아닌지 확인하러 가볼 사람?"

소정은 그렇게 말하며 웃었다. 그 한 마디 이후로 폐가에 한번 다녀와보자는 쪽으로 분위기가 쏠리기까지는 얼마 걸리지 않았다.

영윤은 별로 내키지 않았지만 친구들이 다 간다는데 혼자만 뺄 정도로 담이 약하지도 않았다. 실제로 그 폐가라는 집도 그렇게 무서워 보이지 않았다. 폐가라고 했을 때 흔히 상상할 법한 을씨년스러운 분위기라던가, 여기저기 쳐진 거미줄이라던가, 그런 게 보이지도 않았다. 그냥 평범한 시골집이었다. 앞마당이 하나 있고, 뒤쪽으로 닭장이 있는.

닭장 쪽은 비어 있었다. 집은 세 칸보다는 좀 더 커 보였다. 앞마당까지 함께 들어간 영윤은 집 현관문을 열고 들어가는 사람들의 뒷모습을 보다 걸음을 멈췄다. 뭐라고 설명할 수 없었지만 불길했다. 머릿속에서 본능적으로 붉은색 경고등이 반짝였다. 하지만 이미 사람들은 무리 지어 그 집 안으로 들어가 버린 후였다. 영윤의 옆에 서 있던 소정이 그런 망설임을 알았는지 가다 말고 물었다.

"넌 안 들어가?"

"어. 난 됐어."

이상했다. 집 자체는 불길한 느낌이 없는데 이런 기분이 드는 게. 돌이켜 보면 당연한 일이다. 집이 문제가 아니라 옆에 따라붙은 '사람이 아닌' 것이 문제였으니까. 영윤이 어색하게 고개를 젓자 소정은 한 번 더 돌아보고 물었다.

"애들 다 들어왔는데. 정말 안 들어가?"

그러더니 소정은 혼자 그 집 안으로 쓱 사라졌다.

그리고… 영윤은 안쪽에 들어간 사람들이 나오기를 기다렸다. 어두컴컴한 앞마당에 혼자 있어서 무섭다거나 하는 생각은 들지 않았다. 그저 집 한번 둘러보는 건데 왜 이렇게 오래 안 나오지, 하는 생각뿐이었다.

한참이 지난 후에 마지막으로 그 집에 들어갔던 소정이 가장 먼저 나왔다.

"다른 사람은 왜 안 나와?"

영윤이 묻자 소정이 대답했다.

"안에서 내기를 하나 했어. 이긴 사람 순서대로 나오기로."

"무슨 내기? 저런 집에서 내기를 하고 싶냐, 다들?"

머리가 어떻게 된 거 아니야? 슬슬 술이 깨고 있었다. 영윤은 신발 앞코로 흙바닥을 툭툭 찼다. 술 먹다 말고 폐가 체험하러 오는 것도 이해가 안 가기는 했으나 그 안에서 무슨 내기를 한다는 건지. 이건 완전히 이해 가능한 범위를 뛰어넘었다. 이렇게 깜깜한 집에서? 영윤이 중얼거리는 소리에 소정은 흐흐 웃으며 물었다.

"너도 해볼래?"

"뭘?"

"궁금하면 보여줄게."

고개만 끄덕이면 돼. 조금 전에 켜진 경고등이 계속해서 거절하라고 신호를 울려대고 있었으나 이번엔 영윤이 한 발짝 늦었다. 저도 모르게 고개를 끄덕인 영윤에게 소정은 웃어 보였다. 그러더니 주머니에서 뭘 꺼내 영윤의 손에 억지로 쥐여주었다. 영윤은 찝찝함에 손을 털어버리고 싶었으나 참았다. 손바닥 위에 올라온 물건은 여섯 면으로 조각된 나무 주사위였다. 꽤 오래된 물건인지 모서리가 둥글게 닳아 있었다.

"이거 뭔데? 주사위? 안에서 지금 주사위 게임을 하고 있다고?"

정말 다들 머리가 어떻게 된 거야? 황당함에 입을 떡 벌리고 서 있자 소정이 한 번 더 채근했다.

"너도 같이 하자."

"뭐? 난 싫어."

너도 같이 하자는 말에 정신이 번뜩 들었다. 본능적인 거부감이었다.

"이거 왜 해야 되는데?"

영윤이 그렇게 묻자마자 소정의 입이 가로로 길게 늘어났다.

너, 만, 빠, 져, 나, 가, 고, 싶, 어? 한마디씩 할 때마다 목소리가 달라졌다. 폐가 안으로 들어간 사람들의 목소리였다. 영윤이 너무 놀라 반사적으로 눈을 감자 소정은 입을 크게 벌리고 웃었다. 그러면서 주문 같은 말을 읊조리기 시작했다. 무슨 말인지 알아들을 수 없을 정도로 빨랐고, 온갖 언어가 뒤섞여 해석조차 되지 않았다. 영윤이 고개를 저으며 뒷걸음질 치자 그게 코앞까지 다가와 영윤의 목을 붙잡았다. 목소리는 어느새 익숙한 언어로 돌아왔다. 내기가 싫다고? 친구들을 버리는 거야? 너 못된 애구나. 못된 년, 저만 살려고 하는 못된 년. 그게 한마디 할 때마다 목이 졸리는 것 같은 감각에 영윤은 눈을 감았다. 그 후로는 더 떠올리려 해봐도 떠오르는 게 없었다.

집으로 돌아오는 버스에서 전날의 일을 떠올리려 해봐도 폐가에 갔을 때부터 그날 새벽까지의 일이 그 부분을 포함해 전부 공백이었다. 아니, 완전히 공백이라 하기에는 애매했다. 기억이 뭉텅뭉텅 잘려 있었다. 더 생각하기도 머리가 아파, 영윤은 술을 너무 많이 마셔서 필름이 끊긴 거라고 생각하고 잊어버렸다.

하지만 폐가에서 있었던 일을 어떻게 잊어버리고 있었지?

술에 취해 있었다고는 하나 지금 생각해도 몸서리쳐질 만큼 끔찍한 경험을 그렇게 간단히 잊어버렸다는 사실이 이상했다. 영윤은 자신이 숨을 제대로 쉬지 못할 정도로 놀랐다는 사실을 깨달았다. 지하 세탁실로 여진을 데리고 들어가는데 손이 덜덜 떨렸다.

"너 갑자기 왜 그래?"

여진이 물었고 영윤은 대답했다.

"기억이 났어. 폐가에서 붙어온 게 아니야. 저거… 저건 원래 학교에 있던 거야."

"알고 있어. 과방에서 자주 봤으니까."

여진의 말에 영윤은 여진의 멱살을 잡아당겼다.

"넌 알고 있으면서 가만히 있었어? 저게… 그 폐가에 애들을 다 데리고 갔어. 근데 너는 다 알고 있었다고?"

한 번 이상하다는 걸 깨닫고 나니 그다음은 더 쉬웠다. 폐가에 같이 들어갔던 친구 넷은 그 엠티에서 돌아온 날부터 지금까지 결석 중이었다. 박소정만 빼고. 그걸 박소정이라고 부를 수 있을지 모르겠지만.

여진은 인상을 찌푸리며 영윤의 손을 뿌리쳤다.

"그 정도로 힘이 센 영이 아니었어. 생사람 잡지 마. 나라고 보이는 귀신마다 다 퇴치하고 다니는 줄 알아? 엠티에서 무슨 일이 있었을 거야. 기억났다며?"

"…주사위."

"주사위?"

348

"안에서 주사위 놀이를 했다 그랬어. 그리고 박소정이 나한테 그걸 줬어."

영윤의 시선이 여진이 메고 있는 검은색 더플백 쪽으로 향했다. 그 기분 나쁜 주사위를 챙겨둔 기억은 없었다. 버리고 갔으면 갔지, 그걸 주워 올 리가. 하지만 박소정이 가방 안에 넣었다면 자신이 모르고 있었을 것이었다. 기숙사로 가져와서는 아직 한 번도 열어본 적이 없었으니까.

여진은 영윤의 시선을 눈치챘는지, 가방을 어깨에서 내려 그 안을 뒤지기 시작했다. 옷가지 몇 벌과 치약, 칫솔, 헤어밴드와 필통, 보헴 시가 미니 한 갑, 라이터, 그리고 에어팟 케이스가 굴러 나왔다. 저게 어디로 들어갔나 한참 찾았는데 저기 있었구나. 산 지 얼마 안 된 새 건데. 영윤은 그렇게 생각하며 담뱃갑을 챙겨 주머니에 넣었다.

이번에도 특별히 눈에 띄는 게 없었다. 주사위랑 비슷하게 생긴 것도 보이지 않았다. 여진이 가방을 구석구석 뒤지며 탈탈 터는데도 주사위는 나오지 않았다.

"주사위가 맞아?"

여진이 그렇게 묻는 순간 세탁실 문을 뭔가가 들이받았다. 쿵 하는 소리가 나더니 이어서 다시 쿵, 쿵, 쿵, 연속으로 부딪히는 소리가 들렸다. 철재로 만들어진 문이 우그러지고 있었다. 세탁실 의자며 세탁 바구니며, 세탁실 안에 있는 물건은 다 끌어다 문 앞에 세워놓았지만 그것도 잠시 버티는 용도밖에 되지 못할 것 같았다. 문 앞에 세워진 의자 탑이 위태롭게 흔들렸다.

여진은 문을 잠시 쳐다보더니 영윤의 손을 잡았다. 아까 가방에서 떨어진 라이터가 손에 들려 있었다. 그걸 영윤의 손바닥 위에 올리며 여진이 말했다.

"네가 해야 돼. 이 가방이든 뭐든. 아무래도 좋으니까 무슨 짓을 해서라도 주사위를 찾아. 그리고 라이터로 태워."

라이터로 태우는 거야 어려운 일은 아니었다. 나무 주사위니까 불을 붙이기만 해도 태울 수 있을 것이다. 문제는 그게 지금 어디 있는지 전혀 모른다는 것이었다.

영윤이 뭐라고 할 새도 없이 여진은 문 쪽으로 뛰어나갔다. 이번에도 여진이 저걸 상대할 생각인 것 같았다. 하지만 영윤은 여진의 포스트잇이 얼마 남지 않았다는 것을 알고 있었다. 고작 그걸로 얼마나 더 버틸 수 있을지 알 수 없었다.

영윤은 여진이 바닥에 내동댕이친 더플백을 주워 올렸다. 가방은 이미 텅 비어 있었다. 숨겨진 포켓이 없나 다시 가방을 뒤져봤지만 그런 게 있을 리가 없었다. 이 가방을 쓴 것만 지금 몇 년짼데.

잠시 숨을 멈춘 채 생각했다. 박소정은 이 주사위를 어디다 숨겨야 들키지 않을 거라고 생각했을까? 낡은 나무 주사위는 일반적인 주사위보다 크기가 훨씬 작았다. 어디든 넣어두는 편이 좋았을 거다. 가방에 굴러다니게 두는 것보다는. 영윤은 바닥에 떨어진 옷가지를 들어 올려 주머니를 뒤졌다. 하지만 이것도 아니었다. 청바지 주머니에서 나온 휴지 조각이 전부였다. 혹시나 싶어 주머니에서 담뱃갑을 꺼내 열어보았는데 여기도 아니었다.

그사이 여진의 손에 있던 포스트잇이 결국 떨어졌다. 빈손이 된 여진을 흘깃거리던 영윤은 여진이 "집중하라고!"라 외치는 소리에 다시 고개를 돌렸다.

이것도, 이것도, 그리고 이것도 아니야. 그럼 남은 게 뭐지? 영윤은 이미 엑스 표를 친 것들을 손으로 치우며 남은 걸 살폈다. 남은 건… 에어팟 케이스뿐이었다. 영윤이 그걸 집어 들자 여진이 서 있는 쪽에서 끔찍한 비명이 들렸다. 박소정이었던 그것이 결국 여진의 목을 틀어쥐었다.

시간이 없었다. 영윤은 에어팟 케이스를 열었다. 그런데 이어폰 양쪽이 들어 있어야 할 공간에 이어폰 대신 낡고 지저분한 주사위가 들어 있었다. 찾았다. 영윤은 망설이지 않고 그 주사위를 잡아 꺼냈다. 그리고 다른 한 손에 있던 라이터의 불을 댕겨 주사위 위에 올렸다. 끄트머리부터 불이 옮겨가며 뭔가가 타는 냄새가 났다. 분명 나무가 타는 냄새가 나야 할 텐데 그 냄새가 아니라, 머리카락을 태울 때 나는 냄새 같은 게 났다. 동시에 여진의 목을 틀어쥐고 있던 그것이 다시 비명을 지르기 시작했다.

손을 들어 귀를 틀어막고 싶었지만 주사위를 태우는 걸 멈출 수가 없었다. 불이 제대로 붙지 않아 몇 번이나 라이터를 다시 켜야 했다.

느리긴 했지만 주사위가 불에 타는 동시에 그것이 발끝에서부터 서서히 재가 되어 사라지기 시작했다. 목덜미를 붙잡혀 공중에 들어 올려졌던 여진은 바닥으로 떨어지며 콜록콜록 기침을 했다. 다행히 늦지 않았다. 겨우 안도한 영윤은 잿더미로 변한 주사위에서 라이터를 떼어냈다.

"끝난 건가?"

긴 꿈을 꾼 것 같았다. 말도 안 되는 일이 벌어지는 이상한 꿈을. 영윤의 물음에 비틀거리며 일어난 여진은 그러나 고개를 저었다.

"아직 안 끝났어."

"뭐? 뭐가 더 남았어?"

"그 폐가에 같이 들어갔던 네 친구들도 다 주사위 하나씩 가지고 있을 거야. 그것까지 전부 태워서 없애야 돼."

"걔네는 멀쩡했는데?"

아직 남은 주사위가 있다는 말에 영윤의 얼굴이 어두워졌다. 엠티에서 돌아온 후로 폐가에 함께 갔던 애들은 전부 집에서 한 발자국도 나오지 않고 있다고 들었다. 그래도 전화하면 연락도 되고, 어디가 아프다든가 앓았다든가 하는 이야기도 없었는데. 영윤의 말에 여진은 혀를 한 번 쯧 차고는 말을 이었다.

"그러니까 말했잖아. 그렇게 힘이 센 영이 아니라고. 생명력을 빨아간 것뿐이야. 쉽게 말해 홀린 거지. 그걸로 실체까지 만들어내고 남의 기억을 이리저리 휘저을 정도면 좀 많이 가져간 것 같긴 하지만. 그래도 영양실조로 며칠 병원에 입원하면 나을 정도일걸."

영윤은 여진의 말을 들으며 바닥에 쏟아진 물건을 주워담았다. 그리고 곧 더플백을 메고 일어섰다. 다시는 하고 싶지 않은 경험이었다. 요 며칠간 제게 일어난 일이 무슨 공포 영화에 나올 법한 일투성이였다. 영윤은 다시 한 번 공포 영화의 제일 중요한 교훈을 머리에 새겼다. 가지 말라는 데는 이유가 있다. 가지 말아야 한다. 흉가 체험이니, 폐가 체험이니 하는 걸 원래 별로 좋아하지도 않았지만 이제 그런 콘텐츠조차 꼴도 보기 싫었다.

영윤은 우그러진 문 앞에 서 있는 여진을 보았다. 여진은 이런 일이 익숙한 듯 아무렇지도 않은 얼굴이었다. 이런 걸 매일 보고 살아야 한다니. 얘 팔자도 참 기구했다. 영윤이 그런 생각을 하는 와중에 여진은 우그러진 문의 손잡이를 잡고 돌렸다. 좀 끼익거리는 소리가 심하긴 하지만 당기니 열리긴 열렸다.

"이거 어떡해? 우리가 배상해야 되나?"

여진의 물음에 영윤은 입을 다물었다. 깽판은 귀신이 쳤는데 왜 우리가. 서로 말은 하지 않았지만 암묵적인 합의가 이루어졌다. 문을 열고 걸어나가는데 여진이 한쪽 발을 저는 게 보였다. 그것과 대치하던 중에 발을 삐끗한 모양이었다. 영윤은 여진의 팔 한 쪽을 제 어깨에 걸쳤다. 며칠 내내 어깨에 뭐가 올라탄 것처럼 묵직했는데 지금은 거짓말처럼 가벼웠다. 여진을 부축했는데 그 무게도 잘 느껴지지 않을 정도였다.

두 사람은 계단을 올라 지하에서 벗어나 기숙사 현관으로 빠져나왔다. 마침 해가 뜨고 있었다. 희붐한 새벽빛이 멀리서부터 하늘을 밝게 물들였다. 여진의 걸음에 맞춰 천천히 걷던 영윤이 물었다.

"내 목에 있던 뱀은? 사라졌어?"

여진은 그제야 깨달았는지 "아." 하는 소리와 함께 영윤 쪽으로 시선을 돌렸다. 그러나 영윤의 목덜미를 본 여진의 표정이 삽시간에 굳어 버렸다.

"뭐야? 왜 그래?"

영윤이 재촉하자 여진은 바람이 새는 듯한 웃음소리를 내며 고개를 돌렸다.

"거짓말이야. 이제 없어."

영윤은 그대로 여진을 내팽개치고 혼자 기숙사에 돌아갈까 잠시 고민했다. 하지만 점점 부어오르는 발목이 눈에 밟혀 차마 그럴 수 없었다. 사람이 장난을 칠 게 따로 있지. 영윤은 그렇게 구시렁거리며 여진의 팔을 꼬집었다.

아침이 가까워진 새벽의 캠퍼스에는 의외로 지나다니는 사람이 꽤 있었다.

"사람이 왜 이렇게 많아. 시험 기간도 아닌데, 별일이네."

영윤은 그렇게 말하며 앞으로 천천히 걸었다. 그 말에 여진이 되물었다.

"사람이 많다고?"

여진은 천천히 주변을 둘러보았다. 그 시선을 따라 영윤도

느릿느릿 고개를 돌렸다. 커다란 화구 통을 들고 걸어가는 여자, 운동장에서 혼자 농구를 하는 남자, 종종걸음으로 두 사람을 스쳐 가는 어린아이. 이 시간에 학교에 어린애가 있다고? 영윤이 의아하게 생각한 순간 여진의 두 눈이 무언가에 놀라 크게 뜨였다. 여진이 물었다.

"너 저게 보여?"

이번에는 정말 농담하는 사람의 표정 같지 않았다. 그러나 영윤은 이번에야말로 속지 않겠다고 다짐한 참이었다.

"뭐야, 이번엔 안 속아."

영윤은 여진의 반응을 보고 웃어넘겼다. 또 장난치네. 영윤은 이제 재미없으니까 그만하라고 핀잔을 줬고, 여진은 대답하지 않았다. 여진이 대답하지 않자 분위기가 어색하게 얼어붙었다. 두 사람은 침묵 속에서 함께 걸었다. 정문을 나올 때까지 장난이었다는 말은 끝내 듣지 못했다.

정문 앞 횡단보도를 건널 때쯤 영윤이 물었다. 대체 언제쯤 이 재미없는 장난 그만둘 거야? 질문과 동시에 영윤은 여진 쪽으로 무심코 고개를 돌렸다. 그리고 그것과 눈이 마주쳤다.

여진의 목을 가로지르는 검은색 뱀이 영윤을 똑바로 바라보고 있었다.

작품해설

슬프도록 맑고 단단한 위로

동료 작가의 단편집에 들어갈 작품해설로 적절한 도입은 아니라고 생각하지만, 이 글에는 약간의 짜증이 담길 예정임을 밝힌다. 〈어션 테일즈〉에 수록된 인터뷰를 통해 윤이안은 문단에서 등단한 이후 그의 빼어난 재능에도 불구하고 오래도록 지면을 찾지 못했다고 한다. 당연한 결과다. 딱히 새삼스러운 일도, 놀랄 일도 아니다. 오히려 이런 글을 쓰는 사람이 신춘문예를 통해 '등단'을 했다는 것부터가 신기한 노릇이다. 윤이안의 글은 '문단'에서 소화할 수 있는 수준이 아니다. 그의 글에서 읽히는 맑고 단단한 깊이를 보라. 어떤 이들에게 윤이안의 글은, 잡귀가 군자의 그림자를 보고 괴력난신인 스스로의 정체가 들통이 날까 두려운 나머지 꽁무니를 빼고 도망칠 때처럼, 그저 경외감을 불러일으킬 무언가지 않겠는가?

농담이나 비아냥이 아니다. 문단의 몇몇 이들은 그들의 지향점을 장르적인 우회로를 통해 달성하고자 했다. 그리고 나는 그들 중 어떤 이들의 글을 볼 때마다 상당히 짜증이 났다. 왜 삼십 대가 한참 전에 지난 사람들이 살부(殺父)의식에서 벗어나지 못하고 누군가를 작품 안에서 SF와 판타지 그리고 미스터리의 도구를 빌려 대리살해를 저지르고 있단 말인가? 하여간 참, 피비린내인지 지린내인지 불쾌할 따름이다만, 어쨌든 이런 걸 너무 좋아하는 사람들에게 윤이안은 정말이지 설명 불가능한 괴물처럼 보였을 것이다. 그러니 윤이안의 오랜 방황도 필연적인 결과였을 것이고.

물론 서브컬처에서 살부의식을 담지 않은 작품이 없다는 이야기는 아니다. 오히려 주류라면 모를까. 애초에 〈스타워즈〉 클래식 시리즈부터 그렇지 않은가? 다만 단순명쾌한 활극을 거쳐 비장한 영웅서사를 지나 최종적으로 타락한 아버지를 용서하고 구원하는 것으로 이 주제에 대한 명징한 답을 제시했다는 결정적인 차이가 있을 뿐이다. 뭐, 〈스타워즈〉 클래식 시리즈와 같은 답을 내리지 않은 경우도 많지만 내가 제기하고 싶은 문제의식이 지워지진 않는다. 나는 의식적으로 퇴행에 빠진 경우라면 모를까, 살부의식에서 벗어나지 못한 스스로가 너무 자랑스러운 사람들이 너무나도 버겁다. 왜 이렇게 멸망을 좋아하세요…. 왜 이렇게 다 죽여 다 죽이세요…. 좀비 영화의 B급 감성조차 못 되는 걸 뭐 대단한 이야기라도 된다는 듯이….

맞다. 나는 지금 너무나도 납작하게 해당 신을 분석하고 있다. 하지만 윤이안 같은 작가가 이렇게 오래도록 자신이 머물 지면을 찾아 헤매어야만 했다는 살아 있는 증거가 있으니, 나의 분석은 납작하기는 해도 부당하지만은 않은 것 같다. 어쨌든 우리는 살부의식에 도취되지 않고 다음으로 넘어가야만 한다. 프로이트가 〈토템과 터부〉에서 이야기했던 것처럼, 애도의 영역으로 건너가야만 하는 것이다.

이 애도는 윤이안의 글에 있어 핵심이기도 하다. 이별과 죽음 말이다. (단편집의 여덟 편이나 되는 수록작 중에 죽음의 이미지와 동떨어진 작품이 단 한 작품도 없으니 이 분석은 조금 손쉬운 결론이겠다.) 살부의식을 넘어서 애도로 이어지는 과정은 결국 계승과 수용을 위한 과정이다. 이 승인은 곧 타인의 죽음을 받아들이고 일상으로 돌아와 나의 죽음을 향하기로 다짐하는 시간이기도 하다. 윤이안에게는 현실의 비극을 똑바로 바라볼 힘이 있다. 기를 쓰며 노려보거나 무의식적으로 흘겨보거나 하는 것이 아니라 그저 차분하게, 담담하게 받아들이고 바라볼 힘 말이다. 이 단단한 힘은 누군가에게는 슬플 정도의 위로가 된다. 보다 많은 사람들이 윤이안의 글을 읽었으면 하는 이유도, 윤이안의 글에서 많은 가치를 발견했으면 하는 이유도 여기에 있다.

〈파울볼〉과 〈앨리스, 스탠드 업〉은 윤이안 식으로 풀어낸 아포칼립스다. 운석과 충돌하여 지구가 멸망할 위기를 앞두고서 뜬금없이 야구를 보러 가기로 하는 두 사람이나, 화장실에 간혔다가 그 바깥세상은 지옥으로 바뀌었음을 알게 된 사람처럼 그가 그리는 멸망은 거창하지 않고 소박하다. 이렇게 세상이 바스러지는 모습은 재난의 손을 빌어서 현실을 박살 내고자 하는 자신의 욕망을 감추고자 하는 음습한 현실부정과는 한참 멀다. 무언가를 향한 증오도, 그 증오를 이기지 못해 스스로를 무너뜨리는 좌절도 없는 것이다. 윤이안은 잔잔하게 파멸을 음미할 줄 아는 작가다.

〈세 번째 장례〉는 모든 사람들이 더미 신체로 기억을 이전하며 죽음을 지연하는, 죽음에 대한 관념이 바뀐 세계에서 딸과 어머니가 또 한 번의 죽음을 앞에 두고 바다로 여행을 떠나는 이야기며, 〈어릿광대를 보내주오〉는 큰이모의 장례식장에 유언을 따라 큰이모와 가까웠을 누군가의 목소리를 가진 인공지능 스피커를 들고 가게 된 '나'의 이야기다. 모두 장례식을 무대로 하는, 이 단편집의 성격을 잘 보여주며 또 가장 빛나는 작품들이다. 두 작품 모두 서늘한 죽음의 속에서 짙은 온기가 담겨 있으며, 장르라는 우회로를 통해 보다 직관적으로 죽음의 본질에 대해 고민한다.

그 외에 〈드림 레플리카〉와 〈유리수의 세계〉는 윤이안의 SF적인 세계관을 설계하는 솜씨를, 〈목 없는 기수〉와 〈뱀과 사다리 게임〉은 그가 SF만이 아니라 미스터리와 호러의 문법에도 재능이 있다는 사실을 증명한다. 이 작품들 역시 죽음이나 사후세계에 대해 다루고 있으며, 죽음을 납득하고 받아들이는 과정을 차분하게 묘사하고 있다.

너무나도 멋진 단편집에 식상한 수식어를 붙여 민망하지만, 윤이안의 글은 서릿발에서 추위를 이기고 피어난 꽃을 닮았다. 서늘하고 아름다우면서 고고하다. 겉으로는 덧없어 보이지만 사실은 무엇보다도 강인하고 단단하게 뿌리를 내리고 있다. 어떤 면에서 보면 윤이안은 오래 헤맨 것처럼 보일지 모르겠다. 하지만 내가 짐작하기에 이 사람은 단 한 순간도 헤매지 않은 것만 같다. 그저 묵묵히, 주변의 냉소와 무관심에도 불구하고 자신이 믿는 길을 따라가며 이렇게나 멋진 결과물을 내놓았으니 말이다. 그의 글에는 오랜 시련 속에서도 퇴색되지 않은, 놀라울 정도의 굳건함이 담겨 있다. 그리고 어쩌면 작가 스스로도 그 사실이 의아한 것이 아닐까 의심이 든다.

　　동료 작가의 단편집에 들어갈 작품해설로 적절한 마무리는 아니라고 생각하지만, 여기에서도 약간의 투정으로 문단을 마치는 점을 양해해주시길 부탁드린다. 윤이안은 글을 진짜 잘 쓴다. 그러니까 부디 주변의 호응이 적었다거나 그의 장점을 부정하는 지적이 있다고 하더라도 휘둘리지 않고 자신의 길을 걸어갔으면 좋겠다. 하지만 어차피 윤이안이라는 사람은 그렇게 해온 사람이고 그렇게 해나갈 사람이니 나의 이러한 요청은 애초에 별 의미가 없는 일이며, 이 작품해설 역시 아무런 의미 없는 혼잣말과 별 차이가 없는 셈이다.

　　　　　　　　　　　　　　　　　　── 홍지운, 소설가

작가의 말

어쩌다 보니 《세 번째 장례》가 내가 쓴 세 번째 책의 제목이 되었다. 〈세 번째 장례〉가 표제작이 될 줄은 몰랐기에 의도한 제목은 아닌데(참고로 이 작품의 원래 제목은 〈세 번째 엄마〉였다) 하지만 어쩐지 의도한 것 같고. 별것 아닐지 모르겠지만 나는 이런 우연이 신기하고 재미있다.

소설을 쓰다 보면 가끔 이런 마법 같은 순간을 만나게 된다.

〈세 번째 장례〉를 쓰면서 특히 그랬는데, 원래 이 소설은 기억 데이터를 서버에 저장했다가 더미 신체로 넘기는 방식을 통해 생을 지속해 온 어떤 여자를 생각하고 쓰기 시작한 글이다. 처음에는 이 설정 외에는 아무것도 없었다. 그런데 쓰다

보니 나도 몰랐던 몇 가지 사실을 발견하게 되었다. 이 여자에게는 딸이 있는데, 그 딸은 장례식장 디렉터로 일하고 있고, 더미 신체들의 장례를 치러주는 일을 한다. 그런데 막상 딸은 엄마를 원망하고 있다. 더미 신체로 갈아탄 엄마가 진짜 내 엄마인지 의심스럽고 그런 엄마를 받아들일 수 없었기 때문에. 글을 쓰면서 이런 식으로 인물의 구체적인 정보가 하나둘씩 붙었다.

이 소설은 딸인 '나'의 시점과 전송 수술을 받은 어떤 여자, 그러니까 현진의 시점이 번갈아 가며 나오는데 고백하자면 처음 소설을 쓸 때 삼인칭으로 서술될 이야기의 주인공은 '나'가 아니라 엄마였다. 글을 시작하기에 앞서 상정한 주인공이 더미 신체를 통해 살아가는 여자였으므로 나는 당연히 엄마가 주인공이 되어야 한다고 믿었다.

그런데 소설 중반, 아니 후반부를 막 넘겼을 때쯤 이상한 일이 일어났다.

그때쯤 나는 소설의 결말만 남겨두고 있었기에 어떻게 소설을 마무리해야 좋을지 생각하던 중이었다. 이야기를 잘 닫기란 어려운 일이고 보통 이 시점에서 제일 골치가 아파진다. 일단 써놓은 걸 수습해야 하기 때문이다. 밥을 먹다가, 설거지하다가, 샤워하다가도 주인공을 생각하는 때가 이즈음인데, 어느 날 이를 닦다가 문득 나는 현진이 '나'라는 걸 깨달았다. 이걸 어떻게 설명해야 좋을까? 아무 이유도 근거도 없이 그냥 알게 되었다고 말하기에는 충분치 않은 것 같다. 하지만 달리 설명할 수가 없다. 그냥 어느 순간 자연스럽게 '나'의 이름이 백현진이라는 걸 알게 된 것뿐이다.

물론 이 깨달음 때문에 후반부까지 거의 다 써놓았던 원고를 처음부터 다시 써야 했다. 그러나 고통스럽더라도 그 과정에서 얻는 즐거움이 있다. 이런 마법 같은 순간이 소설을 쓸 때마다 찾아오면 좋으련만. 역시나 그런 일은 좀체 일어나지 않는다.

만약 이 소설을 처음 읽는 분들이 현진이란 인물이 과연 엄마인지 '나'인지 헷갈렸다면 내가 미숙한 탓일 것이다. 그러나 헷갈려도 좋다고 생각했다.

이 소설을 사랑하는 엄마와 아빠에게 바친다.

엄마는 늘 입버릇처럼 이야기한다. 나중에 나 아프거든 난 절대 연명 치료 같은 거 시키지 마. 그런데 정작 그런 상황이 오면 나는 엄마를 보낼 수 있을 것 같지가 않다.

엄마, 그러니까 오래오래 살아.

2019년 폴라리스 워크숍에 참여하며 쓴 〈앨리스, 스탠드 업〉이 활자가 되어 나오기까지, 오랜 시간을 기다렸다. 〈앨리스, 스탠드 업〉을 최근에 다시 읽고 나서야 알았다. 3년 전 소설을 쓰던 그때 화장실에 갇혀 있던 건 나였음을. 이 글을 쓰고 나서야 나는 스스로 만든 감옥에서 나올 수 있게 되었다. 〈뱀과 사다리 게임〉은 친구에게 받은 아이디어로 쓰게 된 소설이다.

'침으로 귀신을 퇴마하는 퇴마사'라는 아이디어를 써도 된다고 흔쾌히 허락해준 솔둥에게 사랑과 감사를 전한다. 사실 이 소설은 연작 소설이라 뒷이야기가 있다. 조만간 연작도 함께 발표할 기회가 있었으면 좋겠다. 〈드림 레플리카〉는 원형이 된 장편 소설이 있다. 2017년에 쓴 습작인데 하찮은 초능력을 가진 초능력자들이 고양이 학대자들에게 복수하는 이야기였다. 지금 보니 어디 내놓을만한 수준이 되지 못해 단편으로라도 다시 써보려 했다. 언젠가는 이 이야기를 좋은 장편으로 만들고 싶다.

〈드림 레플리카〉를 쓰면서 계속 생각한 문장이 있다. 메모장에 적어둔 그 문장을 지금도 종종 생각한다.

'누군가는 그깟이라고 할지 모르지만, 그깟 고양이 한 마리를 위해 바뀌는 세상을 원한다.'

고양이 한 마리를 위해 바뀔 수 있는 세상이라면 좀 더 살 만하지 않겠는가, 하고.

2022년 가을
윤이안

세 번째 장례

초판 1쇄 발행   2022년 10월 25일

지은이   윤이안
펴낸이   박은주
편집   설재인
일러스트   박인주
디자인   김선예, 장혜지
마케팅   박동준

발행처   (주)아작
등록   2015년 9월 9일(제2021-000132호)
주소   04050 서울특별시 마포구 양화로 156
       LG팰리스빌딩 1428호
전화   02.324.3945-6 **팩스** 02.324.3947
이메일   arzaklivres@gmail.com
홈페이지   www.arzak.co.kr

ISBN   979-11-6668-661-0 03810

이 도서는 2021년도 한국문화예술위원회 아르코문학창작기금지원사업에 선정되어 발간되었습니다.